Ylva Jonsson

Vem kan man lita på

Impressum

Förlag: BoD – Books on Demand, Stockholm, Sverige
Tryck: BoD – Books on Demand, Norderstedt, Tyskland

ISBN: 978-91-7699-562-4

AUGUSTI 2005

Hon lyssnade med stigande oro till hans tonfall. Hon hade omedelbart sett på hans ansiktsuttryck att det var dåliga nyheter när mobilen ringde. Han stängde in sig i sovrummet men hon hörde hur han argumenterade i telefon och ömsom hotade och ömsom vädjade till någon. Men det som skrämde henne var den undertryckta rädslan i hans röst.

Skakningarna i benen fick henne att sätta sig på en av pinnstolarna. Papperskassarna med mat stod på golvet och väntade på att bli uppackade. Hon måste se till att få i gång kylskåpet. Blicken fastnade på den halvt öppna kylskåpsdörren. Undrar om vi har något vatten i brunnen, tänkte hon medan hon registrerade hur det blev tyst i sovrummet.

Hon borde inte ha följt med till stugan. Hon borde ha satt ner foten. Hon borde ha... I flera år hade alla dessa "borde ha" följt henne. Men rädslan för att dö hade hållit henne tillbaka.

Han hade kört den åtta timmar långa bilturen i ett svep. De hade bara stannat vid skogskanten vid ett tillfälle för att uträtta sina behov. Han spelade sin favoritmusik på radion hela tiden.

7

Hon mådde illa men sa inget. Hon fantiserade om trafikolyckor. Om hon knäppte loss hans säkerhetsbälte och snabbt slog honom hårt i huvudet och ryckte i hans armar måste han tappa kontrollen över bilen. Hon såg framför sig hur de krockade mot ett träd medan han flög genom vindrutan.

Hon kunde vrida om nyckeln. Eller öppna handskfacket för att se om det låg något verktyg där som hon kunde använda att slå honom i huvudet med.

Som vanligt hade hon suttit orörlig medan den skogsklädda naturen förvandlades till ett kargare fjällandskap.

Hon såg ner på sina händer. De darrade. Hon skämdes över den våg av självömkan som drog genom henne och som fick tårarna att stiga upp i ögonen.

Hon reste sig snabbt när han kom ut från rummet, men han tittade inte åt hennes håll. Han gick direkt ut och slog igen dörren efter sig. Genom fönstret såg hon hur han tog sikte mot utedasset. Hon slog på kylskåpet som startade med ett svagt brummande. Det skulle ta ett tag innan det blev kallt, men det kunde inte hjälpas. Hon tömde kassarna på de varor de i all hast hade packat ner tidigt på morgonen och vred sedan på kallvattenkranen. Inget vatten. Hon fick fylla på en hink ute vid brunnen.

"Har du fått fram nåt att äta än eller sitter du bara och latar dig?"

Han steg in genom dörren och satte sig ner. "Ta hit min whiskey."

Han fick sin flaska och ett glas och började dricka medan hon plockade fram bröd och pålägg.

"Men för helvete, skulle det där vara mat för en karl?"

"Jag har inte hunnit…"

"Du är för fan totalt värdelös." Han slängde brödet på henne och fyllde på sitt glas. Hon plockade fram en stekpanna och slog på plattan. Gudskelov att de hade installerat en riktig spis. Den första tiden hade de bara vedspis, och det brukade ta tid att få fyr i den. Hon slängde i några korvar i pannan tillsammans med lite smör. Hade hon tur var han tillräckligt trött för att somna så fort han ätit och druckit. Hon ställde fram ett par öl medan hon såg hur han återigen fyllde på sitt whiskyglas.

"Fy fan Eva, du börjar bli för jävla tjock. Den här veckan får det bli ändring på det. Motion och mindre mat, det är precis vad du behöver." Han ställde båda ölburkarna på sin sida av bordet. Hon förstod vinken och la över alla korvarna på hans tallrik. Hon kunde äta sen. När han somnat.

Han släppte henne inte med blicken medan han åt. Hon satt stilla för att inte provocera honom. Så drack han ur ölen och rapade. Han flinade mot henne.

"Du är då för jävla värdelös. Sitter bara där som ett jävla mähä. Kom hit," uppmanade han medan han fyllde på med mer whiskey i glaset. Det fanns inte mycket kvar i flaskan nu. "Du vet vad du ska göra."

Hon blundade. Hon ville inte. Orkade inte. Hon äcklades av bara tanken.

"Jag mår illa. Är fortfarande åksjuk."

"Ja det kunde man ge sig fan på", sa han och svepte whiskeyn i ett drag. Han reste på sig och greppade med ena handen om hennes hals. "Snygga till här nu. När jag vaknar får du fan i mig ställa upp lite. Annars jävlar."

Han vinglade in i sovrummet och slängde sig på sängen. Snart hörde hon hans ljudliga snarkningar. Hur länge det skulle vara visste hon aldrig. Hela natten eller några timmar. Han kunde också vakna efter en stund för att dricka mer sprit. Han tålde hur mycket som helst.

Hon dukade av och la ost på ett par brödbitar. Hon kunde också behöva en öl och öppnade en medan hon försiktigt kikade in mot den öppna sovrumsdörren. Snarkningarna fortsatte. Vilket helvete väntade henne när han vaknade? Skulle han nöja sig med att tala om för henne hur värdelös hon var? Eller slå henne så hon inte kunde gå ut? Hon borde gå in till honom och köra en kniv i halsen på honom. Den här gången borde hon verkligen göra det. På riktigt. Inte sitta här och vara det mähä han påstod att hon var. Hon plockade fram den vassaste kniven de hade och gick in mot sovrummet. Såg på hans smärta kropp. Han höll sig i trim, det krävdes i hans kretsar.

Att stå så här lätt framåtlutad över honom var det modigaste hon hade gjort i hela sitt liv. Det pirrade till i magen. Det här var en lek med döden, det visste hon. Men varför var det just hon som skulle dö? Det var han som inte förtjänade att leva. Filmfrekvenser från en film rullades upp i hennes inre. En gammal kvinna som stod lutad över ett bylte som var täckt med ett vitt lakan. Hon stötte en lång förskärare i byltet om och om igen. Lakanet färgades mörkt. Det måste väl ha varit rött? Så insåg hon att det var en gammal film i svartvitt hon sett av någon anledning.

Ett djupt rosslande läte från mannen hon hatade så intensivt fick henne att i panik vända tillbaka ut i köket. Med hjärtat dunkande i bröstet slängde hon en blick bakom sig. Han hade bara vänt på sig när snarkningen hotat att kväva honom.

Hon gömde kniven längst in i skåpet under diskbänken. Till sin förtvivlan kände hon att trosorna var våta. En stund blev hon sittandes på huk medan hjärtat började återgå till ett lite lugnare tempo. Hon kunde ha dödat honom. Ett statligt fängelse var ändå bättre än det privata helvete hon levde i. Det var bara det att han troligen skulle övermanna henne och döda henne först. Vilka alternativ hade hon egentligen?

Dö eller försvinna.

Hon öppnade dörren till förrådet bredvid köksdörren. Där låg hennes vandringskängor. En röst inom henne envisades med att säga att hon måste ha en bättre plan. Bilen. Hon hade inget körkort, men nog skulle hon klara av att köra. Hon hade övningskört några gånger för längesen. Men nycklarna låg i hans jackficka, och den hade han på sig.

Hon tog kängorna i handen och gick ut och satte sig på trappan.

Händerna skakade inte längre. All tvekan var som bortblåst. Rösten inom henne som försökte tala om för henne att hon måste ha en bättre plan hade tystnat. Det var nu eller aldrig. Hon drog på sig kängorna och snörade fast dem med dubbla knutar. Hon skulle ta vägen nerför fjällsluttningen till byn. Det skulle gå snabbare än att följa vägen. Sedan visste hon inte. Det fick lösa sig.

Hon drog in den friska fjälluften i lungorna och började gå. Solen stod lågt på himlen och fick den gräsbeväxta sluttningen framför henne att glittra. Efter tomtgränsen växte ett fåtal dvärgtallar. Hon gick med snabba steg mot den mer tätbevuxna skogen.

Ropet ekade bakom henne. Ljudet färdades lätt i den tunna luften.

"Eva! För helvete, kom tillbaka!"

Hon började springa. Hon måste klara det här. Skräcken grep åter tag i henne. Han var en bra sprinter. Ljudet av hans svordomar kom allt närmare. Skogskanten var nära. Om han inte hunnit få på sig riktiga skor kunde hon vara den snabbaste där. Rädslan fick henne att öka farten när hon nådde de första träden.

Då snubblade hon. Föll raklång och stötte vänstra axeln mot en smal trädstam.

Skräckslagen vände hon sig på rygg. Där var han, bara några meter ifrån henne. Hon kunde se att ansiktet var förvridet i en djurisk grimas.

Plötsligt drabbades hon av en ilska så stor att hon trodde hon skulle gå sönder. Den bubblade upp från magen, och hon kände något byggas upp inom henne som måste ut. Det var som om hela kroppen svällde. Han spottade fradga över hennes ansikte när han böjde sig djupt över henne.

"Res på dig din jävla kossa."

Snabbt tog hon tag med ena handen runt stammen på trädet. Med den andra högg hon tag i hans arm medan hon vek upp ett ben mot kroppen. Med ett djuriskt vrål och med en kraft hon aldrig kunnat ana att hon ägde sparkade hon med sin hårda känga rakt mot hans bröst.

Han föll.

Gode gud, tänkte hon och rullade undan. Vad hände? Hon reste sig på ben som knappt bar. Nu slår han ihjäl mig, tänkte hon och kände illamåendet arbeta sig upp i svalget.

Det kom ingen smäll. Han låg på rygg och kved. Han var likblek och höll ena armen över bröstet.

"Kan inte röra mig. Måste till sjukhus," pressade han hackigt fram. "Ring..."

Hon svarade inte. Han var utslagen. Hon hade övermannat honom.

"För helvete..." Rösten var grötig av smärta.

Hon kräktes. Medan hon lyssnade på hans kvidande tömdes magen. Det var inte bara den minimala föda hon ätit som hon fick ur sig. All den skräck hon känt följde med ut vid varje uppkastning. Kvar fanns bara hatet.

"Snälla..." Han flämtade.

Snälla. Hon såg på honom. Ligg du där och be för ditt liv, tänkte hon medan hon petade på honom med ena kängan. Han såg oförstående på henne. "Vad..." Mer hann han inte säga förrän hon gav honom en hård spark mot hans revben. Han fick ur sig ett gällt skri innan hon lyfte sitt ben och med all kraft stampade med foten rakt över hans bröstkorg.

"Ditt as. Ditt jävla fula as." Hon stampade ett par gånger till. Han låg tyst och stilla. Blodfärgade bubblor letade sig ut ur hans mun.

Hon såg sig om. Naturen var stilla. Längs med skogsgränsen fanns ett dike. Tillräckligt djupt för att hans kropp inte skulle nå över kanten. Hon rullade över honom dit. Nog skulle han väl duga som kadaver till skogens djur, tänkte hon. De var nog inte så nogräknade.

AUGUSTI 2015

Angela vaknade sakta upp ur sin dröm. Det tog en stund innan hon kunde orientera sig i tiden. Söndag. Det var söndag och hon var ledig. Det kändes bra. Faktiskt. Hon sträckte på sig och lät blicken glida över de indiska tygskynken hon hängt upp på väggen och tänkte på sin yogaträning. Det var längesen hon hade praktiserat den.

Hon svängde benen över sängkanten och tog sig ner från sitt sovloft med hjälp av den inbyggda stegen. Med ett ryck i linan bredvid drog hon förhänget framför sängen.

Hon duschade i svalt vatten. Sommarvärmen höll i sig. Men för varmt för en joggingtur var det aldrig. I dag fick det bli en sväng på Årstafältet. Hon studerade sitt ansikte medan hon borstade tänderna. Ovanligt blek efter en solig sommar. Kanske hon trots allt borde satsa på lite semester, men det var nog för sent att be om det nu. Hon tog en snodd och drog ihop håret i en hästsvans. Hon studerade topparna och påminde sig om att beställa en tid hos frissan.

Hon såg på klockan. Redan nio. Hur hade det gått till? Hon måste ha sovit i tio timmar. En skön känsla fanns i kroppen. Ingen oro över hur hon skulle få helgen att gå. Tvärtom, hon såg fram emot ytterligare en dags ledighet.

Det var helt och hållet Annas förtjänst. Hennes bästa arbetskamrat på Karolinska och nu hennes bästa vän när de inte längre jobbade ihop. Anna som hade fullt upp med jobb och familj var den som ändå var bäst på att hålla kontakten. Men de hade tillbringat sommaren i sin stuga på Österlen, så de hade inte setts på två månader. Tills i går. Anna var äntligen hemma i Sollentuna igen och de träffades på stan över en fika.

Angela hade lättat sitt hjärta. Allt som hon hållit inom sig bara flödade ur henne. Hennes chock när mannen i hennes liv visat sig vara någon helt annan. De som skulle flytta ihop och bilda familj. Hon hade trott på det ända tills den dagen hon av en slump sprang på honom på centralen. Kvinnan i hans sällskap var hans fru.

Det tog knäcken på henne. Ingenting var roligt längre. Utom jobbet. Det höll henne uppe och hon hade jobbat hela sommaren.

Anna hade varit tyst och låtit henne prata. Till slut hade Angela blivit medveten om hennes stirrande blick och lätta huvudskakning. Hon hade kommit av sig. "Vad då, tror du mig inte?"

"Men herregud Angie, jag känner inte igen dig." Anna hade tagit hennes hand. "Var är den självständiga och tuffa Angela jag känner? Som inte låter sig knäckas av någon, utan som ger igen när någon trampar på henne."

Det var som om hon vaknat upp till en ny verklighet. Hon sörjde en man som inte fanns. En illusion. En dröm om att äntligen hitta en man att dela livet med. Den Kristian som hade matat henne med lögner och som säkert svek sin fru på samma sätt var inte värd att fälla några tårar för. Honom ville hon inte ha.

Hon gick ut till kokvrån och öppnade kylskåpet. Det var lika tomt som hennes liv varit den sista tiden. Bröd med ost och en kopp te fick duga. Lite yoghurt och ägg hade varit gott. Hon ställde sin spartanska frukost på barbordet vid fönstret i rummet. Där fanns det plats för två personer, men den andra stolen hade stått tom varje dag nu i snart två månader. Jävla Kristian. Dags att stuva undan tankarna på honom nu längst bak i skallen. Hon öppnade balkongdörren och flyttade ut sin frukost dit. Lägenheten kändes plötsligt för trång. Dammet virvlade runt de färgglada kuddarna runt det låga soffbordet. Hon mindes inte när hon hade städat sist. Hon kunde passa på att göra det nu innan solen nådde hennes fönster. Springa kunde hon göra senare.

Efter två timmar kändes rummet som nytt. Gamla tidningar låg samlade i en kasse och alla textilier hade skakats på balkongen. Kokvrån var skurad och golven tvättade. Det enda bekymret var kläderna som inte fick plats i lådorna under sängen. De borde rensas ut. Hon drog ut den översta och plockade ut kläderna för att sedan bara lägga tillbaka dem hon absolut behövde. När hon var klar låg det en ensam tröja kvar på golvet. Med en suck la hon tillbaka också den i lådan. En större lägenhet skulle passa fint nu. Jag kanske kan be mamma och pappa om ett bidrag, tänkte hon. Hon fick planera in en söndagsmiddag, det var längesen sist.

Det var liv och rörelse på Årstafältet. Picknic i det gröna. Så klart, en söndag i juli med vackert väder. Boule verkade vara populärt bland de äldre. Barnfamiljerna spelade kubb, men många vuxna satt bara stilla på sina filtar medan barnen sprang omkring och lekte. Hon valde spåret som ledde in mot skogen och skuggan. Där var det lugnt. Hon joggade sakta framåt som uppvärmning. Ett tiotal meter framför henne sprang en mörk tjej med kortklippt frisyr som såg stark ut. De höll samma takt. Hon skulle just utmana sig själv genom att försöka springa om henne när en liten hund plötsligt kom rusande i full fart och korsade spåret framför den mörka tjejens fötter. Hon lyckades hålla balansen men gav till ett högt tjut. Angela kom ifatt henne.

"Oj, hur gick det?" frågade hon.

"Bra, men det var då själva…" Hon tittade bort mot ägaren som satt på huk och höll om sin hund. "Hör du du", ropade hon, "hur skulle det vara om du höll din hund kopplad? Nästa gång kanske jag sparkar till honom ordentligt." Mannen svarade inte.

"Det kanske är husse som behöver en spark någonstans istället", påpekade Angela.

"Ja, antagligen… Ska vi göra sällskap en bit? Ifall vi råkar på hunden igen, då kanske vi kan ge dem en spark var."

"Springer du ofta här?"

Angela nickade. "Här och på Långholmen. Nästan varje dag. Och du?"

Sakta började de jogga framåt tillsammans. De befann sig precis längs den sträcka som var Angelas favorit. Suset från asparna längs sidan av spåret var lika lugnande som en vaggsång. Åtminstone var det så hon tänkte sig det, ingen hade någonsin sjungit en vaggsång för henne.

"Här har jag bara varit ett par gånger. Jag gillar det här spåret men det tar nästan en halvtimme att ta sig hit. Förresten, jag heter Liselott."

"Angela."

De joggade sakta sida vid sida under lätt småprat. De ondgjorde sig en stund över hänsynslösa hundägare, men övergick snart till att jämföra sina olika träningsvanor. Liselott tyckte inte om träningslokaler.

"Nej, att lyfta skrot är inget för mig. Jag känner mig bara låst och uttittad."

Angela kunde inte låta bli att påpeka att av utseendet att döma såg det ut som om Liselott övade tyngdlyftning varje dag. "Du ser tillräckligt vältränad ut tycker jag. Tror nog inte den där hundägaren vågade ta upp en diskussion med dig."

"Synd. Hade varit kul att skrämma honom lite. Jag simmar. Tävlingssimmade i tonåren, men nu är det bara för mitt eget höga nöjes skull."

"Aha, ja det är säkert bättre än ett svettigt gym."

Asparna byttes ut mot ekar, och spåret delades åt olika håll.

"Här föredrar jag att svänga åt höger." Angela saktade in och såg på sin löparkompis. Hon nickade. "Jag också. Tio kilometer räcker för mig. Ska vi öka tempot lite?"

Ekarnas skugga erbjöd en liten frist från den värsta värmen. De ökade takten. Angela fylldes av energi. Som om de hade en tyst överenskommelse turades de om att springa först. Efter två kilometer öppnades naturen framför dem. Ett stort fält erbjöd många fina picnicplatser för helglediga familjer. Angela saktade in och stannade. Hon höll händerna mot knäna och andades tungt medan svetten rann utefter ansiktet.

"Du var mig en jäkel till att springa," skrattade hon.

"Tack detsamma, jag har aldrig sprungit den här sträckan så fort förut," kom det flämtande svaret.

"Lättare när man är två." Angela sträckte på sig. "Jag gör gärna om det."

"Jag med. Har du mobilen på dig?"

Angela nickade och plockade upp den medan hon gav Liselott sitt telefonnummer.

"Förresten, jag tänker gå in till centrum och kolla om det är något kvar på sommarrean i eftermiddag. Sista chansen kanske. Hänger du på?"

"Absolut! Om det blir efter tre."

* * * * *

Satan vad varmt det var. Den kortärmade skjortan var genomblöt på ryggen och under armarna. Luktade han illa? Brorsan klagade på det ibland. Mormor tvättade inte så ofta längre. Han knöt händerna i fickorna medan han höll blicken stadigt fäst mot ingången till Åhléns varuhus. Folk trängdes omkring honom. En grupp tonårspojkar kom upp från rulltrappan och knuffade till honom. "Flytta på dig idiot", hörde han någon av dem utbrista innan de försvann längs gågatan. Han ramlade nästan över en barnvagn när han försökte återta balansen. "Men ta det lilla lugna va´." Mamman som körde barnvagnen skakade på huvudet och gick vidare.

Han kände klumpen i halsen. Hon hade svikit honom. Han hade väntat på henne utanför hennes port, och som vanligt hade han småpratat med henne i tankarna när de gick gatan fram. När hon svängde in mot Åhléns tänkte han att det var dags för nya kläder. Igen. Men just som han gjorde sig beredd att följa henne in kom det en tjej till som hon hejade glatt på.

Det hade aldrig hänt förut, inte under de två månader han varit tillsammans med henne. De två fortsatte in på varuhuset och han stod obeslutsamt kvar.

Det tog nästan en timme innan de kom ut igen. De pratade och skrattade medan de fortsatte gå längs gågatan. Han rynkade pannan och följde efter. Det här var inte bra. Så länge hon var ensam nöjde han sig med att ha det så här. Att följa henne på några stegs avstånd och titta på medan hon shoppade. Ibland gick de raka vägen hem till henne. Aldrig buss eller tunnelbana. Det var så han ville ha det. Men om hon började umgås med andra... Det kunde han inte acceptera.

Tystnaden när hon steg in i väntrummet var kompakt. Hon var först på plan. Som vanligt på måndagar. Efter ett år som mottagningssköterska på ögonkliniken hade hon hittat sina rutiner. Hon ville ha kontroll över hur väntrummet såg ut innan de första besökarna dök upp. Nu började hon med att öppna ett fönster bakom skinnsoffan. Rummet fylldes genast av bruset utanför. Hon plockade bort ett par vissna blad från gullrankan på väggen och konstaterade att fönsterkarmar och bord var skinande blanka. Hon vred lite på fåtöljen av stresslesstyp så den riktades mot teven på väggen och fortsatte bort till sitt skrivbord. Det låg delvis dolt bakom receptionsdisken. Hon slog sig ner och startade datorn. Inga operationer idag. Bara nya konsultationer för korrigering av synfel under förmiddagen och tre återbesök efter lunch. Dessutom ett förstagångsbesök av en medelålders kvinna för konsultation angående eventuell operation av ögonlock. Skönhetsoperationer var eftersökta och lönsamma, men policyn var att de operationerna bara utfördes i mån av tid. Synfel gick före.

Hon gick in i omklädningsrummet och tittade sig i spegeln. Håret var uppsatt i en hästsvans och hon rättade till ett par hårtestar som fallit ned under hennes morgonpromenad. Att hon hade en halvtimmes gångavstånd hemifrån och hit var en stor fördel med det här jobbet. Hon avskydde verkligen att åka tunnelbana. Hon tänkte på Liselott. En ny kompis. Precis vad hon behövde. De hade haft kul när de gick på stan i går. Det var första gången på två månader som hon tillbringade en del av sin fritid tillsammans med någon annan. Två sommarmånader utan semester eller kvällsnöjen. Det fick bli ändring på det nu. Men det fanns ytterligare några hon behövde besöka igen. Mer av plikt än nöje. Hon tog fram sin privata mobil och slog numret.

"Fredin."

"Hej mamma, det är jag."

"Hej Angela. Jaså, är det du som ringer." Ja mamma, det är jag. Och du låter inte superglad precis, tänkte Angela.

"Hoppas jag inte stör. Tänkte bara fråga om ni är hemma på söndag."

"Nej då, du stör inte. Vi har precis ätit frukost och ska börja arbeta snart. Pappa har redan gått in på kontoret."

Det blev tyst en stund. Angela upprepade sin fråga. "Är det okej om jag kommer och hälsar på er på söndag?"

"Ja, det skulle vara trevligt. Det var längesen nu som du hörde av dig."

"Jag vet. Men då ses vi på söndag då. Hälsa pappa." Med en suck avslutade hon samtalet och gick till pentryt för att brygga kaffe i väntan på att resten av teamet dök upp. Den här veckan skulle både Christos och Mikael, de två ägarna av ögonkliniken vara på plats. Men i dag skulle även en nyanställd läkare börja. Hon hade träffat henne ett par gånger och trodde hon skulle passa bra in i gruppen.

Hissen stannade på fjärde våningen. Trappan upp till vindsvåningen verkade inte ingå i kontorsstädningen. Hon tog den med snabba steg. Den varma instängda luften slog emot henne när hon öppnade dörren till mötesrummet. Hon sköt upp de två takfönstren för att få till ett korsdrag och såg sig om. Ett tomt bord med tolv plaststolar. Eftermiddagens solstrålar avslöjade ett jämnt lager damm över bordet. Under sommarmånaderna var det bara hennes grupp som använde rummet. Hon gick bort till kortändan av rummet och öppnade dörren till det lilla toalettrummet för att blöta en trasa och torka av lite.

"Hallå, är det någon här?" Carinas stämma nådde henne. Hennes röst bar spår av de skadade stämbanden som aldrig skulle återhämta sig. Eva vände huvudet ut mot rummet och såg på sin vän. De hade känt varandra i tio år, och i fem år hade de jobbat tillsammans. Eva skulle aldrig glömma den trasiga unga tjej hon träffat när hon besökt sina vänner på kvinnojouren. Hon hade gått dit några gånger efter det att hon lämnat sin man åt sitt öde. Carina var den enda som visste vad som utspelat sig den där dagen uppe vid stugan. De hade stöttat varandra och tillsammans hittat en lösning också för Carina. Det blev startskottet för den här verksamheten.

"Puh, vilken värme." Carina log glatt. "I dag har jag ett lyckat uppdrag att berätta om. Hänger du med ut och firar lite ikväll?"

Eva tvekade. Hon hade ett eget uppdrag på gång som krävde lite planering. Ett uppdrag som hon inte tänkte delge gruppen... "Okej, gärna för mig."

De avbröts av skratt och prat från trappuppgången. "Låter som om resten av gänget är här nu. Plus tio till", skämtade Eva när de tre återstående deltagarna steg in i rummet. Gabriella som var deras senaste tillskott i gänget, och Kerstin och

Yvonne som hade varit med när de startat gruppen. "Kul att se er igen. Vi kör i gång direkt så vi slipper sitta i den här kuvösen för länge."

Alla satte sig ner runt bordet. Eva studerade sina vänner och funderade på hur länge de skulle orka vara med. Från början hade de skapat en regel om att ingen fick fortsätta om de bildade familj. Det skulle vara för farligt. Hittills hade ingen verkat ha sådana planer. Hon tog upp ett litet anteckningsblock. Det kunde behövas för namn och adresser. Anteckningarna förstördes när de inte behövdes längre.

"Ska vi börja med de goda nyheterna? Jag tror Carina har lyckats med något bra i veckan."

"Absolut." Carina log belåtet. "Hulken har gjort en fin insats."

"Hulken?" Gabriella såg undrande på henne.

"En fin kille må du tro. Vi har anlitat honom några gånger, alltid med lyckat resultat. Honom kommer du att ha användning av."

"Hulken är en kille med en jobbig uppväxt", förklarade Eva. "När han var tolv år tog hans mamma äntligen med honom och flyttade från sin man som hade plågat henne i många år." Hon gjorde en kort paus och suckade. "Men vad tusan hjälpte det. Ni vet ju, vissa ger sig aldrig." Alla runt bordet nickade igenkännande.

"Mamman fick en ny omgång och hamnade på sjukhus. Grabben placerades i fosterhem och mannen fick några månader bakom lås och bom."

"Gav han sig efter det?" Det var Gabriella som frågade.

Eva skakade på huvudet. "Men deras grabb hade fått nog. Han började träna, hårt och intensivt. Han skulle hämnas." Hon tog en klunk ur sin vattenflaska. "Jag skulle ha velat se pappans min när han återsåg sin son."

Grabben hade flyttat hem till sin mamma igen. Han väntade bara på att pappan skulle dyka upp när han var där. Han var förberedd. Så en lördag fick han chansen. Pappan dök upp full och förde väsen utanför dörren. Grabben hade sagt åt sin mamma att låsa in sig i badrummet och öppnat. Han hade dragit in sin pappa i köket och gett honom några rejäla smällar så han stöp.

"Sen började sparkarna. Han sparkade honom i underlivet och magen. Skrek åt honom att han skulle få samma behandling som han hade gett mamman. Han hade säkert sparkat ihjäl honom om hon inte kommit ut och sagt stopp."

Eva hade pratat med mamman efter det. Hon hade blivit skrämd av sonens utbrott och varit tvungen att lugna ner honom. Inte för att rädda mannen utan för att hindra att de åkte dit för mord.

"Efter det såg de honom aldrig mer."

"Så nu går han runt och ger före detta pojkvänner en omgång?"

"Nej, inte alls. Det var sista och enda gången han slogs."

Eva log åt Gabriellas förvirrade min.

"En hulk behöver bara visa sig för att skapa rädsla."

"Precis." Carina fortsatte sin berättelse. "För två veckor sen fick jag i uppdrag att träffa en tjej som inte blev av med sin kille. Det var som klippt och skuret för ett jobb åt Hulken. Hon var lite tveksam först, men jag lyckades övertala henne att låta Hulken flytta in hos henne ett par dagar. Nu är hon så himla glad att hon gick med på det. Hon är säker på att hennes gamla kille inte kommer att besvära henne mer. Han trodde på att Hulken var hennes nya pojkvän, och Hulken gjorde klart för honom vad som skulle hända om han inte lämnade hans tjej ifred."

"Bra jobbat." Eva lutade sig bakåt i stolen och såg på de andras leende miner. Det var de här händelserna med lycklig utgång som gav dem styrka att fortsätta.

"Kerstin, har du något att ta upp i dag?"

"Ja, jag träffade min kontaktperson på kvinnojouren i går. Hon berättade om en äldre kvinna som söker skydd hos dem ibland. Hon har levt tillsammans med samma man i fyrtio år, men nu när hon har fått problem med ryggen och har svårt att gå har han blivit som förbytt. I stället för att hjälpa henne så slår han henne. Kan ni fatta det? Det är så jävla sorgligt. Och till på köpet så försvarar hon honom och säger att han inte kan rå för det. Att han gör det för att han inte orkar med att hon håller på att bli handikappad."

Eva skakade på huvudet. "Jag vet. De här männen som är snälla innerst inne…"

"Precis. Så länge de själva blir ompysslade och bortskämda."

"Har du namn och adress?"

"Sten Fredrikson. De bor på Lillängsgatan i Upplands Väsby."

Yvonne började googla på mobilen. "Bingo. En av mina kontaktpersoner bor där i närheten. Han kan säkert rycka in och få den här mannen att tänka om. På ett eller annat sätt."

Åtgärder som krävde en mer handgriplig insats togs inte upp till diskussion. Var och en hade sitt eget nätverk. Ibland förundrades de över hur många människor det fanns som verkligen ville hjälpa till när det gällde. Men de måste vara anonyma.

"Gabriella, har du hittat någon på de forum du har läst som behöver vår hjälp?"

"Ja, jag ska träffa en tjej nu i veckan." Hon hade fått i uppdrag att söka på nätet dit kvinnor sökte sig för att få råd och hjälp. "Hon är nyinflyttad i stan och tycks ha råkat ut för en stalker."

"Bra jobbat."

Gabriella rodnade. "Hoppas vi kan göra något."

"Det finns folk som hatar stalkare. Ring någon av oss om du lyckas ta reda på vem han är." Hon gjorde en paus medan hon drack ur sin flaska.

"Är det något mer på gång just nu eller ska vi avsluta för i dag?"

"Jag har några fall i ett av mina forum, men inget som ni kan hjälpa mig med just nu," svarade Yvonne.

"Okej. Gabriella, lycka till nu i veckan, och ring om du behöver hjälp med något."

"God morgon!" Christos var den som anlände sist denna morgon. Orakad och klädd i shorts med en skrynklig t-shirt. Angela log och nickade.

"Har du sovit gott i natt?"

Hon fick en lång suck till svar. "Tror nästan jag somnade medan jag vandrade mellan vardagsrummet och köket. Lillstumpan har sina första tänder på gång och Larissa är sjuk."

"Hoppsan, ingen bra kombination. Men du har ingen operation i dag som tur är."

Christos gick in i omklädningsrummet och återvände kammad och ombytt till vit arbetsklädsel. Han hämtade en mugg kaffe och satte sig på kanten av hennes skrivbord.

"Är allt bra med dig? Du ser faktiskt oförskämt pigg ut."

Christos visste varför hon hade valt att arbeta hela sommaren. Det hade passat dem utmärkt eftersom hans fru var den som jobbat som receptionist där innan. Planen var att hon skulle återvända på halvtid efter ett par år, men de räknade med att ha arbete åt dem båda när det blev dags.

"Ja, faktiskt, nu har livet blivit kul igen. Inte bara jobbet." Hon tänkte på Liselott och på hur roligt de hade haft på sin shoppingtur. De hade inte ens köpt något. Det var längesen hon skrattat så mycket. Nu skulle de träffas på fredag igen och gå ut och äta. Den här varma sommaren som bjudit på så många sköna kvällar som hon missat. Hon hade valt att lida i stället. Så idiotiskt. Självömkan. Det som var emot hennes principer. Nu fick hon ta igen den tiden med råge. Hon skulle njuta av livet.

"Härligt att höra." Han reste sig. "Första besöket kommer väl snart?"

"Stämmer. En ny konsultation." Hon såg på klockan. "Om en kvart ungefär."

Hon tog vägen över Hötorget på vägen hem. Torghandlarna ropade ut sina priser när hon passerade. "Köp kantareller! Halva priset! Billigt!" Hon tyckte om kommersen. Liv och rörelse. Hon vinkade åt Farouk som hon brukade köpa grönsaker av. "Vackra kvinna, jag har fina tomater idag!" Hon köpte melon, plommon och svenska päron. Med påsarna i handen gick hon ner till Drottninggatan och följde den fram till slottet i Gamla stan. I stället för att gå raka vägen fram till Slussen valde hon Slottskajen för att följa vägen längs med vattnet. Om hon inte haft sina påsar att bära på kunde hon passat på att jogga vägen fram. Det var alltid omöjligt när hon tog raka vägen hem längs den till trängsel fyllda Västerlånggatan. I dag fick det vara med träningspasset. Hon skulle kolla på lägenhetsutbudet i stan. Risken fanns att priserna steg efter sommaren. Hon ville vara förberedd på vilka möjligheter som fanns innan söndagsbesöket hos föräldrarna. En tvåa skulle vara perfekt. Med ett riktigt kök. Helst med öppen planlösning, men då blev det dyrare förstås. Hennes egen lägenhet hade väl också stigit i värde, men hon behövde ta ett stort lån om hon var tvungen att finansiera ett byte på egen hand.

Hon korsade Slussen och följde Hornsgatan en bit innan hon svängde av ner mot Bastugatan. Helst vill jag hitta en lägenhet här på Söder, tänkte hon. Lugnt men ändå med närhet till allt. Bättre butiker här än på Kungsholmen, men där var det också tänkbart att bo, fortsatte hon sin tankegång medan hon slog koden vid porten vid sitt boende. Hon gick de två trapporna upp till lägenheten och låste upp dörren. Med foten flyttade hon undan ett paket som låg på dörrmattan. Hon rynkade på ögonbrynen. Vad var det i paketet? Hon hade inte skickat efter något. Hon gick ut med fruktpåsarna till kokvrån och gick tillbaka för att ta reda på vad det nu var som hade kommit med posten. Paketet var mjukt. Ingen adresslapp. Vid brevlådeinkastet på dörren utanför fanns en lapp med ett nej tack till reklam. Hon rev försiktigt av pappret och stirrade oförstående på innehållet. Var det Liselott som skämtade med henne? Men det var för långsökt. Varför skulle hon göra det? Men om det inte var hon, vem var det då? Hon rös till. Hon vecklade upp sjalen och hittade en handskriven lapp. *Du är bara min.* Chockad läste hon den om och om igen. *Du är bara min.*

* * * * *

Det underliga var att det kändes ödsligare och tystare än vanligt på fredagar trots att det alltid var tomt i väntrummet på morgonen. Hon tänkte att det berodde på att hon visste att det inte skulle komma några patienter på hela dagen. Fredagar var en administrations- och mötesdag.

Dörren in till läkarnas mottagningsrum var öppen och ett lågmält sorl trängde ut därifrån. Hon tittade in och såg att alla redan var på plats.

"God morgon! Är det någon som vill ha kaffe?"

Fyra händer räcktes genast upp i luften. Christos och Mikael var inbegripna i ett samtal framför ett par röntgenplåtar. Christina som hade jobbat sin första vecka satt med sin laptop vid konferensbordet. Camilla, operationssköterskan, höll på med en inventering av förbrukningsmaterial.

Angela fixade kaffet i pentryt bredvid ytterdörren och tog med brickan in till bordet. Det obligatoriska veckomötet kunde börja.

Christos började med att fråga Christina om hon tyckte att allt hade fungerat bra under veckan och tillade att han själv var väldigt glad över att ha henne där.

"Jo tack, det här måste vara den bästa arbetsplatsen som finns. Men…" Hon gjorde en paus medan Christos höjde på ögonbrynen och tyst såg på henne. Hon log. "Det blev en liten

27

miss i vecka. En patient tog fel på tiden så jag fick två besök på samma tid. Hon hävdade att det var vi som gjort fel och inte hon."

Christos nickade. "Jag vet, vi har haft ett par problem med personer som hävdar att de har fått en annan information. Angela, har du hittat någon lösning på det här än?"

Hon tvekade. "Det finns lösningar. Frågan är bara hur avancerat det ska vara. Jag har faktiskt ett möte i dag med en leverantör som har bett att få komma och presentera sin firmas egenutvecklade system. Vi får se vad det ger."

"Intressant. Du får rapportera efteråt." Han öppnade en av journalerna som låg framför honom. "Nu måste vi snabbt gå igenom de frågor vi har om vi ska hinna innan det är dags för oss att ge oss i väg. Fast vissa måste stanna kvar och jobba förstås." Han log beklagande mot Angela. Hon viftade avvärjande med handen. "Roa er ni. Jag är van", sa hon och försökte se trumpen ut. "Vad är väl en bal på slottet…"

Prick klockan elva ringde det på dörren. Snyggt. Hon uppskattade punktlighet.

Hon tryckte på knappen för att låset skulle öppnas, och Peter Björkman steg in. Han var klädd i kostym och slips. Hon tänkte på sin egen svala sommarklänning. Hon reste sig och gick honom till mötes.

"Hej och välkommen." De tog i hand och hälsade. Han verkade inte påverkad av värmen.

"Vilket hemtrevligt väntrum ni har!" Björkman såg sig omkring. "Rena relax-avdelningen."

"Tack, det är precis den känslan vi vill förmedla."

"Då har ni lyckats."

Angela gick före in till mottagningen och visade vägen till deras konferensbord. Björkman såg sig omkring. Lokalen gav ett övergivet intryck.

"Har alla rymt hemifrån?" skämtade han. "Och lämnat dig att vakta stället?"

"Man kan misstänka det. Officiellt har de åkt på en helgkonferens om en ny lasermetod, men man vet ju aldrig… Tyckte mig se att det fanns en SPA-avdelning också dit de åkte."

Björkman skrattade glatt medan han plockade upp sin laptop. "Tro mig, jag vet det mesta om såna där helgkonferenser. De brukar vara populära."

Snart var de inbegripna i en livlig diskussion om Peter Björkmans medhavda demo av sitt patientsystem. Det innehöll alla funktioner de kunde tänkas behöva, och Angela blev mer intresserad än hon trott hon skulle bli. Det var inte ens speciellt avancerat, hon skulle snabbt kunna lära sig det.

"Vad tror du", undrade Björkman, "skulle detta kunna vara något för er klinik?"

"Ja, faktiskt, jag tror det. Men det blir väl en kostnadsfråga förstås."

"Jag ska räkna på det." Han gjorde en paus och såg på henne. "Är det något mer du funderar över just nu eller kan jag få lov att bjuda på en lunch? Jag är hungrig som en varg."

Angela såg på klockan. Redan ett. "Det var värst vad tiden går fort när man har roligt. Jag tackar gärna ja till en bit mat nu."

Valet av restaurang blev bättre än vad Angela hade väntat sig. Bäst att inte berätta för Christos, då blev det nog en mutvarning. Grand hotell. Inte riktigt den typen av lunchrestaurang hon brukade gå till. Men det låg på praktiskt gångavstånd. Peter hade tagit av sig kavajen och höll den hängandes över ena axeln. Hon sneglade på hans kritvita skjorta och antog att den var skräddarsydd.

Det blev en lång lunch. Peter berättade om hur han hade startat sin firma för ett antal år sedan efter att själv ha varit konsult och utvecklare i IT-branschen.

"Nu är jag bara VD och agerar säljare till nya kunder. Själva grovgörat överlämnar jag till andra."

Angela skrattade. "Bara och bara..." Hon tyckte om hans humor. Och hon tyckte om hans ögon när han tittade på henne. De glittrade.

"Men här sitter jag och pratar." Han studerade henne nyfiket medan han drack ur sitt vattenglas. "Förlåt att jag frågar, men... Har du alltid jobbat inom vården? Jag undrar, för när vi diskuterar känns det mer som om jag pratar med en av mina tekniker och inte med en sjuksköterska."

Angela höjde på ögonbrynen. "Menar du att sjukvårdspersonal skulle vara de som inte förstår sig på teknik? Kanske speciellt inte den kvinnliga delen?"

Peter Björkman rodnade lite, och Angela skyndade sig att släta över. Hon log. "Jag skojar bara. Nej, jag började min karriär genom att läsa ekonomi. Det var liksom förutbestämt att jag skulle följa i mina föräldrars fotspår och jobba i familjens revisorsfirma. Efter gymnasiet studerade jag i USA för att specialisera mig på ekonomi- och redovisningssystem. Jag jobbade ett tag efter det tillsammans med mina föräldrar, men ärligt talat blev jag lite trött på det. Tyckte det måste finnas andra värden i livet än bara de krasst ekonomiska." Angela lutade sig tillbaka och himlade lite med ögonen. "Du kan förstå mina föräldrars reaktion när jag beslutade mig för att sadla om till sjuksköterska. De tyckte inte att det var det smartaste valet i livet precis."

Han såg på henne med stora ögon. "Oops, en något överkvalificerad receptionist alltså."

"I och för sig. Men efter ett år här har jag lärt mig hur mycket en arbetsplats fylld med medmänsklighet och utan stress är värd. Har inte ångrat mig en sekund."

"Har du en familj att ta hand om också?"

Angela skakade på huvudet. Hon hade sett att Peter hade en ring på sitt finger. "Nej", sa hon, "det har inte blivit så."

Björkman satt tyst och tittade frånvarande ut över restaurangen. De flesta bord stod nu tomma och personalen arbetade med att duka av och göra rent. Angela la servetten på bordet och tackade för den trevliga lunchen. Hon tittade på klockan. "Oj, nu får jag snabba mig om jag ska hinna med att hantera alla fakturor som hopat sig i veckan."

Peter Björkman tog på sin affärsmässiga min igen. "Jag skriver en sammanfattning av vad som skulle krävas för en installation hos er. Sen återkommer jag med en offert om ni fortfarande är intresserade."

Sofia gick runt i lägenheten och planerade. Det fanns hur mycket som helst att göra här, bara han släppte kontrollen. En fyra-rummare på Strandvägen. Vilket kap. Så vitt hon visste hade han inga skulder på den. Ett arv efter föräldrarna. Han hade inte pratat så mycket om sin sorg mer än hur hemskt det varit att identifiera dem efter Tsunamivågen. Det var väl mer än tio år sedan? Han hade övertagit lägenheten och inte gjort några förändringar. Om han gav henne fria händer kunde hon göra underverk. Hon hade hur mycket tid som helst nu när hon inte hade något jobb längre. Men det visste han inte än. Hon skulle berätta sin historia i kväll.

Aldrig hade hon trott att hon skulle få en rik snygg man på kroken. Som konferensvärdinna träffade hon många män som gärna flirtade. Ibland blev hon utbjuden, men behandlades mest som en eskortflicka. Det gav lite fickpengar men inte mer. Med Peter var det annorlunda. Han var omhändertagande. Och det bästa av allt; Han uppskattade att hon var självständig och inte krävde att han skulle vara hemma varje kväll. För hennes del fick han jobba jämt om han ville. Så länge han försörjde henne var hon nöjd, men det sa hon förstås inte.

Hon gick in i ett av rummen som var förvandlat till ett gym. Det kunde han få behålla som det var om hon bara fick måla om väggarna och ta bort den mörka gardinkappan. Sedan hade han ett arbetsrum med ett gigantiskt gammalt skrivbord i ek. Det var hans privata domän. Sovrummet var okej. Sängarna var nya, han hade förstått att hon inte ville flytta in och sova i hans föräldrars gamla dubbelsäng.

Resten av lägenheten behövde totalrenoveras. Hon valde ut några inredningstidningar och la dem på köksbordet samtidigt som hon hörde en nyckel sättas i låset. Hon skyndade ut i hallen och tog emot honom med en lång kram.

"Älskling, vad skönt att du är hemma. Jag har något jättehemskt att berätta."

"Lugn gumman, vad är det som har hänt?"

Han sa det inte med det vanliga oroliga tonfallet han brukade ha när han försökte trösta henne. I stället lät han mer som om han frågade vad det blev till middag.

"Kan vi sätta oss i soffan?" frågade hon och tog honom i handen för att dra med sig honom in. Han släppte inte greppet om sin väska utan bar den med sig. När hon satte sig i soffan gick han vidare in på sitt arbetsrum och ställde den vid skrivbordet innan han kom tillbaka och slog sig ner bredvid henne.

"Okej, berätta nu vad det kan vara som är så hemskt."

Hon kröp upp i soffan med benen under sig och lindade armarna om hans hals.

"Jag blev tvingad att säga upp mig i dag."

Han vred sig mot henne och tog bort hennes armar. "Vad pratar du om Sofia? Ingen blir väl tvingad att säga upp sig?"

Hon snyftade lite. "Jag var inne på chefens kontor för att lämna in några fakturor. Han kom precis som jag skulle gå ut." Hon torkade bort några tårar. "Han hade druckit och stängde dörren för att hindra mig att gå. Sen…"

"Sen? Ja vad hände sen?" Nu hade hans röst ett stänk av oro.

"Han fick ner mig i soffan. Tafsade på mig och sluddrade om hur länge han hade velat ha mig och sånt skit." Hon gjorde en liten paus när hon såg hur hans ögon vidgades. Sedan fortsatte hon: "Men jag lyckades knäa honom. Du vet, som konferensvärdinna är man van vid både det ena och det andra. Man måste försvara sig. Men jag hade aldrig trott att chefen… Även om han är lite väl närgången ibland."

"Vilken skitstövel! Så klart att du inte kan jobba hos honom. Men… Tvingade han dig att säga upp dig?"

Hon slog hjälplöst ut med händerna. "Vad skulle jag göra? Han hotade med att sätta dit mig för att ha stulit ur kassan och ge mig skitdåliga vitsord. Alla skulle tro honom. En sån som jag har inte en chans mot såna män."

"Det här ska han inte få komma undan med. Han ska få klart för sig att vi inte kommer att boka någon mer konferens på hans hotell i fortsättningen."

Sofia la händerna runt hans ansikte och skakade på huvudet. "Snälla, säg inget till honom. Då kommer jag aldrig att få ett sånt jobb igen. Han kommer att ge igen och sprida rykten om mig."

Det tog en stund innan hon lyckades övertala honom att det var bättre att bara släppa det hela. Han fick för allt i världen inte konfrontera hotellchefen.

"Okej." Han suckade. "Men vad ska du göra nu då?"

"Jag hittar ett nytt jobb." Hon hoppade upp från soffan. "Jag har en kycklingsallad i kylen. Är du hungrig?"

Utan att vänta på svar gick hon ut i köket och plockade fram maten. Han följde efter och dukade fram tallrikar innan han flyttade inredningstidningarna till en tidningskorg på golvet. Det här kunde bli knepigare än hon trott.

"Vill du ha lite vin till salladen?" Hon tog de höga vinglasen som han var så rädd om och som de bara använde till fest.

Han skakade på huvudet. "Bara vatten."

Hon ställde tillbaka glasen igen. Han verkade stingslig i dag. Var det läge eller inte att prata köksrenovering? Hon gjorde ett försök.

"Älskling, vore det inte härligt att få ett nytt modernt kök? Jag menar, de här låga bänkarna och den repiga diskbänken... Det känns inte så fräscht precis."

"Nej, kanske inte det..." Han tog för sig av salladen och räckte henne skålen.

"Nu när jag har lite tid över... Jag skulle kunna ta kontakt med några firmor."

"Vi får se. Inte just nu, vi får fundera lite på det. Först får du koncentrera dig på att hitta ett nytt jobb."

Gud vilken tråkmåns, tänkte hon. Bäst att byta ämne. "Absolut," sa hon glatt. "Jag har redan några idéer. Kollade platsannonser förut." Hon pladdrade på en stund om vilka jobb hon kunde tänka sig. Han svarade fåordigt på hennes utlägg.

"Är du trött älskling?" frågade hon. "Vi kanske borde åka på SPA och koppla av under helgen?"

"En annan gång kanske. Just nu har vi lite mycket att göra på jobbet."

Hon hade redan förberett sig på det svaret. Hon plutade lite med munnen och la huvudet på sned. "Det var så längesen. Men kan du inte så... Är det okej om jag åker med en kompis då? Det vore så skönt att mysa lite och släppa allt tråkigt som hänt."

Han plockade ihop de tomma tallrikarna och reste sig. "Åk du, det är helt okej."

Hon reste sig och la armarna om hans hals. Han kramade om henne, men när hon tryckte sig mot honom drog han sig undan. Hon städade undan i köket medan han gick in i rummet och slog på teven. Han betedde sig inte som vanligt, men det kunde förstås bero på jobbet som han sa. Det hade sina fördelar för det gav henne mer frihet. Hur stor frihet hon hade var hon inte säker på än. Hon fick prova sig fram. Kanske åka på en resa tillsammans med en av tjejerna. Hon hade några att välja på.

Angela gick ut på balkongen och tittade ut. Solen skymdes bakom husen mittemot. Det var lugnt på gatan nedanför. Hon gick tillbaka in och hämtade en flaska vin från det lilla kylskåpet i kokvrån och hällde upp ett glas. Det fanns tid för en stund på balkongen innan hon duschade och bytte om. Hon slog sig ner i den enda solstolen och drog en djup suck av välbehag. Det fanns egentligen inte så mycket att klaga på. Hon hade en massa sparad semester att ta ut. Christos hade inte haft något emot att hon jobbade hela sommaren. De hade fullbokat med klienter på ögonkliniken, så hon behövdes. Hon log. Vilken guldklimp till chef hon hade. Alltid så omtänksam. Inte konstigt att de hade bra rykte och kunnat utöka verksamheten. Tur för henne, hon älskade sitt nya jobb.

Mobilen ringde. Okänt nummer. Tveksamt svarade hon med ett kort hallå. Inget svar. Hon avvaktade en stund innan hon knäppte bort samtalet. Vem i helvete var det som ringde varje kväll på det här sättet? En försäljare kanske som körde med automatiska uppringningar? Men de brukade väl visa sina telefonnummer. Och hon var ansluten till NIX. Mobilen ringde åter igen. Argt tittade hon på displayen. Men nu visades numret på uppringaren.

"Ja hallå?"

"Hej Angela, det är Amanda."

"Amanda! Äntligen! Har du hämtat dig efter dina äventyr nu?"

"Japp, nu är det dags att leva ett normalt Svensson-liv igen."

"Gud vad kul. Hur har du haft det?"

"Hur bra som helst. Den bästa resa jag gjort. Hur är det med dig? Jobbar du?"

Amanda hade satsat på en backpacker-resa tillsammans med sin pojkvän och varit borta ett halvår. De hade kontakt via Face Book, men Angela skrev inte så mycket om sitt liv där.

"Ja, jag jobbar. Men du, vi måste ses. När har du tid?"

"Det är därför jag ringer. Har du några planer ikväll?"

"Jag ska träffa Liselott på Medborgarplatsen klockan nio. Kan du komma dit?"

"Vem är Liselott?"

"En tjej jag träffade när jag var ute och sprang förra veckan. Jättemysig. Du skulle gilla henne."

"Kul! Jag kommer."

Med ny energi avslutade Angela sitt vinglas och gick tillbaka in i sitt enda rum. Hon drog snabbt av sig klänningen och lät den hänga över soffryggen. Det är ändå lördag imorgon, jag får plocka i ordning då, tänkte hon medan hon lät underkläderna ramla ner i tvättkorgen i badrummet. Amanda. Hennes barndomskamrat och stöttepelare när livet varit svårt. Hon lät vattnet skölja genom håret och tvålade snabbt in sig. Så roligt att få träffa henne igen. Nu hade hon två fina kompisar. Resten skulle säkert ordna sig. Hon frotterade sig torr och la en lätt makeup. Lite mascara och läppglans fick duga.

Från garderoben vid ytterdörren plockade hon fram en ärmlös byxdress. Sval och skön. Det var olidligt varmt. Hon såg på klockan. Nu måste hon gå om inte de andra skulle behöva vänta på henne.

* * * * *

Skönt, hon lämnade balkongen efter en kort stund. Det brukade betyda att hon skulle ut och springa. Det var långtråkigt att stå och titta upp mot hennes lägenhet när hon bara satt där och läste.

Där kom hon. Men inte i träningskläder. Bara lätta sommarkläder. Hon var så fin. Pulsen ökade takten. Nytvättat hår, det var inte torrt än, som var uppsatt i en knut på huvudet. Angela var inte som andra. Det gjorde honom upphetsad. Rak i ryggen och med lätta steg i glittriga sandaler gick hon raskt framåt. Om hon hade vänt sig om hade han sagt hej. Nu svängde hon in mot Medborgarplatsen. Där var som vanligt mycket folk vid alla uteserveringarna. Det var första gången som han sett henne gå dit. Och hon var ensam. Det hade hon varit i tre dagar. Han bestämde sig. Nu eller aldrig. Om hon satte sig vid ett bord skulle han göra henne sällskap. Hon skulle tacka för presenten.

Nej, vad hände nu? Han stannade tvärt. Vilken otur, hon stötte ihop med en tjej som tydligen var en bekant. Han rynkade på näsan när han såg hennes rastaflätor. De kramades länge och skrattade. Han backade undan en bit. Måtte hon snart ge sig av. Besviken tittade han på medan de satte sig vid ett ledigt bord och fortsatte att prata. Angela såg sig omkring. Hon reste sig. Han flyttade sig nervöst en bit. Så såg han. Hennes nya tjejkompis var på väg mot henne. Han hade inte en chans. Hon tänkte umgås med andra tjejer. Han fick samma känsla som när lekkamraterna förr stängde dörren framför honom och sa till honom att gå hem. Han fick inte vara med. Men nu var han inget barn längre. Det var inte okej att behandla honom så. Svärande för sig själv vände han av hemåt. Det räckte visst inte med presenter. Han måste vara tydligare.

Angela presenterade sina vänner för varandra innan de slog sig ner vid bordet igen.

"Här ska ni få se", sa hon och plockade upp paketet ur väskan. Hon vecklade upp det medan de andra nyfiket såg på. Liselott tittade stort med öppen mun.

"Men... Köpte du den?"

"Nej, knappast. Den är ju gräslig."

"Vad pratar ni om?" Amanda vecklade upp sjalen. "Jag håller med, den är inte speciellt snygg."

Kyparen kom och gav dem varsin meny. "Önskas något att dricka?"

De beställde en flaska vitt vin och Angela knölade ner sjalen i väskan. "Jag fick den i brevlådan i onsdags tillsammans med det här," förklarade hon och tog upp det handskrivna kortet. *Du är bara min.*

"Ingen underskrift? Men gud vad läskigt." Amanda stirrade på orden.

Liselott la upp båda armarna på bordet och lutade sig fram. "Allvarligt, det är hur mysko som helst."

"Ja, visst är det. Först trodde jag att du skojade med mig."

"Varför skulle jag göra det?"

Angela ryckte på axlarna. "Ingen aning. Men jag fattar inte."

Amanda såg från den ena till den andra. "Nej nu får ni allt förklara. Vad är det som har hänt egentligen?"

Angela berättade. "Vi tramsade lite när vi gick på Drottninggatan i söndags. Och vi var överens om att den här sjalen var en av de fulaste vi sett. Så vi lindade den om oss och tog en selfie. Kan någon ha sett oss göra det kanske? Och trott att vi gillade den?"

"Kanske han i affären. Han tittade på oss. Och vad jag vet så är de lite svaga för tjejer med långt ljust hår. Gå förbi i morgon och fråga vet jag. Han kanske bjuder ut dig."

Angela skakade på huvudet. "Om det inte vore för de här orden, du är bara min, så skulle det inte kännas så otäckt. Usch, jag vet inte." Hon knölade ihop pappret och släppte det på marken. "Nu skiter vi i det här. Vad vill ni äta?"

Angela betraktade sina vänner medan hon åt upp det sista av sin caesarsallad. Samtalet flöt lätt. Liselott var den av de tre som inte hade rest utanför Europa. Hon avslöjade att hon en gång som ung varit nära att satsa på några månader som backpacker. I sista stund hade hennes vän hoppat av. Efter det hade det bara blivit semesterresor till Grekland och Spanien.

"Ni är modiga", sa hon. "Ni gör verklighet av era drömmar."

"Inte jag", svarade Amanda, "jag är inte ett dugg modig. Om inte Klasse hade varit hade jag aldrig åkt. Men Angela är modig. Hon har alltid gått sin egen väg. Eller hur?" Hon vände sig till Angela. "Du har inte haft det så lätt i livet, och ändå vågar du stå upp för den du är."

Angela viftade undan påståendet. "Bra vänner kan göra skillnad. Ska vi ta in en flaska vin till?"

"Inte mig emot." Amanda sträckte upp armen för att påkalla kyparens uppmärksamhet och gjorde ett tecken mot den tomma flaskan.

"Vad jobbar du med Lotta?"

"På turistbyrån."

"Då har du väl fullt upp den här tiden?"

"Absolut." Liselott skrattade. "Alltså, ibland är det helt galet. I dag har jag visat var slottet ligger för minst femtio personer. Kan inte fatta att det är så intressant."

Amanda nickade. "Det verkar vara samma sak över hela världen. När man kommer till ett land ska man alltid se deras slott eller palats eller var nu överheten har sitt näste. Konstigt."

"Är det slutrest för dig ett tag nu då?" frågade Angela och tittade på Amanda.

"Ja." Amanda log med hela ansiktet. "Nu när vi vet hur bra vi passar ihop tänker vi gifta oss. Och skaffa barn så fort som möjligt."

En lätt skugga for över Liselotts ansikte. Det här var första gången barn nämndes i deras samtal. Angela visste bara att Liselott också var singel och att hon var trettiotvå år precis som hon själv.

"Grattis! Och får jag inte en inbjudan till bröllopet förlåter jag dig aldrig. Bara sa du vet," sa hon med ett låtsat allvar.

"Du ska få hedersplatsen vid bordet, jag lovar."

Solen hade gått ner för en timma sedan, men det var fortfarande fullsatt överallt. Ingen hade bråttom hem. Alla ville ta vara på årets sista varma utekvällar. Amanda sträckte på armarna. "Nej, nu ska jag dra mig hemåt. Lider fortfarande av lite jetlag tror jag. Men kul att träffa er båda två! Hoppas vi ses snart igen."

Det blev tyst en stund efter att Amanda lämnat dem. Liselott snurrade på sitt vinglas. Angela tog en klunk medan hon betraktade henne.

"Har du några drömmar om barn och familj", frågade hon med lätt ton.

"Ja, det har jag alltid haft. Men det är nog inte till för mig."

Angela väntade på en förklaring, men Liselott fortsatte bara att snurra på sitt glas.

"Får man fråga varför?" fortsatte Angela försiktigt.

Liselott tittade upp och la huvudet på sned. "Jag är rädd att du reser på dig och går om jag svarar på den frågan."

"Oj, det låter illavarslande." Angela såg undrande på henne och skakade på huvudet. "Jag kan inte gissa. Är det inte lika bra att du berättar?"

Liselott ryckte på axlarna. "Jag bryr mig helt enkelt inte om killar. Föredrar tjejer faktiskt."

Angela brast ut i ett lättat skratt. "Jaså, var det bara det. Tänkte att du bar på en hemsk sjukdom eller nåt."

"Du tar inte illa upp då?"

"Absolut inte. Du får vara med hur många tjejer du vill. Antar att du har förstått att jag inte är med och konkurrerar på den fronten."

Liselott log. "Det har jag förstått, och jag stöter inte på dig. Förresten är du inte min typ. Amanda däremot… Men hon ska

gifta sig. Suck, min vanliga otur." Så tittade hon förskräckt på
Angela. "Men berätta för guds skull inte det för henne."

"Lovar. Men du har inget sällskap nu?"

"Näpp, det var ett tag sen." Medan Liselott berättade om
sin senaste förhållande lyssnade Angela med ett halvt öra. Hon
tänkte på om hon själv skulle få barn någon gång. Tanken
kändes främmande. Det kanske inte var till för henne heller.

"...men när hon föreslog att vi skulle förföra några killar
och försöka bli med barn båda två backade jag ur."

Angela ryckte till och försökte koncentrera sig.

"Ska jag blanda in någon kille bara för att bli med barn så
ska han veta om det och välja själv."

"Bra tänkt. Det enda rätta tycker jag. Men vem vet. En dag
vänder det kanske. För både dig och mig. Vi får passa på att ha
det lite kul under tiden. Skål på dig!"

Hon lyfte sitt glas och drack ur. "Vad tycker du, ska vi gå
ut och ragga lite i morgon kväll?"

"Gärna. Och gärna till Sandros, dit går alla typer av
människor."

Sandros var ett stort och ganska nyöppnat ställe i närheten
av Odenplan. "Bra förslag. Det blir premiär för mig."

Liselott tog tunnelbanan hem till Farsta strand från
Medborgarplatsen. Angela gick sakta Götgatan fram. Hon lät
det ovälkomna paketet åka ner i en papperskorg, och njöt av
den vindstilla promenaden. Vilken härlig kväll det hade varit.
Underbara Amanda. Världens bästa vän under tonåren när
föräldrarna inte förstod någonting. Tonårsproblem existerade
inte i deras ögon. Men Amandas mamma ställde upp för dem
båda. Hon tänkte att hon borde ha tackat henne någon gång
för att hon peppade och stöttade henne.

Det pirrade till i magtrakten när hon tänkte på
morgondagen. Sandros. Där hade hon och Kristian aldrig

varit. Inte så konstigt kanske, vad hon visste så var det ett inneställe just nu mest för singlar. Inte för att hon var sugen på ett nytt förhållande än, men det hindrade inte att det kunde bli roligt. Automatiskt kollade hon in kläderna i skyltfönstren hon passerade. Vad skulle hon ha på sig? Något nytt kanske? Men nej, det var utplockat bland reakläderna vid det här laget, och det var för varmt för att shoppa höstkläder än. Hon kunde ha byxdressen hon hade på sig nu. Hon svängde av åt vänster innan hon kom fram till Slussen. Där var det betydligt färre människor. Hon snabbade på stegen. Inte för att hon var rädd för att gå genom folktomma gator, utan mer för att hon tyckte om en riktig powerwalk.

Lätt svettig slog hon koden vid porten och gick de två trapporna upp till sin lägenhet. Hon fick lov att skölja upp kläderna om hon ville vara fräsch när de gick till Sandros. Men det var lätt gjort. Bara att hänga upp och torka. Dressen behövde inte strykas. Hon gick till kokvrån och hällde upp ett glas vatten och satte sig vid teven. Den lätta berusningen efter vinet började gå över och hon slötittade på en repris av Morden i Midsommer. Gud vad seg den var. Lika bra att gå till sängs.

Hon vaknade av att det smällde till i brevlådeinkastet. Vad var klockan? Bara nio. Vem delade ut post klockan nio på en lördag? Bostadsrättsföreningen? Hon vände sig om i sängen och försökte somna om. Det var lönlöst. Lika bra att gå upp.

Ett kuvert utan text. Då var det nog från föreningen. Hon satte sig som en skräddare på en av de mjuka kuddarna på golvet och öppnade brevet. Det innehöll en hel bunt med papper. Ett par ark singlade ner i knät. Hon stirrade på dem och för ett ögonblick stannade tiden upp. Hon kunde inte röra sig. Sakta vände hon blicken mot de ark hon höll i. Det var foton. Med stela händer spred hon ut bilderna på soffbordet. Massor med foton på henne själv. När hon gick hem från jobbet, var ute och sprang, shoppade, gick runt på Hötorget och köpte frukt. Men det som skrämde henne mest var de kort som Liselott var med på. Hon hade blivit övermålad med tjocka röda streck.

Hon såg mot fönstret. Var det någon där utanför nu? Då skulle han vara på balkongen i så fall. Hon drog ett djupt skälvande andetag och försökte tänka klart. Ingen kunde komma upp på hennes balkong. Hon reste sig sakta och gick till fönstret och tittade. Det var det enda fönstret i lägenheten, och balkongen var där utanför. Hon drog igen balkongdörren och drog för gardinerna innan hon återvände till kudden. Hon spred ut bilderna på det låga bordet. Alla foton var tagna utomhus, inget på hennes gata eller upp mot huset. Ett handskrivet ark hade ramlat ner på golvet. Hon tog upp det och läste. Hastigt reste hon sig och hämtade mobilen från handväskan. Hon bläddrade fram Liselotts nummer. Medan hon väntade på svar läste hon meddelandet igen.

Du är det finaste jag vet. Sluta umgås med den där tjejen. Jag vill att det bara ska vara du och jag. Vi ska få det så bra ihop. Det var jag som gav dig den fina presenten. Du hade kanske inte råd till den själv. Jag ska ta hand om dig.

Det såg hotfullt ut med de överkryssade bilderna på Liselott, men meddelandet kändes inte som ett hot mot henne. Det var mer en order. Herregud, vad var det här för en galning? Hon la ner mobilen på bordet och tittade återigen på bilderna. Hon tänkte efter. Hade det funnits någon i närheten som betett sig konstigt någon gång? På Långholmen hade hon förstås stött ihop med andra som sprang eller bara promenerade. Men hon hade aldrig känt sig iakttagen. Utom... På gymmet, där kunde det vara. I utrymmet där hantlar och skivstänger fanns var killarna i majoritet. Och det fanns en kraftig kille där som hade kollat in henne. Han hade lett lite överlägset mot henne en gång när hon stod framför spegeln och jobbade med hantlarna. Hon hade ignorerat honom. Tänkt att han säkert var fullproppad med anabola. För säkerhets skull fick hon nog byta gym.

Signalerna gick fram. Snälla Liselott, svara, tänkte hon. Men telefonsvararen slog på. Hon tryckte bort samtalet och laddade kaffebryggaren.

Mobilsignalen ljöd.

"Hej, det är jag. Jag steg just på pendeln och hörde inte när du ringde."

"Åhh Lotta, det är så hemskt." Rösten stockade sig.

"Angie! Vad har hänt?"

Hon drog efter andan och försökte lugna sig. "Förlåt om jag skrämmer dig nu men... Men jag, vi, har varit förföljda."

Liselott var tyst medan Angela beskrev bilderna och läste upp det kortfattade meddelandet. Efteråt hörde hon skramlet från tåget och en högtalarröst som ropade ut nästa station.

"Men vilken jävla idiot! Vad gör vi nu?"

"Jag vet inte. Jag vet inte ens om jag vågar gå ut i dag."

"Det fattar jag. Men du, jag slutar klocka två. Klarar du dig till dess? Jag köper med lite att käka så kan vi ses hemma hos dig då."

"Vågar du ta dig hit ensam? Tänk om han ger sig på dig?"

"Han har nog ingen koll på mig när inte du är med. Sköt om dig så ses vi sen."

Hon fyllde en mugg med kaffe och kände hur det sved till i magen när hon drack. Det fanns ett mjölkpaket i kylskåpet. Utgånget datum, men den var nog okej. Det fanns bröd och ost. Och melon. Hon måste äta. Hon tog ett bett av smörgåsen men la ner den igen. Melonen smakade bra. Hon plockade upp alla foton igen och försökte placera dem i tidsordning. Hur länge hade det här pågått? Hela sommaren? Vem kunde vara så sjuk att han gjorde en sån sak? Hon startade upp datorn och googlade på stalker. Sida upp och sida ner i olika forum kunde hon läsa om hopplösa fall där ingen hjälp fanns att få. Gode gud, låt det inte vara så. Hon hade haft sin beskärda del av plågoandar. Men nu var hon vuxen. Hon fick själv försöka styra upp det här.

Klockan var tolv. Mer än två timmar kvar. Värmen hade stigit i rummet. Hon öppnade kylskåpet och hittade ett halvt paket med glass i frysfacket. Hon stack ner en sked i de frostiga resterna och gick in till badrummet för att tappa upp ett kallt bad. Medan vattnet rann gick hon till vägghyllan bredvid teven och valde ut en bok. En bok som hon redan läst, men det fick duga. Hon slängde resterna av glasspaketet i soporna. Hon sjönk ner i det svala vattnet och väntade på Liselott.

Svante låg på sin säng och tittade upp i taket. Blicken följde den gamla sprickan som ringlade sig från lampan fram till fönstret. Han lyssnade på rösterna från köket.

"Du måste prata med honom. Få honom att förstå." Mormors röst som den sista tiden låtit allt tröttare.

"Vad säger han när du förklarar hur du mår? Han kanske fattar läget fast han inget säger?" Det var längesen Stefan varit hemma hos dem nu. Varma sommardagar ägnade han åt sitt mc-gäng. Där passade inte Svante in. För många år sedan hade Stefan försökt få med Svante i gemenskapen men gett upp. Han vände på huvudet och såg på fotot bredvid sängen. Mamma och pappa. Han var tolv år den dagen polisen kom och berättade om trafikolyckan.

"Han slår dövörat till. Du vet hur han blir."

Det skramlade av porslin. Stefans ord drunknade i ljudet. Kunde han få mormor att förstå att hon inte fick lämna honom? Han hade bott hos henne i tjugo år. Nu ville hon inte ha honom längre.

Mormors röst igen, den här gången högre och mer bestämd. "Hemhjälp? En timme om dagen för att någon ska städa?" Ett dunsande ljud, kanske av en stol som sattes ner hårt i golvet. "Det jag behöver är att ha folk omkring mig och närhet till vård om jag behöver. Och därmed basta."

Han höll händerna för öronen för att inte höra mer. Det hjälpte inte mot knackningarna på dörren.

"Jaså, det är här du gömmer dig. Är du sjuk?"

Svante svarade inte.

"Kom igen nu Svante." Stefan satte sig på sängkanten. "Du vet hur orolig mormor blir när du bara ligger så här. Hon säger att du inte pratar med henne."

"Det spelar ingen roll längre."

"Vad är det som inte spelar någon roll? Det är klart att det spelar roll. Var inte dum."

"Hon ska flytta. Hon har tröttnat på att ha mig här."

"Skärp dig nu. Mormor är gammal. Hon är inte frisk."

Svante lät på nytt blicken följa sprickan i taket. Fram och tillbaka.

"Hallå, hallå, är Svante hemma?" Stefan höll en låtsastelefon vid örat, precis som han hade gjort när han försökte nå Svante när han deppade i tonåren. Han vände sig mot väggen.

"Svante finns inte längre. Jag är ingenting."

Stefan gav sig inte. Han böjde sig över honom och höll händerna som en megafon runt munnen. "Jorden anropar denna främmande varelse som kallar sig Ingenting. Vilken planet kommer du ifrån?"

Svante kunde inte låta bli att le. "Från Mars."

"Och varför är du inte lycklig på här på Jorden?"

"För att jag har träffat en tjej som inte ser mig."

"Okej. Men alla tjejer vill innerst inne ha ett utomjordiskt besök. Ska jag ordna ett åt dig?"

Svantes ögon fladdrade till. Han satte sig upp. Stefan hade hjälpt honom en gång förut. Han hade sina knep.

"Det går inte. Hon går aldrig ut på kvällarna."

"Går hon aldrig ut? Hur menar du då?"

"Hon går bara hem. Sen springer hon."

"Springer hon?"

"Ja, alltså, joggar ute på Långholmen och sånt."

"Jaha."

"Fast…" Svantes röst hade fått en bättre klang. "Hon har fått en kompis. De träffas ute på stan."

"Du ser. Rätt var det är går de på krogen också. Har du koll på henne?"

Svante nickade.

"Fortsätt med det då. Under tiden får du vara snäll mot mormor. Vi ska hitta ett eget boende åt dig. Du klarar det."

Svante la händerna över öronen och blundade. Han kände en klapp på axeln och hörde Stefan lämna rummet. Rösterna i köket hördes otydligt. Han ville inte höra.

När Liselott ringde på dörren var Angela snabbt där och öppnade. Liselott räckte fram en plastbag med två lådor sushi.

"Underbara Lotta, tack för att du finns!" Angela tog emot påsen och gav henne en kram med den lediga armen. "Hoppas du är hungrig. Jag köpte stora portioner. Men först måste du visa mig brevet du fick."

Angela pekade på soffbordet. "Jag dukar fram så länge."

Liselott bläddrade bland bilderna. "Kan man se på ett foto om det är taget på nära håll eller med ett objektiv?"

"Ingen aning. Är de inte hemska?"

"Nja, inte fotona i sig. Men det är hemskt att de finns." Hon läste brevet. "Mig skulle han visst vilja bli av med. Kan du se vid vilka tidpunkter de togs?"

Liselotts sakliga tonfall fick Angelas axlar att slappna av. Hon drog en lätt suck.

"Alltid på eftermiddagar eller senare. Och han har hållt på ett par månader."

"Herregud. Vad läskigt."

"Sätt dig nu, jag är vrålhungrig."

De två sushilådorna fick precis plats på det höga bordet vid fönstret. Plus två vinglas. "Vi kan väl dricka upp flaskan jag öppnade i går. Den kan behövas nu."

Liselott såg sig om i rummet. "Vad mysigt du har gjort det. Smart med sittkuddar till det låga soffbordet. Det hade blivit trångt med en soffgrupp. Hur länge har du bott här?"

"Ett år snart. Mina föräldrar köpte den till mig när jag började jobba på ögonkliniken."

"Hoppsan. Ingen dålig present." När Angela inte svarade fortsatte hon. "Vad ska vi göra med brevet? Antar att vi borde gå till polisen."

Angela log. Vi, inte du. Vilken underbar vän. "Frågan är vad de skulle kunna göra."

"Fingeravtryck kanske."

"Åhh, och jag som har kladdat på dem fram och tillbaka."

"Vi kan försöka sätta fast honom själva." Liselott stoppade en hel sushi i munnen. Kinderna blev till två stora bollar.

Angela fyllde på vin i glasen. "Du kan spana medan jag låtsas gå omkring ensam." Göra något konkret. Det kändes bra. "Vågar vi gå ut i kväll?"

Liselott svalde. "Jösses, det var en stor bit. Ja men självklart. Det är klart att vi ska gå ut. Men jag tänkte... Kan du inte sova över hos mig? Jag vill inte att du går ensam hem i natt."

"Det är lugnt. Jag tar en taxi och kan be chauffören att vänta tills jag har låst upp porten."

"Okej. Ska vi ut på spaning i eftermiddag?"

"Gärna. Här får vi snart värmeslag." Hon lyfte sitt glas. "Efter det här har jag nog samlat på mig tillräckligt med mod."

Himlen täcktes av lätta moln. Trots nästan trettio grader varmt kändes luften svalkande i jämförelse med lägenheten. Huslängorna på andra sidan gatan bestod också av bostadsrätter, men bottenplanen var uthyrda till kommersiell verksamhet. Där fanns ett konditori, en mäklarfirma och ett par småbutiker. Av de fåtal personer som befann sig där just nu såg ingen ut som en potentiell stalker.

"Gå lite långsamt gatan ner så kikar jag in på fiket. Sen följer jag efter dig på avstånd", föreslog Liselott.

Angela nickade och började gå. Hon tittade förstulet på alla hon såg. Några fingrade på sin mobil medan de gick. Det var inte speciellt ovanligt, frågan var bara om de tog kort under tiden. Tjejerna uteslöt hon som misstänkta. Även ett par unga killar. Hon kunde inte tänka sig att en tonåring skulle stalka någon som var trettio plus. För dem var hon nog bara en medelålders tant. Kanske. Hon visste inte. Det kröp i henne av obehag. Hon hoppades att Liselott kunde avgöra om någon av dem som befann sig på trottoaren vek av på samma gator som hon.

Efter två timmar gav de upp. Angela hade stått stilla och låtsats titta på kläder i skyltfönstren, hon hade varit inne i ett par butiker och gått runt, men Liselott kunde inte hitta någon som verkade följa efter henne.

"Nu ger vi upp", föreslog Angela.

"Ja, vi måste väl det. Jag måste byta om innan vi går ut sen. Ska jag följa dig hem först?"

Angela tittade ner på sina skor. "Jag kan jogga hem. Du kan stå kvar här en stund och se om någon mer plötsligt börjar springa åt samma håll."

"Okej. Jag ringer om jag ser någon. Annars hämtar jag dig vid niotiden."

De hade planerat att äta på en restaurang vid Odenplan innan de gick till nattklubben. "Du är en ängel."

Liselott skrattade. "Trodde att det var din roll. Ska nog kalla dig för Angel hädanefter. Se så, ge dig i väg nu."

* * * * *

Flickan bakom disken hejade avmätt mot Svante när han steg in på caféet. En äldre man vid ett litet bord längst in vid väggen höjde på ögonbrynen. Han såg hur de log mot varandra. De brukade göra det när han kom in. En gång hade han sett att servitrisen rynkat på näsan mot den gamle mannen. Det var ofint gjort när det var honom hon skulle ägna sig åt när han beställde. Det kanske var hennes pappa som alltid kom in och åt sig kvällssmörgås den här tiden.

Svante betalade sin cola och satte sig vid sitt vanliga bord där han kunde hålla uppsikt över Angelas port. Det var tomt på balkongen och dörren var stängd. Han förberedde sig på en lång väntan. Om hon var ute på en löprunda kunde hon komma när som helst, men om hon redan gått ut med sin kompis så... Han såg på klockan. Snart sju. Han kunde sitta här tills caféet stängde. Sen skulle han gå härifrån om hon inte hade kommit hem innan dess. Han drack lite direkt ur colaflaskan och väntade fem minuter innan han tog nästa klunk. På det sättet räckte den nästan två timmar. De gånger Angela kom ut medan han satt där drack han ur flaskan så fort att han ibland satte i halsen innan han reste sig.

Där kom hon. Springande i vanliga kläder. Bråttom. Då kanske hon bara skulle hem en kort stund. Kanske byta om till riktiga träningskläder. De svarta tighta byxorna. Han kunde vänta.

Han reste på sig och lämnade lokalen när servitrisen gjorde ett tecken om att det var stängningsdags. Bakom sig hörde han henne säga hej då, men han svarade inte. Han pratade helst inte med någon han inte kände. Om han sa hej så kanske hon ville pratat mera. Den risken tog han inte.

Deppad gick han långsamt vägen fram. Då fick han syn på henne. Tjejen som den senaste tiden hade varit så mycket med hans Angela. Hon tittade sig om innan hon slog koden till Angelas port. Han skyndade på stegen och svängde av in på en gångväg mellan ett par hus längre fram. Här kunde han vänta för att se om de tänkte gå ut någonstans.

Han behövde inte vänta länge. Sakta drog han sig längre in i gången medan han vände ryggen åt deras håll. Vid det här laget var han specialist på att hålla sig utom synhåll. Folk la liksom inte märke till honom riktigt. Ibland kände han sig osynlig och vid sådana här tillfällen var det lika bra. Nu ville han bara ta reda på vart de här tjejerna tänkte gå och sen ringa till Stefan.

Angela vaknade med ett ryck. Ett smällande ljud vid dörren. Var det någon där? Ett nytt brev? Tyst och med bultande hjärta tog hon ur sängen och tittade runt hallgarderoberna mot dörren. Ett färgglatt papper låg på dörrmattan. Hon tvekade ett ögonblick innan hon plockade upp arket. Ett informationsblad om pågående aktiviteter från bostadsrättsföreningens styrelse. Hon kröp lättad upp i den höga sängen igen. Det hade varit en lång natt, fylld med oroliga drömmar. Hon såg på klockan. Strax nio, men det var för tidigt att ringa till Liselott för att höra om allt var bra.

De hade gjort ett par stopp på olika trottoarserveringar under kvällen innan de steg in på nattklubben Sandros. Hela tiden hade de spanat för att se om någon följde efter. Vid ett tillfälle såg de en kille som rastlöst gick fram och tillbaka nedanför serveringen och emellanåt kastade en blick åt deras håll. Men han hade bara väntat på sin tjej.

Kvällen blev misslyckad. I alla fall för henne. Hon studerade varje kille i smyg för att se om de betedde sig misstänkt på något sätt. Några killar hade hon snäst av när de gjorde sina närmanden. Till slut hade hon bett Liselott om ursäkt för att hon inte klarade att stanna kvar så länge och tagit en taxi hem.

En välkänd svidande smärta i mellangärdet fick henne att sträcka ut sig på rygg i sängen. Av gammal erfarenhet visst hon att det hjälpte, men det var många år sen nu hon hade haft besvär av sin magkatarr. Den tillhörde barndomen och tonårstiden. Hon stirrade upp i taket. Minnena tog över hennes tankar.

Hon undrade hur många barnflickor hon hade haft. Mamma undvek alltid den frågan. Men hon hade inga minnen av att hennes föräldrar lekte med henne eller hämtade henne på förskolan. Inte ens när hon var sjuk. Hon mindes i stället att hon hade suttit i knät på Ingrid en gång när hon hade hög feber. Ingrid var snäll och läste sagor för henne. Hon hade stränga order att inte störa mamma och pappa i deras arbete.

Hon tänkte på Gunnel och ryste. Vilken psykopat. Och föräldrarna som inget märkte. Inte vågade hon skvallra heller, då skulle det bara bli värre. Det var tur i oturen att hon blev sängvätare. Det kunde inte förbjudas. De tog henne till barnavårdscentralen. Hon log åt minnet. De hade sagt att hon skulle till doktorn. Hon hade varit övertygad om att hon skulle få en spruta eller något. I stället var det en snäll tant som lekte med henne. De låtsades att dockorna i dockskåpet var hennes familj och barnflickor. Allting kom fram i ljuset. Med dockornas hjälp fick hon ur sig allting.

Det blev inga fler barnflickor, men hon hade precis börjat skolan och kunde vara kvar på fritidshemmet till klockan fem. Hon hade lov att cykla själv hem efter det. Hon hade varit stolt och känt sig stor.

Hon tittade upp i taket och funderade på om mamma eller pappa någonsin hade reflekterat över hur hon mådde. Antagligen inte. I alla fall så länge hon inte störde dem. De märkte aldrig av hennes ritual varje dag hon kom hem. Hur hon systematiskt gick igenom alla rum för att förvissa sig om att ingen gömde sig där. Hon öppnade garderoberna och tittade under sängarna. Först när hon var säker på att det var tomt kunde hon gå in på sitt rum och läsa eller leka med dockor.

Hon vände sig på sidan och drog täcket över sig. Hon borde gå upp. Hon måste lösa problemet med stalkern. Kanske hon kunde fråga pappa? En gång hade han faktiskt löst ett liknande problem. Hon visste bara inte hur. Halvsovande tog minnena över igen. Hon slussades tillbaka till en sommardag när hon var åtta år och just kommit hem från fritidshemmet...

Solen värmde. Hon ställde cykeln bredvid grusgången som ledde in mot huset. I stället för att gå in valde hon att gå runt till naturtomten på baksidan av huset för att plocka några blommor. Det fanns gott om prästkragar. Och en vit katt. Den hade hon aldrig sett förut. En katt var det hon önskade sig mest i hela världen. Hon hade till och med försökt att tjata sig till en, men att tjata på mamma och pappa var helt lönlöst. När de hade sagt nej en gång så låtsades de helt enkelt inte höra fast hon bad så snällt hon kunde. Det var ingen idé.

Nu skulle hon leka med den här kissen och bad tyst att den skulle sitta kvar. Snabbt sprang hon in och letade fram ett snöre. Hon glömde till och med att titta igenom rummen först efter spöken.

Katten var kvar. Den hade inget halsband. Kanske hade den rymt och någon letade efter den. Hon la snöret på marken och ryckte i det. Till hennes glädje reagerade katten omedelbart och kröp ihop redo för ett anfall. Angela ryckte i snöret och katten gjorde ett språng och fick tag i änden. Angela skrattade förtjust.

Hon böjde sig ner och klappade katten på magen där den låg på rygg och slet i snörändan. Aj, han rev henne lite med sina vassa klor. "Nu springer vi lite kissen", lockade hon högt och sprang sakta framåt med snöret efter sig. Katten följde med lustiga språng. Framför henne växte några vinbärsbuskar vars bär ingen var intresserad av att plocka. Hon vände sig om och såg att kissen låg stilla tätt tryckt mot marken med blicken stadigt fäst vid henne. Hon backade sakta. "Kisskisskiss", lockade hon.

Det som sedan hände var lika hemskt som den gången Gunnel hade skrämt vettet ur henne där hon utklädd till spöke hade lurpassat bakom hennes dörr.

En hand greppade bakifrån tag om hennes vrist medan en hemsk röst väste: "Nu ska jag döda dig!" Men den här gången blev hon inte stel av skräck. Hon vrålade och skrek och sparkade vilt omkring sig. Bakom henne låg Gunnel och vred sig av skratt. Angela kunde inte sluta skrika. Hon sprang det snabbaste hon kunde bort till mammas kontor och slet upp dörren. Mamma hade en kund men det hejdade inte Angela. Hon fortsatte att skrika hysteriskt. Pappa i rummet intill kom för att höra vad som stod på. Mamma såg arg ut och pappa skyndade sig att ta med sin dotter ut från kontoret. Vid det laget hade skriket övergått till en hulkande gråt. Först när pappa hade stängt dörren till mammas kontor sa han något.

"Lugna ner dig nu flicka lilla och berätta vad som hänt."

"Hon är där ute", hulkade Angela mellan de snabba ytliga andetagen.

"Vem då?"

"Gunnel." Angela kämpade för att få ordning på rösten.

"Gunnel? Är Gunnel där ute?" Pappa pekade mot trädgården.

"Jaa. Hon gömde sig och skrämde mig."

"Kom." Pappa tog henne i handen och tillsammans gick de ut. "Visa mig var hon gömde sig."

De gick bort mot vinbärsbuskarna. "Hon var där bakom."

"Jaha. Nu är det ingen där i alla fall. Men vad gjorde du här?"

"Jag lekte med katten när Gunnel tog mig."

"Men du har ingen katt."

"Det var någon annans katt."

"Vems då?"

Angela hade lugnat sig och kunde inte förstå varför det var så viktigt med katten. "Vet inte. Pappa, Gunnel får inte vara här. Hon är dum."

Pappa såg fundersam ut. "Du kan leka på ditt rum en stund så länge. Jag ska bara avsluta det jag håller på med så kommer jag sen."

"Tänk om hon är där inne nu!"

"Det är klart att hon inte är." Hon blev lättad när pappa tog henne i handen igen och följde med henne in.

"Vi måste titta i alla rum pappa."

Han suckade. "Okej. Men sen får du lova att vara snäll och leka själv en stund."

Hon nickade och medan pappa tittade på gjorde hon sin vanliga koll i alla rum.

"Är du nöjd nu?" Hon nickade igen.

"Då så. Vi kommer snart in igen både mamma och jag."

Hon plockade fram sitt ritblock och färgkritor och satt fortfarande och målade monster på olika papper när hon hörde mammas och pappas röster ute i rummet. Hon smög fram till öppningen och lyssnade.

"Hittade hon bara på tror du?" Det var mammas undrande röst.

"Jag vet inte. Hon kanske låtsades det där med katten och hittade på något för att vi skulle tycka synd om henne och köpa henne en egen katt."

"Det är inte likt henne."

"Nej, det är sant. Och hon var rädd på riktigt. Något hände i alla fall."

"Vi måste ta reda på vad. Det var pinsamt att hon skrek så när jag hade en kund. Han kanske trodde att vi ägnade oss åt barnmisshandel."

Det var tyst en stund där ute. Så hördes pappas röst.

"Jag åker bort och kollar hos Falkmans om det kan ha varit Gunnel som var här. Den tjejen är inte riktigt normal."

När hon hörde att pappa gett sig av gick hon ut till köket. Mamma plockade fram olika fat med mat från kylen. Angela tittade tyst på henne.

"Du kan gå och sätta på teven en stund. Vi äter när pappa kommer tillbaka." Mamma lät som vanligt. Hon kanske inte var så arg i alla fall.

När pappa kom hem satte de sig vid matbordet. "Du behöver inte vara rädd för att Gunnel kommer tillbaka igen. Det har pappa fixat nu", sa han med sin myndiga stämma.

Mamma lät lättad. "Skönt. Då är det problemet ur världen. Då äter vi och pratar om något trevligare. Angela, lova att inte skrika på det sättet någon mer gång om jag har en kund på kontoret. Det passar sig inte."

Hon nickade och åt tyst av sin mat.

Nej, något curlat barn hade hon inte varit. För att skaka av sig barndomens mardrömmar steg hon upp och gick ut i badrummet. Inge idé att älta det gamla längre. Nu hade hon nya problem att ta itu med. De måste hon lösa själv precis som hon alltid hade gjort. Men först måste hon ringa till Liselott för att höra om allt var okej med henne. Sen skulle hon träffa Anna på Vetekatten inne i centrum för en fika. Och efter det var det dags för turen till Lidingö.

På café Vetekatten var det som vanligt mycket folk. Det hade blivit betydligt svalare ute, men oavsett väder var det alltid trångt där. De gick runt genom de olika rummen med varsin bricka med kaffe och kaka tills de lyckades pricka in ett avskilt bord i ett hörn precis då ett annat par var klara att lämna det. Där kunde de prata ostört. Angela studerade Anna medan hon hängde av sig tröjan över stolsryggen. Hon hade blivit lite mulligare efter graviditeten, men det klädde henne bara. "Jag måste tacka för sist Anna. Om du visste vad skönt det var att få prata av sig lite."

"Synd att vi inte hade någon kontakt under sommaren. Jag var väl för upptagen av mitt nya liv."

"Det fattar jag ju. Det är jag som borde ha hört av mig och berättat om vad som hände."

"Det borde du verkligen ha gjort. Hur ska du kunna gråta ut vid min axel om du inte hör av dig?"

Anna försökte se lite barsk ut. Angela kände igen minen. Hon lyckades alltid få patienterna att lita på hennes omsorger. Anna slätade ut ansiktet och log. "Fast vi har ju inte funnits till hands i sommar förstås. Och du har ingen annan kille på gång? Jag lovar att varenda singelkille skulle ge vad som helst för att få dejta dig."

"Nej. Tyvärr. Det är faktiskt först nu som jag känner att det skulle vara mysigt att dejta någon igen. Träffade en kille genom jobbet i fredags som jag gärna hade tillbringat lite mer tid med. Smart, rolig, världens vackraste ögon och rik. Och han bjöd på en flott lunch." Angela såg drömmande ut när hon satte armbågarna på bordet och stöttade hakan i händerna.

"Det låter spännande. Eller?"

Angela suckade och skakade på huvudet. "Han är också gift."

"Attans också. Tur att du vet om det den här gången."

"Ja. Men om han inte hade varit gift hade jag nog inbillat mig att han var lite intresserad. Men han kanske drar på stora charmen med alla sina kunder."

"Hmm... Undrar det jag. Hur ofta tror du att han har kunder som matchar honom? Jag menar, sa du inte smart, rolig och snygg?"

"Och rik."

"Jo, där sprack det förstås."

De skrattade gott åt det hela en stund. Så blev Angela allvarlig.

"Men nu när jag börjar tycka att livet är kul igen så har jag fått nya bekymmer. Jag har blivit stalkad."

"Nej, men söta Angie, vad säger du?" Anna ställde ner kaffekoppen så hastigt att kaffet skvimpade ut på fatet.

"Vänta, här ska du få se." Angela plockade upp kuvertet med bilderna och la dem framför Anna.

Medan Anna med misstrogen min studerade det korta brevet och bilderna berättade Angela om helgen och Liselott.

Anna hade fått en djup rynka mellan ögonbrynen. "Hur ska du hantera det här?"

Angela suckade. "Ingen aning. Jag kan visa de här för polisen, men det känns ganska meningslöst." Hon åt upp det sista av nötkakan. Kaffet hade hon druckit ur. "Det ger i alla fall en ursäkt till att få tröstäta lite. Vill du ha påtår?"

Anna skakade på huvudet. "Stackare. Men om någon fixar det här så är det du. Den här dåren kommer att ge upp före dig."

"Tack. Bara han inte är farlig på riktigt så."

"Du får göra det svårt för honom att se dig. Ändra dina vanor lite."

"Mmm, ska försöka. Men hur har ni det då? Hur mår lillan?"

De förlorade sig i prat om hem och familj och Annas ambivalenta känslor inför att börja jobba igen. "Men Fredrik måste få sin chans att vara pappaledig också. Och vi ska försöka ge henne ett syskon." Anna la huvudet lite på sned och studerade Angela. "Längtar aldrig du efter barn?"

"Ibland. Men det känns inte som någon stor grej för mig."

* * * * *

De lämnade Vetekatten och lovade varandra att snart försöka träffas igen medan de gjorde sällskap den korta biten till Centralen. Angela vinkade av Anna som gick vidare mot pendeltågsstationen. Hon hade inget val, hon måste ta tunnelbanan en bit för att komma till Lidingö. Tur att det är söndag, tänkte hon medan hon lätt tog sig ner med rulltrappan.

Det var glest med folk i vagnen så hon satte sig ner medan hon tog fram mobilen som surrat till i fickan. Ett sms. Okänt nummer. Och ett foto. Ett foto på henne och Anna när de kom ut från caféet. Hon läste texten. "Varför tar du t-banan i dag? Jag kunde ha följt dig hem." Hon stirrade oförstående på texten ett tag innan hon panikslaget såg sig om. Var han här? Hon reste sig och gick med snabba steg längre fram i tåget medan hon höll koll på om någon mer gjorde likadant. Ingen misstänkt. Hon slog sig ner medan hon höll uppsikt åt båda håll.

"Nästa Ropsten." Tågvärdens röst ljöd genom tåget. Hon satt stilla tills tåget stannade och dörrarna öppnades. Så rusade hon ut och sprang uppför rulltrappan. Väl där uppe tittade hon ner längs trappan. En ung tjej som vant hanterade en barnvagn på trappstegen hade kommit halvvägs upp. Hon blockerade vägen för några resenärer bakom hanne. Angela väntade inte för att se om någon av dem var en kille som verkade hålla ögonen på henne utan rusade vidare ut till busshållplatsen. Hennes buss stod inne med avstängd motor. Hon steg på och hade lust att be chauffören att snabbt köra därifrån. Han skulle antagligen bara fnysa åt henne tänkte hon och gick och satte sig längst bak. Tjejen med barnvagnen dök upp efter en stund och ställde sig med vagnen vid utgången. Längst fram i bussen klev ett äldre par på och la sina kort på avläsaren. Så startade chauffören bussen och stängde dörrarna. Med en lång suck av lättnad lutade sig Angela bakåt mot ryggstödet.

* * * * *

Det var mamma som öppnade dörren när hon ringde på. Pappa hade en kund och uppehöll sig i den del av huset som var firmans lokaler, men han skulle nog dyka upp snart.

"Hur är det mamma, flyter allt på som vanligt?" Angela undrade ibland varför hennes föräldrar fortsatte att jobba fast de hade passerat den normala pensionsåldern.

"Javisst, det är fullt upp. Revisorer verkar det alltid finnas behov av."

"Men någon gång måste du väl sluta jobba?"

"Sluta jobba? Vad skulle jag göra då? Ligga på soffan eller börja tillbringa dagarna med städning och matlagning?" Yvonne såg undrande på sin dotter. "Nej du, sådana saker får andra syssla med, jag föredrar lite mer invecklade uppgifter. Än är jag inte senil."

"Det menar jag inte heller." Angela såg sig om i det välstädade huset. Mamma hade rätt, hon skulle inte klara av att gå omkring med dammtrasa och dammsugare. De hade alltid haft någon som städade åt dem. Lite enklare matlagning kunde hon syssla med, men oftast - som idag - beställde de mat från en restaurang.

"Mamma, kommer du ihåg den där barnflickan vi hade när jag var sex år? Hon Gunnel du vet?"

"Tror inte det. Jag kan inte komma ihåg allihop. Varför frågar du det?"

De satt i soffan i vardagsrummet och väntade på att restaurangen skulle leverera middagen. Pappa skulle snart komma in och göra dem sällskap.

"Jag tror du minns just henne. Vi fick gå till psykologen för att jag blev sängvätare."

"Jaja, sånt händer. Men det där är längesen nu. Det borde vara glömt och förlåtet." Yvonne Fredin reste stelt på sig och började plocka bort några tidningar från soffbordet.

"Varför pratade vi inte om det då? Förstod ni inte att det är sånt som barn aldrig glömmer?" Hon låtsades inte om sin mammas nervösa plockande.

"Jag tror inte att man ska hålla på och älta allt som har hänt. Det är bättre att gå vidare och glömma."

Jo du mamma. Inte ens du har glömt. "Men det gör man inte."

"Du har väl gått vidare? Du klarar dig ju bra." Hon satte sig igen. Rösten hade en lite irriterad ton.

"Jag menar glömmer. Man glömmer inte. Man kanske inte tänker på det jämt, men det finns hela tiden där någonstans i bakhuvudet. Sen är det något som inträffar som påminner om de händelserna och skapar samma rädsla som då."

"Har det hänt något nu då?"

Härligt mamma, nu låter du nästan intresserad. "Ja. Det har hänt något."

Dörrklockan pinglade och Angelas mamma reste på sig och gick och tog emot middagsbeställningen. Normalt sett levererade inte restaurangen mat till så få personer, men Fredins var lönsamma kunder och fick extra service.

Angela hjälpte sin mamma att duka matsalsbordet. Hon skulle just berätta om sin förföljare när Lars Fredin dök upp i dörren.

"Hej på dig Angela", sa han och gav henne en klapp på axeln. "Hur har du det nu för tiden då?"

"Hej pappa. Jodå, så där. Och du? Jobbar och sliter som vanligt förstår jag?"

Lars Fredin hade lagt på sig en rejäl magkula den sista tiden. Bara pondus, brukade han skämta och påstå att kunderna fick mer respekt då.

"Jaja men, här har vi fullt upp. Affärerna går lysande. Det ska du vara glad för lilla vän. Du slipper slita ihop till din pension, här lär det finnas en del att hämta den dagen, det kan jag lova dig."

"En större lägenhet är allt jag önskar just nu…"

"Ja, det tror nån det. Vi är ju vana vid mycket utrymme här." Han såg stolt och belåten ut och gnuggade händerna när han såg vad som vankades på bordet. "Jojo, en hummer till förrätt, jag tackar jag! Då måste vi ha champagne till den nu när vi har så fint besök."

Det blev ingen mer chans för Angela att berätta om sina problem. Inte ville hon nämna något mer om lägenhetsbyte heller. Det fick ordna sig. Yvonne Fredin föll glatt in i samtalet om vilka bra och lönsamma kunder de hade. Stoltheten och glädjen som föräldrarna kände inför vad de uträttade var inte att ta miste på. Angela lyssnade med ett halvt öra och tänkte att det alltid hade varit så. De var specialister på att undvika att prata om känslor. Trots att hon medgett inför mamma att något hade hänt och försökt ta upp tråden igen så var det som om de inte hörde. De förde i stället in samtalet på hennes jobb och ville gärna höra historier om vad som utspelade sig där. De var särskilt intresserade av deras införande av ett nytt datasystem och imponerade över det ansvar Angela fick. Men det spelade nog ingen roll, hade hon fått berätta om sin förföljare så hade de säkert antytt att de förväntade sig att hon skulle lösa det själv. Hon var vuxen nu.

Lars Fredin tog för sig av glassen som serverades som efterrätt och vände sig till sin dotter. Han var stolt över henne, men beröm var inte något han slösade med.

"Har du inte funderat på om du inte trots allt skulle komma tillbaka och göra en finansiell karriär? Vi skulle kunna behöva lite föryngring i firman snart."

"Enligt mamma så har ni inte en tanke på att trappa ner än."

"Nä nä, men den dagen kommer förr eller senare ändå. Vi skulle faktiskt behöva lite mer hjälp med den nya IT-tekniken. Alltid är det något som hakar upp sig."

"Säg till bara så kan vi titta på vad som kan strula."

"Jag skickar en taxi som kan hämta upp dig nästa gång det blir fel." Lars Fredin skrockade och rapade belåtet medan hans hustru förargad rynkade pannan mot honom. Angela suckade. Inget förändrades. Pappa rapade bara för att reta mamma. Vad de än hade talat om så var det alltid ett tecken på att nu var konversationen över. Det var dags att ta tidningen och sätta sig i fåtöljen.

Angela kände sig besviken över att de inte hade visat något intresse för hennes privatliv. Men vad hade hon egentligen väntat sig? Inget hade förändrats, de var som de var. Hon fick lösa sina problem själv. När hon hade gjort det kunde hon komma hem och berätta, men inte förrän allt var över. Hon hjälpte tyst sin mamma att duka av. Det verkade passa dem båda. Ingen av föräldrarna försökte hålla henne kvar när hon sa att det var dags att åka hem. De verkade snarare lite lättade över att slippa sitta och konversera efter maten.

* * * * *

Hon följde den smala vägen som slingrade sig ner mot huvudleden och busshållplatsen. Strax innan hon nådde vägkorsningen fick hon en ingivelse och vek av på stigen som var deras genväg ner till båthamnen. Hamnen var liten och låg lite avsides från den större hamnen där restaurangen och småaffärerna låg. Här var det stilla. De få båtar som hade sin plats här låg stilla och väntade på att få komma ut på ytterligare några turer innan det var dags att ta upp dem för vintern. Hon gick ut på den välkända bryggan där de som tonåringar hade solbadat. Den lilla sjöboden som aldrig var låst på den tiden låg kvar. Där smög de sig in ibland när det regnade. Hon mindes den kvällen när några finniga tonårskillar följt efter dem. Fem killar mot tre tjejer. De hetsade varandra när de hotade med stryk om de inte visade upp vad de hade. "Visa tuttarna nu om ni har några", hade de garvat högt och ställt sig mot dörren så de inte kunde ta sig ut. Nu log hon åt minnet. Hon visste precis vad sjöboden innehöll. Bakom henne låg en båtshake. Hon hade blivit arg i stället för rädd. När hon greppade båtshaken och slog mot killarna slet den vassa kroken upp ett hål i ryggen på en av grabbarnas tröjor. De svor åt henne och skrek att hon inte var riktigt klok. Hon mindes känslan när kroken rispade överarmen på den äldste killen och alla tystnade. Hon hade känt sig stark och överlägsen när de backade mot utgången och sprang därifrån.

De andra två tjejerna hade tigande stirrat häpet på henne innan de bröt ut i ett hysteriskt fnitter. Sedan satt de alla tre och skrattade så tårarna rann. Efter det hade de fått vara ifred.

"God morgon! Redan i gång och jobbar!"

Angela tittade upp från dataskärmen och nickade. "Jo... Jag kollar igenom lite..."

"Ja?" Christos såg frågande ut. "Är det något särskilt?"

"Har du reagerat på om någon av våra patienter har verkat knepig på något sätt?"

"Knepig?" Han sänkte rösten och blinkade åt henne. "Hysch, säg inget, men ibland kanske jag till och med skulle använda ännu starkare ord."

Angela skrattade. Hon hade stort förtroende för sin chef och beslöt sig för att vara uppriktig. Hon berättade om de foton hon fått. Med ett bekymrat uttryck i ansiktet satte han sig på skrivbordskanten. Hon tänkte att hon borde fixa en stol åt honom.

"Hmm... Det låter inte så bra."

"Nej, det känns faktiskt lite läskigt."

"Är du rädd? Jag menar... En stalker. Hur ofta blir de farliga?"

Hon skakade på huvudet. "Ingen aning."

"Har du polisanmält?"

"Nej..."

Christos höjde på ögonbrynen och avvaktade.

"Vet inte vad de ska kunna göra. Fast... Jag kan ringa och fråga dem i eftermiddag."

Han klappade henne på axeln medan han reste sig igen för att gå in till sig.

"Bra. Och lova mig att se till att ha folk omkring dig när du går ut tills de får fast den idioten. Säg till om du får fler problem med honom. Jag håller ögonen öppna så länge. Förresten, hur gick det med genomgången i fredags?"

Angela lyste upp. "Väldigt bra. Vi får snart en offert. Jag tror den firman kan leverera precis vad vi behöver." Hon kände att hon rodnade när hon tänkte på Peter Björkman och hoppades att det inte syntes. Men Christos såg oberörd ut.

"Jag litar på dig, det där vet du mycket mer om än vad jag gör."

Angela skrattade. "Rätt man på rätt plats alltså."

"Och vem är vår nästa kund?"

Angela läste på skärmen. "Christer Eriksson. Han vill ha en konsultation för att se om ni kan fixa så han slipper använda linser eller glasögon. Han dyker mycket så..."

"Ja, det är alltid ett problem. Då får vi hoppas att vi kan hjälpa honom."

Camilla kom ut till Angela precis som en glad Christer Eriksson hade gått därifrån med besked om att hans närsynthet skulle lösa sig med en operation. Han skulle kunna dyka utan glasögon efter den.

"Ska du med ut på lunch?"

"Absolut. Men jag måste vara tillbaka om tre kvart."

"Tja, då vet jag inget annat än att vi får nöja oss med McDonalds", skrattade Camilla. Så var det alltid när de gick på lunch samtidigt. Behövde Angela en längre lunchpaus vaktade Camilla receptionen. Nu misstänkte Angela att Christos hade tipsat Camilla om Angelas problem. Camilla var tjugo år äldre och uppträdde ibland som en ömsint mamma. Inte mig emot, tänkte Angela. Det var skönt med någon som brydde sig.

"Vilken härlig dag", utbrast Camilla när de kom ut. "Antagligen under trettio grader varmt. Äntligen."

"Håller med, jag ser fram emot september nu", replikerade Angela. Camilla hade rätt. Luften hade blivit friskare.

De tog en snabb sväng ner till McDonalds på Kungsgatan och beslöt sig för att köpa med något att äta när de kom upp till mottagningen igen. Angela valde en kycklingsallad för omväxlings skull.

"Christos berättade om din stalker", sa Camilla när de gick tillbaka.

Jag visste det, tänkte Angela och tog Camilla under armen. "Och nu är han orolig för mig förstås. Han är ändå för söt."

"Så klart han är."

De fick avbryta samtalet en stund då det blev för trångt på trottoaren att kunna gå bredvid varandra. Det var först när de hade slagit sig ner i väntrummet med sin hämtmat som Camilla tog upp tråden igen.

"Det är inte bara Christos som bryr sig om hur du har det. Jag vet hur tufft du har haft det i sommar. Just nu behöver du sannerligen inte fler problem."

"Tack." Angela åt av sin sallad. "Gott. Jag ska bara hämta lite vatten. Vill du ha?"

"Gärna." Camilla torkade av sina händer på servetten och tog emot glaset som Angela räckte till henne. "Man läser ju en del om stalkers, men det brukar väl mest handla om försmådda pojkvänner."

"Jag vet faktiskt inte. Blev inte Evert Taube förföljd av en beundrarinna som ställde till ett elände för hela familjen?"

Camilla tänkte efter. "Jo, det var väl något sånt. Kändisar blir ju drabbade ibland. "

"Fast jag är ju inte direkt någon kändis."

Camilla skrattade. "Nej, bara en grå oansenlig kontorsråtta. Inte ett dugg spännande, så du ska se att din beundrare tröttnar snabbt när han upptäcker det."

"Tack för det", sa Angela och lyckades se förorättad ut. Camilla var bra på att få henne att slappna av och skapa perspektiv på saker och ting.

"Vi hjälps åt att bekämpa honom om han dyker upp", fortsatte Camilla. "Nej nu är det bäst att vi städar undan innan nästa besökare tror att vi bjuder på hamburgare också."

Plötsligt blev det liv och rörelse när resten av teamet kom tillbaka från sin lunchpaus. Dags att förbereda för nästa besökare. Två återbesök på samma tid, konstaterade Angela och hade återigen sina tankar helt fokuserade på arbetet.

Klockan var fem och det var lugnt på kliniken. Hon satt en stund med mobilen i handen innan hon slog numret. 11414. Det kunde i alla fall inte skada att få tala med polisen om vad som hänt. Camilla kom ut från undersökningsrummet men hejdade sig när hon förstod vem Angela talade med. Hon satte sig i en besöksfåtölj och väntade tills Angela med en suck avslutade samtalet.

"Nå, vad sa de? Med tanke på din min så satte de inte precis in stora insatsstyrkan direkt."

Angela skrattade. "Nej, inte precis. Men hon jag pratade med tog det absolut på allvar och gav mig några goda råd. Men att lämna in en anmälan skulle inte ge någonting. Det finns egentligen ingen brottsling."

"Finns det inte?"

"Alltså, det finns ingen specifik person jag kan anmäla. Och ofredandet jag har varit med om anses vara av den lindrigare arten. Att jag har varit stalkad är det ingen tvekan om, men i det här skedet kommer en anmälan att lämnas utan åtgärd."

"Okej. Men vad tyckte de att du skulle göra då?"

"Ändra mina vanor. Ta en annan väg hem, träna på andra tider och på andra ställen, handla i andra affärer och sånt."

Camilla var tyst en stund medan hon reste sig och tittade ut genom fönstret.

"Om han står här nere nu så hjälper det inte att gå åt ett annat håll. Jag följer med dig en bit. Du kanske kan hoppa på en buss? Själv åker jag med 57:an från Hötorget. Den kan du åka med en bit."

Hon tvekade. "Kanske det... Men..." Hon måste ändå passera Slussen på väg hem om hon inte ville göra en riktigt stor omväg. "Jag har inget busskort med mig i dag. Jag testar om jag kan komma på något annat sätt att skaka av mig honom på."

"Jag förstår. Ta det försiktigt bara."

De lämnade byggnaden tillsammans och stod en stund vid porten och såg sig omkring. Gatan var bred och väl trafikerad. Mitt emot deras klinik låg en skoaffär med ständiga erbjudanden om att köpa tre par till priset för två. Vid den ena sidan av skoaffären låg en blomsterhandel, och på den andra troligen stans största tygaffär. Ingenstans syntes någon som stod stilla och bara väntade. Angela vände blicken nedåt gatan på deras sida. Här var trottoaren smalare och den användes mest av de som jobbade i huset som i huvudsak bestod av kontor av olika slag.

"Kan du se någon som verkar misstänkt?" Camilla stannade med blicken på två tonårspojkar som stod och pratade med varsin rullbräda i handen. Inga stalkertyper precis.

Angela skakade på huvudet. "Vi kan göra sällskap till din buss. Sen tar jag mig snabbt vidare in på PUB och ut på andra sidan."

De gick med raska steg till busshållplatsen där trängseln alltid var stor den här tiden på dagen. Flera linjer stannade där, och de fick vänta i fem minuter innan Camillas buss kom. Angela tog sig snabbt ur folkhopen och mer sprang än gick över Hötorget och in på PUB:s köpcenter. Hon tog sig snabbt genom gångarna förbi småbutikerna och ut på andra sidan till Drottninggatan. Medan hon gick så snabbt hon kunde växte ilskan inom henne. Vad är det jag egentligen håller på med, tänkte hon. Beter mig som en jäkla brottsling som måste fly. Vem är det som har tagit sig friheten att påverka mitt liv på det sättet. Det är inte rätt. Jag slår hellre ihjäl den jäveln.

Hennes tankar fortsatte i samma riktning hela gågatan fram. När hon passerat slottet och trängseln inte var så stor började hon jogga framåt och stannade inte upp förrän hon var framme vid sin egen port. Hon hade bestämt sig. Hon kunde inte hindra att någon fotade henne när hon var ute, men om någon gav sig på henne skulle hon vara beredd. Hon skulle slåss. Det fanns säkert flera kurser i självförsvar att gå. Hon kunde lära sig karate. Eller ännu hellre judo. Hon såg framför sig hur hon tog tag i en man och bara slängde honom i backen. Vilken skön känsla det måste vara.

Den varma instängda luften i lägenheten slog emot henne när hon steg in genom dörren. Snabbt gick hon in och öppnade balkongdörren. Just nu skulle hon kunna ge vad som helst för en större lägenhet. Hon drog av sig de svettiga kläderna och steg in i duschen. Nästa gång skulle hon prata klarspråk med sina föräldrar. Inte komma med något mesigt påstående om att hon önskade en större lägenhet. Hur svårt kunde det vara att bara ställa frågan; Kan ni låna mig pengar till en ny lägenhet?

Vad höll hon på med? Hans Angela gjorde inte längre som hon brukade. Hon kom ut från sin arbetsplats tillsammans med en annan kvinna. Det hade hänt förr, men då hade de skilts åt efter bara ett kvarter. Han gick in och vände i skoaffären när de såg sig om. När han kom ut igen såg han att Angela fortfarande hade sällskap och försvann in i trängseln av folk vid busshållplatsen. Han skyndade på stegen. Hon åkte aldrig buss. I går åkte hon tunnelbana. Varför kunde hon inte bara göra som hon brukade? Han kände ofrivilliga ryckningar vid ena ögonvrån. Han kände igen kvinnan som Angela hade haft sällskap med när han tittade upp mot passagerarna som stigit på bussen. Angela var inte där. Han vände sig om åt alla håll. Hon var borta. Han sjönk ner på bänken i den nu tomma busskuren. Han borde skynda sig till hennes lägenhet för att se när hon kom hem, men han orkade inte. Helst ville han lägga sig ner och sova men hejdade sig. Det var alltid någon som blev sur om han la beslag på hela bänken.

Stefan hade hittat Angela på Sandros under lördagskvällen, men han hade inte fått något tillfälle att agera. Allt var bara skit. Men han ville inte ge upp. Inte än. Angela hade varit en fast punkt i hans tillvaro hela sommaren. Han måste komma på något sätt att få behålla henne. Kanske komma henne nära på riktigt. Han kunde bo med henne när mormor försvann. Om hon förstod att han var snäll så kanske hon ville det. Hon hade också varit ensam. Hon visste hur det var.

Busskuren började på nytt fyllas med folk. Han reste sig och gick. En ny plan började ta form i hans tankar.

Han undrade vad hon tyckte om att läsa. Han kunde ge henne några böcker i present. Han gick i på Akademibokhandeln och tittade bland olika genrer. Om han valde en spännande och en romantisk bok så skulle säkert någon passa. För säkerhets skull valde han två i hyllan för de mest populära böckerna. Då kunde det inte bli fel.

Han fantiserade om vad de skulle göra när de blev tillsammans. I tankarna sprang han uppför hennes trappor när han kom hem. Hon skulle vänta på honom precis som mormor alltid hade gjort. Hon skulle laga mat åt honom och när de hade ätit skulle de mysa i soffan...

"Ursäkta." En kvinna med en irriterad röst gav honom en knuff när hon passerade honom på väg till kassan. Han ryckte till och undrade för en sekund var han var någonstans. Han hade blundat och blockerat gången mellan hyllorna. Röd om kinderna tog han de två böckerna med sig och gick för att betala. Han bad att få dem inslagna i två olika paket. Då skulle de passa i dörrens brevlådeinkast. Vad överraskad hon skulle bli. Hon var säkert inte van vid att få så här många presenter. Han skulle skämma bort henne så hon ville vara med honom. Alltid. Knuten i magen gjorde sig påmind. Om nu mormor var tvungen att flytta, varför gjorde hon inte det till ett ställe dit han kunde följa med? Men hon hade bara skakat på huvudet när han frågat och visat honom några lägenhetsannonser. Sa att det skulle bli mycket bättre för honom, att också han någon gång måste flytta hemifrån. Det bästa hade varit om han fått lite mer tid på sig att lära känna Angela, men det var bråttom nu. Han ville inte bo själv, han skulle flytta in hos henne. "Varsågod nästa." Expediten sköt menande bort Svantes påse en bit bort på disken. Han ryckte till. Varför hade alla så bråttom? Han behövde tid på sig för att vika ihop kvittot och stoppa ner sitt kort i rätt fack i plånboken. Före det kunde han inte ta sina varor. Han blängde på expediten och lovade sig själv att aldrig gå dit igen.

Eva gick långsamt längs Bällstaån. Det var skönt att röra sig ute bland människor som i alla fall såg ut som om de hade ett bra liv. De flesta bord var upptagna vid uteserveringarna. Lättklädda människor som skrattade och pratade med varandra. Eva hade gärna stannat om hon haft sällskap med någon. De nyanlagda bryggorna ut mot vattnet lockade solbadande ungdomar. De njöt av värmen de sista veckorna innan skolorna började. De flesta lyckligt ovetande om den tuffa verklighet som skulle drabba en del av dem. Naiva flickor som skulle falla för fel sorts man. Hon ökade på stegen. Dags att ta kontakt med den man som hon själv just nu litade mest på här i världen. En av dem som inte kunde acceptera att någon av de här tjejerna skulle slås ner av den som tog sig rättigheten att plåga andra.

Det brådskade. Elin hade ringt och var alldeles utom sig. Stackaren. Det var för jävligt. En välbekant oro började sprida sig i kroppen. Hon behövde ett nytt uppdrag. Det här var ett gyllene tillfälle.

Sebastian svarade efter första signalen. "Hej Eva, hur är läget?"

"Jodå, det är bra. Jag har något viktigt att prata med dig om. Ett akut ärende."

"Okej. Var är du nu?"

"På väg hem. Kan vi ses på det vanliga stället?"

"Jag kan vara där om en halvtimme."

De anlände samtidigt till pizzerian uppe vid vattentornet. Ett populärt ställe med sittplatser utanför under trädens skugga. Ett gäng unga killar hade dragit ihop två bord och diskuterade högljutt en kommande fotbollsmatch. Deras tallrikar var tomma. Ett bord till var upptaget av en barnfamilj. Pappan drog med hjälp av sin ena fot sittvagnen med ett sovande barn i fram och tillbaka. De sneglade lite åt ungdomarnas håll.

"Ingen risk att någon hör vad vi pratar om i alla fall", sa Eva medan de slog sig ner. Hon tittade på menyn som satt instucken i en hållare på bordet. "Jag tror jag nöjer mig med en sallad."

"Sallad? På stans bästa pizzeria?" Han skakade på huvudet och försökte se barsk ut. "Men en öl får du i alla fall göra mig sällskap med."

De gjorde sina beställningar. Eva studerade Sebastians brunbrända ansikte.

"Hur har du haft det i sommar? Ganska bra eller?"

Han log. "Fantastiskt bra. Har haft ledigt i sex veckor, och varit uppe i stugan hela tiden. Jag kommer att vara dig evigt tacksam."

"Bara roligt att någon vill ta hand om den."

Hon tänkte på den lilla stugan vid fjället. På den underbara utsikten och tystnaden. På vandringarna i den karga naturen. Hon hade aldrig återvänt dit efter den gången. Det var tio år sedan nu. Det hade tagit lång tid innan de hittat honom. Först framåt vårkanten hade en ensam vandrare fått syn på Henriks sargade och halvt förmultna kropp. Polisen hade avskrivit dödsfallet som en olyckshändelse. De djur som kalasat på honom hade förstört alla spår.

"Vad tänker du på?" Sebastian högg hungrigt in på sin pizza.

"På stugan."

"Längtar du dit?"

"Både och. Vet inte om jag någonsin kommer att kunna återvända dit igen. Vi får se."

Han nickade.

"Men nu har jag ett nytt ärende. Känner du till fallet med Sandberg, advokaten?"

"Han som åkte dit för narkotikasmuggling?"

"Exakt. Han fick ett par år, men kom ut efter halva tiden."

"Jo, det brukar vara så."

Eva petade en stund i sin sallad men la ner besticken igen. "Jag har haft kontakt med hans fru som tog mod till sig och ordnade med skilsmässa medan han satt inne. Det är bara det att hon inte hann ge sig av innan han kom hem igen. Hon hade inte en aning om att han var frisläppt. Helt plötsligt stod han bara där."

"Betyder det att…"

Eva nickade. "Ja. Det betyder att han är en sån där du vet."

Sebastian suckade. "Skitstövlar. Hur illa är det?"

"Så illa det kan vara. Den värsta tänkbara typen. Hon har inte en chans."

"Okej. Så vi måste sätta stopp för det." Han sänkte rösten när ett par nya gäster passerade nära deras bord. "Några planer?"

"Inte än. Det kom lite plötsligt. Vi trodde att hon skulle komma därifrån innan han kom ut."

Han nickade. "Vi ordnar det på något sätt. Var bor de någonstans?"

Sebastian åt färdigt sin pizza medan Eva gav honom detaljerna. Hon litade obetingat på honom trots att hon inte visste så mycket om hans bakgrund. Inte mer än att han hade erfarenhet av misshandel och utnyttjande, men inte på vilket sätt. Hans mål i livet var också att ge igen genom att hjälpa andra.

"Han borde ha en hel del fiender", poängterade Sebastian. "Fast om han inte tjallade på någon medan han satt inne så kanske han klarar sig."

"Jag har också tänkt på det", fortsatte Eva. "En större möjlighet är att han kommer att begå självmord eftersom han inte kan fortsätta sin bana som advokat. Eller hur?"

"Absolut, ingen kommer att tycka det är så konstigt. Frågan är vilken metod han kommer att använda."

"Det finns en gångbro över järnvägen inte så långt ifrån där de bor."

"Hmm... Kanske. Det beror på hur det ser ut där. Risken kan vara stor att han överlever och bara blir handikappad resten av livet. Han ska inte hoppa framför ett tåg."

"Skjuter han sig?"

"Han har kanske inget skjutvapen kvar. Om han hade det kan det vara beslagtaget." Sebastian tittade sig omkring medan han funderade. Höstmörkret hade trätt in och området lystes upp av glödlampor runt träden. "Jag tror han hänger sig."

Eva nickade och lät Sebastian fortsätta sin tankegång.

"Men innan dess behöver han ta något avslappnande så kroppen inte orkar kämpa emot när han tar steget. Kan du ordna något sånt åt honom?"

Medan hon tog hissen upp till sin lägenhet på fjärde våningen funderade hon över hur mycket valium hon hade kvar. Det hade visat sig vara en ypperlig hjälp när de tillfälligtvis ville hålla någon lugn. Den var lätt att skicka efter via nätet också. Hon hade några kontakter som turades om att beställa.

Hon hade valium så det räckte och skickade ett meddelande till Sebastian. Hon kunde inte ringa till Elin och berätta att de skulle hjälpa henne. Hon fick vänta tills Elin kontaktade henne när hon kunde göra det utan upptäckt.

Hon gick ut på balkongen och blickade ut över innegården. Ett par invandrarfamiljer hade grillfest på gräsmattan. En vana som vi svenskar borde ta efter lite oftare, tänkte hon. Hon började känna sig rastlös och återvände in. Någonting kändes fel. Var deras plan för att rädda Elin verkligen så klok? För att kunna utföra den måste de involvera Elin i sina planer. Det var inte bra. Hon fick ta ett nytt samtal med Sebastian. Självmord var ett bra sätt att låta de här typerna avsluta sitt liv på, men det skulle helst ske på ett sätt så att deras offer nästan kunde tro på att det faktiskt hade löst sig på det sättet. Att ta sig in i någons hem... Hon var beredd på att de någon gång skulle göra ett misstag och åka fast, men det fick gärna dröja lite.

Mobilen surrade på bordet inne i rummet. Hon skyndade sig in.

"Hej Eva, det är Elin."

"Hej! Hur går det för dig?"

"Så där. Just nu är han ute någonstans. Han har blivit så otrolig rastlös. Verkar känna sig instängd till och med i det här stora huset så han står inte ut att vara inne hela tiden."

Post-traumatisk stress. Bra. "Vad gör han när han går ut?"

"Ibland tar han bilen, men för det mesta har han druckit en del och går bara ut och går."

"Okej. Och hur mår du?"

"Inget vidare. Han gormar och skriker åt mig stup i ett men har inte rört mig än."

"Bra. Han kanske inte vill riskera att åka in igen för misshandel nu."

"Men det känns som att gå på ett minfält här hemma. Han hotar med en massa saker han kommer att göra om jag lämnar honom. Det värsta är att jag tror honom."

Eva visste att det troligen var sant. De måste skynda sig innan den där idioten tappade kontrollen helt. Hon uppmanade Elin att höra av sig varje gång hennes man tog till spriten och betedde sig hotfullt. Kunde hon inte prata kunde hon bara slå numret och lämna mobilen på. Sedan avslutade hon samtalet och ringde upp Sebastian.

Offerten var klar. Angela läste mejlet som låg i hennes inkorg när hon startade upp datorn. Peter Björkman ville presentera den samma dag. Gärna över ett lunchmöte. Hon log. Skulle det bli en ny sittning på Grand tro? Hon hade inget emot det, men tid att äta lunch i två timmar hade hon inte. Hon fick vänta med att svara tills Camilla dök upp.

Hon sträckte på sig och knäppte händerna bakom nacken. Det kändes annorlunda med nya rutiner. Joggingtur till jobbet på morgonen och sedan en dusch. Det fungerade så länge det inte var vinter. Det kunde nog dröja ett tag innan hon joggade själv på Långholmen. Hon hade studerat alla foton hon fått och konstaterat att det var löprundan just där som fanns med på bild. Nästa gång hon sprang på kvällstid skulle hon först ta bussen, och helst ha sällskap med Liselott. Men det fick dröja ett par veckor, Liselott hade tagit semester och åkt till Skåne för att hälsa på sin bror.

Hon plockade fram tidsbokningen för dagen och såg att det var mer än fulltecknat. Inte en chans att gå på en långlunch. Camilla skulle ha fullt upp med egna arbetsuppgifter.

Hon ringde upp Peter Björkman som svarade efter första signalen och förklarade läget.

"Okej, jag vet att fredagar passar er bättre. Men lunch måste du väl ändå äta?"

"Ja, jo, det ska jag väl. Men det får bli en enkel take-away."

"Vet du, om jag köper med mig lite mat och bara kommer upp och lämnar offerten, skulle det funka? Vad vill du ha att äta i så fall?"

Det var ett generöst erbjudande, och hon tackade glatt ja. Bra mycket trevligare än att äta själv vid skrivbordet. Hon kände att det inte bara var själva offerten hon såg fram emot att se. Hon undrade varför han inte hade skickat den med mejlet, men en bra säljare ville förstås prata för sin sak också.

Han var lika punktlig som sist. Kavajen hade han lämnat hemma den här gången, men skjorta och slips hade han inte gjort avkall på.

"Hej, trevligt att träffa dig igen." Han höll upp påsarna med mat. "Hoppas du gillar kinamat."

"Absolut, det blir perfekt. Kan vi äta medan vi tittar på offerten?"

Han skrattade. "Vilken effektivitet. Påminner om våra programmerare. De glömmer ibland att ta en paus och sitter med matlådorna bredvid sig medan de jobbar."

De slog sig ner i soffan och Peter öppnade sin portfölj och plockade upp en mapp. Den närmaste halvtimman förklarade han vad offerten gick ut på och vilka kostnader det skulle medföra. Angela ansåg att det var ett bra erbjudande, men det var inte hennes beslut.

"Okej, då tror jag att jag förstår. Jag ska presentera det här på mötet på fredag och höra vad de säger."

"Jag kan komma hit och presentera den för hela gruppen om du vill."

Hon skakade på huvudet. "De litar på mitt omdöme. De tar bara ställning till om de kan bära kostnaderna." Hon tittade på klockan, men Peter Björkman hade mer att komma med.

"Jag har ett extra förslag som du kan fundera på. Om ni köper det här systemet så skulle jag kunna dra ner priset något på ett villkor. Att du ingår i en referensgrupp för att stötta den vidare utvecklingen av det?"

"Referensgrupp? Vad innebär det?"

"Att du ibland är med i möten med våra utvecklare. De behöver input från verkligheten ibland."

Angela nickade. "Smart. En utvecklare med näsan i pastasåsen vid ett skrivbord kanske kan vara lite verklighetsfrånvänd."

Peter satte nudlarna i halsen medan han försökte svälja och skratta på samma gång. "Absolut, och med bakåtvänd keps och stora lurar över öronen vågar man inte ens störa honom", fortsatte han. "En sak till… Vi har ett event på onsdag kväll nästa vecka. Det skulle vara roligt om du ville vara med då."

"Även om vi tackar nej till det här?"

"Även om ni tackar nej", bekräftade han medan han reste på sig och tackade för sig. "Jag hör av mig innan onsdag."

* * * * *

Hon stirrade på hallmattan när hon öppnat dörren och stod stilla en lång stund. Nya paket. Hon petade undan dem med foten innan hon gick in och stängde dörren. Hon tog upp ett av dem och klämde på det. En pocketbok. Ingen tvekan om det. Från Akademibokhandeln, det pappret gick inte att ta miste på. Hon hade inte skickat efter något. Dessutom fanns det ingen adresslapp. Hon tog upp det andra paketet. Där fanns ett brev instucket under pappret. Fylld med onda aningar gick hon in och satte sig. Hade hon inte blivit av med sin stalker? Hon hade åkt buss en bit från jobbet de sista dagarna så hon inte gick samma väg någon dag den sista biten hem. Hon hade läst att det var effektivt. De tröttnade om det var för svårt att följa efter.

Hon öppnade brevet. Det var han.

Du behöver inte vara rädd för mig. Om du blir min vän kommer jag aldrig att göra dig illa. Gå hem från jobbet din vanliga väg så ska jag göra dig sällskap.

Om du blir min vän… Hon läste orden om och om igen. Och om inte? Men nu hade hon chansen att få veta vem hennes stalker var. Sen kunde hon anmäla honom för polisen. Bara han inte var farlig. Hon gick fram och tillbaka i rummet. Vad var rätt beslut? Hon öppnade bokpaketen. Två böcker som hon redan läst.

Hon slog 11414. En kvinnlig polis svarade.

"Hej", började Angela. "Jag har ringt till er förut för att jag har blivit stalkad, och han har inte gett sig än."

"Det låter otrevligt. Berätta."

Angela beskrev vad som hänt. "Nu har jag chansen att få reda på vem han är. Kan polisen vara med då så han vet att han är avslöjad?"

"Ja, eventuellt skulle vi kunna göra så. Men..."

Poliskvinnan informerade om vilken risk det innebar. Det var inget brott att ge paket till någon och be om vänskap. Om de konfronterade honom skulle det kunna leda till värre trakasserier.

"Man ska aldrig släppa en stalker inpå livet. Då blir de bara värre. Se till att du har sällskap från jobbet och inlåt dig inte till samtal med någon främmande person du möter på gatan. Låt honom förstå att han inte kan komma åt dig så ger han sig lättare. Just nu har vi inget vi kan sätta dit honom för."

Matt i benen sjönk hon ner på kuddarna. Ingen hjälp där att hämta alltså. Hon läste texten igen. Det var absolut ett hot, men hon fattade att det var tolkningsbart. Okej, hon skulle vara svåråtkomlig. Hon packade in böckerna med ny tejp tillsammans med brevet. Så gick hon ut och la dem utanför ytterdörren. Smög han omkring där ute så skulle han se dem. Om någon annan tog dem så... Ja, det var inget att göra åt. Hon skulle i alla fall inte ha dem.

"Christos! Har du bilen i dag?" Angela stod i pentryt och laddade kaffebryggaren när hon hörde Christos och Peter komma samtidigt i glatt samspråk. Christos stack in huvudet genom dörröppningen.

"Ja. Hur så?"

"Jag måste fortfarande skaka av mig min stalker."

"Är den idioten kvar? Har han gett sig tillkänna nu?"

Angela berättade om sitt samtal med polisen. "Så jag tänkte att om jag får åka med dig en bit på vägen hem så kommer han inte åt mig."

"Självklart. Jag kör dig hem. Inga problem."

"Tack snälla." Helst hade hon velat få ett ansikte på sin förföljare, men beslutat sig för att lita på polisens erfarenheter. Hon skulle göra som de sa. Hon började bli less. Mer än en vecka innan Liselott kom tillbaka. Hur skulle hon få helgen att gå? Åka till Lidingö? Nej, inte redan. Inte så tätt inpå förra besöket. Anna. Hon kunde hälsa på Anna. Ta bussen och vara hos henne en dag. Det skulle kännas tryggt. Hon slog numret.

* * * * *

Christos och Mikael skakade beklagande på huvudet. Tyvärr, om de skulle investera i en ny laserteknik, och den marknaden måste de hålla sig uppdaterad på, så fanns det inte utrymme för ett nytt datasystem. I alla fall inte i år. Kanske nästa. De insåg att det skulle minska administrationskostnaderna, men ändå. De måste vänta lite med den investeringen.

Hon ringde Peter Björkman direkt efter mötet för att ge honom beskedet. Han tog det med ro. "Vi får hålla kontakten så får vi se vad som händer nästa år. Jag hoppas att du fortfarande kan tänka dig att komma på vårt event på onsdag?"

Det ville hon gärna. "Vad handlar det om och vilken tid är det?"

"Klockan sex. Men du, jag sitter lite trångt till just nu, men... Vågar jag fråga om du har något för dig efter jobbet idag? Annars bjuder jag gärna på middag så kan vi prata mer då."

Pulsen slog i snabbare takt. "Ja tack, väldigt gärna." Hon kände sig som ett barn som just hade fått en biljett till tivoli.

"Härligt. Jag kan komma och hämta dig på jobbet, har lite svårt att säga exakt tid just nu."

Tydligen gällde en annan klädkod senare på fredagar. Lätta sommarbyxor och kortärmad skjorta. Ingen slips. Hon passade på att presentera Björkman för Christos. Medan Angela packade ihop sina träningskläder som hon anlänt i på morgonen visades Björkman omkring i rummen. När hon stod där färdig för att gå med den lätta ryggsäcken hängandes över ena axeln tittade Christos på henne med ett snett leende.

"Du behöver ingen skjuts av mig idag eller?"

Hon rodnade. "Nej, jag klarar mig. Men tack ändå." Hon var säker på att hon hörde honom skratta när Peter och hon lämnade kliniken tillsammans.

"Har du beställt bord någonstans?" frågade hon.

"Nej, jag tänkte att vi kunde vara lite spontana och bara stanna till någonstans."

Bra, tänkte hon. Hon ville gärna äta någonstans på Söder så hon inte fick så långt hem sen. De gick långsamt gatan framåt. "Gillar du promenader? Är det för långt att gå till Hornsgatan?"

"Absolut inte. Jag sträcker gärna på benen en stund." Han sneglade på henne. "Motionerar du mycket?"

Hon skrattade. "Ja, det kan man nog säga." Hon berättade att hon hade börjat springa till jobbet på morgnarna.

Han visslade till. "Smart. Det kallar jag för att utnyttja tiden väl. Något att ta efter kanske." Han berättade att han sprang varje lördag och ofta någon tur på vardagskvällarna också.

De kryssade vant mellan alla människor på Drottninggatan. Ett gäng killar blockerade det mesta av utrymmet med en uppvisning i street dance. De tittade på en stund och pressade sig sedan mellan affärsingångarna och den mur av publik som bildats. "Otroligt", påpekade Peter, "fattar inte hur de kan fara runt så där."

De närmade sig slutet av gågatan och Peter stannade upp. "Vad säger du, ska vi bara stanna till och ta ett glas vin innan vi går vidare?" Han pekade in mot en av uteserveringarna som kantade gatan. Det fanns faktiskt ett par lediga bord.

"Gärna. Bäst vi slänger oss in innan alla bord är upptagna."

* * * * *

Han svor och svettades. Det var för mycket folk. Men han tänkte inte släppa henne ur sikte. Tillsammans med en främmande man. De pratade och pratade. Och skrattade. Vin drack de också. Vad var hon för en tjej egentligen? Det var inte så här hon skulle vara. Han kände inte igen henne. Inte en enda dag hade hon varit ensam när hon lämnade jobbet. Så otacksam hon var. När han hade köpt presenter och allting. Hon kanske inte ville ha en snäll kille. Den hon satt med nu var säkert tuff. Mörkt stubbat hår och lite äldre. Såg världsvan ut på något sätt när han vinkade till sig servitrisen. Säkert van att få som han ville. Men Angela var hans. Han knöt händerna hårt och väntade.

* * * * *

"Är det okej för din fru att du går ut och äter med dina kunder så här på kvällarna?" Hon kunde inte låta bli att fråga. De hade tömt sina vinglas och pratat om Stockholm och hur det var att leva mitt i city.

"Tja, det stör henne nog inte. Hon har fullt upp med sitt."

"Jaha... Vad jobbar hon med?"

"Inte något."

Angela tittade förvånat på honom.

"Ja, inte just nu alltså. Annars är hon konferensvärdinna."

Peter bytte samtalsämne. "Ska vi gå vidare till restaurangen nu?"

Under tystnad gick de vidare genom Gamla stan. Butikerna längs Västerlånggatan var fortfarande öppna. Mest för turister tyckte Angela. Hon kunde inte tänka sig att Peter var den som gick här och shoppade heller. Hon såg på honom. Gick han här med henne för att hans fru hade fullt upp med annat? Men han ljög i alla fall inte och påstod att han var singel. Och han hade inte stött på henne. Inte i egentlig mening i alla fall.

87

"Bor du här i närheten sa du?"

De hade svängt in på Hornsgatan. "Ja, jag bor på Bastugatan åt det hållet." Hon pekade. "Där har jag en liten etta på tredje våningen. Liten men mysig. Var bor ni någonstans?"

"På Strandvägen."

Hoppsan, tänkte hon medan hon stannade utanför den restaurang hon föreslagit. Det var fullsatt men de lyckades få ett bord för två med bordsgrannar bara några decimeter ifrån på varje sida. Inte precis som gjort för förtroliga samtal, tänkte Angela, men det var nog lika bra. Hon måste hålla distansen. Han berörde henne alldeles för starkt.

Fångade av den allt annat än intima stämningen beställde de en enkel middag med var sin öl. Peter snurrade på sitt glas och såg en stund ut att befinna sig någon annanstans i tankarna. Ångrade han att de gått hit? Men så såg han upp och log. "Du berättade förut att du någon gång skulle vilja prova på att gå en pilgrimsvandring. Vad tänker du på då?"

"Den klassiska vandringen i norra Spanien. Någon gång när jag kan vara långledig skulle jag vilja gå en bit på den." Hon fortsatte att om sitt intresse för vandringar i vackra bergstrakter.

"Det är något jag aldrig har gjort", kommenterade Peter. "Men jag kan tänka mig hur avkopplande det måste vara. Att springa i skogen är mitt sätt att rensa tankarna och koppla av. Nästa gång jag tar semester ska jag fundera på om jag inte ska hitta på något sånt."

"Och hur ofta tar du semester?"

"Hmm... Låt mig tänka efter. För ett år sedan hade jag ett par dagar medan vi gifte oss i Las Vegas. Men jag hade naturligtvis datorn med så jag kunde jobba på samma gång. Det blir svårare uppe bland bergen förstås..."

Angela skrattade. "Ja, ni borde nog ha gift er på en alptopp i stället. Funkade det verkligen att du jobbade på själva bröllopsresan?"

"O ja. Jag kunde inte konkurrera med ett kreditkort och alla shoppingställen." Peter log, men leendet nådde inte riktigt upp till ögonen.

"Nej, det är en dag imorgon också." Angela hade ingen längtan efter att få höra några fler avslöjanden om Peters fru. Han viftade till sig kyparen och betalade.

"Jag följer dig hem", erbjöd sig Peter när de lämnade restaurangen. Angela tvekade. Det skulle innebära att hon av artighet borde bjuda med honom upp och för en kopp kaffe. Det vore kanske inte så smart. "Nej, det behöver du absolut inte göra. Här är det lättare att hejda en taxi om du inte vill gå hela vägen tillbaka. Stort tack för middagen och en trevlig kväll", la hon till och kände hur hon bara babblade på. Han tog tag i henne och gav henne en kram. Hon besvarade den och hade gärna stannat kvar där.

"Tack själv. Jag gör gärna om det."

Hon nickade tyst och vinkade lätt när hon lämnade honom. En lång stund stod han kvar och såg efter henne.

*****

Smällen kom samtidigt som hon precis registrerade hur illa det luktade i trapphuset. Den kom hårt och utan förvarning. Som om det var själva lukten som kom emot henne. Den landade precis på tinningen och för någon sekund blev allt svart. Angela hann precis få tag i trappräcket och kunde hålla sig upprätt. Porten stängdes bakom henne, och när hon trots yrseln lyckades vända sig om fanns det ingen kvar där. Hon höll ett hårt tag om räcket medan yrseln gav vika och smärtan började sprida sig i hela huvudet. In, tänkte hon, jag måste ta mig in. Hon stapplade uppför trapporna och fick få upp nyckeln ur väskan. Hon fumlade med darrande händer innan hon kunde öppna dörren. Det var bråttom, illamåendet började välla upp från magen. Snabbt knäppte hon igen låset bakom sig och skyndade ut på toaletten. En mörk dimma började skymma hennes sikt, och hon satte sig snabbt ner på golvet med huvudet mellan knäna. Både illamåendet och svimningskänslan gav efter. Hon reste sig sakta och såg sig i spegeln. Ena ansiktshalvan lyste rött och tinningen hade börjat svullna. Hon stapplade bort till kuddarna i rummet och sjönk ner på en av dem.

Tänk nu, sa hon högt. Bli inte hysterisk. Dra några djupa andetag. Hon gjorde sitt bästa för att lyssna till sina egna goda råd. Sjuksköterskan i henne tog över. Hon andades djupt och gråten kom. Hon tillät sig att gråta en stund innan hon fick axlarna att sjunka ner och andhämtningen att bli normal. Chocken släppte och illamåendet försvann. Hon rörde på huvudet fram och tillbaka. Hon kände på tinningen. Det var nog inte så illa som det verkat först. Men herregud, hon hade faktiskt blivit överfallen. Varför? Hon blev inte våldtagen eller rånad. Råkade hon bara komma in vid fel tidpunkt? Hade någon gjort ett inbrott och velat hindra henne från att se vem det var?

Stalkern. Självklart måste det vara han. Vad var det han skrev? *Om du blir min vän ska jag inte göra dig illa.* Om... Dags att ringa polisen igen. Men hon orkade bara inte. Hon orkade inte höra dem säga att de inte kunde göra något. Hon reste sig och gick och hämtade ett glas vatten och fyllde en plastpåse med isbitar. Misstaget hon, eller de, gjort var att gå från jobbet i långsam takt. Han måste ha haft koll på dem hela tiden. Och sen gått i förväg för att lurpassa på henne. Han hade koden till ingången. Naturligtvis. Det var längesen den byttes. Hon skulle skriva till ordföranden i föreningen. Att hon inte hade tänkt på det innan. Hon förbannade sig själv medan hon tryckte ispåsen mot tinningen.

"Kom in, jag håller just på och matar lillan." Anna vände snabbt tillbaka till köket igen när hon hörde ett intensivt bankande därifrån. Angela skrattade när hon såg ett vilt fäktande barn med en mugg i handen och hela ansiktet nedstänkt med vatten.

"Vad stor hon har blivit!"

"Tio månader. Och tror redan att det är hon som bestämmer." Anna torkade hjälpligt av ansikte och händer på Alice. "Hon ska snart få sova middag. Sen kan vi fika i lugn och ro."

"Är inte Fredrik hemma?"

"Han veckohandlar. Skönt att få göra det i lugn och ro."

Angela såg sig om i köket. Det doftade nybakat. Resterna efter sockerkaksbaket stod kvar på arbetsbänken. Hon reste på sig, plockade undan disken och laddade kaffebryggaren. Anna log medan hon lyfte upp Alice ur stolen. "Du är dig lik. Alltid en hjälpande hand. Jag är snart tillbaka", fortsatte hon och gick vidare bort till sovrummen.

Angela såg ut genom fönstret. Gräsmattan hade gulnat, men rosorna i rabatten var välskötta. Trädgårdsmöblerna på altanen såg inbjudande ut. Hon letade fram en bricka och dukade den för tre när hon såg en bil köra upp mot garageporten.

"Har vi storfrämmat! Kul att se dig igen Angela." Fredrik kom in med två välfyllda kassar av den större sorten. "Hur lever livet med dig då?" Han hejdade sig när han såg hennes ansikte. "Oj, har du varit i slagsmål?"

Hon gav honom en lätt kram. "Kul att se dig också. Jag berättar sen vad jag råkat ut för." Hon hjälpte honom att plocka ur kassarna medan han sorterade in varorna i olika skåp. "Det är min stalker…"

"Nu så, nu kan vi få en stund i lugn och ro." Annas röst avbröt henne. "Hej älskling, gick det bra med handlandet?"

Han lyfte upp en stor chipspåse. "Väldigt bra, hittade till och med sånt som inte stod på listan. Lördagsmys."

Anna log och gick ut till Angela och omfamnade henne. "Kul att ha dig här igen. Det är ju flera månader sen sist." Hon tystnade när hon såg den röda sidan av Angelas ansikte. "Har du slagit dig?"

"Jag gjorde det inte själv precis… Ska vi fika ute?"

De dukade på altanen och Anna skar upp av kakan. "Okej, nu måste du tala om vad som hänt."

Hon berättade om den senaste tidens händelser medan Anna och Fredrik åt av sockerkakan. När hon var klar sköt Anna fatet närmare åt hennes håll. Fredrik la armarna i kors och rynkade pannan. "Så polisen bryr sig alltså inte om att hederliga människor blir trakasserade?"

Angela ryckte på axlarna. "Vad vet jag. De kan i alla fall ingenting göra. Gud vilken god sockerkaka!"

"Du får inte bo ensam så länge den där galningen går lös. Det finns rum för dig här om du vill."

"Tack. Ni är jättesnälla. Jag ska försöka skaka av mig honom en period till först och se om han tröttnar. Vi skulle ha tagit en taxi igår, det hade varit bättre."

"Undrar det jag…" Fredrik fyllde på i kaffekopparna. "Om han såg dig gå in i en taxi med en man så kunde han blivit lika arg och gått hem till dig och väntat."

Angela hade haft samma tanke. "Men då hade han inte vetat hur länge det skulle dröja. Man kan inte sitta i vårt trapphus hur länge som helst utan att väcka misstankar."

Klagande ljud hördes från 'barnvakten' som låg på bordet.

"Jag tar henne så kan ni ägna er åt tjejsnack en stund," sa Fredrik och reste sig.

"Du skulle hört vad upprörd han blev när jag berättade om din stalker efter förra gången vi sågs", sa Anna med låg röst. "Han blir fullständigt galen när han hör om sånt. Han säger att han ska samla ihop ett gäng och ge honom en omgång om du får reda på vem det är. Och vi menar allvar med att du kan bo här ett tag."

Angela nickade. "Det är faktiskt otäckt." Hon gjorde en paus medan hon funderade på hur hon skulle uttrycka sig. "Vet du, det värsta är egentligen inte att bli överfallen eller förföljd. Det värsta är att inte veta vem det är. Jag kollar alla som finns i närheten av mig hela tiden. Jag känner mig iakttagen till och med när jag är själv."

"Men du får ändå rådet att inte låta honom få personlig kontakt med dig?"

"Precis. Fast om jag fick det kunde jag försvara mig. Du vet, bära på något som skulle skada honom ordentligt om jag fick chansen att ge mig på honom." Hon kände efter. Så var det. Hon var säker på att hon skulle klara av att ge honom ett knytnävsslag. Gärna med nycklar spretande ut mellan fingrarna...

"Men nu släpper vi det här tycker jag. Det finns roligare saker att prata om. Ska du börja jobba snart?"

"Till hösten. Då blir Fredrik barnledig. Eller barnarbetare. Eller vad man nu ska kalla det. Det är väl jag som blir barnledig egentligen."

Fredrik kom tillbaka med Alice på armen. "Hon ville inte sova mer. Tror hon är lite orolig i magen". Han satte henne i Angelas knä. Alice tog genast ett ordentligt tag om hennes långa halsband.

"Hej gullegumman", jollrade Angela. "Du var ingen blyg liten tjej du." Hon reste sig och hissade den lilla högt i luften. Alice skrattade högt.

Anna log åt Angelas lek. "Den där Peter du åt middag med igår, har han några barn?"

"Nej. Men han är gift."

"Menar du – Är det samma kille som du berättade om när vi fikade på Vetekatten? Den där snygge smarte?"

Angelas rodnande kinder avslöjade henne.

Anna nickade menande några gånger. "Först lunch och nu middag. Men man kan ju alltid hoppas att han inte tänker vara gift så länge till."

Angela kunde bara hålla med. "Finns det någon lekpark i närheten?"

Angela stannade inte på middag. Hon var trött. De hade gått en lång promenad medan Alice fick fortsätta sin middagssömn i liggvagnen. De hann med att låta henne gunga en stund i lekparken innan det var dags att gå hem och byta blöja.

Var det ett sånt här liv hon ville ha? Hon visste inte. Allt hon visste var att hon ville bli fri igen. Inte hela tiden titta sig om för att se om någon iakttog det hon gjorde. Hon klarade inte av att shoppa kläder längre. Kände sig iakttagen och kunde inte släppa tanken på att hon hade en kamera riktad mot sig. Om en vecka började hennes kurs i självförsvar. Hon skulle stå ut till dess och sedan bestämma hur hon skulle göra. Det fanns en möjlighet. Hon kunde vänta utanför jobbet tills han gav sig tillkänna. Börja prata med honom. Fredrik hade menat allvar. Han kunde samla ihop några kompisar och ge honom en omgång. Christos hade också antytt samma sak. Men hur skulle det gå till? Hon ville inte vara orsak till att någon av dem åkte dit för misshandel. Men visst var det lockande.

Sofia vred om nyckeln och hoppades att han inte skulle vara hemma. Hon hade händerna fulla med påsar från NK. Det var bäst om han inte såg dem.

Han satt framför datorn i arbetsrummet. Hon gick in i sovrummet och hängde in kläderna i garderoben. Det var en walk-in-closet som bildats när Peters föräldrar byggde en extravägg i sovrummet. Hon älskade känslan av lyx när hon provade kläder framför spegelväggen.

Hon gick in till arbetsrummet och pussade Peter i nacken. "Hej älskling, jobbar du?"

"Nej, jag har lite andra funderingar."

"Jaha?" Ingen hälsning, ingen kram. Hon la armarna om honom och smekte honom på bröstkorgen. Han tog bort hennes händer och reste på sig.

"Vi behöver sätta oss och prata lite." Han gick in i vardagsrummet. Hon följde efter, plötsligt osäker på hans beteende. Han satte sig i fåtöljen. Hon hade inget val, hon fick sitta ensam i soffan.

"Jag vet inte hur jag ska säga det här…" Han såg ner i golvet en stund, men så lyfte han blicken. "Jag vill skiljas."

Jäklar också, tänkte hon, det är för tidigt. Hon svarade inte utan väntade tills han såg tårarna i hennes ögon. Så slog hon händerna för ansiktet.

"Varför då? Vad har jag gjort?" snyftade hon.

"Det är inte du, det är jag," svarade han med trött röst. "Det här är mitt misstag. Det funkar inte, vi passar inte ihop."

"Men vi har bara varit gifta ett halvår! Du måste ge mig en chans." Hon rullade ihop sig i soffan och grät högt. "Älskling, gör inte så här mot mig, snälla."

Han reste på sig och gick ut i köket och hämtade hushållsrullen.

"Här. Torka tårarna nu så vi kan prata som vuxna människor."

Borta var hans beskyddande attityd. Han som kallat henne för sin lilla trollunge och sagt att hon var det sötaste han sett. Hon tog emot pappret och snöt sig. Om han inte tänkte trösta fick hon byta taktik.

"Ska du bara slänga ut mig nu? Utan jobb och utan pengar? Var ska jag bo? På gatan eller?"

"Så klart att jag inte slänger ut dig på gatan. Det förstår du väl."

"Nähä, men det jag fattar är varför du krävde ett äktenskapsförord. Du ville bara ha en leksak ett tag. Och nu har du tröttnat på den."

"Förlåt Sofia, jag är lessen att det blev så här." Han såg uppriktigt skamsen ut. "Det är absolut inte planerat. Förlåt, men jag gjorde ett misstag. Vi har ju ingenting gemensamt."

"Förlåt och förlåt, vad hjälper det? Säg i stället vad jag ska göra nu?"

"Okej. Du måste hitta ett jobb, det kan jag inte hjälpa dig med. Men jag kanske kan hjälpa dig med insatsen till en lägenhet. Det går fortfarande att få någon till ett rimligt pris ute i någon av förorterna."

Bo i förorten. Aldrig i livet. Hon vädjade och försökte övertala honom att ge henne en ny chans. Men han var orubblig. Han hade bestämt sig. Tankarna virvlade runt i huvudet. Hon måste få mer tid på sig.

"Du behöver inte be om förlåtelse Peter. Så klart du ska få din frihet om det är så du känner det. Ge mig bara lite tid att smälta det här." Hon hängde med huvudet och gick med släpande steg ut i köket. Han följde inte efter.

Onsdagens event började med en intressant föreläsning om sekretess- och säkerhetsproblem vid övergången till digitala patientjournaler. Det var ett intressant föredrag. Angela glömde för ett tag bort sina egna bekymmer. Hon hade åkt buss en bit från jobbet och sedan gått en parallellgata tillbaka igen. Eventet hölls på ett konferenscenter i närheten av hennes jobb. Nu kunde hennes stalker gott åka hem till henne och ställa sig. Det skulle bli en lång väntan.

Hon anslöt sig till frågeställarna efter presentationen. Det hade hänt en hel del på IT-fronten sedan hennes tid i USA.

Utanför föreläsningssalen togs de emot av servitörer med champagneglas på brickor. Lite lyx och flärd, det var man minsann inte bortskämd med under tiden i landstingets tjänst, tänkte Angela och smuttade på sin champagne. Hon fick sällskap av Rolf Högberg som hade hållit föredraget. De fortsatte diskussionen om patientsäkerhet kontra lagring av sekretessbelagd data på nätet.

"Jobbar du inom IT-branschen?" frågade Rolf.

"Nej då, jag är mottagningssköterska på en privat klinik. Fast jag ansvarar också för administrationen kring patienterna och ekonomihanteringen."

"Trivs du med det? Annars kanske du skulle komma över och jobba hos oss".

Hon antog att han skämtade. "Kör ni så hårt med er personal att ni behöver en mottagningssköterska?"

Han skrattade. "Hoppas inte, men det var kanske ingen dum idé", svarade han. "Nej, men som förvaltare av våra system. Eller projektledare. Vi är alltid i behov av duktig personal."

Angela var smickrad. Det var längesen hon hade känt sig så här avslappnad. Champagnen gjorde förstås sitt till, och servitörerna var snabba med att gå runt och fylla på.

"Tack, men jag tror inte att jag skulle klara av att sitta framför en dator hela dagarna. Jag gillar omväxlingen med min patientkontakt."

"Och vad avhandlar ni för intressanta spörsmål?" Det var Peter Björkman som anslöt sig.

"Jag försökte just värva Angela, men fick nobben", svarade Högberg med en djup suck. "Synd, det här är nog en förmåga inom vår bransch som går till spillo."

"Det är jag helt övertygad om." Peter blinkade åt Angela. "Men nu får ni gå vidare till matsalen. Det är gående bord, så ni får hämta en tallrik och plocka för er av delikatesserna."

I matsalen fanns ett långbord med allehanda fat med småplock, snittar och skaldjur. Det fanns sittplatser, men de flesta valde att samlas vid de höga runda små mingelbord som fanns utställda runt om i lokalen. Angela njöt av tillvaron och av de roliga och intressanta samtalen hon drogs in i. Landstinget hade lite att lära vad gällde att ge sin personal lite mer energi.

När hon hämtade kaffet fick hon sällskap av Peter Björkman.

"Har du trevligt? Träffar du några intressanta människor?"

"Absolut. Den här kvällen var verkligen en lisa för själen."

"Var det välbehövligt? Stressar du mycket på jobbet?"

Peter fyllde på hennes kaffemugg från den stora termosen. Angela tog emot muggen och tvekade lite.

"Nej, jobbet är bara roligt. Lite privata problem bara."

Han höjde på ögonbrynen och avvaktade.

"Det hände något sist i fredags kväll när jag kom hem..."

"Hemma hos dig? Något allvarligt?"

Hon tvekade lite. Hon hade berättat det här för så många att det började kännas konstigt. Hon ville behålla den trevliga stämningen.

"Vill du inte berätta?" frågade Peter lågt och strök henne lätt över armen.

"Usch, det är en tråkig historia. Men... Jag är stalkad."

"Vad i…" Längre kom han inte förrän de blev avbrutna av ett par andra kunder som hade några frågor. När ytterligare några deltagare närmade sig lutade Peter sig mot Angela. "Försvinn inte härifrån nu innan du har berättat allt. Är du stalkad får du inte gå hem själv."

Lokalen började tömmas på folk. Peter Björkman gick runt och tackade de sista gästerna för att de hade hörsammat inbjudan. Angela ställde sig vid ett av de höga mingelborden med ett sista glas champagne. Hon kände sig lätt berusad.

"Nu har jag bett ett par av mina killar att stanna kvar tills det är tomt här. Känner du för en promenad hem eller vill du ta taxi?"

Hon tittade ner på sina fötter. "Inte ens jag tycker att det är lämpligt med långpromenader i de här skorna. Så jag tar en taxi."

"Då fixar vi det. Kom."

De gick ut i den ljumma mörka sommarkvällen. Angela drog ett djupt andetag. "Man säger att man aldrig ska dricka det sista glaset. Men tack för i kväll. Jag har haft väldigt trevligt."

"Ja, det blev en lyckad kväll." Peter tittade på henne. "Kan vi bara gå sakta ner till torget så kan du berätta vad du menade med att du är stalkad?"

Angela berättade. När hon kom till smällen hon fått efter deras middag slog han spontant armarna om henne. "Herre jösses. Det där låter livsfarligt." Han släppte henne och skakade på huvudet. "Man hör förstås talas om sådana där typer, men jag har inte träffat någon som blivit utsatt förut."

En taxi närmade sig och han vinkade in den. "Nu följer jag dig hem och kollar så du kommer in tryggt och säkert."

Hon protesterade inte. De satte sig båda i baksätet och en kort stund lutade hon huvudet mot hans axel. Han log och tog hennes hand. Tysta satt de var och en i sina tankar den korta färden hem. Peter gav chauffören ett par sedlar men bad honom vänta medan han följde sin vän upp till lägenheten. Han skulle åka hem till sig. Angela visste inte om hon var lättad eller besviken. Både och bestämde hon.

Det var tomt i trapphuset och ingen syntes till när de gick uppför trapporna. Hon öppnade dörren. Inga paket och inga brev. Peter slängde en snabb blick in i rummet. "Mysigt ställe. Okej, känner du dig trygg nu?"

"Absolut. Tack snälla du för skjutsen."

"Inga problem." Hon fick en lång kram och en puss på kinden. "Vi ses." Hon gick ut på balkongen och såg honom åka sin väg. Några enstaka kvällsvandrare rörde sig på trottoaren nedanför. Det lyste i många fönster i huset på andra sidan vägen. Det slog henne plötsligt att hon kunde vara iakttagen där hon stod helt blottad. Det knöt sig i magen. Snabbt backade hon tillbaka från balkongräcket och gick in och drog för gardinerna. Händerna skakade.

"Oj, här var det ord och inga visor, bäst att se upp", sa den ledare i självförsvar som med en gummikniv i handen just hade gjort ett utfall mot Angela. Hon jobbade på som om varje övning var blodigt allvar. "Bra där, jag ger mig!" Han höll upp händerna.

"Förlåt", svarade hon och såg förvirrad ut. "Nej, det är bra", sa han, "att våga försvara sig med kraft är liksom hela grejen med den här kursen. Har du blivit överfallen någon gång?" Hon nickade. "Ja, och nästa gång vill jag vara förberedd."

Han vände sig till hela gruppen som stannade upp och tittade på dem. "Rädslan att göra andra illa är oerhört hämmande när man blir överfallen. Ni vet, ibland undrar man hur en svag kvinna kan utsätta sin man för misshandel. Vi tänker att han borde kunna försvara sig." Han skakade på huvudet. "Det är inte i styrkan det sitter. Inte enbart i alla fall."

Svetten rann om Angela. Hon hade roligt. Så befriande det var att känna att hon med rätt grepp faktiskt kunde fälla en man till marken. Det här var hennes grej, hon skulle anmäla sig till en kurs i judo. Eller karate. Kanske båda. Inget mer mesigt tränande på gym.

"Hej, det är jag som är Eva." Angela var just i färd med att packa ner träningskläderna och den våta handduken i ryggsäcken.

"Hej! Angela." Hon tog Evas utsträckta hand. "Bra kurs det här. Tack för att du ordnade plats åt mig." Kursen hade varit fulltecknad när hon anmälde sig, men Eva som var kursens administratör hade ringt upp efter en dag och sagt att de hade ett återbud.

Eva satte sig på bänken och tittade på medan hon knäppte igen sin väska. "Det syntes nästan att du gillade den", påpekade hon med ett leende.

"Ordnar du fler kurser? Jag menar i judo eller karate eller så?"

"Nej, men om du är intresserad av något kan jag tipsa dig. Jag hörde att du sa att du hade blivit överfallen. Var det längesen?"

Angela satte sig bredvid henne på bänken. De var ensamma kvar i omklädningsrummet nu. "En vecka sen bara. Av min stalker."

"Ajajaj. En stalker. Vet du vem det är?"

Hon skakade på huvudet. "Nej. Jag har fått rådet från polisen att hindra honom från att ta personlig kontakt med mig."

"Ett överfall är ganska personligt tycker jag…" Eva drog mungiporna nedåt.

Angela kunde inte låta bli att skratta. "Jo, det kan man verkligen säga. Men skämt åsido, det var hemskt. Jag hann inte ens se vem det var. Det var bara en smäll och det gick väldigt fort."

"Vet du, vi har inte bara kurser i självförsvar. Vi kan hjälpa till på andra sätt också."

"Jaha?"

"Du har mitt telefonnummer. Hör av dig om du behöver mer hjälp." Eva reste på sig. "Vi ses nästa lördag, men ring om du får reda på vem din stalker är."

Angela lämnade lokalen och funderade på det som hon nyss hört. Vad menade Eva? Fanns det något medborgargarde? Eller menade hon professionell hjälp för henne själv? Eller vänta… De kanske tjänade pengar på att utsatta personer anlitade livvakter. Så måste det vara.

Kursen hölls i Södermalmsskolans gymnastiksal. Hon hade tagit omvägar dit, sprungit in i affärer och ut igen genom andra ingångar och känt sig som deltagare i den värsta kriminalfilmen. Nu sträckte hon på sig och gick raka vägen hem. Kom igen bara, tänkte hon. Glöm att jag är rädd för dig. Liselott hade kommit tillbaka från semestern och ville ha sällskap till Sandros på kvällen. Hon hade sagt ja, och den här gången skulle hon roa sig. Inte spana efter idioter.

* * * * *

Sorlet och musiken låg som en bubbla runt huvudet. Det var svårt att göra sig hörd. Angela och Liselott satt vända mot varandra på barstolarna med varsin drink. De försökte samtala men det blev bara korta fraser uttalade nära den andres öra. De ryckte på axlarna och skrattade åt sina försök att göra sig hörda. Angela såg sig om. Hon kände ingen av kroggästerna som trängdes i lokalen. Det var ovanligt mycket folk trots att klockan inte var tolv än. Hon var inne på sin andra drink och kände sig skönt avslappnad.

Liselott knackade henne på axeln. Hon vände sig om och fick syn på en liten söt tjej som stod bredvid henne. Hon tog emot den utsträckta handen medan Liselott presenterade dem, men namnet uppfattade hon inte. Hon viftade uppgivet med handen och log som ett tecken på att hon förstod att de tänkte gå upp på dansgolvet, men skakade på huvudet när de ville att hon skulle följa med. Hon lyfte sitt glas för att visa att hon skulle avsluta sin drink först.

Genast blev den lediga barstolen upptagen av en snygg lång man som hon inte hade sett förut. Hon sneglade på honom. Vit skjorta som såg dyr ut och svarta byxor. Han log mot henne och gjorde en gest ut mot folket runt omkring dem. "Ibland önskar man att åtminstone hälften av alla här ville gå hem och se en film i stället." Han hade en mörk behaglig röst som lyckades tränga igenom sorlet. "Mysfaktorn skulle bli lite högre då", fortsatte han när hon inte svarade. Hon skrattade och höll med när hon samtidigt blev lite trängd mot hans håll när stolen bakom henne bytte besökare, men lyckades undvika att tippa över honom.

"Hoppsan, nu blev det allt riktigt trångt här. Som sagt, vissa borde nog gå hem nu", sa han tätt intill hennes öra samtidigt som han nickade mot en tjej som vinglade betänksamt på sina höga klackar. Han fortsatte med sitt försök till konversation. Angela hade roligt. Han verkade inte ha läst "de-tio-bästa-replikerna-att-ragga-upp-en-tjej". För henne fick han gärna sitta kvar.

"Är du stå-upp-komiker?" ropade hon frågande i hans öra. Han skrattade. "Nej. Det är jag för blyg för." Hon skulle precis fråga om han var för blyg för att dansa när han plötsligt gled av barstolen och ursäktade sig. "Jag måste gå nu. Det var kul att prata med dig."

Hon drog en besviken suck. Självklart var alla intressanta killar redan upptagna. Killen bakom henne gick också, men när hon kollade in honom så tyckte hon att det var lika bra. Kraftiga tatuerade killar var inte riktigt i hennes smak.

Liselott kom tillbaka och satte sig, varm och glad efter besöket på dansgolvet. "Nu behöver jag en öl", ropade hon. "Vill du ha?" Angela skakade på huvudet. Hon hade druckit upp sin drink men kände inte för någon ny. "Såg du killen som satt här?" Liselott nickade och gjorde tummen upp.

"Vet du vem det var?"

Hon skakade på huvudet. Angela började känna sig yr. Det kanske inte var det smartaste att sitta stilla här hela tiden och dricka drinkar. Hon behövde röra på sig.

"Jag mår lite illa. Hänger du med till toa?"

Liselott nickade, och de tog sig fram i trängseln. Inne på damernas var det betydligt tystare. Framför handfaten stod ett antal tjejer och fixade med frisyrer och makeup. Angela gick in i ett bås och kände hur berusningen tilltog. Jaha, det har tydligen varit lite för mycket ett tag, tänkte hon, kanske lika bra att gå hem.

"Är det ok med dig Lotta om jag går nu?" Liselott stod vid spegeln och bättrade på sin frisyr med fingrarna.

"Men kvällen har ju precis börjat!"

"Jag vet, men jag mår inte riktigt bra."

"Ska jag hjälpa dig hem eller klarar du dig själv?"

"Jag klarar mig. Tar en taxi."

"Jag hjälper dig att fixa en." Liselott la armen om sin vän och lotsade henne genom lokalerna. De hade inga jackor att hämta och snart stod de på trottoaren. Strax utanför väntade några taxibilar i kön.

"Är det säkert att du klarar dig?" frågade Liselott oroligt när Angela vinglade till.

"Jadå." Hon sluddrade lite. "Hjälp mig till en Stockholmstaxi bara så är jag snart hemma."

"Är du okej?" Taxichaufförens ansikte var alldeles nära men rösten verkade komma långt ifrån. Hon nickade och lyckades få fram en sedel ur plånboken. Hon fick några lappar tillbaka i handen och steg ut på trottoaren. Var befann hon sig? Taxin körde sin väg och hon tog ett försiktigt steg framåt. Som att gå på vattnet. Hårt vatten som rörde sig i vågor. Hon skulle hem. Var det inte här? Jo, men där var hennes port. Hon försökte fokusera och ta sig närmare medan porten rörde sig från sida till sida. Samtidigt som hon kände att hon höll på att sjunka igenom det hårda vattnet som omgav henne känd hon ett par armar som höll henne uppe. Halvt förlamad lät hon sig ledas in. Plötsligt blev allt svart och hon föll framåt när stödet runt hennes midja för en stund försvann. Smärtan i armen när hon träffade trappan fick henne att vakna till för en sekund. Hon var hemma. Men hur skulle hon ta sig upp? Så kom armarna tillbaka igen. Som tentakler virade de sig runt henne och halvt om halvt släpade henne uppför trapporna medan hon försökte få fäste med fötterna. Det fanns ingen kraft i benen. Och allting runt henne rörde sig. Plötsligt hamnade hon i en hög på golvet. Någon höll på att öppna hennes dörr. Vem då? Hon var ju ensam. Det måste vara en del av henne själv som låste upp dörren till lägenheten. Hon såg ett ljus lysa upp hallen och kröp in mot det. Hon vågade inte försöka resa sig. Golvet var inte plant. Hon skulle falla ner i en avgrund om hon inte höll sig fast.

Nu kom de där armarna igen. Vems var de? De drog och slet i henne. Hon kände igen sin säng när hon nådde dit och hjälpte till så gott hon kunde för att komma upp i den. Hon hörde hur hon stönade. Eller var det någon annan? Hon ville inte ha de där armarna om sig längre. Det var en illaluktande bläckfisk i hennes säng. En lukt som gjorde ont i huvudet. Hon försökte rulla undan. Men nu var händerna överallt. Hon hade ingen kraft att kämpa emot. Madrassen började sväva. Den var en luftmadrass på havet. Hon låg på rygg och höll sig fast i madrassens kanter för att inte ramla i. Hon ville skrika. Skrika åt de där händerna som slet i hennes kläder och tvingade henne att vända sig runt. Så lugnade de sig. Madrassen började sväva uppåt. Hon låg återigen på rygg och höll krampaktigt i madrassen. Molnen över henne sjönk ner och la sig över henne. Hon blev varm. Bara den där lukten kunde försvinna. Den gjorde det svårt att andas. Sakta började madrassen sjunka nedåt igen och hon kunde slappna av. Det blev mörkt och tyst.

* * * * *

Angela kom sakta till medvetande. En dov huvudvärk pockade på uppmärksamhet. Det tog en stund innan konturerna i rummet framträdde så tydligt att hon förstod att hon låg i sin egen säng. Gardinerna hindrade solljuset från att tränga in. Hon måste öppna balkongdörren. Det luktade fruktansvärt illa. Hon såg på klockan. Halv två. Vad hade hänt igår? Långsamt kom minnet tillbaka. Hon hade känt sig mer än normalt berusad och tagit en taxi hem. Men vad som hänt efter det kom hon inte ihåg. Hon blundade. Försökte intensivt minnas. Hur betalade hon taxin? Förhoppningsvis var det en ärlig chaufför som inte hade skinnat henne. Hur kom hon in? Ett vagt minne av någon som hade hjälpt henne att öppna dörren. En känsla av att någon hade stöttat henne uppför trappan. I alla fall ingen som hade slagit ner henne. Men vem? Liselott hade inte följt med. Hon hade varit ensam i taxin.

Drömmarna under natten hade varit röriga och overkliga. Den ena stunden var det händer som tog i henne, och i nästa stund låg hon och guppade på en madrass ensam ute på havet. När händerna tog i henne igen hade hon bara velat sova och drömt att hon försökte flyga sin väg. Hon hade gungat på täcket som en flygande matta... Men varför kändes de där händerna så verkliga? Ångesten grep tag i henne. Någonting var fel. Riktigt fel. Hon lyfte på täcket. Hon var avklädd. Men trosorna var kvar. Hon hade haft en kropp bredvid sig. Något äckligt påträngande. Hon började frysa och illamåendet växte fram. Hon kände med handen innanför trosorna. Inget kladd. Inget som sved. Försiktigt klev hon ur sängen och in i badrummet. Hon lyckades trycka tillbaka illamåendet och satte sig yr i huvudet på toaletten. Magen var i uppror och hon fick sitta länge innan den lugnade ner sig. Matt ställde hon sig i duschen.

Det varma vattnet fick henne att må lite bättre. Hon sjönk ner i badkaret och grät stilla medan vattnet strilade över hennes rygg. Hon kände sig lika otrygg som när hon var barn, utlämnad till andras godtycke och utan makt att försvara sig. Så ryckte hon till när en tanke slog henne. Om hennes känsla av att det hade varit någon annan närvarande under natten stämde så måste ytterdörren vara olåst. Snabbt drog hon till sig badlakanet och svepte det om sig. Hon steg ut i hallen och kände på dörren. Låst.

Så föll hennes blick på golvet framför dörren. Där låg nycklarna. Med all sannolikhet inslängda genom brevlådeinkastet. Hennes känsla hade varit rätt, hon hade inte varit ensam under natten. Kalla kårar kröp utefter hennes rygg. Mot sånt här kunde hon inte försvara sig.

Det stora vardagsrummet hade inte förändrats de senaste trettio åren. Samma gröna nedsuttna skinnsoffa som kändes bekant och skön framför det stora soffbordet med glasskiva. En virkad duk täckte reporna. En bokhylla täckte hela kortsidan av rummet. Svante satt djupt nedsjunken i soffan och följde Stefan med blicken. Den bäste storebror man kunde ha.

"Tror du mormor har läst alla böcker?" Stefan drog med fingrarna över raden av titlar på hyllorna. Han drog ut ett par av böckerna och blåste upp ett moln av damm. "I så fall var det längesen. Vi får anlita en firma som tar hand om inredningen här. Mormor får köpa nytt."

Han satte sig bredvid Svante i soffan som rätade upp sig och sträckte på ryggen. "Berätta nu mannen, blev du av med oskulden i natt eller?" Stefan boxade honom lätt i magen och Svante mulnade. "Det var inte alls nåt sånt." Men så ljusnade han igen. "Hon var så fin. Kan vi inte göra om det igen?"

"Göra om det? Nä du grabben, såna saker kan man inte göra flera gånger. Inte med samma tjej."

Svante ville inte förstå. "Jodå, jag kan göra det hur många gånger som helst."

"Men fatta, det här var en engångsgrej. Menar du att du inte passade på att ta för dig?"

Svante kände hur kinderna hettade. Att Stefan aldrig kunde låta bli att reta honom. Det var ännu värre när de var yngre. Då tjatade Stefan om att han borde skaffa en tjej. "Är du bög slår jag ihjäl dig", hade han deklarerat innan Svante ens börjat titta efter någon på det sättet. Nu såg Stefan på sin generade lillebror och skakade på huvudet.

"Du är allt en lustig typ du."

"Kom nu, maten är klar", hördes mormors röst i detsamma från köket. Stefan reste på sig. "Då får vi se vad mormor har att bjuda på idag", sa han. Svante visste redan. Samma mat som de åt flera gånger i veckan nu för tiden. Köttbullar och makaroner. Färdigrullade från Scan. Stefan slog sig ner vid bordet utan att kommentera valet av mat. Mormor tittade på dem när de började äta utan att ta något själv. "Hör nu pojkar. I morgon är det visning. Mäklaren ringde och berättade att han redan har flera bud. Så det blir försäljning snart. Jag har tackat ja till ett boende och flyttar om två månader."

Svante tappade sin gaffel på golvet. Stefan plockade upp den och la en hand på hans axel. "Det är lugnt mormor. Klart att du ska flytta. Svante kan flytta in hos mig tills han hittar något eget."

Svante tog ett tag om sitt vattenglas. Händerna skakade. Han ställde ner det igen utan att dricka. Angela, tänkte han. Han måste hålla fast vid henne. Vad gjorde hon nu? Han ville resa sig och skynda hem till henne. Snart. Snart skulle han ta kontakt med henne igen. Han såg hennes långa hår framför sig, hur det rörde sig mjukt i vinden. Händerna slutade skaka. Han kunde fortsätta att äta. Stefan och mormor pratade, men han visste inte om vad.

"Lilla gumman, vilken fruktansvärd upplevelse."
Liselott höll om Angela som föll i gråt så fort hon öppnade
dörren. "Förlåt att jag lämnade dig ensam igår."

Angela sträckte på sig och torkade tårarna. "Det är inte ditt
fel. Du kunde inte veta."

"Har du ringt polisen? Du måste anmäla det här."

"Men vad exakt ska jag anmäla? Att jag har haft en man i
min säng i natt efter krogbesöket men att jag inte minns något?
Jojo, det skulle låta det." Hon gick ut till kokvrån. "Vill du ha
kaffe?"

"Hellre te om du har. Polisen får tro vad de vill, men det
måste ändå finnas en anmälan om något mer skulle hända."

"Joo... Kanske det..."

"Fast vi borde åka och göra ett drogtest också."

Angela lutade huvudet bakåt mot soffkudden och
blundade. "Orkar inte."

"Okej, jag kan förstå det. Det kanske inte spelar någon roll.
Huvudsaken är nog att det finns en anmälan om något mer
händer."

"Det låter olycksbådande." Hon började känna sig matt
och lite yr. "Jag borde flytta någon annanstans. Byta jobb
kanske."

"Ta nu inga förhastade beslut. Först får vi höra vad polisen
säger imorgon."

"Men jag vet inte om..."

"Inga men nu. I morgon går jag med dig och pratar med
dem."

"Ok. Tack snälla. Vad skulle jag göra utan dig." Hon gav
Liselott en matt kram. "Nu känns det bättre."

"Då så." Liselott tittade på klockan. "Hur vill du göra nu?
Vågar du sova ensam? Eller... Du kanske kan följa med hem
till mig..."

Angela uppfattade Liselotts tveksamhet. "Jag stannar här. Jag låser dörren, så det är ingen fara. Jag kommer nog att sova hela dan." Hon klappade Liselott på armen. "Tack för att du kom. Hur gick det för dig igår?"

Liselotts ansikte sprack upp i ett stort leende.

"Jag träffade världens sötaste tjej. Vi ska ses senare i dag."

Angela mindes vagt någon som hon blev presenterad för.

"Grattis! Och lycka till!"

När Liselott gått rev hon bort alla sängkläder från sängen och knölade ner dem i tvättpåsen. Hade hon tur var det ledigt i tvättstugan.

*****

Angela betraktade kriminalinspektör Lundberg som skrev ner hennes berättelse med blyertspenna i en randig anteckningsbok. Bredvid honom stod en dator. Vad hon kunde se var den avstängd. Liselott satt tyst bredvid henne.

Lundberg tittade upp på henne. " Nu vet vi i och för sig inte om det var din stalker som tog sig in hos dig. Men det låter troligt. Då måste han ha tagit sig hem före dig om han inte var med i taxin."

"Jag vet att jag var själv i taxin, och jag släppte inte in någon frivilligt." Angela kunde inte låta bli att försvara sig. Polisen verkade tro på henne, men samtidigt såg han bara trött och oengagerad ut. "Och med tanke på att han stod och väntade på mig förra fredagen för att ge mig stryk så tyder väl det på att han ibland står och passar på mig när jag kommer hem."

Lundberg höll upp en hand. "Okej. Jag skickar hem någon som får ta prover på dina kläder och sängkläder."

"Prover?" Angela slog händerna för ansiktet och sjönk ner en bit i stolen. DNA. Självklart. Hon var en idiot. "Jag har tvättat. Allt."

"Allt?"

"Och torkat av så mycket jag orkade. Jag ville få bort lukten." Hon kände hur kinderna hettade.

"Då har vi inget att hämta där då." Han gjorde en paus och tog upp pennan igen. "Berätta i detalj vad som hände medan du drack dina drinkar."

Dina drinkar. Trodde han att hon helt enkelt hade druckit sig full och fått en blackout?

"Jag hade min drink på bardisken och satt där hela tiden. Sen kom en kille och pratade med mig. Jag drack av drinken då och då men satt vänd mot honom hela tiden. Han satt med ryggen mot bardisken. Jag är säker på att han inte la något i min drink."

"Gissar jag rätt om jag tror att det satt ytterligare en kille på andra sida om dig som inte gjorde så mycket väsen av sig?"

Angela tänkte efter. "Åhh… Nu minns jag." Hon kom ihåg hur den tatuerade killen hade knuffat henne och som sedan hade rest sig och gått därifrån samtidigt som hennes sällskap.

Lundberg såg medlidsamt på henne. "Förlåt att jag säger det, men du ska vara glad över att du kom oskadd ur det här. Ni måste hålla koll på de glas ni dricker."

Liselott lutade sig framåt. "Annars får man skylla sig själv, är det så du menar?"

Lundberg lät sig inte provoceras. "Tänk så här: Om ni går ut till kanten av en hög höjd och det finns risk för ras om ni går för nära, skulle ni utsätta er för det då?"

"Det är väl ändå inte samma sak", fräste Liselott.

"Nej, men det är lika svårt att hindra de här typerna från att utnyttja andra människor som det är att eliminera en rasrisk vid ett stup."

Han vände sig återigen till Angela.

"De här killarna jobbar som ficktjuvar. En pockar på uppmärksamhet så den andre kan agera utan upptäckt." Han gjorde en paus medan han plockade i ordning på anmälningsblanketterna. "Även om ni är säkra på att den här händelsen på krogen har ett samband med din stalker så ska vi inte ta det för givet. Det kan helt enkelt vara så att det var ett par perversa killar som beslöt sig för att droga dig och som sen följde efter för att ha lite kul."

"Fast jag är säker på att det bara var en man. Och att jag inte blev utsatt för något sexuellt övergrepp. I alla fall inte i egentlig mening om du förstår vad jag menar. Så vad var syftet?"

"Minns du om du blev placerad i olika ställningar i sängen?"

Angela stirrade på honom. "Du menar..."

"Jag menar att det kan vara så att du blev fotograferad. Men det behöver inte vara så."

"I vilket syfte då?"

Han svarade inte.

"Du menar att jag kanske får nya foton på posten snart", konstaterade Angela sakligt. "Eller... Herregud." Hon stödde huvudet i händerna. Skulle hon bli porrstjärna nu? "Finns det inget ni kan göra för att få stopp på det här?"

"Vi har inte så mycket att gå på. Tyvärr. Kan du bo någon annanstans en period? Eller åka bort ett tag?"

Åka bort ett tag. Hon kunde ta semester. Kanske Christos fru ville jobba lite. Om hon hade någon barnvakt.

"Du kan bo hos mig." Liselott la handen på hennes arm.

Hon nickade. Så kunde hon göra. Bo hos Liselott, sälja lägenheten och köpa en ny. Men först skulle hon boka en semesterresa.

Sebastian väntade på henne en bit bort från lägenheten i sin gamla Ford. Hon satte sig bredvid honom i framsätet.

"Är det inte dags att byta ut den här gamla skrothögen snart?"

Han skakade på huvudet. "Aldrig. En gammal trotjänare ska man vara rädd om. Fast under huven är den inte så gammal som den ser ut." Han bevisade det genom att tyst och smidigt ta sig fram i trafiken. "Berätta nu, vad sa Elin när hon ringde?"

"Att han gick runt som ett djur i bur och drack konjak. Han hotade henne och talade om hur värdelös hon var. Att en sån som hon inte var värd ett ruttet lingon. Hon hade låst in sig i badrummet och ringde därifrån."

Trafiken på motorvägen flöt på utan hinder. Det var långt efter arbetstid och det började skymma. Det här var andra gången de åkte hem till Sandbergs på kvällen. Förra gången hade de åkt dit och sett honom ta bilen och åka därifrån. Eva hade gått in och hittat en skrämd Elin. Hon hade fått ett knytnävsslag i magen men vågade inte lämna villan. Han skulle hitta henne. Hon kunde bara hoppas på att han skulle köra ihjäl sig.

Det hade han inte gjort. De satt utanför och väntade i två timmar innan han återvände. Elin hade sin mobil i fickan så de kunde höra vad som hände. Det var lugnt. Efter ett tag meddelade Elin att han sov.

"Om han har druckit kanske han inte tar bilen igen", konstaterade Sebastian. "Vi kan bara hoppas att han i alla fall går ut. Att han inte står ut med att vara inomhus."

Elin ringde upp igen samtidigt som de svängde in mot det exklusiva villaområdet. På andra sidan vägen fanns ett antal lägenhetshus. Sebastian körde in på deras besöksparkering. "Han har gått ut." Elin darrade på rösten och de kunde höra hur hon lämnade badrummet. "Jag ska försöka se vart han tar vägen."

"Det behövs inte. Vi ser honom. Han går vägen fram. Är du oskadd?"

Elin försäkrade att hon var okej. "Jag gjorde som förra gången när han kom hem och började dricka. Lyckades lägga en sömntablett i glaset. Trodde han skulle lägga sig i stället för att gå ut."

De steg ur bilen. "Okej. Vi håller koll på honom när han kommer tillbaka. Ringer upp dig sen."

Under tystnad följde de Sandberg där han gick på gångbanan mot skogskanten. Han vek av mot vänster, den vägen som ledde till en gångbro över järnvägsspåret ner mot den lilla stranden vid insjön. Det var vindstilla och varmt i luften. Det gick inte att röra sig ljudlöst i skogen, men de var tvungna att ta den vägen om de osedda skulle komma upp på gångbron. De fick lita på att han var omtöcknad av spriten och kanske redan påverkad av sömntabletten. Risken fanns förstås att han skulle må illa och vända tillbaka hem igen.

De tog sig försiktigt fram genom snåren. Hittills hade de inte sett några fler som var ute och promenerade. Det var bara att hålla tummarna för att det skulle förbli så.

De nådde bron strax före Sandberg. Han raglade lätt. Eva kände en stark lust att bara rusa fram och sparka ner honom. Hon skulle klara det. Men det kunde bli förödande. Deras plan var inte att han skulle hittas ihjälslagen i skogen.

Sebastian gjorde ett tecken till henne att gå ut på gångvägen framför Sandberg för att distrahera honom. Spänningen steg i henne när hon föste undan några grenar och såg sig om. Hon befann sig tjugo meter från Sandberg som inte verkade registrera att det stod någon på bron. Hon såg

Sebastian närma sig Sandberg bakifrån med en stor sten i handen. För att dra uppmärksamheten från Sebastians rörelse lutade hon sig mot räcket och tittade ner på järnvägen. "Fin kväll, eller hur", sa hon högt. Sandberg hann inte svara. Med stor kraft slog Sebastian stenen mot hans tinning. Han snurrade runt men föll inte. Eva rusade fram och båda tog ett kraftigt tag om varsin arm. Sandberg raglade mellan dem medan de ledde honom fram till broräcket. De tittade ner.

"Häråt", sa Sebastian och knyckte till med huvudet. De förflyttade sig en liten bit bakåt. Sandbergs krafter återvände och han började kämpa emot. De tryckte honom mot räcket och Eva slog armarna om hans ben medan Sebastian pressade överkroppen framåt. Han såg sig om. "Nu", väste han, och Eva lyfte benen som om det var ett fång med ved.

Med huvudet före nådde Sandberg de stora vassa stenarna som täckte banvallen nedanför. De hann bara höra ett kort stön vid fallet innan det blev helt tyst. Snabbt såg de sig om ytterligare en gång.

"Vi tar samma väg tillbaka." Ett stort leende täckte Sebastians ansikte. Eva kände att hon också log. Det var samma sak varje gång. Som om hon än en gång hade blivit befriad.

De körde ut från bostadsområdet samma väg de kommit men svängde av innan de kom ut på motorvägen. På en mörk parkeringsplats ändrade de snabbt tillbaka till de äkta registreringsskyltarna som de bytt ut på vägen dit. "Inte för att jag tror att det här bytet behövdes", påpekade Sebastian, "men man kan aldrig vara för säker. Den djäveln kanske överlever, man vet aldrig med såna där."

Eva ringde inte upp Elin förrän hon kom hem. Hon svarade innan första signalen gått klart. "Är han på väg tillbaka?" frågade hon skrämt.

"Nej, vi har inte sett honom. Vi väntar här utanför ett par timmar till. Gå och lägg dig du. Om han har somnat i skogen orkar han nog ändå inte ställa till något när han kommer hem. Men ha telefonen på när han kommer så vi hör om vi behöver rycka ut igen."

"Tack snälla ni. Fattar inte att ni gör det här för mig."

"Om han ger sig på dig är vi snabbt på plats och tar honom på bar gärning. Då är det kört för honom." Fast du behöver inte vara rädd mer ville hon tillägga som tröst, men det var bättre att hålla henne utanför. Troligtvis skulle hon få reda på vad som hänt redan dagen därpå.

Hon hade rätt. Elin ringde tidigt på morgonen. Mobilens signal ljöd högt i det tomma kontorslandskapet. Eva la ner dammtrasan på skrivbordet hon nyss torkat av och svarade.

"Herregud Eva, vet du vad som hänt! Du kommer inte att tro det, men... Å herregud." Elins röst arbetade upp sig till hysteri. Eva log för sig själv.

"Lugna dig lite Elin. Dra ett djupt andetag och berätta nu vad som hänt. Har han gett sig på dig?"

"Nej nej, inte alls. Men polisen var här. De har hittat Krister. Eva, han är död. Han har hoppat från järnvägsbron här borta du vet." Elins röst darrade. "Jag fattar det inte. Jag somnade på soffan framåt småtimmarna. Han kom aldrig hem. När åkte ni därifrån?"

"Ett tag efter vi pratats vid. Ville inte ringa och riskera att väcka dig ifall du sov." Hon gjorde en kort paus. "Vad sa polisen mer?"

"De frågade om när han var hemma sist. Jag sa som det var, att han hade druckit en del konjak och att han gick runt här som en tiger i en bur. Att han hade suttit i fängelse och inte mådde bra. Att han ofta var tvungen att gå ut och röra på sig. Jaa... Sen sa de inte så mycket mer. De beklagade och frågade om jag hade någon som kunde vara hos mig. Jag sa att jag hade det, ville bara att de skulle gå sin väg. De sa att jag skulle hålla mig hemma för någon skulle komma och hämta mig så jag fick följa med för en identifiering." Det blev tyst en stund. Eva hörde en dörr öppnas i korridoren. De mest morgonpigga tjänstemännen var på ingång. Det var okej, hon hade snart städat färdigt. Så hörde hon Elin dra ett djupt andetag. Söta naiva Elin, hon verkade tro att hennes man verkligen hade begått självmord.

"Usch, jag vet inte om jag vågar se på honom. Kan du följa med"?

"Hemskt ledsen, men jag har ingen möjlighet i dag. Men var inte orolig, du kommer att få hur mycket stöd som helst när du är där. Och efteråt kommer det att kännas mycket bättre."

"Du har rätt. Så klart att jag fixar det."

"Och du, prata inte om hur han behandlade dig, men berätta om hans drickande och att han verkade deprimerad."

"Ja, jag fattar." Det lät som om hon började fnissa. "Det kanske inte är så smart att säga att jag faktiskt är lättad över att bli av med honom."

"Precis. Du, vi får höras i morgon. Är det okej?"

"Ja, absolut. Det känns mycket bättre nu. Kan knappt fatta att han faktiskt är borta…"

Eva mötte henne redan när hon öppnade dörren till skolans idrottslokaler. De gjorde sällskap till omklädningsrummet som var fullt av liv och rörelse. De flesta var redan ombytta och redo för den andra och sista dagen i självförsvar.

"Hur har du haft det sen sist?" Eva ställde frågan med låg röst. Angela satte sig på bänken medan hon knöt skorna och suckade. "Jag råkade verkligen illa ut. Kan inte ens bo hemma längre."

"Ajajaj, det var illa. Vill du prata om det?"

Omklädningsrummet började tömmas på folk. "Vi kan ta en fika efter kursen om du vill", fortsatte Eva. Angela nickade. Det kunde vara skönt att prata med någon som verkade ha en massa erfarenhet.

"Ja. Gärna. Tack."

De reste sig och anslöt sig till samlingen i gymnastiksalen. Angela lyssnade först bara med ett halvt öra till vad kursledaren sa. Hon undrade vad det skulle tjäna till egentligen. Smällen hon fått och övergreppet förra lördagen kunde hon inte skydda sig mot genom några karateslag eller judosvingar. Hela veckan hade hon känt sig apatisk. Liselott hade gjort vad hon kunnat för att peppa henne. Tillsammans hade de försökt komma på en strategi för att bli av med idioten. Eva kanske visste, hon hade sagt att hon kunde hjälpa. Angela sträckte på ryggen och koncentrerade sig. Krafterna återkom när hon fick chansen att testa olika övningar. Snart ökade energin i kroppen och hon kände det som om hon slogs för sitt liv igen. Eva skrattade när hon mötte henne i ett låtsasanfall med en gummikniv. "Bra Angela, backa inte undan. Fast glöm inte att jag bara är din fiende på låtsas."

"Gjorde jag bort mig igen?" frågade hon Eva när de svettiga och lätt andfådda kom tillbaka till omklädningsrummet.

"Absolut inte, du gjorde allt rätt. Grejen är just att våga gå i clinch med den som anfaller."

"Fast då måste man se personen i fråga…"

Eva nickade. "Vi duschar så får du berätta sen."

De gick gatan fram. Angela tittade sig ständigt omkring. Som vanligt såg hon inget misstänkt. "Jag är mer hungrig än fikasugen", påpekade hon när de började diskutera vart de skulle gå.

"Jag med", svarade Eva, "och en lördagsöl skulle sitta fint. Ska vi göra det enkelt för oss och ta en pizza här borta?" Hon pekade på uteserveringen på en tvärgata där trafiken inte var så störande.

Det fanns flera lediga bord vid serveringen. De beställde varsin pizza och drack av sina stora öl medan de väntade.

"Vill du berätta nu vad som hänt sen sist?"

Angela berättade om hur hon blivit drogad och att polisen inte kunde göra något. Eva rörde inte en min. Nickade bara lätt ibland. Det kändes skönt med någon som bara lyssnade utan att bli chockerad.

"Så nu lever jag ett liv som jag inte har valt själv. Bor i vardagsrummet hos en kompis, åker tunnelbana till jobbet och är aldrig ute och joggar ensam."

"Jag förstår. Det är väl knappast någon tröst om jag säger att du inte är ensam om att ha råkat ut för det här. Polisen är faktiskt maktlös, så man måste lösa det på andra sätt."

"Hur då?"

Två stora fat med pizza ställdes ner på deras bord. "Oj, vi kanske skulle ha delat på en." Eva skrattade och började skära bort ytterkanterna. "Det här kanske man kan hoppa över så länge."

"Jag har några vänner som har erbjudit sig att ge stalkern en omgång om de får reda på vem han är," fortsatte Angela.

"Men då skulle de väl åka dit för det."

"Jo, antagligen. I alla fall om de inte planerar det ordentligt."

"Så du tycker det är rätt väg att gå?" Angela såg förvånat på henne. Vem var Eva egentligen? Vad hade hon menat med att de kunde göra mer än bara hålla kurser?

Eva la ner besticken och drack av sin öl. "Först måste man veta vilken typ av stalker det är. Om det till exempel är någon kille som du har gjort slut med och vill hämnas så finns det sätt att skrämma bort honom. Men ibland får man möta våld med våld om det är det enda språk de förstår. Det beror på."

Angela tänkte på Kristian. Hon trodde inte att han var den skyldige.

"Så du tycker att jag ska ta emot erbjudandet från mina vänner att ge honom en omgång?"

Eva skakade på huvudet. "Som du själv sa, de kommer troligen att åka fast för det."

"Då förstår jag inte."

Eva förklarade. "Vi är en grupp som hjälper till att få stopp på såna har individer. Någon måste göra något när inte polisen klarar av det. Låt oss säga att ett kok stryk skulle hjälpa, men sånt får inte polisen syssla med. Däremot måste de bura in den som ger buset en omgång. Helt galet förstås."

Angela höll med men förstod fortfarande inte vad Eva menade.

"Om polisen ska ta fast de som har gett en stalker en omgång så måste de först hitta dem som gjort det. Det gör de inte om det inte finns någon koppling till vare sig offret eller stalkern. Och inga vittnen."

"Så det är det ni sysslar med som leder den här kursen?"

"Absolut inte. Men jag råkar ha några kontakter. Och vårt mål är att hjälpa såna som dig. Vi tycker inte att det är rätt att bara se på när någon förstör någon annans liv."

Angela satt tyst en stund och funderade på det hon nyss hade hört. Det kändes på något sätt rätt, men skrämmande också. Höll hon på att bli inblandad i en verksamhet som sen skulle kräva henne på pengar för utförda tjänster? Som om Eva kunde läsa hennes tankar fortsatte hon sin förklaring.

"Jag förstår att det här låter lite konstigt i dina öron, men du behöver inte vara orolig för att vi ska göra något som förvärrar din situation. Och när vi har hjälpt dig kommer du aldrig att höra av oss igen."

"Det betyder alltså att jag ska återvända till mitt liv. Och om jag blir stalkad ska jag försöka närma mig honom. Tvärtom polisens rekommendationer." Hon funderade på det en stund medan de avslutade sin måltid. Angela lämnade halva pizzan kvar orörd på tallriken. Hon drack ur sin öl.

"Jag ska börja med att åka på en semesterresa. Jag ska också försöka hitta en ny lägenhet, men det kan ta lite tid." Hon vinkade till sig kyparen. "Kan jag höra av mig till dig igen när jag kommer tillbaka från semestern? Förhoppningsvis har han gett upp vid det laget."

"Självklart. Du har mitt nummer. Jag litar förstås på att det jag har sagt här inte sprids vidare till fel personer."

"Lovar." Angela betalade lunchen och de gjorde sällskap till tunnelbanan. Hon visste fortfarande inte riktigt vad hon skulle tro. Det var ovanligt glest med folk på trottoaren. En kvinna i lätt sommarklänning började plötsligt att springa framför dem. Skrämd vände hon på huvudet för att se om de var förföljda. Paret bakom dem började veckla upp ett paraply. Plötsligt blev hon medveten om de tunga regndropparna mot kroppen.

"Kom, vi tar skydd här." Eva drog henne med sig in i en butik med färggranna afrikanska tyger och kuddar. Fantasifulla trädekorationer prydde ena väggen.

"Jösses," sa hon. "Den åskskuren var jag inte beredd på." De stod kvar i dörröppningen och tittade ut. De var inte ensamma om att ha tagit skydd innanför butikerna, men det fanns också de som inte verkade bry sig om att de blev genomblöta.

"Har du googlat mycket på stalkers och hur folk, mest kvinnor, blir förföljda?" Angela nickade medan hon tittade på vattnet som forsade längs rännstenen. "Det är en deprimerande läsning. Ger inte så mycket hopp precis."

"Jag vet. Men det finns några forum som du kan gå in och läsa på. Där finns det exempel på kvinnor som har fått hjälp. Får jag ditt mobilnummer så messar jag vilka sidor du kan gå in på."

Medan Angela uppgav sitt nummer upphörde regnet lika plötsligt som det kommit. Luften hade blivit lättare att andas. Mobilen gav ifrån sig en välkänd signal. Liselott. Eva avvaktade medan Angela avslutade samtalet.

"Det var Liselott, hon som jag bor hos," förklarade Angela. "Hon slutade jobbet precis så jag ska gå och möta henne." Hon gjorde en paus. "Tack för ditt stöd Eva. Jag väntar lite och ser vad som händer."

De skildes åt efter att Angela lovat att höra av sig och berätta hur det gått. Uppiggad av regnet gick hon vidare i snabb takt för att träffa Liselott.

Solen stod lågt på himlen men värmde fortfarande. Sofia rös lite av den friska septemberbrisen. Hon stod på balkongen och tittade ner över Strandvägen. Hon måste komma på en lösning för att slippa börja om från noll igen. Han hade gott om pengar, firman gick bra. Så mycket hade hon förstått. Och lägenheten, den var värd en förmögenhet. Hennes plan att få fria händer att renovera lägenheten hade fallit. Det hade annars kunnat ge henne ett kapital. Hennes plan hade varit att få ett konto att disponera för ändamålet. Ett konto som hon kunde tömma innan de skildes åt. Nu måste hon hitta på något annat. Men vad?

"Hallå, är det någon hemma?"

Hon hade inte hört när han kom. Nu vände hon tillbaka in och såg honom plocka ur ett antal pappersark ur portföljen. Han la dem på soffbordet.

"Jaså, där är du. Hur har det gått i dag? Fanns det något jobb?"

Hon skakade på huvudet. "Arbetsförmedlingen är av någon anledning inte det bästa stället att söka jobb på." Han skrattade inte åt hennes skämt. "Men jag har kollat upp en kurs som reseledare. Så snart kanske du blir av med mig om jag får jobb på en semesterort."

Han lyste upp. "Bra jobbat!"

Hon drog ner mungiporna. "Är jag så hemsk att bo med?"

Han låtsades inte om hennes kommentar. Han pekade på de skrivna dokumenten som låg på bordet.

"Jag har printat ut ansökan om skilsmässa. Du behöver bara skriva under så skickar vi in det så fort personbevisen kommer."

Hon stirrade på honom. "Och vad händer sen? När räknas vi som skilda?" Hon visste svaret men måste komma på ett sätt att hejda honom.

"Skilsmässan går igenom direkt. Eftersom vi inte har några barn så är det inga problem."

"Men... Du lovade mig lite betänketid. Jag måste..."

Han höjde rösten. "För guds skull Sofia, tro mig, det finns inget du kan göra åt saken nu. Jag vill skiljas, inget kan ändra på det."

"Men jag tror att jag är med barn."

Han stelnade till och vände sig sakta mot henne. En flugas surrande mot fönstret bröt den plötsliga tystnaden.

"Med barn? Hur skulle du kunna vara det?"

"Har du hört talas om blommor och bin någon gång?" Hon kröp upp i soffan i sin favoritställning. Det var flera veckor sedan de hade haft sex, men hon hoppades att han inte hade full koll på hennes perioder.

"Ja men... Är du säker?"

"Nästan."

"Herregud Sofia. Det går ju inte."

"Vad då inte går? Vi kan i alla fall inte skriva på några papper innan vi vet." Det här gav henne bara en liten tidsfrist tills hon hade funderat ut någonting. När Peter gick ut i köket plockade hon fram sin mobil och började googla fram information om skilsmässor. Hon hade inte behövt sätta sig in i frågan tidigare. Men det var hans kommentar om betänketid som gett henne en idé. Kunde hon dra ut på tiden trots att de inte hade några barn?

Den uppblåsbara sängmadrassen låg inklämd mellan väggen och matsalsbordet. Den fick precis plats om man inte drog ut stolarna. Angela såg sig om i vardagsrummet. Den här storleken på lägenhet skulle passa henne. Ett ordentligt kök och separat sovrum med plats för flera byråar. Garderober i hallen plus en klädkammare. Underbart. Liselott hade gjort plats i en av garderoberna åt henne.

Liselott skulle snart komma hem. Inte med ett ord hade hon låtit påskina att hon tyckte det var jobbigt med en inneboende. Men så här kunde det inte fortsätta i all evighet. Hon hade inget eget liv längre. Började bli passiv och såg alldeles för mycket på teve. Liselott gjorde vad hon kunde för att muntra upp henne. Flera gånger den här veckan hade de varit ute på joggingrundor.

Den ovissa tillvaron påverkade hennes jobb. Hon hade till och med fått ett klagomål från en patient. Det hade aldrig hänt förut. Christos var bekymrad. Han stöttade henne men om hennes problem gick ut över kunderna var det inte okej. Hon måste hitta på något.

"Jag måste flytta hem igen," sa hon därför till Liselott när de satt vid köksbordet och åt middag med pasta och köttfärssås. Hon rullade spagetti runt gaffeln men la ner den igen.

Liselott skakade på huvudet. "Är det inte för tidigt tror du?"

Angela ryckte på axlarna. "Jag har funderat lite. Tror att jag kan få ta ut lite semester. Jag reser bort en vecka och flyttar när jag kommer tillbaka. Då har jag nog hållt mig undan länge nog."

"Hoppas du vet att du får bo här så länge du vill för mig. Men jag fattar, klart att du vill ha ditt eget."

När beslutet väl var taget kändes det lättare. Resten av kvällen googlade hon på resor och bostadsrätter. Hon skrev till några mäklare för att få sin egen lägenhet värderad. Fortsatte trakasserierna efter semestern skulle hon ta kontakt med Eva.

Hon bodde inte hemma längre. Han visste inte vart hon hade tagit vägen. Hon hade kvar sin adress men hade inte hämtat posten. Det hade bara kommit ett brev tidigare i veckan, och det låg kvar på hallmattan.

Varje dag såg han henne komma ut från jobbet. Ibland tog hon bussen och då hade han lyckats följa efter en gång, men hon hade lyckats smita ut vid en hållplats i sista stund. Han hann inte med.

Några gånger åkte hon med en man i en bil därifrån. Han tänkte ge upp. Tänkte att det var meningslöst att fortsätta. Lika bra att skita i allting. Mormor tjatade varje morgon på honom tills han steg upp. Hans postrunda började ta för lång tid. Några gånger hade han hoppat över några adresser när det inte verkade vara några viktiga brev. Då sparade han dem till nästa dag.

Men i dag var det annorlunda. Han hade sprungit i trapporna och avverkat sin runda på rekordtid. Äntligen fick han veta något.

När han kom hem stängde han in sig på sitt rum och tog fram brevet som han inte delat ut. Angela hade fått brev från Fritidsresor. Hon skulle kanske åka någonstans. Någonstans dit han kunde följa med. En resa tillsammans med hans ängel.

Gran Canaria. Playa Del Inglés. Han såg på fotot av sina föräldrar. De hade varit där varje sommar sedan han fyllt sju. Ända tills… Han tittade på resehandlingarna igen. Hon hade betalat för enkelrum. Hon skulle åka ensam.

Han log och loggade in på sin dator.

Flygplanet gled fram med sitt sövande motorljud. Flygvärdinnorna trängdes i gången med sina vagnar för att sälja drycker och tilltugg. Paret bredvid Angela beställde hela dryckespaketet med drink, vin och avec. Klockan var halv åtta på morgonen. Hon skulle säkert få användning av sina öronproppar. Skönt att hon hade fått en fönsterplats. Medan hon väntade på att maten skulle serveras plockade hon fram de vandringskartor hon packat ned i handbagaget. Det var samma kartor hon använt sig av vid tidigare resor till ön, men det fanns många leder kvar att utforska.

Minnen från förra gången hon hade studerat kartorna dök upp i tankarna. Det var bara ett halvår sedan, men kändes som en hel evighet. Hon hade trott att hon och Kristian skulle göra en resa tillsammans där hon skulle visa honom hur vackert det var uppe i bergen där de kunde vara själva med naturen. Kontrasten mot de turistfyllda stränderna var ofattbar.

En hel vecka hade han inte kunnat ta ledigt.

En dag kanske hon träffade någon som ville dela naturupplevelserna med henne. Någon som Peter, fast singel. Men nu var det som det var, och en ensam vecka var nog precis vad hon behövde. Hon slöt ögonen och lät huvudet falla ner mot kudden vid fönstret.

De landade mitt på dagen. En torr värme slog emot henne när hon kom ut från terminalen. Någon transfer hade hon inte brytt sig om att boka. Lokalbussen skulle fungera precis lika bra. Hon gick bort till busshållplatsen och studerade busstiderna. Om en halvtimma skulle hennes buss avgå och hon satte sig på en stenbänk ett stycke från hållplatsen och blundade mot solen. Solen var het, men eftermiddagsbrisen hade sakta börjat leta sig in bland betongpelare och byggnader. Skönt. Hon kunde sitta tryggt utan att vända sig om hela tiden.

* * * * *

Han såg när hon tog sin väska från bagagebandet. Själv fick han vänta mycket längre. Han knuffade sig fram till början av bandet för att komma ut så fort som möjligt. Han ville försäkra sig om att de fick åka med samma buss till hotellet. De skulle bo på samma ställe, men han ville se vilket rum hon fick. Nu hade han en hel vecka att se fram emot när det bara var de två. Inget jobb som tog den mesta tiden. Han såg framför sig hur de gick ut på restaurang tillsammans efter en dag på stranden. Deras förhållande kunde utvecklas till något mer.

Han visade upp sitt resedokument för reseledaren som väntade vid utgången. Hon log och hälsade honom välkommen medan hon pekade på en av bussarna. Han tittade sig omkring. Ingen Angela. Hon satt nog redan i bussen. Han lät busschauffören lägga in resväskan i bagageutrymmet och tog de två trappstegen upp i bussen. Hon var inte där. Han gick ut igen och sprang runt de andra bussarna som stod där. Hon var borta. Det var inte möjligt, hon hade lämnat terminalen före honom. Så kom han på det. Toaletten. Så klart att hon hade gått dit när hon fått sin väska. Hjärtat bankade inte lika hårt i bröstet längre. Han steg på sin buss igen och såg att den nästan var fullsatt. Han lyckades få en plats vid fönstret och tittade ut. Samma reseledare som tagit emot honom utanför terminalen steg på. Så började bussen rulla. Han ville protestera men kunde inte. De åkte ifrån henne. Reseledaren pratade på framme i bussen. Han hade inte en aning om vad hon sa.

* * * * *

Rummet på hotellet hade en stor balkong som vette mot den blå oceanen. Underbart, tänkte hon, här kan jag sitta och njuta på kvällarna. Full av energi packade hon upp och bytte om till shorts och linne. Frihet. Hon skulle ta kontroll över sitt liv igen. Oavsett vilken hjälp hon behövde anlita.

Med en packad strandväska tog hon hissen de åtta våningarna ner till entrén. Receptionen var stor och elegant med stora blombuketter utplacerade. Det kändes lyxigt, och hon gick med lätta steg mot utgången. Hon var hungrig och planerade att ta strandpromenaden som var byggd en bit upp på berget ovanför sandstranden. Där fanns det flera restauranger att välja på.

Av erfarenhet visste hon att promenaden var ett populärt ställe för turister när de inte stekte sig i sanden. Men den här dagen var det ovanligt många som valde att promenera i stället för att ligga stilla. När hon stannade vid balustraden och tittade på utsikten förstod hon varför. Där nere yrde sanden ganska friskt. Stora vågor rullade in. Inte direkt läge för att ligga på stranden just nu alltså. Men det spelade ingen roll. Att få sitta och titta på utsikten, läsa en bok och äta något gott var allt hon begärde för tillfället.

Angela satt länge vid sitt fönsterbord. Den lilla restaurangen var i det närmaste fullsatt, men var byggd så att de flesta bord var placerade i en rad längs det stora panoramafönstret. Vinden hade friskat i ännu mer, så det kändes skönt att sitta i lä. Hon vinkade till sig kyparen och beställde ett glas vin till och en liten ostbricka till efterrätt. Boken låg bredvid henne, men hon satt mest och tittade ut över havet. Det var något förtrollande med de höga vågorna som med våldsam kraft såg ut att vilja dra till sig hela strandområdet, men som om och om igen fick ge upp när vattnet sögs tillbaka ut mot havet igen. Vågorna var till och med för höga för vindsurfarna idag.

Hon tänkte på Peter igen. En del av henne sa att hon skulle glömma honom. Den andra delen tänkte att kanske... Tänk om... Det var väl ändå höjden av otur att hon skulle falla för en gift man två gånger efter varandra. Den besvikelsen ville hon inte uppleva igen. Peter hade inte mörkat om att han var gift.

Han hade visserligen antytt att han planerade för en skilsmässa, men den valsen hade alltför många gått på före henne. Visst, vi ska skiljas, men inte just nu när hennes mamma är sjuk, eller just nu har barnen det svårt i skolan, eller... Nej visst, barn hade han inga. Eller? Kunde hon tro på det? Det hade nog varit ett misstag att tacka ja till den där middagen när hon kom hem. Hon fick hitta på en ursäkt och säga att hon var upptagen. Han skulle knappast insistera eftersom hon var hans kund, det skulle bara vara pinsamt för honom.

* * * * *

Svante skyndade in på sitt rum och ställde ifrån sig väskan. Sedan tog han hissen ner igen och satte sig i soffgruppen utanför receptionen. Hon måste passera där när hon skulle gå någonstans.

Efter en timme gav han upp och gick ut. Förr eller senare måste hon komma dit. Han gick ner mot strandpromenaden. I värsta fall fick han vänta tills frukost dagen därpå. Han kunde vara där när de öppnade. Då skulle han inte missa henne. Han lyfte på huvudet och såg ut över vattnet. Blåsigt. Han gillade inte att bada när det var så höga vågor. Det gjorde säkert inte Angela heller. Svetten rann från armhålorna. Han önskade att han hade bytt om till shorts. Han skulle bara följa den plattbelagda gångvägen en bit till och se hur det såg ut på restaurangerna. Det kanske gick att köpa med sig något. Han kunde sitta utanför hotellet och äta och samtidigt hålla uppsikt över ingången.

Han steg över tröskeln till en restaurang som hade reklam utanför om billiga smårätter och tvärstannade. Där satt hon. Halvt vänd från honom och tittade ut genom fönstret. Hans Angela. Han ville rusa fram till henne men rörde sig inte ur fläcken. Bäst att ta det lugnt så han inte skrämde henne. Han började slappna av. Nu kunde han ta kontrollen igen. Han såg på hennes bord. Ett nästan tomt glas och en bok. Hade hon inte ätit än? Så såg han kyparen närma sig henne med en tallrik. Ett ostfat och några kex. Och ett glas vin. Han hade alltså en stund på sig. Han gick in och hittade en plats två bord bakom henne. Kyparen var snabb och gav honom menyn. Han valde en fylld tunnbrödsrulle som han kunde ta med om det behövdes och en coca-cola. Han räknade ut kostnaden och la för säkerhets skull pengarna på bordet så han kunde lämna stället snabbt. Nu kunde han sitta i hennes närhet och bara titta på henne.

Angela gjorde ett tecken att hon ville betala. Resandet och ett par glas vin hade tagit ut sin rätt. Nu ville hon sitta på balkongen och läsa. Kanske sova en stund. I morgon kunde hon bada eller ta en tur i bergen.

När hon gick mot utgången i den nu nästan fullsatta restaurangen kände hon en lukt som störde henne. Hon förnam ett snabbt stick av smärta i huvudet och ett lätt illamående. Hon tvärstannade i dörröppningen. Det är samma lukt, tänkte hon, precis samma äckliga stank som när hon blev överfallen. Hon vände sig om och lät blicken glida över restauranggästerna. Omöjligt att säga varifrån doften kom. Jag får inte bli paranoid, mumlade hon för sig själv och gick vidare. Det finns massor med människor som stinker gammal svett. Men obehaget satt kvar. Tanken på att göra egna utflykter lockade inte längre. Hon ville befinna sig bland folk.

Eftersom hon inte hade åkt transfer med resebyrån hade hon heller inga välkomstpapper med information. Hon gick in på hotellet och tittade om det fanns några pärmar. I hyllorna utanför matsalen hittade hon det hon sökte. En lista på aktiviteter och tidpunkt för välkomstmöte från resebyrån. Klockan tio morgonen därpå på hennes hotell. Perfekt.

Olustkänslorna över att vara ensam var borta när hon vaknade på morgonen. Med ny energi klädde hon sig i shorts och linne och tog fram joggingskorna. En runda före frukost var precis vad hon behövde. Den här veckan skulle användas för träning, det fick hon inte slarva med. Först två kilometer på strandpromenaden och därefter en bit i sanden längs med vattnet och tillbaka igen. Det skulle ge bra aptit. Nattens svalka låg kvar i luften. Det var vindstilla och morgonsolens strålar reflekterades i vattnet. De turister som redan hade tagit sig ut var motionärer precis som hon själv. Hon behövde inte känna sig ensam. Joggingturen gick lätt och skönt avslappnad återvände hon till hotellet för att duscha och byta om före frukost.

* * * * *

Angela blev glatt överraskad när reseledaren presenterade en kille som arbetade som turistguide för vandringar i bergen. Hon drack av den isfyllda sangriadrinken de fick i handen innan välkomsttalet började. De satt samlade runt de vitmålade tunga borden med sina klassiska plaststolar utanför hotellets pool. Nästan alla stolar var upptagna av nyanlända turister. Mest barnfamiljer konstaterade hon. För dem kanske inte en tur upp i bergen var så lockande.

Hon anmälde sig till en vandring med hämtning vid hotellet tidigt dagen därpå och bestämde sig för en heldag på stranden. Hon kunde varva simturer med korta träningspass längs med vattnet.

"Så du ska också passa på att lära känna bergen här runtomkring?" Frågan kom från en medelålders man bredvid henne. Han var smärt och klädd i sportiga knälånga shorts och tunn tennisröja i funktionsmaterial.

"Ja, lite omväxling mot stranden skadar inte." Hon började gå in mot hotellet.

Mannen slog följe med henne. "Blir det mycket strandliv annars?"

"Ja, jo… Jag vet inte." Hon ryckte på axlarna. "Det här är första dagen."

"Ensam på semestern?"

Hon stannade upp och skulle just snäsa av honom när hon hejdade sig. Hon måste och ville lära sig att inte alltid ha taggarna utåt när okända män tilltalade henne. Han var ju inte otrevlig. Lite påflugen bara kanske.

"Ibland blir det så. Det var väl därför jag valde att gå i grupp i morgon. Annars gillar jag att vandra ensam."

"Jag med. Får jag bjuda på en fika? Eller lunch kanske," ändrade han sig och såg på klockan. "Så kan vi jämföra våra kanariska vandringar."

Ville hon det? Hade hon verkligen lust att tillbringa en dag med en främmande man. Hon log mot honom. "Tack, men gärna en annan dag. Jag behöver den här dagen för att liksom landa riktigt."

"Då ses vi i morgon." Han räckte fram handen. "Lennart heter jag."

"Angela."

Hon såg efter honom när han gick tvärsöver receptionen och ut på andra sidan. Skönt. Det var enklare att han inte bodde på hotellet om han verkade påträngande under deras vandring under morgondagen också tänkte hon. Men om hon hade tur kunde det här bli en trevlig vecka.

I samma ögonblick som hon gick vidare mot hissarna kände hon det igen. Lukten. Lukten som slog till som en slägga mot huvudet. Som fick henne att må illa. Långsamt vände hon sig om. Turister gick åt olika håll runt omkring henne. Några satt i soffgruppen nära utgången och studerade några kartor. Vid receptionsdisken stod en kille i bleka shorts och ett linne i obestämbar färg. Hon gissade på att den hade varit blå en gång i tiden. Han var vänd åt hennes håll men vred på huvudet när hon tittade på honom. Sakta gick hon och hämtade en broschyr som låg på disken. Hon visste inte vad den handlade om. Hon var bara medveten om killen som betraktade henne. Och hans lukt. Samma som hon känt när hon blev överfallen. Ett minne fladdrade till i hennes minne. En blek kille som satt och drog med långsamma tag i roddmaskinen på gymmet. Han hade också luktat. Det var han. Hennes stalker. Samtidigt var det omöjligt. Hur stor var chansen att de skulle hamna på samma resa? Hon inbillade sig bara. Snabbt gick hon bort till hissarna och åkte upp för att hämta sina badkläder.

De blev hämtade med en minibuss klockan nio på morgonen. Full av förväntan steg Svante på bussen. Han hade varit vaken i många timmar redan och fantiserat om utflykten. Han hade tagit lång tid på sig i duschen innan han klädde sig i sina gamla shorts men med en nyinköpt t-shirt. Nu skulle de vara tillsammans utan att han behövde hålla sig i bakgrunden. Han tillhörde gruppen. Ingen kunde hålla honom utanför.

Han hade haft en hel dag ensam med henne redan. Hon var hans vanliga Angela igen. Han hade blivit så glad när mannen som pratat med henne fick gå därifrån. Sen var det bara de två hela dagen. De hade solat och badat, men mest promenerat längs med stranden. Angela hade varit lite rastlös och bara legat stilla i solen korta stunder. Men det gjorde honom inget. Ibland satt han högt uppe vid stranden på en sanddyn och följde henne med sin lilla portabla kikare. Hon var så vacker där hon gick i sin bikini och blommiga skynke knuten runt midjan. När hon badade tog han sig ett dopp så nära han vågade. Hon var som en fisk i vattnet. Hon skulle kunna lära honom hur man dök genom vågorna.

Idag skulle de bara gå. Det var han bra på. Kunde gå hur långt som helst. Han tittade efter var hon satte sig i bussen och hoppades att platsen bredvid henne skulle vara tom. Det var den. Hon satte sig vid en fönsterplats. Han visade upp sitt anmälningspapper för chauffören samtidigt som platsen bredvid henne blev upptagen. Det var den främmande mannen från igår som satte sig där. Fattade han inte att Angela inte ville ha med honom att göra. Svante ville be honom att flytta på sig. Han satte sig snett bakom dem. I fantasin såg han hur Angela reste på sig och valde platsen bredvid honom i stället. Han blundade och fantiserade om vandringen. Han kunde gå bredvid henne och kanske få hjälpa henne ibland om hon blev trött. De kunde gå hand i hand och stötta varandra om någon snubblade. Det skulle bli en fin dag, den finaste i hans liv.

Bussresan tog knappt en timme, men den kändes evighetslång. Angela var hela tiden obehagligt medveten om killen som satt bakom dem. Hon hade sett när han steg på bussen och blivit lättad när Lennart satte sig bredvid henne. Han visade sig vara en trevlig och humoristisk man, och hon gjorde sitt bästa för att han inte skulle upptäcka hur spänd hon var.

Hon visste nu att hennes stalker hade lyckats följa efter henne. Det kunde inte vara någon annan. Visserligen luktade han inte nu, men han hade följt efter henne hela dagen i går. Hon hade förflyttat sig fram och tillbaka på stranden, men han hade hela tiden funnits i närheten. När hon badade gjorde han det också.

I dag skulle hon ta reda på vem han var. Och sen? Hon visste inte. Kanske kunde hon tala honom till rätta. Hon kunde avslöja honom inför hela sällskapet. Berätta vad han gjort. Han skulle få skämmas, och kanske bli tvungen att ta sig därifrån på egen hand för att alla skulle bli så arga på honom. Kanske hotfulla till och med. Han kunde gå vilse och inte hitta tillbaka. Rätt åt honom. Eller också skulle han ge sig på henne när hon berättade. Han skulle bli anmäld för överfall, och den spanska polisen var säkert inte att leka med.

Bussen stannade på ett parkeringsområde i en bergsby med ett fåtal hus och en liten supermarket. Ytterligare en personbil anslöt sig till dem. Det var guiden de köpt utflykten av samt tre passagerare. Angela räknade till femton personer allt som allt.

Guiden gjorde ett tecken att de skulle samlas runt honom. Angela ryste till av obehag när hon kände en lätt beröring mot armen och såg sin stalker tätt intill sig. Hon sneglade på hans ansikte. En stirrande blick rakt fram och ett drag över läpparna som kanske skulle föreställa ett leende. Var han förståndshandikappad på något sätt? Men om han inte var tillräknelig, kunde han då åka själv på en sådan här resa? Hon måste få veta.

"Har du varit med på många såna här bergsvandringar förut?"

Han vände sig mot henne, och nu log han på riktigt. Men ögonen såg tomma ut.

"Nej... nä..." Hans kinder färgades röda. Han drog efter andan. "Nej, inte så många. Har du?"

Hon nickade. "Har inte vi träffats förut?"

"Jo... Ja... Alltså, vi har setts förut. Du... Du är så duktig på gymmet."

Det var ett erkännande. Vilken jävla idiot. Hon ville skrika men behöll lugnet.

"Och nu har du följt efter mig hit."

"Alltså, ja, men jag tänkte att du kanske ville ha sällskap."

"Fast det vill jag inte."

"Nähä..." Han tittade ner i marken.

"Kan du inte bara sticka härifrån nu?"

Han skakade på huvudet. "Jag vill vara med dig."

Som ett barn. I en vuxen kropp. Och han kunde ta till våld. Vad var det han hade skrivit? *Om du blir min vän ska jag inte göra dig illa.*

"Och om du inte får det?"

Han svarade inte.

Guidens röst nådde henne. Han hade gett instruktioner om vandringen, vilka hade hon inte hört. Men hon visste hur det gick till. De skulle gå på led och hålla samma lugna takt. Inga avvikelser vid sidan av stigen. Gruppen måste hålla ihop.

"Några frågor?"

Alla verkade ha förstått och drog sig mot stigen för att börja gå. Angela tittade efter Lennart och såg honom tillsammans med guiden. De verkade diskutera något över en karta. Hon började gå mot dem för att be om hjälp men hejdade sig. Vad skulle de kunna göra? Prata med honom och göra honom så arg att hon fick stryk igen? Hon måste komma på något bättre.

Hon vände sig om. Han gick tätt efter henne. Som en hund. Hon tog ett steg åt sidan.

"Du får gå framför mig."

* * * * *

Svante blev överraskad. Hon hade ändrat sig, han behövde inte sticka därifrån. Han fick gå framför henne. Hon ville vara med honom. Han visste det, man skulle bara inte ge sig.

Det var varmt. De följde en stig som slingrade sig uppåt. Han måste hela tiden se upp för stenarna så han inte snubblade. Han kunde höra hur folk pratade med varandra i ledet. Bakom honom var det tyst. Han såg ut över dalen de passerade och insåg att de befann sig ovanför träden som växte där nere. Guiden höll upp en hand och hela gruppen stannade en stund för att njuta av utsikten.

"Vi tar rast om en kvart". Budskapet gick genom ledet. Svante tog tillfället i akt att tilltala Angela när han vände sig om för att vidarebefordra meddelandet. "Skönt. Det börjar bli varmt", påpekade han. Hon svarade inte. Jag måste sätta mig hos henne när vi får rast, tänkte han. Men vad ska jag säga? Hon måste prata med mig, annars klarar jag det inte.

De närmade sig en stor öppen bergsplatå med ett antal klippblock utspridda runt omkring. Gruppen spred ut sig och slog sig ner på lågt uppskjutande delar av berget. Mannen som gått bakom Angela gick och pratade med guiden. De tittade på en karta och pekade ut mot omgivningen. Men Angela stod kvar och såg på honom. "Ska vi slå oss ner här borta?" Hon gick mot en ledig sittplats en bit bort från de andra. Svante blev stum av glädje. Hon ville bara vara med honom, inte med någon av de andra. Han följde efter och satte sig bredvid henne. Hon drack vatten ur sin flaska och han gjorde likadant. Inom sig bad han att hon skulle säga något mer.

"Vad jobbar du med?"

"Jag är brevbärare." Han sträckte stolt på sig.

"Då kanske du delar ut posten hemma hos mig?"

"Ja, det gör jag." Han log stort. Hon tittade på honom när hon ställde sin nästa fråga.

"Har du lagt något i min brevlåda som är från dig?"

Äntligen kunde han berätta. "Du har fått presenter för du är så fin."

Hon svarade inte utan reste på sig. Förvånad såg han hur hon gick ännu längre bort och lutade sig mot en av de höga klipporna. Så förstod han. Hon ville att de skulle hålla sig längre bort ifrån de andra. Han reste sig och följde efter. Han måste få henne att förstå hur snäll han var bara hon inte svek honom.

På andra sidan klippan bredde barrskogen ut sig långt nedanför. Mellan klippan och den lodräta kanten var marken täckt av grus. Där klippan tog slut satt ett par i vandringsgruppen och tittade på utsikten. De plockade precis ihop sina ryggsäckar och reste på sig när Svante såg dem. Angela vände sig mot honom. "Är du höjdrädd?" Han tvekade. Skulle han erkänna det? Men om hon var rädd kanske hon ville att han skulle beskydda henne. "Nej. Är du?"

Hon nickade. "Om du går före mig så vågar jag."

Hon ville! Han var lyckligare än vad han någon gång varit i hela sitt liv.

"Jag ska hjälpa dig. Min Angela."

Han passerade henne och höll sig för säkerhets skull så långt ifrån stupet han kunde och vände sig sedan om för att säga att det inte var farligt. Hon tog ett steg mot honom och log. En ängels leende, tänkte han innan han mötte hennes blick. Det nådde inte upp till ögonen. Det var ett leende som förföljt honom genom hela livet. Han kände krampen i mellangärdet. Samma kramp som när killarna i klassen stod framför honom. Han visste vad som skulle hända när han såg deras hånfulla leenden.

"Din lille skit. Om du inte lämnar mig ifred så jävlar..."

Hon tog ett steg mot honom. Leendet var borta. Ögonen lyste av hat. Hur kunde hon förändras så? Han ville ropa men visste inte vad. Han backade och höll upp händerna mot henne. Tårar fyllde hans ögon. "Nej, låt bli", vädjade han och tog ytterligare ett steg bakåt.

"Stick härifrån och visa dig aldrig mer för mig igen. Förstått?"

Hon närmade sig honom sakta. I panik vände han på klacken för att springa men fick inte fäste i det lösa gruset. Han föll framåt men lyckades ta emot med händerna och resa sig igen. Det sved i handflatorna. Han kände en lätt knuff i sidan när Angela trängde sig emellan honom och klippväggen.

"Sa jag inte att du skulle sticka härifrån?" Rösten var iskall. Han tog några snabba steg framåt men stannade när han insåg att han var farligt nära kanten.

"Stick, sa jag."

Han gick mot henne för att komma närmare klippan men fick en knuff tillbaka. "Du kommer inte i närheten av mig igen. Hör du det?" Hon gav honom ytterligare en knuff som fick honom ur balans.

Han öppnade munnen för att säga åt henne att sluta när hon gjorde ett nytt utfall som fick honom att ta flera steg baklänges medan han försökte vädja till henne. Men hon lyssnade inte. För sent insåg han att han hade backat för långt. Han tappade fotfästet. Så pressades skriket ur hans lungor när han föll. All smärta han tryckt ner under hela sitt liv låg samlat i det skriket. Smärtan när han inte fick vara med och leka. Smärtan när polisen berättade att alla var döda. Mamma, pappa och morfar. Mormor som grät. En ny knivskarp smärta som skar genom kroppen när den slets sönder av de vassa grenarna innan han sjönk ner i ett känslolöst mörker.

* * * * *

Angela satt med uppdragna ben med huvudet mot sina knän. Armarna dolde ansiktet. Lennart satt med ena armen om hennes axlar. De övriga i gruppen stod tillsammans i chockerad tystnad. Guiden pratade i sin mobil. När han var klar kom han och satte sig på huk bredvid henne.

"Hur mår du?"

Hon lyfte på huvudet. "Det är okej. Mår lite illa bara."

Guiden nickade. "Vad hände? Föll han bara?"

Angela drog efter andan och plockade upp en näsduk ur ryggsäcken. Guidens röst lät inte verklig. Det var som om hon hade bomull i öronen. Hon snöt sig och drog ett djupt andetag. Det kändes bättre.

"Jag vet inte. Han började gå längs med klippan och jag tittade på utsikten. Så hörde jag något utrop och såg hur han liksom viftade med armarna. Och sen... Sen föll han."

"Räddningshelikoptern är på väg för att försöka få upp honom. Men han lär knappast ha klarat sig från det fallet."

"Stackars sate," påpekade Lennart. "Har ni haft såna här olyckor förut?"

Guiden skakade på huvudet. "Aldrig. Det här är fruktansvärt." Han fortsatte skaka på huvudet och Angela hörde en låg svordom när han reste på sig och gick bort till den övriga gruppen. En lågmäld diskussion startade.

"Kom, vi går och hör efter vad de pratar om."

Guiden prickade av alla turisterna på sin lista. Ett namn blev kvar. "Killen som föll heter Svante Högdahl. Är det någon som känner honom?" Alla skakade på huvudet.

Sedan diskuterade de om huruvida de skulle fullfölja hela vandringen eller inte. Det var flera deltagare som ville gå en kortare väg och komma hem så fort som möjligt. "Så här är det", förklarade guiden. "Jag måste stanna här så länge de behöver mig. Polisen kommer snart att vara på plats. Jag har ringt efter en av våra andra guider som får följa er ner."

Han gjorde en paus och såg sig omkring. "Eftersom några av er önskar avbryta vandringen så snabbt som möjligt måste vi göra det för alla." Ett svagt mummel hördes från gruppen. Han höll upp handen. "Vi måste ta hänsyn till de som inte orkar gå efter den här fruktansvärda händelsen. Självklart kommer ni att få era pengar tillbaka."

Han vände sig mot Angela. "Jag misstänker att polisen vill ställa några frågor till dig eftersom det bara var du som såg vad som hände. Är det okej för dig att stanna med mig?"

"Men jag har inget mer att säga än det jag redan sagt."

"Okej. Jag förstår. Vi får höra vad de säger."

De behövde inte vänta länge. Helikopterns motorer bröt den djupa tystnaden som lagt sig över berget. Gruppen var återigen splittrad. De satt antingen ensamma eller i par och tittade ut över dalen. Ingen vände sig mot andra sidan med den mörka skogen djupt där nere. Guiden reste på sig och ropade att de alla skulle samlas vid stigen en bit nerför berget. De sprang hukande framåt när de kände det hårda vinddraget från helikopterns vingar. Angela kände hur lite smågrus flög mot hennes ben. Så tystnade motorerna och hon vände sig mot den. Tre personer steg ur helikoptern medan piloten satt kvar. Guiden pratade med dem och vinkade till sig Angela.

"Jag följer med dig", sa Lennart, men Angela skakade på huvudet. "Det är okej, stanna här du."

Angela intalade sig att hon inte behövde vara orolig. Ingen hade sett något, och hon kände inte sin stalker. Visste inte ens vad han hette. Hon gick fram till de nyanlända. Karin, den nya guiden hälsade på henne. "Hur mår du? Det måste ha varit en fruktansvärd upplevelse för dig." Hon pekade på mannen som hade en väst på sig med texten Guardia Civil. "Polisen här vill prata med dig, men han är inte så bra på engelska. Pratar du spanska?"

Hon förklarade att hon inte gjorde det och Karin tolkade medan hon berättade vad som hänt. Guiden och den tredje mannen som hade en sele runt kroppen gick mot klippan där hon hade befunnit sig för en evighet sedan. Åtminstone kändes det så.

"Polisen vill att du pekar ut den exakta platsen där han föll," förklarade Karin. "Och han vill veta var du befann dig just då."

Angela följde med och pekade ut platsen där Svante Högdahl hade fallit och visade att hon själv hade stått vid början av klippan. Polisen studerade marken och tittade ner mot stupet. Sedan sa han något till Karin innan han anslöt sig till de andra.

"De ska försöka få upp kroppen nu, men vill att vi går härifrån först. Om jag får ditt mobilnummer så kan de kontakta dig om de har fler frågor. Åkte ni med samma resebyrå"?

"Ingen aning. Har aldrig sett honom förut."

Det blev en tyst färd nedför berget. Minibussen de åkt med tidigare väntade på parkeringen. Lennart satt bredvid Angela och hon uppskattade att han inte försökte konversera. Hon lutade sig tillbaka och försökte slappna av. När hade hon egentligen bestämt sig för att göra det? Hon återkallade bilden av honom när han erkände att han hade gett henne paket. Hon såg hans ögon. Ljusa, liksom genomskinliga. De verkade se rakt igenom henne. Märkvärdigt tomma när han log. Kanske var det då hon bara såg en enda utväg. Hon visste inte. Visste bara hur hon upprepat "Jag ska döda dig din jävel" i sina tankar när hon gick uppför berget med honom framför sig.

Hon var redan då övertygad om att det var han. Hon hade sett honom flera gånger. På gymmet. Hon mindes att hon någon gång hade reagerat på att det luktade ovanligt illa. Det luktade ofta svett, men några gånger hade det varit något mer. Minnet hade kommit tillbaka när hon dagen innan hade sett honom i receptionen. Efter det försvann rädslan för honom. Vilken liten skitstövel. Som till och med följt efter henne på semestern. Det borde han inte ha gjort.

"Har du ork för en matbit när vi kommer fram?" frågade Lennart när hon öppnade ögonen och tittade ut genom fönstret.

Hon såg på honom. Ville hon ha sällskap?

"Jag tänkte bara att du kanske vill tänka på något annat än det som hände där uppe", fortsatte han. "Det är onödigt om du får din semester förstörd på grund av det."

Hon nickade. Det var många tankar hon gärna rensade bort ur sitt medvetande just nu. De kom överens om att träffas på strandpromenaden efter att de duschat och bytt om.

Polisen hörde inte av sig igen. Reseledaren berättade att Svante Höglund inte överlevt fallet. Den svenska polisen var underrättad om olyckan som ansågs självförvållad. Anhöriga skulle kontaktas för önskemål om hemtransport.

Efter den sena lunchen tillsammans med Lennart hade hon skyllt på trötthet och tillbringat resten av eftermiddagen och kvällen på sitt hotellrum. Det hade inte varit någon bra idé. Att läsa hade inte fungerat. Natten blev inte bättre. Hon behövde sällskap.

Lennart lät glad på rösten när hon ringde. De kom överens om att tillbringa en dag på stranden. "Det kanske inte är läge för någon mer promenad i bergen", påpekade Lennart. "Eller?"

Hon tvekade. "Inte i dag i alla fall. Men kanske senare i veckan."

Angela smorde noggrant in kroppen med solkräm innan hon tog på sin bikini och strandklänning. I strandbagen plockade hon ner badlakan, bok och lite pengar. Ingen klocka eller mobil.

Lennart väntade vid strandpromenaden nedanför hotellet som de kommit överens om. Han gav henne en lätt kram. "Vi har i alla fall tur med vädret", skämtade han. Hon log. "Jag får passa mig för solen. Är antagligen den vitaste person som finns på stranden idag."

De lämnade strandpromenaden och gick ner mot vattnet och bredde ut sina badlakan i sanden. En stund satt de tysta och såg hur stranden sakta började fyllas med folk.

"Egentligen är jag ingen soldyrkare", sa Angela. "I alla fall inte i bemärkelsen att ligga platt på rygg och bara steka mig."

"Stranden är fyra kilometer lång. Vi kan ta den i etapper och äta lunch när vi vänder," föreslog Lennart.

Medan de gick berättade Lennart lite om sitt liv. Angela lyssnade medan hon njöt av vattnet som strömmade runt fötterna. "Har du alltid varit singel?" frågade hon.

"Jag har aldrig varit sambo om det är det du menar, men ett par längre förhållanden har jag haft. Fast med mitt kringflackande liv så är det ingen som står ut med mig i längden."

"Vad tror du om alla de här nudistbadarna?" Lennart gjorde en gest mot de nakna solbadarna när de passerade nudiststranden. "Är det dyrkan av det naturliga som styr eller är de vanliga blottare?"

Angela skrattade. Nudistbadet sträckte sig ett par kilometer längs stranden. "Blandat tror jag. Men kan det verkligen vara behagligt att få sand överallt?" Hon nickade mot ett par som låg direkt i sanden.

"Stackarna, de kanske inte har råd med handdukar. Men allvarligt, det är faktiskt skönare att bada naken. Är det okej om jag gör det?"

Är det nu han ska försöka göra det här till en riktig semesterflirt, undrade Angela tyst för sig själv. "Självklart. Lovar att blunda."

Hon blundade inte. Strunt samma, tänkte hon och lämnade kvar sin egen baddräkt på stranden. Vattnet fick svalka hela hennes kropp. Han var en skicklig simmare. Själv försökte hon klara vågorna genom att hoppa högt när de svepte över henne. Han simmade som en säl igenom dem. Hon såg på honom när han gick före henne tillbaka upp till stranden. Det kanske är jag som ska föreslå en sängfösare ikväll, fantiserade hon. Hon ville inte genomlida en natt till med sina egna tankar som enda sällskap.

Det blev en drink på hennes balkong efter middagen. Både den kvällen och kvällen därpå. Lennart visade sig vara en omtänksam älskare. Angela slappnade av. Att hon inte hade någon stalker längre började sjunka in i medvetandet. Hon kände sig tillfreds med livet.

Lennarts semester var slut. Hon var lättad över att han inte envisades med att de skulle ses igen. Hon hade inget behov av honom längre. När han lämnat henne tidigt på morgonen innan hotellet vaknat kände hon sig lycklig. Hon hade fina vänner som väntade på henne där hemma, och planerna på att skaffa en större lägenhet skulle säkert gå i lås.

När hon ätit frukost satte hon sig på balkongen för att ringa till Anna och Liselott och berätta att hon mådde bra och inte behövde vara rädd för sin stalker längre. Hon slog Annas nummer och hejdade sig i sista ögonblicket. Hur skulle hon förklara att hon inte var rädd längre? "Hej, jag slängde min stalker utför ett stup, så nu kan jag glömma honom". Knappast. Sånt säger man inte. Skulle Eva förstå? Var det här en sån lösning som hon ägnade sig åt? Hon måste hålla det här för sig själv. Hur svårt det än var. Hon kopplade upp sig via Wi-Fi och skickade ett meddelande till dem båda. Om två dagar skulle hon vara hemma igen.

"Välkommen tillbaka! Du ser verkligen strålande ut." Christos såg uppriktigt glad ut. Angela satt redan bakom receptionsdisken när han dök upp före klockan åtta på fredagsmorgonen. "Vi har saknat dig."

"Jo, jag förstår det", skrattade Angela och gjorde en gest åt röran bredvid datorn.

"Har du haft det bra?" Innan hon hann svara la han till: "Du ser misstänkt solbränd ut. Inte låg du väl och latade dig på stranden i stället för att vandra i bergen?"

"Där kom du på mig." Hon log. "Det blev faktiskt bara strandpromenader den här gången."

"Säkert nyttigare", konstaterade Christos. "Hoppas du är arbetssugen nu", la han till med en bekymrad blick på hennes skrivbord. "Larissa skulle jobba, men farmor blev sjuk och kunde inte vara barnvakt."

Hon tittade på alla lösa lappar och fakturor som låg på bordet. "Inga problem, det här är snart fixat."

Han skakade på huvudet. "Fattar inte hur vi skulle klara oss utan dig."

Hon reste sig och gav honom en klapp på armen. "Nu när du vet hur oumbärlig jag är kanske det är dags att prata om den där löneförhöjningen igen?"

"Där sa du något. Absolut. Ska genast se till så den blir verklighet."

Angela gick ut till deras lilla kök. "Vill du ha kaffe?" frågade hon med en blick över axeln, men Christos var inte kvar. Han kanske fixar den där löneförhöjningen nu, tänkte hon hoppfullt.

Peter Björkman ringde på eftermiddagen. Han frågade om hon haft det bra på sin semester och om det blivit några vandringar? Han sa sig vara nyfiken på det sättet att semestra och ville gärna höra mer om det.

"Hur har du det nästa vecka? Kan jag få bjuda dig på middag då?" Han lät förväntansfull. Det var frestande att tacka ja.

"Nja... Men jag får nog tacka nej. Har fullt upp ett tag framöver."

"Åhh... Jaså, vad synd. Ja men då kanske vi kan ta det lite senare. Har du fått vara ifred för din stalker?"

"Jodå. Han har säkert tröttnat." Hon kände hur krystat det lät.

"Jaha." Det blev tyst en stund. "Det låter som det blev en lyckad resa. Hoppas du kan vara trygg nu då."

"Jo."

"Ok. Vi hörs nästa år när ni lägger en ny budget. Men slå gärna en signal om du har lust att gå ut och äta en kväll."

"Jadå. Hej så länge."

Efter samtalet gick hon ut på toaletten. Hon svalde hårt och blundade för att hindra tårarna att börja rinna. Tänk om hon hade gjort världens misstag nu. Tänk om Peter verkligen var seriös och äkta. Tänk om... Skärp dig, bannade hon sig själv, du har ju bestämt dig. Jag ska aldrig någonsin mer låta en man utnyttja eller styra mig. Hon upprepade orden som ett mantra medan hon spände ögonen i sin egen spegelbild. Jag ska aldrig någonsin mer låta en man utnyttja eller styra mig. Hon gick beslutsamt tillbaka till sin plats och letade fram mobilen.

"Men hej Angie! Är du hemma nu?" Anna svarade efter första signalen och lät glad på rösten. Innan Angela hann svara fortsatte hon: "Tack för mejlet du skrev, det var såå skönt att höra att du haft det bra. Jobbar du?"

"Ja nu är det full fart igen. Jag ringer för att höra vad ni gör imorgon kväll. Det är på tiden att jag ordnar en liten fest hemma hos mig. En liten försenad inflyttningsfest kan man säga."

"Vad kul! Det var längesen vi gick bort någonstans. Kan vi ta med Alice om vi inte får någon barnvakt?"

"Självklart. Inga problem." Angela skrattade. "Om hon inte vill att vi ska vara tysta när hon ska sova förstås."

Hon avslutade arbetet redan vid tre-tiden på eftermiddagen. Vilken frihetskänsla. Nu kunde hon ta sin vanliga promenad hem. Hur längesen var det hon sist gick den vägen? Och hur längesen var det som hon gick den vägen och kände en förväntan på livet? Septemberluften var frisk och klar. Turistsäsongen var över. Till och med på Drottninggatan kunde hon hålla en snabb takt.

Hon tog vägen förbi tvättstugan när hon kom hem. Det var två timmar kvar på den pågående tvättiden och fortfarande ledigt. Snabbt gick hon uppför trapporna för att hinna ta reda på det som behövde tvättas.

Medan hon körde i gång maskinerna ringde hon till Liselott. Hon var fortfarande kvar på jobbet, men det var bara ett fåtal turister den tiden så hon hade tid att prata.

"En fest tackar man inte gärna nej till", var hennes kommentar på Liselotts fråga. "Jag vill höra allt om hur du har haft det."

"Det kan jag sammanfatta med tre ord", svarade Angela. "Sol, bad och strandpromenader." Hon hörde en röst i bakgrunden och Liselott svarade något med låg röst. "Är du upptagen?" frågade hon.

Liselott skrattade. "Nej då, det är bara min galne kollega här bredvid som hörde att vi sa något om en fest, och då fladdrar hans öron vilt."

"Vill han följa med?"

"Ja tack", hördes den mörka stämman ropa i bakgrunden.

"Han hörde det där", sa Liselott. "Sa jag inte att hans öron fladdrade?"

Hon drog sig till minnes att Liselott hade pratat om en kille på jobbet som hon umgicks lite med. Antagligen var det han som lyssnade till deras samtal. Varför inte, tänkte hon, det kunde vara kul med lite nya bekantskaper. På promenaden hem hade hon pratat med Amanda, men de var upptagna hela helgen. "Han är också välkommen", sa hon.

"Va' kul! Får jag ta med Maria också?"

En kollega till. "Absolut. Då blir vi sex personer. Det kan man kalla för fullsatt hos mig."

Nu kunde hon ägna fredagskvällen åt att planera mat och dryck. Hon tittade sig om i rummet. Hennes blick föll på kuvertet med foton som Svante hade skickat. Snabbt knölade hon ner det i soporna. Utplånad, tänkte hon. Det var verkligen på tiden.

* * * * *

Natten blev orolig. Hon drömde om poliser som omringade henne på berget för att fånga in henne. När hon intog sin försvarsställning skrattade de så det ekade i bergen och hissade upp henne över sina huvuden med stadiga tag i både armar och ben. Hon var fast och kunde inte röra sig. Sedan slängde de henne långt över kanten, och hon föll och föll och föll...

Tung i huvudet gick hon upp och drack vatten. Hon tvingade bort sina tankar från drömmen. Ingen skulle misstänka henne. Hon kröp ner i sängen och lyckades somna om.

När hon slog upp ögonen igen var det långt lidet på förmiddagen. Ingen tid för träning idag alltså, konstaterade hon, men var tacksam för att trots allt ha fått sova ut ordentligt. Hon drog bort gardinerna från fönstret och såg att det regnade. Som gjort för en mysig höstträff, tänkte hon och öppnade balkongdörren. Trots allt trivdes hon i sin lilla lya. Det var kanske inte så bråttom att flytta när allt kom omkring.

* * * * *

Anna och Fredrik kom först. De hade lyckats ordna barnvakt. "Vad fint du har gjort!" utbrast Anna och tittade sig omkring i rummet. Det låga bordet var fyllt med snittar och småplock. Runt om i rummet brann det ljus överallt där det fanns någon plats att ställa något. "Firar vi något särskilt?"

"Nej då", skrattade Angela, "bara att jag har så fina vänner." Hon kramade om dem och bad Anna hämta glas med bubbel åt dem i kokvrån. Det ringde återigen på dörren. Det var Liselott med sina kompisar.

"Det här är Maria och Bosse. Bosse är min kollega. Maria och jag träffades på krogen för ett tag sedan."

Angela kom för ett ögonblick av sig. Hon hade tagit för givet att Maria också var en kollega. Nu kunde det uppfattas som att Bosse var med för att de skulle bli jämna par. Hon hoppades att han inte drog fel slutsatser.

"Välkomna, kul att ni ville följa med också."

"Oj, här ska det bli fest ser jag", kommenterade Liselott när hon hade fått av sig sin våta jacka. "Härligt!" Hon fick ett glas bubbel i handen av Anna. "Kul att äntligen få träffa dig," hälsade Anna. Har förstått att du är lika träningsgalen som Angela."

"Nja, inte riktigt", svarade Liselott, "bara när det gäller löpning. Lyfta skrot är inget för mig. Hur är det Angela, har din stalker synts till sen du kom hem?"

"Nej. Han har säkert tröttnat. Jag tycker att vi utelämnar honom från den här festen. Skål och välkomna!"

De slog sig ner runt bordet och högg in på snittarna. Stämningen blev hög från början. Samtalet flöt lätt. Fredrik och Bosse fann varandra från första stund. Fredrik var van att prata med alla typer av människor i sitt jobb som bilförsäljare. Han och Anna hade träffats när han besökt sin mamma som låg inlagd på Annas avdelning, och han hade använt all sin charm för att sälja in sig hos henne. Det hade lyckats. Fredrik visade sig vara en mycket empatisk och varm person. Dessutom hade han en stor portion humor. När Bosse och Liselott berättade några dråpliga historier från turistbyrån och han kontrade med några bilförsäljarhistorier blev stämningen riktigt uppsluppen. Angela tyckte fortfarande att det var lite pinsamt att Liselott hade bjudit med Bosse för att de skulle bli jämna par, men hon fick medge att det blev ett lyckat gäng. Hon mindes inte när hon hade skrattat så mycket sist. Samtalet flög hit och dit och de diskuterade allt mellan himmel och jord. Angela var inte säker på vem som tog upp ämnet först, men Anna blev plötsligt upprörd.

"Hur sjutton kan det bara få fortgå. Jag fattar det inte."

"Men vad ska man göra då? Har du något förslag?" frågade Bosse.

"Spärra in dem bara", svarade Anna argt.

Angela hade hämtat mer vin från kokvrån och såg förvånat på dem.

"Vad är det om? Vilka ska vi spärra in?" Hon fyllde på i de tomma glasen. Anna skakade på huvudet. "Nej tack, det är bra för mig. Jo, vi måste stoppa män som misshandlar sina kvinnor."

Fredrik som många gånger hade hört Annas berättelser om kvinnor som fått vård för frakturer orsakade av deras män höll med. "Skjut dem bara," sa han och ryckte på axlarna. Det blev alldeles tyst runt bordet. Plötsligt började Liselott skratta.

"Det kanske är så att de enkla lösningarna är de bästa."

Den glättiga stämningen återkom. "Det blir i alla fall billigast", kontrade Bosse. "Vad säger du Angela, hade inte du en stalker som gav sig på dig? Önskar inte du att någon kunde skjuta honom?"

"Kanske det." Hon reste sig igen. "Någon som vill ha kaffe och kaka?"

* * * * *

Mardrömmarna fortsatte. Under dagarna fanns fortfarande känslan av tillfredsställelse kvar över att hon hade gett igen, men varje natt vaknade hon svettig och intrasslad i lakanen efter känslan av att ha fallit genom luften.

Hade hon gått för långt? Hon hade sett hur rädd han blev. Hade försökt att värja sig. Visst grät han också? Det hade väl räckt med att skrämma honom. Efter det hade han säkert lämnat henne i fred. Han hade verkat så vek och tafatt på något sätt. Men så tänkte hon på smällen hon hade fått. Och natten då han drogat henne. Det var inga veka personer som betedde sig så. Han var en idiot som inte förtjänade bättre.

Hon önskade att hon kunde anförtro sig åt någon. Men vad skulle de tro om henne sen? Hon kunde inte ta risken.

Hon hade plockat undan efter dagens sista patient som tackat ja till en fika innan han gick hem och satt och fingrade på mobilen. Hon kunde prata med Eva. Hur mycket hon skulle berätta fick visa sig. Hon slog numret.

Hon stod länge och väntade utanför Åhléns innan Eva dök upp. Som vanligt var det liv och rörelse där. Bredvid på gågatan spelade en gatumusikant dragspel och hoppades få in några kronor. Hon undrade hur de som hade sina kontor mot Drottninggatan stod ut.

Så såg hon Evas huvud i rulltrappan som ledde upp från tunnelbanan. Hon såg lite stressad ut.

"Puh", sa hon när Angela gick henne till mötes. "Idag var det en massa strul och signalfel. Satt fast i en tunnel i nästan en halvtimme."

"Jag är glad att jag så sällan behöver åka tunnelbana." Angela gav henne en kram. "Hej förresten. Tack för att du ville komma."

"Alltid lika kul att träffa dig. Du ser nästan oförskämt pigg ut."

"Fick kanske lite solbränna på semestern. Hur är det med dig?"

"Bara bra, men fullt upp. Ska vi gå en sväng?"

De gav sig ut i trängseln på Drottninggatan. "Vi kan gå över till Sveavägen i stället", föreslog Angela.

De tog sig under lätt småprat bort till Hötorget och svängde av ner mot den breda och betydligt lugnare trottoaren längs Sveavägen. Eva ställde några frågor om Angelas semester men fick bara undanglidande svar.

"Okej", sa hon när de utan besvär kunde gå bredvid varandra igen. "Berätta nu om vad det är som trycker dig. Jag märker ju att det är något. Du sa att du inte var rädd för din stalker mer..."

"Nej, han är faktiskt borta nu."

"Jaha...?" Eva såg på henne.

Angela tvekade. "Om jag hade behövt er hjälp, vad är det ni hade kunnat göra egentligen?"

"I ditt fall hade det nog varit enkelt. Jag skulle tro att din stalker är lättskrämd. Ett par hotfulla killar av typen Hells Angels skulle nog fått honom att stanna kvar hemma i fortsättningen."

"Ja, kanske det." Hon måste få veta mer och gjorde ett nytt försök. "Om ni skrämmer upp någon som har slagit sin tjej och han reagerar tvärtom, alltså om han då ger henne ännu mer stryk, vad händer då?"

"Jaa du, vad ska man säga om dem." De fick göra ett kort stopp vid korsningen de hunnit fram till. När de fick grönt ljus fortsatte Eva: "Alltså, om någon fick för sig att slå ihjäl en sån typ så skulle i alla fall inte jag anmäla honom."

"Har det hänt?" Hon kände sig tvungen att ställa frågan rätt ut.

"Som sagt, jag vet inte hur alla problem blir lösta eller om de blir det. Det vi kan bidra med är grupptryck och hot, och det kommer man långt med. Men var och en måste ta ansvar för sina handlingar. Går man för långt så är det ett eget beslut. Vi har många kontakter, du vet, någon känner någon som... och så vidare, vi har inte koll på alla."

Angela anade vad Eva ville säga. Hon blev helt övertygad när Eva fortsatte.

"Det finns kvinnooffer som har kunnat fortsätta sitt liv efter att deras män har råkat ut för trafikolyckor eller begått självmord. Ingen har blivit ledsen för det eller sörjt dem speciellt mycket."

Angela tyckte plötsligt att vinden kändes lite kylig. Hon rös.

Eva saktade in stegen. "Berätta nu. Varför är du inte rädd längre? Vad hände?"

"Han följde efter mig på semestern. Han var brevbärare och måste ha öppnat mina resehandlingar innan jag fick dem."

"Var brevbärare. Är han inte det längre?"

"Han följde efter på en vandringstur i bergen. Vi var en ganska stor grupp." Hon gjorde en paus innan hon fortsatte.

"Så hamnade jag ensam med honom bakom en klippa. Han kändes hotfull. Och jag... Jag försvarade mig. Han föll. Långt ner."

"Jösses. Och ingen såg er?"

"Nej, alla trodde det var en olyckshändelse. Också polisen. Jag berättade inget. Vågade inte. Men jag hade kunnat hindra hans fall."

"Varför skulle du ha gjort det? Allvarligt, jag hade inte lyft ett finger för att rädda honom."

"Ja men... Om det var mitt fel så..."

"Jag hade nog till och med hjälpt till," avbröt Eva. "Brydde han sig om vad som hände med dig när han körde knytnäven i ansiktet på dig? Eller när han fick dig drogad?"

Angela drog ett djupt andetag. Hon fick de svar hon hoppats på.

De svängde av in mot Rådmansgatan. Eva stannade.

"Så här är det. Officiellt har jag aldrig hört din berättelse. Men jag är gärna dina tillfälliga öron om du behöver prata av dig ibland. Du ska veta att jag inte tycker att du har gjort något fel, men undvik ändå att berätta det här för andra. Alla förstår inte vad det handlar om."

Angela svarade inte men gav henne en snabb kram medan hon svalde för att få ner klumpen i halsen.

"Jag måste gå vidare nu", fortsatte Eva, "men jag vill hemskt gärna träffa dig igen. Du som vet hur det är att vara förföljd kanske kan vara till stöd för andra någon gång."

"Du menar..."

Eva skrattade. "Nej, jag menar inte att du ska börja utrota stalkare. Men bara att ta sig tid att lyssna och peppa ibland är guld värt." Hon höjde handen till hälsning och gick vidare in till tunnelbanan.

Oktober. En månad som kunde vara varm och skön. Men inte i år. Det regnade nästan varje dag. Det spelade ingen roll. Mardrömmarna hade upphört. Hon kunde röra sig var som helst utan att se sig om över axeln eller åka buss. Hon kunde träna oantastad på sitt gym. Ja, tänkte hon, visst skulle hon ställa upp om någon annan behövde stöd. Eva hade hört av sig igen och frågat om hon mådde bättre. Hon förberedde henne på att det kunde dyka upp många hjälpbehövande närmare jul. Men just nu var det lugnt. Angela lovade att hon fick höra av sig om hon kunde vara till någon hjälp.

Christos var glad över att hennes stalker inte hade synts till. "Om han dyker upp igen ska jag ta mig tusan samla ihop gänget som kan få honom på andra tankar. Säg bara till."

"Tack snälla", sa hon, "du är en ängel."

"Du med, du lever upp till ditt namn." Han stod i dörröppningen till mottagningsrummet med båda händerna bakom ryggen. En konstig ställning hann hon tänka innan han med en bugning plockade fram blombuketten han hade gömt bakom ryggen.

"Vi är allihop innerligt tacksamma för att du finns. Du fick inget nytt datasystem, men du har organiserat alla administrativa delar så bra och dokumenterar allt så bra så allt flyter på så bra ändå. Så nu vill vi bara visa vår uppskattning lite."

"Woow, vad fint! Tack!"

"Du hittar en liten extra bonus i buketten också. Ett bidrag till taxi kanske när vädret är för jäkligt till och med för dig."

Hon skrattade och tittade i kuvertet. Det skulle absolut räcka till några taxiresor. "Eller också satsar jag på nya tåliga joggingkläder", skämtade hon.

Idag hade de sex nya operationer. De tre läkarna var fullt sysselsatta. Den första patienten ringde på dörren precis som

Christos gick in till sig. Det var en ung kvinna som osäkert såg sig omkring när Angela öppnade dörren.

"Hej Lovisa, välkommen!" Angela kom ihåg hur nervös den här tjejen verkat när hon var där för konsultation första gången. "Du kan hänga av dig jackan där så ska vi sätta oss en stund innan det är dags för operation."

"Tack." Lovisa höll hårt i sin handväska när hon slog sig ner i besökssoffan.

"Hur känns det? Har du sovit något i natt?"

Lovisa skrattade till. "Nej, det kan jag inte påstå. Jag är lite rädd men vill absolut få det här gjort." Hon tog sig mot sitt vänstra öga som hade ett hängande ögonlock. Det var inte medicinskt betingat att göra en operation inom den allmänna sjukvården. Hon hade sparat pengar för att få det gjort privat.

"Du kommer att bli riktigt nöjd efteråt, det lovar jag dig. Såna här operationer görs här varje vecka."

"Kommer jag att se hemsk ut när jag går härifrån?"

"Det kommer att vara rött och lite svullet ett par dagar, men redan på måndag kan du lägga en lätt makeup som döljer det. Det är fördelen med att göra ingreppet med laser. Ta det lugnt över helgen bara."

Angela gick i detalj igenom hur operationen gick till, och just som Camilla kom ut i väntrummet för att hämta deras första patient ringde det åter på dörren.

Det blev ingen tid för lunchrast. Angela ringde efter sallad och mackor till hela teamet från närmaste catering. Var och en fick äta när det uppstod en lucka.

När kvällen kom var hon trött men nöjd. Alla besökare hade varit tacksamma, och inga incidenter hade uppstått. Nu skulle hon gå ut och äta med Liselott och Maria. Bosse skulle också följa med. Det luktade parmiddag lång väg, men bättre det än att sitta ensam hemma. Bosse var för all del en trevlig kille, men hon hoppades att han inte skulle föreslå en dejt.

* * * * *

De träffades utanför den thailändska restaurangen Kohphangan. De hann med ett par drinkar i baren innan de blev visade till ett litet krypin med färgglada tyger som var uppsatta som ett tälttak över bordet. Massor av färggranna lyktor och smålampor lyste överallt. Små vattenkanaler porlade längs gångvägen mot toaletterna. Angela älskade den här restaurangen med fantasifulla sittplatser där man kunde sitta och prata ostört.

Vem var det som hade tagit upp ämnet först? Angela visste inte men önskade efteråt att hon inte hade sagt så mycket. Det började med en diskussion om flyktingpolitiken. Liselotts åsikt var att man aldrig kunde avvisa en människa som behövde hjälp. Angela kontrade med att om antalet hjälpsökande blev större än de som hade förmågan att hjälpa så måste man ändå sätta en gräns.

"Nu målar du väl ändå fan på väggen", sa Liselott. "Det tar ett jäkla tag innan den situationen uppstår."

"Jo, det är sant. Tänkte bara spetsa till det lite. Men som det är nu är vi urdåliga på att hjälpa de som redan har kommit."

"Lika dåliga som vi är på att hjälpa de som redan bor här och råkar illa ut på något sätt."

Medan Liselott och Angela bollade replikerna mellan sig satt Maria och Bosse tysta. När de åter tog upp ämnet om kvinnomisshandel avbröt Bosse.

"Ni får sluta snacka om detta som ett kvinnoproblem. Det är väl ändå ett problem för alla som blir utsatta oavsett kön? Män råkar lika ofta ut för misshandel som kvinnor."

Han var så bestämd i sin åsikt att Angela började misstänka att han själv hade varit ett offer men inte ville erkänna det.

Maria hade storögt följt deras diskussion. Hennes kommentar var rättfram. "Alltså, när kriminella personer dödar oskyldiga människor, då borde oskyldiga människor få skjuta ihjäl de kriminella."

"Jaha, och hur skulle det gå till då tänker du", kontrade Bosse lite spydigt. "Ska vi skapa en beväpnad styrka dit man skickar en ansökan om att bli av med folk som inte sköter sig?"

Kanske var det drinkarna före maten i samband med vinet till räkorna som fick Angela att vara mer öppen med vad hon visste än vad hon hade tänkt att vara. Hon kände att hon ville försvara Maria mot Bosse.

"Det finns faktiskt en organisation som hjälper kvinnor. Det är möjligt att män också kan vara utsatta", la hon snabbt till för att förekomma Bosse, "men om de inte träder fram så kan de inte heller få någon hjälp."

"Då pratar du om kvinnojourerna. Jag tror knappast att de är beväpnade." Bosse skrattade.

"Jag menar inte kvinnojourer. Det finns andra som kan göra mycket mer."

"Hur då?" Maria lät ivrig. "Vad gör de?"

"De utövar påtryckningar på förövarna."

"Jaha." Maria lät besviken.

"Men om de här männen råkar ut för någon olycka eller själva väljer att ta sitt liv är problemet löst."

"Nej men stopp nu", avbröt Bosse, "du kan inte på allvar mena att det finns dödspatruller på riktigt?"

Angela ryckte på axlarna. "Du får tro vad du vill."

"Ska vi låta den här diskussionen förstöra hela middagen?" Liselott höjde sitt glas. "Jag tycker att vi skålar för att Angela tycks ha blivit fri från sin stalker och kan börja leva ett normalt liv igen."

De skålade och ägnade sig åt sin mat en stund under tystnad. Diskussionen hade lagt sordin på stämningen. Samtalet flöt inte lika otvunget efter det. De bröt upp ganska snart efter middagen. Angela tackade nej till att följa med på en pubrunda. Hon skyllde på en tuff arbetsvecka och ett behov av att gå och lägga sig tidigt. Liselott var säkert besviken över att det inte hade klickat mellan henne och Bosse, men föreslog att de skulle ses på söndag för en joggingtur om det var tillräckligt torrt underlag där då.

"Gärna, jag ringer dig innan och kollar läget." Angela fällde upp huvan på sin dunjacka som skydd från den lätta snön som yrde omkring i luften. "Vi får hoppas att det här bara är tillfälligt", sa hon och höll upp handflatorna för att försöka fånga några flingor innan hon vände om och ensam traskade hemåt.

* * * * *

Liselott ringde tidigt på fredagskvällen. Angela hade precis kommit hem efter en shoppingrunda på Åhléns. Hon lade med ett sting av dåligt samvete påsarna på sängen.

"Hej Lotta. Hur är läget?"

"Bara bra. Stör jag?"

"Nej då, men du borde ha ringt lite tidigare och intalat mig att jag inte behövde köpa mer kläder", svarade Angela med en suck. "Jag kunde inte låta bli att köpa en ursnygg kavaj som jag har suktat efter ett tag."

Liselott skrattade. "Tur det är kläder du missbrukar och inte droger. Men skämt åsido, jag ringer för att fråga en sak." Hennes ton blev allvarlig. "I går antydde du att det finns folk som hjälper misshandelsoffer. Var det sant?"

Angela släppte påsen som hon med den fria handen försökt befria från sitt innehåll. Hon försökte minnas precis hur mycket hon hade avslöjat. Hade hon sagt för mycket?

"Varför frågar du det?"

"Det är Maria som vill veta. Hon har en vän som har råkat illa ut."

"Aha. Jo, jag har faktiskt blivit bekant med en kvinna som är bra på att ge goda råd. Vill du att jag ska be henne ta kontakt med Maria?"

"Nja, jag vet inte..."

Angela väntade på en fortsättning medan hon slog sig ner i soffan. Hon ritade cirklar med ett finger över dammlagret på bordet.

"Vi pratade ganska länge igår om hur kvinnor ska kunna försvara sig mot våldsamma män," fortsatte Liselott. "Och det lät nästan som om du visste att det finns folk som gör något åt det. Om du förstår vad jag menar."

Angela tvekade. Hon var osäker på hur mycket hon skulle berätta. "Alltså, så här är det. Jag träffade en tjej på kursen i självförsvar som ägnar sin fritid åt att hjälpa kvinnor. Hon erbjöd mig att låta några stöddiga typer skrämma slag på min stalker om han visade sig igen. Hon sa också att det har hänt att kvinnor har kommit ur sitt helvete för att deras män har råkat ut för olyckor. Det får man tolka som man vill."

"Det låter lite kryptiskt."

"Jag kan höra med Eva om de kan göra något för Marias kompis."

"Eva?"

"Ja, tjejen jag pratar om heter så."

"Okej. Jag kollar med Maria så ses vi på söndag och snackar lite mer."

Det blev en timmes löptid i Tantolunden. Angela blev ganska slut men med en skön känsla i kroppen. Solen värmde. Det var helt stilla ute, men molnen började stocka ihop sig på himlen. Risken för regn under eftermiddagen var uppenbar. De hade sprungit sida vid sida men inte sagt så mycket. Liselott verkade fundersam och frånvarande. Det var ovanligt att hon var så tyst. Angela lät henne vara ifred och tänkte att hon säkert skulle lätta sitt hjärta när de kom hem igen.

"Nu går vi hem till mig och duschar och myser lite", föreslog hon. "Jag köper med något färdigt på vägen att äta."

De hade träffats hos Angela före motionsrundan och bytt till träningskläder där. Nu gick de i rask takt för att få ur all mjölksyra ur kroppen. De gjorde ett kort stopp vid närbutiken för att köpa några färdiga sallader.

"Innan vi äter kanske du ska ta och lätta ditt hjärta", föreslog Angela och kröp upp i soffan. De hade duschat och bytt om, men ingen var särskilt hungrig än. "Du ser ut att grubbla på något."

Liselott nickade och satte sig lite spänt i fåtöljen. "Orkar du höra då? Du har varit med om tillräckligt mycket elände den sista tiden. Jag vill inte lasta på dig för mycket."

"Det är på tiden att vi pratar om någon annan än mig. Berätta nu."

"Det är det här med Marias kompis. Eller rättare sagt före detta kompis för de kan inte träffas längre."

"Hur illa är det då? Vet hon det?"

"Ja, hon försökte hjälpa henne för ett tag sedan. Det höll på att gå åt helvete."

Liselott drog en djup skälvande suck och masserade tinningarna med fingertopparna.

"Jag ska försöka berätta från början... Den här kompisen, Sandra heter hon, är gift med en mycket framgångsrik affärsman. Hon har två barn som bor kvar hos sin pappa i en villa. Sandra flyttade från dem när hon blev dödsförälskad i den här mannen. De gifte sig ganska snart, men efter det började helvetet. Hon får inte göra något utan hans tillåtelse. Barnen träffar hon bara varannan helg, och då tillsammans med sin man. Hon får aldrig vara ensam med dem. Om hon ska gå utanför dörren måste hon först ringa och fråga honom. Han har satt upp övervakningskameror. Om hon täcker över någon så..." Liselott gjorde en paus i det snabba ordflödet.

"Varför lämnar hon honom inte bara då? Och går till polisen?"

"För barnens skull. Sista gången som Maria träffade henne, hon gick dit oinbjuden mitt på dagen, så tvingade hon med sig en utmattad Sandra hem till sig. Sandra var misshandlad och våldtagen. Hon sa till Sandra att om hon återvände till honom skulle hon själv gå till polisen och anmäla oavsett vad Sandra sa."

"Det låter helt rätt. Hon borde väl ha lämnat honom för längesen, oavsett övervakningskameror," sa Angela. "Varför stannar man kvar?"

"På grund av barnen." Liselott lyfte på locket till Angelas laptop och bad henne logga in. "Det finns många människoöden att läsa om."

Angela tänkte på sina egna efterforskningar. Hon hade koncentrerat sig på stalkers, och där hade inte några barn varit inblandade. "Men berätta hur det gick för Marias kompis först."

"Okej. Sandras man är helt galen. Dagen efter hon följt med hem till Maria råkade hennes minsta grabb ut för en smitare som nästan körde ihjäl honom när han var på väg hem från skolan. Smitaren hade väjt i sista sekunden så grabben klarade sig undan med skrubbsår när han stöttes till av bilen."

"Vet de vem som gjorde det? Det kanske var en tillfällighet?"

"Nej då. Den galningen hade räknat ut var Sandra var. Det var han som kom hem till dem och berättade vad som hänt. Sandra visste fortfarande ingenting om olyckan då. Han hade låtit väldigt medkännande när han berättade att han hört att hennes grabb hade råkat ut för en bilolycka och sagt att han hoppades att det inte fanns alltför många bildårar ute. Med tanke på att hon hade två barn och en pappa som var ute och gick med sin rollator så fanns det många som kunde råka illa ut när vem som helst fick ha körkort. Maria fick också vara försiktig, det fanns många psykopater som gick lösa."

"Är det sant? Jösses vilket hot. Man fattar inte…"

"Eller hur. Tänk om man känner någon som har det så där utan att man har en aning om det."

De tittade under tystnad en stund på varandra, var och en med sina egna fantasier. Angela försökte smälta det hon fått höra.

"Men skulle det inte gå att bevisa att han hade kört bil där pojken befann sig?"

"Sandra hade slängt sig på telefonen och ringt till barnens pappa. Han sa att polisen redan hade varit där. Det fanns ett vittne som hade stannat hos pojken och tagit registreringsnumret på bilen. Den var falskskyltad. Sandra säger att hennes man har många kontakter i den undre världen som är skyldiga honom lite tjänster. Hon tror att han hjälper dem att tvätta pengar."

"Vad hände sen?"

Liselott lämnade soffan och gick fram till fönstret. Hon plockade en stund med ett par tidningar som låg på bordet.

"Sandra flyttade hem igen. Maria fick lova att inte berätta för någon. Hon fick inte gå till polisen. Sandra vill inte att hon gör något eftersom allt bara kommer att bli värre. De kan pratas vid i telefon ibland, men det blir alltmer sällan. Sandra har börjat låta alltmer apatisk. Maria har varit där en gång till, men blev inte insläppt. Men hon hann se att det bara var skinn och ben kvar av Sandra."

Liselott satte sig igen. "Sandra dör hellre än att riskera att barnen kommer till skada."

Efter tystnaden som följde reste sig Angela och dukade fram den inköpta kycklingsalladen på soffbordet. "När jag pratade med Eva så medgav hon att det fanns psykopater som inte gick att skrämma. Försökte man med det blev de totalt livsfarliga. De enda kvinnor som klarade sig var de vars män råkade ut för till exempel bilolyckor eller begick självmord."

Liselott ryckte på axlarna. "Så vad hon säger är att det inte finns något att göra egentligen. Inte mot såna."

"Jag förstår vad du menar. Men... Alltså, hon sa det på ett sätt som gjorde att jag tolkade det som så att olyckorna kanske inte var en slump."

Liselott satt en stund med öppen mun och stirrade på Angela. "Åh. Ja jäklar, så kan det förstås vara. Sandras man fejkade ju en olycka."

"Ont ska med ont förgås som man säger. Men jag vet inte om jag tolkade det rätt. Men jag kan prata med Eva om den här Sandra så får vi se vad hon säger."

Hon fick inte fått tag på Eva under söndagskvällen. Tankarna malde. Det kändes inte riktigt verkligt att på allvar be om hjälp att döda någon. Leja en mördare. Det var nog inte så enkelt som det lät. Borde inte de här männen smaka sin egen medicin? Blev inte de också rädda om de fick sig en omgång och hotade med mer stryk om de inte la av? Det du gör mot mig, det ska jag göra mot dig. Det gamla bibelcitatet for runt i hennes huvud. Allt vad ni vill att människorna ska göra mot er, det ska ni också göra mot dem. Alltså var det precis det de här männen önskade sig. Hon skulle diskutera det med Eva, men nu var det dags att sova. Tankarna vandrade mellan fantasi och verklighet. Sömnen och drömmarna började ta över. Där stod Svante och drack vatten vid stupet. Och Eva som stod emellan dem och hällde vatten över huvudet på honom. Vatten som blev till ett skyfall som smattrande for mot marken. Smattrandet fortsatte och fortsatte. Sakta vaknade hon upp till ett kraftigt regnfall som slog mot rutorna.

* * * * *

När väckarklockan ringde kände hon sig allt annat än utsövd. Hon masade sig ur sängen till den regnigaste oktoberdag hon någonsin hade upplevt. Motivationen att gå till jobbet var lika med noll, men hon visste också att det skulle gå över så fort hon kom dit. Det hon hade behövt var en träningsrunda för att jaga nattens tankar ur kroppen. Hon fick en idé och packade ner ett ombyte i ryggsäcken innan hon drog på sig träningskläderna och ett tunt regnställ. Om hon gav sig av direkt skulle hon kunna springa till jobbet och vara framme och ombytt innan det övriga gänget dök upp. Definitivt bättre att springa på regnvåt asfalt än på leriga stigar.

Hon kom inte först. Christos var där och bara stirrade på hennes uppenbarelse när hon dök upp. Så brast han ut i ett hjärtligt skratt. "Ta mig tusan, du måste vara helt galen. Har du varit ute och sprungit i det här vädret?"

Angela drog ner kapuschongen och tittade ner på vattenpölen som bildades runt hennes fötter. Hon log stort. "Ja, det var härligt må du tro. Du kanske skulle testa det någon gång." Hon kände sig upprymd och avslappnad och började kränga av sig det våta regnstället.

"Nu gillar min bil att få komma ut och lufta på sig lite. Tyvärr har jag ett ansvar där också. Beklagar, men jag måste nog avstå." Han lyckades se riktigt olycklig ut när han hjälplöst slog ut med händerna.

Angela skvätte vatten på honom från regnjackan och skrattade. "Den latmasken har hur många argument som helst. Men nu är det bäst att jag byter om så jag inte skrämmer slag på våra besökare."

Det goda humöret höll i sig hela dagen. Telefonen ringde ideligen, och kunderna avlöste varandra. En helt normal måndag. Det blev en stunds gemensam paus under eftermiddagen då Camilla passade på att fråga om hon hade råkat ut för några fler trakasserier.

"Nej, faktiskt inte. Det räckte visst med att hålla sig borta ett tag."

"Ja hur kul kan det vara att hänga på någon som man hela tiden tappar bort."

"Precis. Från det ena till det andra, Christos fyller fyrtio år snart."

"Oj, det visste jag inte. Då får vi hitta på något. Ska höra med de andra om de har något förslag."

Lättad över att hon lyckats byta samtalsämne ställde Angela in deras kaffemuggar i diskmaskinen medan Camilla skyndade tillbaka in till undersökningsrummet.

Först framåt klockan sex på kvällen var det tomt och tyst i väntrummet. Hon sträckte ut sig i besöksfåtöljen och knappade in telefonnumret till Eva.

Det blev ett långt samtal. Angela tog upp sina tankar som hade malt runt under natten, men när hon frågade om man inte skulle ge igen med samma mynt stötte hon på motstånd.

"Jag tänker att om en man till exempel bränner sin kvinna med ett strykjärn, då skulle man göra exakt det med honom. Borde han då inte hejda sig nästa gång om han riskerade att själv få utstå samma smärta som han tillfogar?" argumenterade hon.

"Den metoden har redan prövats en gång", berättade Eva. "Den resulterade i en stor demonstration där mängder av människor, både män och kvinnor, gav sitt stöd till de som vågade hämnas. Men de mötte på ett våldsamt motstånd och det blev en massa bråk. Med en massa näthat som följd och nya förföljelser. Så nej, det var ingen bra idé, det skapade bara mera våld."

Angela berättade om Sandra och Eva suckade. "Ett klassiskt fall."

"Vad kan man göra i en sån här situation?"

"Jag skulle först ta reda på mer om den där mannen, han har säkert en svag sida någonstans. Kanske det går att hota honom anonymt där han får veta vad som händer honom om han inte släpper sin fru. Eller börja skicka grejer till hans firma som han inte har beställt. Kort sagt, göra livet surt för honom om han inte ändrar sitt beteende."

"Brukar det hjälpa?"

"Ibland, ibland inte."

"Kan det även göra saken värre?"

"Ja, tyvärr, det händer också. Men ibland är situationen så hopplös att kvinnan inte har något att förlora på att vi försöker."

"Fast det har hon när barnen som bor hos sin pappa är hotade också."

Evas röst som hittills varit saklig fick nu en ny ton.

"Vilket jävla svin. Han har definitivt förverkat sin rätt att leva. Ett omänskligt monster."

Det blev tyst en stund efter Evas utbrott, men Angela kunde inte annat än att hålla med.

"Angela, om du tar reda på alla fakta om Sandras man så kan jag ta upp det i gruppen."

Innan hon lämnade kliniken skickade hon ett sms till Liselott. "Be Maria ge oss alla uppgifter om Sandras man. Vi ska undersöka möjligheterna att hjälpa henne."

Klockan var närmare åtta på kvällen innan Angela kunde sätta sig med laptopen i knät och en kopp varmt te framför sig. Hon hade fortfarande inte tagit kontakt med någon mäklare, men tänkte kolla på utbudet av bostadsrätter. Priserna hade gått upp. Ville hon bo kvar i innerstaden krävdes det en rejäl insats.

Mobilen började spela en melodi som hon inte hört på länge. Den var inställd på föräldrarnas telefonnummer. Det hände i princip aldrig att de ringde, det var hon som kontaktade dem.

"Hej Angela, stör jag?"

"Hej mamma. Nej då, jag sitter här och googlar lite på datorn bara. Är allt som det ska med er?"

"Nja, det är lite problematiskt."

Angela sträckte på sig och lyssnade. Det måste vara något allvarligt om hennes mamma ringde om ett problem. "Har det hänt något?"

"Det är din pappa. Du vet att han är lite glad i mat."

"Joo..." svarade Angela lite tvekande.

"Och nu finns det tecken på att han har åkt på någon typ av diabetes."

"Är han sjuk?"

"Nej, än och då verkar det hanterbart. Men..."

"Men...?"

"Jo det är det här med synen. Han ser inte så bra längre. Det är därför jag ringer."

Naturligtvis, tänkte Angela, du skulle aldrig ringa bara för att prata förtroligt med mig. "Jaha", svarade hon kort.

"Tror du att du kan ordna en tid åt honom på din klinik?"

"Ja, men självklart kan jag det. Jag ringer imorgon och bokar in honom."

"Bra. Och allt är bara bra med dig?"

Hon ville svara att ja, förutom att jag har tagit livet av min stalker, skulle gärna ta livet av en till och är olyckligt kär i en gift man.

"Jadå, allt är bra med mig."

"Bra, då ringer du imorgon då."

Efter samtalet satt hon länge och tittade ut genom fönstret. Mamma. Det var underligt att hon tänkte på henne som mamma. Yvonne Fredin. Det sista hon ville – eller kunde – vara var just mamma. Vad var det som hade format henne till att bli en person så styrd av saklighet i allt hon sa och gjorde? Det slog henne att hon inte visste något om sin mammas uppväxt. Hon hade frågat en gång, men fått till svar att den var som de flesta andras och inte så mycket att prata om. Typiskt. Hon skulle aldrig få svar. Aldrig få veta. Om hon inte fick en stroke kanske och allt hon bar på började flöda ur henne. Angela tittade på sin dataskärm igen och rös. Det var nog lika bra att inget veta. Hon fortsatte att googla på allt och inget tills ögonlocken kändes tunga och det var dags att gå till sängs.

* * * * *

Angela vaknade till en regnfri torsdag. Liselott hade besvarat hennes sms och bett henne komma på middag efter jobbet. Hon hade återupptagit sin styrketräning på gymmet, men det skulle inte hinnas med i dag. Lika bra att fortsätta utnyttja tiden på morgonen för en joggingtur till jobbet. Idag slapp hon i alla fall regnstället. Hon hade ordnat en återbudstid för undersökning till sin pappa, och han hade tacksamt tagit emot den. "Det är ingen fara med mig, men om det går att fixa till synen skulle mycket vara vunnet", hade han frankt konstaterat och tillagt: "Om det inte går vill jag gärna att du funderar på om du kan börja jobba med mamma och mig igen. Då behöver vi ett par ögon till framför datorn. Kunderna kan jag fortfarande ta hand om." Det lät mer som en order än ett erbjudande.

En kvart före överenskommen tid hördes en bestämd ringning på dörren. Hon reste sig för att öppna.

"Hej pappa, välkommen hit."

"Tack, tack. Jaså, det är här du tillbringar dina dagar." Lars Fredin steg in och såg sig om. "Ja här var det riktigt fint. Och här är din plats förstår jag." Han gjorde en gest mot hennes skrivbord.

"Jajamen. Du kan hänga rocken där", hon pekade mot tamburmajoren som stod i hörnet, "så sätter vi oss här borta i soffan."

De slog sig ner och pratade en stund om vilka typer av ögonoperationer som kunde utföras. Det var tydligt att Fredin inte ville diskutera orsakerna till sina problem. Samtalet berörde enbart praktiska detaljer. Angela envisades inte. Förtroliga samtal ingick inte i deras relation. Hon skulle inte heller vara med under undersökningen.

"Lars Fredin förmodar jag?" Christos kom ut i väntrummet. "Välkommen", sa han och sträckte fram handen, "så trevligt att få träffa Angelas pappa. Även om omständigheterna kunde ha varit bättre."

Fredin reste sig lite stelt och hälsade. "Ja, kanske det, men jag hoppas att jag kan få hjälp med mina problem här."

"Vi får undersöka och se vad vi kan göra. Varsågod, den här vägen."

De lämnade Angela och gick vidare bort till undersökningsrummet. Hon suckade när hon studerade sin pappas gång. Det måste vara minst fyrtio kilos övervikt, tänkte hon. Det kunde gå an om han bara motionerade lite också. Skrivbordsjobb, god mat och en konjak i soffan kunde ingen hålla sig frisk på. Men jag gör mina val, och de gör sina. Varför skulle jag bry mig, tänkte hon.

* * * * *

Det var gott om tid innan hon skulle träffa Liselott vid tunnelbanan vid Farsta Strand. Hon passade på att gå till systemet och köpa ett par flaskor vin att ta med. De kunde behöva ett glas ikväll. Hon kände sig stridslysten. Så mycket skit det fanns överallt. Det hon själv varit utsatt för var bara som en smekning i jämförelse med Marias historia. Fy fan. Hon började armbåga sig fram till tunnelbaneingången bland gyttret av människor. Vad bryr sig alla dessa om vad som händer mitt ibland oss, tänkte hon. I rulltrappan ner knuffades hon irriterat med de som stod stilla på vänster sida i trappan. Jäkla lantisar, att det ska vara så svårt att stå till höger när ni är för feta och lata att gå lite.

Hon lugnade ner sig när hon satte sig på tåget. Ingenting av hennes frustration märktes när Liselott mötte upp på perrongen.

"Vilken trevlig påse du bär på", utbrast Liselott. "Är den till ikväll?"

"Absolut. Ska vi köpa med något att äta också?"

"Maria har lovat att fixa, så det är lugnt."

Maria vinkade åt dem från fönstret på första våningen när de kom. Angela visste att Liselott gärna ville flytta närmare stan, men att hon inte hade råd. Möjligheterna kanske blev större nu när de var två.

Maria hade gjort en vegetarisk sallad med grillad haloumi. De dukade upp mat och vin på matbordet i vardagsrummet. Hon verkade nervös och spänd. Angela fyllde på deras glas och hoppades att det skulle få henne att slappna av.

"Har du skrivit ner alla uppgifter om Sandras man", frågade Angela.

Maria skakade på huvudet. "Jag törs inte. Jag vågar inte lämna ut honom ifall fel personer får tag i det. Tänk om han får veta? Då är det kört."

Angela kunde förstå henne, men gjorde ändå ett försök att övertala. För om det ändå var kört hade de inget att förlora.

"Du glömmer barnen", sa Maria tyst. "Sandra säger att hon får skylla sig själv, men hon offrar inte barnen."

På det fanns inget svar. De drack tysta av sitt vin. Salladen stod orörd på bordet.

Liselott harklade sig lätt. "Maria och jag har pratat om att försöka göra något själva utan att blanda in andra."

Angela ställde förvånat ner sitt glas på bordet. "Hur menar du då?"

"Om okända personer skulle kunna se till att han råkade ut för en olycka, då kan väl vi också göra det. Ju färre inblandade desto bättre."

Hon förstod inte. Ville inte förstå. Liselott såg hennes min och fortsatte nästan vädjande.

"Angie, vi måste göra något. Nu. Det är faktiskt en fråga om att rädda en människa."

Angela stirrade på henne. "Hur menar du? Vad ska ni göra?"

"Vi ska se till att han råkar ut för en bilolycka."

Angela vände sig till Maria. "Skulle du klara att köra över en människa med flit?"

Maria rodnade. "Jag har inget körkort."

Angela förstod. Liselott skulle säkert göra vad som helst för Maria. "Jag antar att ni har en plan."

Liselott såg med ens bestämd ut. "Ja, faktiskt, men eftersom vi litar på dig vill vi gärna diskutera den lite och höra vad du tycker." Hon tog tag i salladsskålen och räckte den till Angela. "Ät nu så ska jag förklara."

Planen verkade enkel. Sandras man tog en joggingtur tidigt varje lördagsmorgon i ett elljusspår vid Oxbergsbacken. Spåret korsade en väg där de skulle stå och vänta med bilen. Han skulle inte hinna undan.

"Var ska ni få bilen ifrån?" frågade Angela.

"Vi får hyra en", svarade Liselott.

"Jaha, och när den bilen blir inblandad i en olycka, hur ska ni förklara det?"

"Blir det märken på bilen får vi hitta på något."

Angela skakade på huvudet. "Ni är inte kloka. Ni riskerar för mycket."

"Har du något bättre förslag? Ska vi bara se på när Sandra går under? Och efter henne börjar han säkert om med någon annan." Kanske hörde Liselott själv hur irriterad hon lät, för i detsamma sköt hon ut stolen och reste sig för att duka av. Angela gick till badrummet, mest för att få vara ensam en stund. Hon tänkte på Svante. Det fanns ingen ånger, inget dåligt samvete längre.

Hon tvättade händerna och såg de två tandborstmuggarna bredvid varandra på hyllan, märkta med Lotta och Maria. Maria kanske hade flyttat in direkt efter att Angela reste. Fina Liselott som sagt att hon kunde stanna så länge hon behövde, när hon bara väntat på att Maria kunde flytta in.

Hon skulle hjälpa dem.

De slog sig ner i hörnsoffan. Den andra flaskan som Angela köpt stod oöppnad på bordet. "Vi kanske ska prata om något annat nu," sa Liselott och drog av pappret på en mörk chokladkaka. Hon bröt den i bitar och la på ett fat.

Angela gjorde en avvärjande gest med handen när Liselott sköt fatet mot henne.

"Hur ska ni veta när han kommer springande över vägen? Eller tänk om ni tar fel på person?"

"Vill du verkligen prata mer om det här?" frågade Liselott.

Det ville hon. Hon förklarade att hon ville ställa upp för dem om det fanns något hon kunde göra.

"Vi tänkte att vi på något vis kunde spana på honom när han började springa och sen räkna ut när han borde korsa vägen. Jag ska själv ta en joggingtur där för att se hur det ser ut. Maria bör inte visa sig där ifall han skulle råka dyka upp då."

"Okej." En ofarlig början, tänkte Angela. "Jag följer med dig."

Maria som suttit tyst en lång stund och bara följt deras samtal med blicken ändrade ansiktsuttryck. Från att ha sett ut som om hon skulle börja gråta när som helst fanns nu en antydan till ett leende. Hon la huvudet lite på sned och tog Liselotts hand. "Jag önskar att jag kunde berätta för Sandra om er. Ni är fantastiska. Menar ni verkligen att ni vill hjälpa oss?"

Liselott sträckte på sig. "Vi kan i alla fall göra ett försök."

Angela satt som en skräddare på en av kuddarna på golvet med en skål fylld med yoghurt och blandade flingor och nötter. Det var lördag och hon hade tillbringat förmiddagen på gym. Känslorna när hon tränade var ambivalenta. Å ena sidan kände hon sig befriad, men samtidigt kretsade tankarna kring den senaste tidens händelser. När en kille på löpbandet bredvid hade tilltalat henne hade hon känt en kår av obehag utefter ryggraden. Han luktade svett. Hon mindes inte om hon hade svarat honom.

Hon såg sig om i rummet. Det här hade varit hennes oas, men det började mer och mer kännas som ett fängelse. Det var ensamheten som börjat plåga henne. Hon kunde inte bestämma sig för vad som var bäst. Anmäla sig till en dejtingsida och hitta någon att dela sitt liv med. Eller bara låta tiden gå och se vad den kunde bära med sig. Rensa stan på kvinnomisshandlare...

Hon måste hitta något annat att koncentrera tankarna på. Ett tag hade hon tänkt att hon aldrig kunde återvända till Gran Canaria igen, men Spanien var stort. Det fanns mycket kvar att utforska. Under de år hon jobbat på Karolinska hade hon tillbringat i stort sett varje semester där. Ibland ensam och ibland tillsammans med någon arbetskamrat. Tillsammans med Amanda hade hon också varit i Portugal och gått en bit av deras Pilgrimsled. Hon hade lovat sig själv att någon gång gå den spanska pilgrimsleden från Frankrike och till Santiago de Compostella. Hon kunde dela in sträckan i etapper.

I Portugal hade de klarat sig bra på engelska, men hur var det i norra Spanien? Det kunde inte skada om hon skaffade sig lite spanska kunskaper också.

Hon startade upp laptopen och googlade runt. Där fanns en hel del reseberättelser om Pilgrimsleden. Om hon tog semester under försommaren skulle hon på fyra veckor kunna ta sig en bra bit från gränsen vid de franska Pyrenéerna och vidare längs leden på den spanska sidan. Det fanns alltid möjligheter att slå följe med andra en del sträckor om man hade lust. Hon googlade vidare på kvällskurser i spanska och upptäckte att utbudet var stort.

Mobilens plingande väckte henne ur hennes tankar. Det var Eva.

"Men hej Eva, vad roligt att du ringer."

Eva skrattade. "Kul att prata med dig också. Hur har du det?"

"Jo tack, jag sitter här i soffan och planerar nästa års semester."

"Oj då, det var förutseende. Men du, har du tänkt på det där jag sa om att ge någon utsatt tjej ditt stöd?"

"Absolut, det gör jag gärna."

"Det har uppstått ett akut behov. En av mina kontaktpersoner har stämt träff med en tjej i dag. Det är bara det att hon har blivit sjuk. Så då tänkte jag att du kanske kunde ställa upp i stället?"

Angela rätade ut benen och reste sig. Hjärtat började klappa fortare.

"Vad är det hon behöver hjälp med?"

"En stalker. Tänkte att du är rätt person för henne att prata med."

"Fast du menar väl inte att jag ska göra något konkret om du förstår vad jag menar", kommenterade Angela med tvekan i rösten.

"Oh, nej då, bara lyssna och ta reda på vad det handlar om."

"Hur får jag kontakt med henne?"

Hon ska vara på Wayne's Coffee på Drottninggatan klockan tre. Hon är klädd i en lila täckjacka och heter Veronica. Det är allt jag vet."

Angelas händer darrade lätt när de avslutade samtalet. Hon tittade ut genom fönstret och tänkte på känslan hon haft när hon förstod att någon kunde stå där ute och hålla utkik efter henne. Kanske den här Veronica också stod vid sitt fönster nu och drog för sina gardiner.

Angela fick syn på henne så fort hon steg in genom dörren till caféet. En ganska rundhänt tjej i tjugoårsåldern satt ensam vid ett litet bord med en klarlila täckjacka i knät. Hon satt vänd mot dörren för att se alla som passerade och släppte inte Angela med blicken när hon kom. Caféet som låg i anslutning till Lagerhaus prylbutik hade inte många sittplatser, men var trots det bara halvfullt. Med ett par steg var Angela framme vid hennes bord. "Veronica?"

Tjejen reste på sig och log blygt. "Ja, det är jag. Är det du som är Gabriella?" Hon räckte fram handen. Angela skakade på huvudet och förklarade att Gabriella var sjuk. "Har du beställt något?"

"Inte än," svarade Veronica. "Vad vill du ha? Jag bjuder."

"Tack. Gärna en cappuccino." Hon hängde sin jacka över stolsryggen och slog sig ner. Hon studerade Veronica när hon gick fram till disken för att beställa. Hon stack ut med sitt korta blonda småkrusiga hår. Det kanske var permanentat. Om det nu fanns någon som gjorde det nu för tiden.

Veronica såg spänd ut när hon återvände med en bricka med två muggar. Angela log mot henne.

"Mmm, vad gott. Det är lite ruggigt ute, så det här passar bra."

"Ja, verkligen. Efter en varm sommar så…"

Angela hörde nervositeten i hennes röst. Det fick henne konstigt nog att själv slappna av. "Jobbar du här i Stockholm?"

"Ja, jag har en halvtidstjänst på Lindex som fylls ut med timmar när de behöver extra personal. Den här månaden är det fullt upp."

"Kan tänka mig det. Är det ett bra jobb?"

Veronica tittade ner på sin orörda mugg. "Förut var det så, men nu..." Hon harklade sig lätt. "Nu är jag förföljd och kan inte slappna av en minut. Jag tittar mig omkring hela tiden i affären. Han dyker upp överallt och jag kan inget göra. Bara stå där och låtsas glad inför kunderna." Orden rann ur henne och tårarna trängde fram. Angela visste hur det var. Man håller igen hela tiden. Först när man sätter ord på vad man känner kommer också känslorna upp till ytan.

"Jag förstår. Du måste absolut få hjälp att bli av med den där slusken."

Veronica drog ett djupt andetag och tittade tyst på Angela en stund. "Vad kommer det sig att du ville ställa upp och komma och lyssna på mig? Jag trodde inte att det fanns människor som brydde sig i den här stan."

"Jag har själv varit utsatt och fick någon som lyssnade. Det gav mig kraft. Nu vill jag dela med mig av den."

"Om du visste vad glad jag är för det. Jag har hållit tyst så länge och är så rädd."

"Har du någon familj här?"

"Nej, jag är ensam."

Medan de långsamt drack sina cappuccinos berättade Veronica sin historia. Hon kom från Falun och hade fått överta en gammal lägenhet efter sin fasters bortgång. Eftersom hon redan var anställd på Lindex hade det inte varit svårt att få samma jobb i Stockholm. Men det var ensamt. Hon hade inte hunnit få några närmare vänner de sex månader hon varit här.

"Det är bara två månader sen som han dök upp första gången, men det känns som en evighet. Jag har ingen aning om vad jag ska göra."

"Vad händer? Vad gör han för något?"

"Han trakasserar mig. Ett par gånger har han satt upp foton på mig i mitt bostadsområde med mitt namn och adress där han skriver om vilka tjänster jag utför... Ja, du förstår vad jag menar. Jag har ärvt en jättefin lägenhet, men funderar på att sälja. Det känns som om alla tittar snett på mig."

En snabb tanke for genom Angelas huvud. En lägenhet till salu? Hon skämdes och släppte genast tanken.

"Man undrar vad det är som driver folk att hitta på något så urbota dumt. Har han tagit kontakt med dig?"

"Inte direkt. Eller ja… Han finns nästan varje dag i min närhet och råkar liksom stöta till mig. På mina intima ställen. Då ber han alltid om ursäkt med ett stort flin i ansiktet. Det har gått så långt att jag knappt går ut längre när jag inte ska jobba."

Angela ryste. "Hur är det på jobbet då?"

"Kvällarna är värst. Får han chansen så låtsas han alltid vilja ha några råd om underkläder han ska köpa till sin fästmö. Han har också gnidit sig mellan benen medan han har hållt upp fina trosor framför mitt ansikte."

Veronica gjorde en paus medan hon försökte hindra tårarna från att börja rinna igen. Hon drack av den nu kalla cappuccinon.

"Har du pratat med de andra på jobbet om det här?"

"Jag nämnde det för min chef vid ett tillfälle. Hon trodde inte det var så farligt. När jag pekade ut honom sa hon att hon kände igen honom eftersom han handlar där ibland. Hon sa att jag säkert hade missuppfattat alltihop. Det hon inte har sett är att han lämnar tillbaka det han har köpt igen."

"Brydde hon sig inte alls?"

"Jag kanske var för otydlig. Ibland blir jag osäker, det är en mycket tuffare jargong här än hemma."

"Veronica, lyssna på mig nu. Jag känner mig som en genuin stadsbo, men jag lovar att när man blir trakasserad på det där sättet är det lätt att förlora hela sin tro på sig själv. Låt det inte bli så. På något vis måste vi sätta dit det där äcklet."

Veronica såg förtvivlat på henne. "Men hur gör man? Kan jag få hjälp på något sätt?"

"Jag ska höra mig för. Jag blev av med min stalker, så nu hjälper jag gärna andra."

"Hur gick det till?"

Angela tänkte inte i sin iver på att den frågan naturligtvis måste komma. Hon blev tyst en stund innan hon svarade.

"Han blev bortskrämd, men detaljerna kan vi lämna därhän. Kan vi på något sätt titta på vilka tider som du är på jobbet? Jag jobbar dagtid, men jag kan komma förbi när du jobbar kväll."

De kom överens om att Angela skulle komma till Lindex redan på måndagskvällen efter jobbet. Veronica jobbade till nio varje kväll den kommande veckan. De lämnade caféet och Veronica såg sig om när de kom ut.

"Ser du honom?" Angela följde Veronicas oroliga blick runtomkring.

"Nej, han har nog inte följt efter mig hit. Jag såg honom inte när jag kom heller."

"Vill du att jag ska följa dig hem?"

Veronica försäkrade att det inte behövdes. Hon sa att det var längesen hon hade känt sig så glad som nu. "Bara detta att kunna prata med någon som förstår. Det känns som om knuten i magen har löst upp sig."

Angela kramade om henne. "Då ses vi imorgon. Var rädd om dig så länge."

Stackars tjej. Ensam inflyttad med förväntningar på storstadslivet. En ärvd lägenhet mitt i stan, hur många fick den chansen? Vilken otur att hon skulle råka på den där killen. Eller var det ingen slump? Var det någon som ville skrämma bort henne från lägenheten? Det skulle bli intressant att se vilken hjälp hon kunde få.

Hon stannade på bron över till Gamla stan och tittade ut över det öppna vattnet medan hon plockade fram sin mobil. Tre missade samtal, samtliga från Liselott. Tänk om det hade hänt Marias vän Sandra något. Oroligt tryckte hon på återuppringningen. Signal efter signal gick fram. Inget svar.

Hon letade upp Evas telefonnummer. Hon svarade efter första signalen.

"Hej Eva. Jag kommer just från en fikastund med Veronica."

"Hur var det med henne?"

Angela gav en kortfattad beskrivning av vad som hänt. Hon såg framför sig hur Eva nickade bekräftande med huvudet. "Jaså, en sån där typ. En sån som blir upphetsad av att fantisera om en speciell tjej, särskilt om hon ser rädd ut. Då känner han sin makt och njuter av vad han åstadkommer."

"Kommer han att bli farlig?"

"Antagligen inte. I alla fall inte så länge han lyckas få henne rädd med enkla metoder. Det är hennes rädsla som triggar honom. Men om hon skulle visa honom förakt och nonchalera honom kan han ta till tuffare metoder."

"Usch, det låter inte bra. Hur får man stopp på honom?"

"Vi skrämmer skiten ur honom. Det är antagligen ganska lätt. Det fixar vi. Det du kan göra är att försöka fota honom i smyg med mobilen. Har du möjlighet att följa efter honom så du ser var han bor skulle det underlätta. Du får ett kontaktnummer av mig dit du kan skicka uppgifterna."

Angela kunde inte hjälpa det, men en våg av spänning drog genom henne. Nu var det hon som skulle bli den som förföljde. Hon kände att hon såg fram mot det.

* * * * *

Söndagen bjöd på några timmars soligt väder. Det här skulle ha kunnat vara en spännande dag med nya okända joggingspår. De sprang med lätta steg under tystnad förbi Lill-Jansskogen och upp mot Oxbergsbacken. Spåret de följde var kantad med gatlyktor. Lätt andfådda gjorde de ett stopp vid några stora stenar och slog sig ner.

Liselott pekade upp mot skogen.

"Här ovanför oss ska joggingspåret gå förbi en kulle innan det viker av ner mot vägen. Sen följer man den en bit innan spåret fortsätter in mot Lappkärrsberget." Hon hade memorerat Marias beskrivning av vägen.

"Är det där ni har tänkt er att vänta med bilen?"

"Nja, vi har diskuterat det igen", svarade Liselott. "Jag ska vara själv i bilen."

Angela tittade förskräckt på henne. "Är du galen! Skulle du klara det?"

"Jag måste. Maria gömmer sig ovanför kullen och meddelar mig när hon ser honom. Kom så kollar vi hur det ser ut."

De valde att gå i stället för att springa. Båda kände sig nu spända och lite stela och tittade sig försiktigt omkring. Inte en människa syntes till. De tog sig uppför kullen och tittade ner mot det upplysta spåret. Perfekt utsikt ända bort mot vägen samtidigt som man själv kunde hålla sig dold bakom några risiga buskar.

Angela studerade omgivningarna en stund under tystnad. Hon började tvivla på planen.

"Lotta, ta en diskussion med Maria igen och fundera på om jag ändå inte ska ta upp det här problemet med Eva. De har erfarenhet och vet bäst hur man ska göra."

"Jag kan göra ett försök till, men jag tror inte att det går." Liselotts röst avslöjade att hon redan hade resignerat.

"Nu tar vi och springer av oss lite energi", sa Angela för att lätta på spänningen, "sisten nerför kullen är en sköldpadda."

De sprang nervöst skrattande nerför kullen och stannade där.

"Nu kollar vi hur lång tid det tar för oss att nå vägen härifrån", bestämde Liselott. De satte fart igen.

Det tog dem nästan exakt en minut att nå vägen. Sedan följde de den i ytterligare två minuter innan spåret ledde in i skogen på motsatta sidan.

"Okej, det är väl allt vi kan göra idag. Nu går vi till stans bästa fortskaffningsmedel." Liselott puffade Angela retsamt på armen. "Eller hur?"

"Tror jag ska flytta till Göteborg så jag får åka spårvagn. Dom går ovan jord. Visste du det?" muttrade Angela och låtsades bli sur. "Fast, okej då, tunnelbana är bra. Ibland."

Det var gott om sittplatser. Angela lutade huvudet mot fönstret en stund och slöt ögonen. Hon tänkte på Veronica. Tänkte på hur hon själv skulle reagera om hon stod i trängsel och blev tafsad på. Då skulle hon inte ha någon båtshake till hands. Man kunde kanske ha något annat i fickorna för säkerhets skull. Något mindre.

"Hallå där, sover du?" Liselott ruskade henne lätt på armen.

"Va... Nej då, satt i tankar bara."

"Dags att byta tunnelbana för dig. Jag hör av mig när jag har pratat med Maria."

Angela steg av tåget och mot sin vana bytte hon till nästa linje mot Slussen i stället för att gå hela vägen. Nu när jag ändå är här kan jag vara lite lat, tänkte hon. Nu ville hon bara hem och kolla upp vilken kurs i spanska hon skulle anmäla sig till.

* * * * *

Liselott ringde precis när Angela hade hängt av sig ytterkläderna. Hon hade anmält sig till en kvällskurs i spanska direkt när hon kom hem, men efter det bara rastlöst plockat runt i lägenheten utan att riktigt kunna koncentrera sig på något. Hon hade tagit en promenad och fönstershoppat. Nu ställde hon ner pizzakartongen hon köpt med sig och satte sig till rätta på barstolen medan hon svarade. Liselotts röst hade en tydlig desperat ton.

"Har du möjlighet att komma hit och diskutera vidare angående vårt problem nu ikväll?"

Angela drog på det. "Har det hänt något mer?"

"Inte direkt. Men Maria har varit här hela eftermiddagen, och är alldeles otröstlig. Hon säger att hon måste göra något nu. Hon kan inte vänta på att få hjälp längre. Jag tänkte att hon skulle bli lugnare om vi satt ner alla tre och pratade vidare."

"Nja, är det en så bra idé egentligen? Det har varit en tuff helg. I ärlighetens namn tror jag att det är bättre om du och jag går igenom det här själva. Kan hon gå med på att jag går vidare med det här till andra som har mer erfarenhet?"

"Jag tror inte det. Men du har rätt, det är mycket upprörda känslor här. Det kanske behöver lugna ner sig lite först."

"Vad sägs om en fika på tisdag efter jobbet?"

De kom överens om att träffas på ett café i närheten av Liselotts arbetsplats. Lättad över att slippa ge sig ut igen öppnade hon sin laptop för att se en film medan hon frossade på sin pizza.

Tankarna vandrade runt medan de välkända filmfrekvenserna rullade fram i rutan. För mindre än tre månader sen hade hon isolerat sig. Nu träffade hon folk jämt. Hon hade faktiskt tagit livet av en människa. Hon kunde tänka sig att göra om det. Julia Roberts planerade sin flykt från sin plågoande till man på teven. Vissa män behövde verkligen utrotas. Inte ens Julia Roberts lyckades med att enbart fly.

Hon såg fram emot att spionera på den där typen som trakasserade stackars Veronica. Det skulle bli spännande. Hon hoppades att hon skulle få se honom redan imorgon. Tankarna på Maria och Liselott försökte hon trycka tillbaka. Hon minskade filmrutan till ett hörn av skärmen medan hon fortsatte att googla på vandringsresor i Spanien.

* * * * *

Angela kände sig som om hon var med i en spionfilm där hon stod och bläddrade bland galgarna med tjocka vinterjackor medan musiken strömmade ut ur högtalarna.

Hon hade tagit fram en jacka och visat för Veronica för att låtsas att hon var en vanlig kund. Veronica skulle hålla ögonen öppna och ge ett tecken om hennes förföljare dök upp.

Efter en halvtimma började det kännas konstigt att gå runt och titta på en massa kläder hon inte var intresserad av, så hon tog med sig ett plagg bort till den långa kön till provrummen. De var placerade i närheten av underkläderna. Lätt att hålla koll på udda män härifrån, tänkte hon.

Veronica kom emot henne med snabba steg för att som det såg ut hämta några plagg på galgen utanför provhytterna. Hon svepte tätt förbi Angela. "Glasögon och svart jacka", meddelade hon snabbt.

Angela lämnade kön och gick runt och hängde tillbaka blusen hon burit på medan hon tittade efter en man som stämde in på beskrivningen. Det fanns bara en i butiken. Han hade dessutom en svart jacka. Lite överviktig med stripigt ovårdat hår och en slappt hängande mun. Angela ryste medan hon plockade fram mobilen. Hon betraktade i smyg hur han rörde sig runt bland klädstängerna och sakta närmade sig Veronica som stod och sorterade nyinkomna plagg som låg i ett par högar på en bänk. Hon hade ryggen mot kunderna och såg därför inte när han närmade sig henne bakifrån. Angela knäppte diskret med mobilen och hoppades att hon siktade rätt mot ansiktet på honom. Hon vågade inte hålla upp den och titta på displayen samtidigt. Till sin vämjelse såg hon hur han låtsades snubbla lite och tryckte till sin kropp mot Veronicas medan han tog stöd med sin ena hand mot hennes stjärt. "Oj, ursäkta", sa han snabbt med ett flin och skyndade därifrån innan Veronica som förskräckt vänt sig om hade fått fram ett ljud.

Fy fan, tänkte Angela, vad äckligt. Veronica sökte hennes blick och hon nickade som en bekräftelse på att hon hade sett och förstått. Ingen annan runt omkring verkade ha lagt märke till incidenten.

Mannen var tydligen nöjd med sitt upptåg och lämnade butiken. Kanske skulle han hem och fortsätta sina fantasier nu när han hade hetsat upp sig lite, tänkte hon föraktfullt. Antagligen hade hon rätt, för han gick raka vägen till tunnelbanan. Det var lätt att osedd följa honom på nära håll i trängseln på trottoaren. Hela vägen in i tunnelbanevagnen kunde hon hålla sig på bara ett par meters avstånd utan att det verkade misstänkt. Hon hoppades bara att han inte skulle bo alltför långt bort.

Det tog tjugo minuter i den skakiga vagnen innan han steg av vid Hässelby strand. Tillräckligt många steg av för att Angela obemärkt kunde fortsätta sitt förföljande, men nu med ett lite längre avstånd. De kom in i ett slitet bostadsområde och Angela saktade försiktigt in på stegen, men hann se vilken port han gick in igenom. Han använde en kod så hon antog att han bodde där. För vänner kunde nog inte en sån där typ ha, tänkte hon.

Väl hemma igen satte hon sig och tittade på bilderna hon tagit. Två av dem visade tydligt hans ansikte trots att det inte var taget i rätt höjd. Hon hade också lyckats få en bild just där han stod tätt intill Veronica. De här bilderna var användbara. Hon skickade bilder och adress med en kort beskrivning av vad mannen sysslade med till kontaktnumret hon fått. Det tog bara tio minuter innan hon fick ett svar. "Det här fixar vi", var det kortfattade meddelandet. Hon kände hur det fladdrade till i maggropen medan hon fantiserade om vad som skulle hända härnäst.

* * * * *

De kom samtidigt till caféet. Liselott hopkurad i sin tjocka kappa med händerna djupt nedkörda i fickorna. Angela hade träningsväskan över axeln och jackan var uppknäppt i halsen.

Hon var fortfarande varm efter sitt träningspass. Efter en mardrömsfri natt hade hon känt sig piggare än på länge och full av energi hade hon kört hårt på gymmet. Det fanns gott om tid innan Liselott slutade sitt arbetspass.

"Hallå där, gillar du inte kylan", skojade hon när hon mötte Liselotts frusna min.

"Usch nej, inte mitt favoritväder precis. Det är inte ens november än och svinkallt. En varm kopp choklad med vispgrädde kommer att sitta fint nu."

De gick in och gjorde sin beställning vid disken innan de slog sig ner vid ett ledigt bord. Den här tiden var det inte fullsatt på något café, de flesta föredrog säkert en middag på kvällen. Det gjorde det hela enklare att sitta och prata ostört.

Liselott hade tydliga påsar under ögonen. Håret såg matt och glanslöst ut. "Hur mår du egentligen Lotta?"

"Det är inget större fel på mig, men jag är orolig för Maria. Hon har backat och säger att hon inte kan kräva av oss att vi ska engagera oss i hennes problem. Jag är rädd att hon gör något dumt på egen hand. Hon har antytt att det är bättre om hon åker dit för något än att några barn förlorar sin mamma."

"Det är vansinnigt. Hon ska väl inte offra sitt eget liv heller."

"Det är inte bara det. Hon tycker det är för mycket begärt att jag ska köra bilen. Hon förstod nog att jag tvekade när jag försökte övertala henne att blanda in dina kontakter. Nu tycker hon att vi inte ska ses förrän allt är över så jag inte riskerar att bli indragen. Det gör så ont. Jag vill inte förlora henne."

"Det är klart att du inte ska." Angela strök sin vän över armen. "Är du fortfarande beredd att fullfölja eran plan?"

"Ja, jag vill visa att jag ställer upp på henne."

"Då fixar vi det här. På något sätt."

Liselott såg frågande på henne. "Vi?"

"Vi." Hon gjorde en paus innan hon berättade om de senaste dagarnas händelser.

"När jag såg flinet på äcklet som tafsade på Veronica önskar jag att jag hade stått närmare och gett honom en spark i skrevet." Hon tänkte på hatet hon känt. Det var precis i det ögonblicket hon kom till insikt om att hon skulle hjälpa Liselott och Maria. Att det de gjorde var rätt. Det borde ha skett för längesen.

"Så jag har bestämt mig, vi kan inte vara passiva. Vi ska slåss. Tillsammans. Jag följer med dig."

Liselott svarade inte. Hon rörde runt i chokladen med mekaniska rörelser. Angela såg hur hon svalde ett antal gånger och avvaktade. Hon såg sig om i cafeterian. Den var inredd i en allmogestil med rödrutiga dukar på borden. Det fanns till och med takbjälkar som var dekorerade med konstgjorda växter. Det här var hennes favoritcafé under julveckorna. Hon såg fram mot den tiden.

"Är du säker?" Liselott bröt tystnaden.

"Absolut. Jag sitter och tänker på att vi inte ens behöver hyra en bil. Jag lånar mammas. Hon har en liten Golf som mest står oanvänd." Hon funderade en stund. Det vore kanske inte så smart om bilen sedan spårades tillbaka till hennes föräldrar. "Frågan är om vi ska försöka skaffa andra registreringsskyltar."

"Hur då?" Liselott såg förundrad på henne.

"Jag vet inte. Vi får fundera på det." Liselott såg skeptisk ut. Angela fortsatte som om hon bara tänkte högt. "Om jag lånar bilen redan nu till helgen kan vi åka och reka på lördag morgon. Då kan vi kolla om det är någon trafik den tiden och om vi ser fler joggare. Hmm... Det skulle kunna vara en risk. I så fall får vi nog ställa in", kommenterade hon sig själv medan hon tittade ner på bordsduken. Hon verkade plötsligt bli medveten om att Liselott tyst satt och betraktade henne. "Kan vi göra så på lördag?"

"Bra idé. Ja, det gör vi. Usch, jag fattar inte att det här verkligen händer."

"Nää… Trodde aldrig att jag skulle bli inblandad i något sånt här. Fast – jag måste nog erkänna det – det får mig att känna att jag faktiskt gör något bra."

* * * * *

Det kom ett sms tidigt på morgonen. Det var från Eva.
I natt blev en man svårt misshandlad i Hässelby strand. Tidigare på kvällen kunde vittnen avstyra ett övergrepp av samma man. Han gör nog inte om det. Radera detta.

Ett nytt sms.
Veronica behöver ett nytt samtal. Samma plats i kväll kl sju. Kan du ta det och säga att problemet är löst?

Hon svarade ett kort *ok* och raderade meddelandet. Så var det avklarat. Hon steg upp och tog en varm dusch. Det var alltså så de gjorde. Slog killen sönder och samman. Aldrig mer att hon skulle dra förhastade slutsatser när hon läste om att någon oprovocerat hade blivit misshandlad på gatan. Man kunde aldrig veta…

* * * * *

Den här gången hann hon först till Wayne's coffee. Hon stod utanför och väntade medan hon tänkte på samtalet hon nyss haft med Eva. När hon såg Veronica närma sig med snabba steg gick hon henne till mötes. Veronica hälsade henne med en kram. "Gud så skönt att du är här. Måste bara få prata med nån."

"Vet du om att han är borta?" frågade Angela.

Veronica tittade sig om som om hon undrade vad Angela menade. "Vem är borta?"

"Din stalker. Jag lovar."

"Han väntade på mig när jag kom hem i tisdags. Han överföll mig. Det var fruktansvärt." Det var som om hon inte hört budskapet.

"Jag vet. Vill du ha en fika?"

Veronica skakade på huvudet. "Jag måste tillbaka till jobbet. Har bara en stund på mig."

"Då går vi däråt så kan vi prata under tiden." Medan de gick berättade Veronica vad som hänt.

"Det finns en gångväg som går under en väg hemma hos mig. Han väntade där när jag kom från jobbet. Han måste ha sett mig där förut och skyndat före mig." Hon gjorde en paus. "Tror aldrig att jag vågar gå den vägen igen."

Angela la tröstande armen om henne. "Samma man som överföll dig blev nedslagen när han kom hem. Han fick också veta att foton skulle läggas ut på honom på nätet om han så mycket som nuddade vid en tjej igen. Han grät och lovade dyrt och heligt."

Veronica tvärstannade.

"Är det sant?" Innan Angela hann svara fortsatte hon. "Då förstår jag. När han tryckte upp mig mot muren och tog... Ja, du förstår. Det gjorde så himla ont. Men i alla fall, just då kom det två andra killar och ryckte bort honom. Men före det såg det ut som om dom tog upp mobilen och fotade honom. Jag blev ännu räddare, men de sa till mig att det var lugnt och att jag kunde gå hem. Att jag inte skulle vara rädd. Jag bara sprang därifrån så fort jag kunde."

"Om nu någon mer såg vad som hände så kan inte de killar du såg bindas till misshandeln. Han fick sig inte en omgång där och då. Han blev överfallen i närheten av sitt hem. Vi vet inte vilka det var, eller hur?"

"Jag fattar." De började gå igen. "Ärligt talat, för mig fick gärna någon slå ihjäl honom. Jag kunde inte bry mig mindre."

De befann sig utanför Lindex.

"Är du okej nu då?" frågade Angela.

Veronica gav Angela en lång kram och försäkrade att allt var bra, att det skulle bli roligt att jobba igen. Hon bad inte om mobilnumret. Angela var tacksam för det. Hon ville vara anonym.

Hon infann sig tidigt på jobbet på fredagsmorgonen. Peter Björkman hade ringt dagen innan och bjudit in henne till en enkel lunch på sitt kontor.

"Det kanske kan vara intressant att se våra konsulter med näsan i pastasåsen", skämtade han. Hon hade blivit överrumplad och innan hon hann tänka sig för hade hon tackat ja. Det väckte så många känslor inom henne när hon hörde hans röst igen, och en lunch behövde inte betyda något. Hon ångrade sig nästan när klockan började närma sig tolv, men tänkte att det kanske ändå var bra att få något annat att tänka på en stund. Efter jobbet skulle hon hämta bilen hos föräldrarna. Hon kunde behålla den minst en vecka, det var inga problem.

Det kändes konstigt att träffa honom igen. Sist de sågs hade de suttit tätt tillsammans i en taxi. Många gånger efter det hade hon fantiserat om vad som kunde ha hänt. Om han inte bett taxin att vänta medan han följde henne till dörren. Om han hade varit singel. Om inte om hade varit...

Han tog emot henne i receptionen med ett stort leende och tog henne artigt i handen.

"Välkommen, kul att du kunde komma."

"Tack." Hon såg sig om i rummet som förutom receptionsdisken hade utrymme för matbord, soffgrupp och en bardisk mitt i rummet. Panoramafönstren längs den ena långväggen gjorde rummet ljust och trivsamt. "Lite större utrymme än hos oss", konstaterade hon.

Han såg stolt ut när han log och följde hennes blick. "Det gäller att göra allt för att få nördarna att vara lite sociala emellanåt."

Han visade henne till kapprummet och hon hängde av sig sina ytterkläder. Sedan visade han henne runt i lokalerna. Till hennes förvåning var det ganska tomt på folk. Ingen som satt för sig själv med bakåtvänd keps och lurar för öronen, bara några smågrupper som pratade med varandra.

"Det är fredag", förklarade Björkman. "Vi har anammat amerikanarnas "casual day". Det gäller att varva ner inför helgen. Han pekade mot ett inglasat konferensrum. "Vi har haft projektmöte hela förmiddagen. De är nog klara för lunch nu."

De återvände till rummet med matmöbler. Ett antal plasttallrikar med kallskuret hade levererats medan de gick runt och låg och väntade på avhämtning på bardisken. Deltagarna i projektmötet kom och hämtade varsin tallrik och försvann med den till sin arbetsplats. Kvar blev bara Peter och Angela.

"Hoppsan", sa hon, "så var det med den sociala samvaron."

Peter skrattade. "De styr själva över sin arbetstid. Jag kan tänka mig att de planerar för att gå hem lite tidigare idag och fira helg. Vi kan sätta oss här och äta."

Han visade mot ett runt bord vid fönstret i personalrummet. Stora gröna växter skärmade av sittgrupperna från varandra.

"Vill inte du också komma hem tidigt och fira helg", kommenterade hon lätt.

"Nej, jag har ingen brådska. Det är i och för sig oftast lugnt och skönt hemma, men jag vet aldrig om Sofia råkar vara där. Under tiden vi ligger i äktenskapsskillnad är det bäst att vi ses så lite som möjligt."

Det klack till i henne. Menade han att han skulle skiljas? Var det för att säga det som han bett henne komma?

"Äktenskapsskillnad? Finns det sånt nu för tiden?" frågade hon i brist på annat att säga.

De blev avbrutna av en man som kom och satte sig vid deras bord med en kopp kaffe.

"Vad tror du Peter, behöver du mig mer idag? Jag tror att jag har tillräckligt underlag nu för att presentera en ny projektplan på måndag."

Peter blinkade åt Angela. "Vad var det jag sa? För vissa börjar helgen tidigt." Han presenterade dem för varandra. "Du bestämmer Jonas. Bara du ser till att ta ledigt under helgen."

"Inga problem", lovade Jonas. "Svärmor ska vara barnvakt. Har lovat frugan en SPA-helg. Utan datorer." Han tog sin kaffemugg och gick bort till diskmaskinen. "Trevlig helg då! Och ta lite ledigt du med!"

"Trevlig stämning ni verkar ha här", poängterade Angela.

"Absolut. Precis som hos er som det verkar."

"Exakt. Kul att jobba på ett sånt ställe."

De åt en stund under tystnad. Peter tittade forskande på henne. "Du ser fundersam ut. Har du fortfarande problem med killen som följde efter dig?"

"Va?" Äktenskapsskillnad. Han skulle alltså skiljas. På riktigt. "Nej då, han är borta", svarade hon lite förvirrat.

"Fantastiskt. Bara så där?" Han gjorde en skämtsam gest med händerna framför sig medan han knäppte med fingrarna.

Angela skrattade. "Ja, jag tror faktiskt det. Ja, man vet aldrig, men han har inte synts till på länge."

Peter reste sig och dukade av bordet.

"Jag är verkligen glad för din skull. Det hjälpte säkert med att du höll dig undan ett tag."

"Ja, det gjorde väl det." Hon reste sig. "Jag åkte buss ett tag för att göra det svårt för honom, och sen fick jag sällskap hem några gånger."

"Har du några planer nu i helgen?"

Bara planera en trafikolycka, tänkte hon. "Liselott, min kompis, och jag ska åka på lite utflykter."

"Trevligt." De tog ett artigt adjö vid dörren. "Kul att du ville titta in. Och får du tid över någon kväll så bjuder jag gärna på middag."

"Tack." Hon knäppte jackan och såg på honom innan hon vände ut genom dörren. "Jag hör av mig."

* * * * *

Klockan halv sex på lördagsmorgonen stod hon utanför Liselotts port. Föräldrarna hade inte föreslagit att hon skulle stanna kvar och äta middag när hon hämtade bilen på fredagskvällen. De var tvärtom lite stressade och mötte henne med bilnycklarna på uppfarten mot huset. De hade bjudit in nya presumtiva kunder på middag och hade fullt upp.

Ute var det råkallt och ett par plusgrader. Inte ens jag skulle vilja ge mig ut och jogga nu, tänkte hon med en rysning. Hon hade gärna legat kvar en stund till i sängen i stället för att ge sig ut. Det enda hon ville koncentrera sig på var fredagsmötet med Peter. Han hade inte föreslagit en ny middag. Gud vad hon ångrade att hon tackat nej till den förra inbjudan. När allt detta var över skulle hon ta mod till sig och ringa honom.

Ett par fingrar som knackade mot rutan väckte henne ur hennes tankar. Hon öppnade dörren och en frusen Liselott sjönk ned på sätet.

"Fy sjutton för den här hösten", muttrade hon innan Angela hann säga något.

"God morgon själv", sa Angela och log.

"Förlåt, det var inte min mening att visa mitt dåliga morgonhumör." Hon gav Angela en lätt kram. "Hur är läget?"

"Strålande."

Liselott skakade på huvudet. "Svårt att tro. Om du inte är helknäpp förstås."

Det tog dem en halvtimma att ta sig till Oxbergsbacken. Vägen de skulle köra var ödslig. Angela körde vidare förbi det ställe där elljusspåret korsade vägen. Efter en kilometer vände hon vid en korsning och körde tillbaka. Hon stannade några hundra meter från spåret och slog av motorn. De lät sig omsvepas av den totala tystnaden en stund.

"Vill du köra nu?" Angela sneglade på Liselott som såg tveksam ut.

"Egentligen inte, men det är inte mycket att välja på."

"Är det kanske bättre att jag kör när vi gör det här på riktigt?"

"Absolut inte. Du är med mig, och bara det är mer än man kan begära. Har du tänkt något mer på hur vi ska göra med registreringsskyltarna?"

"Gå ut och titta på dem får du se."

Liselott gjorde som hon sa och la märke till att bilen var otvättad. Skyltarna var leriga och när hon gick en bit bort på vägen kunde hon inte urskilja numret riktigt. Under tiden bytte Angela plats så Liselott kunde ta plats bakom ratten.

Två gånger körde de den tänkta sträckan från start till den del där en korsande motionär måste följa vägen en bit innan spåret gick vidare. Den andra gången såg de en skymt av en man med reflexväst precis innan han lämnade vägen och fortsatte in i skogen. Med klappande hjärtan körde de sakta vidare. Maria hade rätt, han sprang här varje lördag. Tänk om allt hade kunnat vara över nu, att de hade gjort det som måste göras. Nu måste de genomlida en vecka till.

Efter ett par kilometer stannade de och bytte plats igen. Liselotts ben skakade. "Undrar hur det här ska sluta", suckade hon.

"Ångrar du dig?"

"Nej, det är inte det. Men lätt är det inte."

"Vi fixar det." Angela tänkte på det hon själv hade gjort. "Jag tror att lättnaden efteråt är värt allt detta."

* * * * *

Telefonen ringde precis som hon hade krupit ner i sängen igen efter en lätt frukost. Hon lät den ringa ett tag, men nyfikenheten tog överhand och hon famlade efter mobilen på den lilla hyllan över sängen. Ingen nummervisning.

"Hallå", svarade hon kort.

"Hej, det är Eva. Väckte jag dig?"

Angela satte sig upp och tände sänglampan. "Åh, hej, är det du? Har det hänt något?"

"Nej då, förlåt, tänkte inte på vad klockan var. Väckte jag dig?"

"Nästan." Hon såg på klockan. Halv nio. "Det är okej, dags att gå upp."

"Jag undrar bara om du har tid att ses idag? Det finns en person som jag vill att du ska träffa."

"En till tjej som har problem?"

"Nej nej, jag vill bara presentera dig för någon som jobbar på kvinnojouren."

"Jaha?"

"Vi vill gärna involvera dig lite mer i vårt arbete. Om du känner att du vill förstås."

"Okej." Det lät spännande. "Var och när?"

"Känner du till Nilssons café på Kungsholmen?"

"Nej… Tror inte det."

"Det ligger lite offside, ett lugnt ställe." Angela fick adressen. "Kan vi ses där klockan elva?"

"Absolut, inga problem."

Iklädd en varm jacka med huva steg hon in på caféet strax före elva. Eva väntade på henne vid ett bord längst in i rummet utan fönster. Det var inte den populäraste delen, och Angela förstod varför hon hade valt den. Det var flera gäster men inte fullsatt. De övriga gästerna satt vid borden med utsikt mot gatan. Hon hängde sin jacka över ryggstödet på stolen och slog sig ner. Eva log.

"Kul att du kunde komma. Hur är läget? Mycket att göra?"

"Nej, det är lugnt." Hon såg sig om. "Tar de emot beställningar vid bordet här eller ska vi gå bort till disken?"

"Vi får beställa vid disken. Vaktar du våra platser så kan jag köpa. Vad vill du ha?"

"En cappuccino." Hon såg på fatet som stod på ett annat bord. "Och en sockerkaka."

Medan Eva ställde sig i den korta kön tittade sig Angela omkring. Stället hade en ganska intetsägande inredning. De kanske satsade mer på själva försäljningen. Hon såg att de hade många sorters matbröd och det var redan ett par stycken före Eva i kön som bara var inne för att köpa med hem. Ett bra tips kanske. Hon fick passa på att köpa något innan hon gick härifrån.

"Kommer inte hon från kvinnojouren", frågade hon medan Eva ställde ner deras koppar och fikabröd på bordet.

"Jodå, om en stund. Jag tänkte att vi skulle hinna prata lite först. Hoppas du inte har bråttom."

Angela skrattade lätt. "Den här helgen hade jag bara vigt åt lite egotrippade saker som träning och böcker."

Eva såg med ens allvarlig ut. "Det var ett tag sen jag ägnade mig åt sånt. Borde nog göra det, det är inte bra att ständigt hålla på som jag gör. Samtidigt är det många som behöver hjälp."

Hon drog pappret av sin bulle och fortsatte:

"Innan Marianne som jobbar på en kvinnojour här i närheten kommer tänkte jag berätta lite mer om vår verksamhet."

Sockerkakan doftade vanilj och Angela tog en tugga. Äkta vara. Hon njöt av det goda fikat medan Eva förklarade hur hennes nätverk var uppbyggt och hur de resonerade sig fram till vilka åtgärder de kunde vidta.

"Som jag förstår det så håller ni er inte alltid inom lagens gränser", kommenterade Angela. "Har ni aldrig åkt fast?"

"Nej." Eva ryckte på axlarna. "Men det kanske bara är en tidsfråga."

"Jag undrar lite bara..." Angela plockade bland smulorna efter sockerkakan på fatet. "Många av de här kvinnorna... Lämnar de aldrig sina män?"

"Många fattar nog och lyckas bryta sig loss i tid. Men jag vet hur svårt det är..." Eva harklade sig lätt och fortsatte sedan: "En av tjejerna i min grupp har två bröder. När de upptäckte hur hennes man behandlade henne slog de honom sönder och samman. Han överlevde men besvärade henne aldrig mer. När bröderna frågade varför hon inte hade sagt något erkände hon att hon skämdes."

"Man kanske skäms för att man faller för fel man", funderade Angela. "Jag hade till exempel ingen anledning att skämmas för att jag blev stalkad."

"Precis. Men på något sätt tror man att man har sig själv att skylla om man flyttar ihop med en psykopat. Precis som om det står skrivet i pannan på dem."

Hon vände sig mot utgången när dörren öppnades. "Nu kommer Marianne som jag vill att du ska träffa." Hon räckte upp armen för att visa var de satt. Marianne kom leende fram mot dem. Angela presenterade sig och mötte blicken hos en kvinna som utstrålade värme och trygghet. Hon hade kortklippt grått hår och var klädd i svarta byxor och en mossgrön mjuk tröja. Det fanns säkert många hjälpsökande som sökt tröst i den famnen.

"Kul att träffa dig Angela", sa hon och såg på bordet med de tomma kaffekopparna. "Ska jag hämta påfyllning medan jag köper lite fika?"

"Nästa runda står jag för", skojade Angela och reste sig. "Jag kan gott tänka mig en sockerkaka till. Vad vill ni ha?"

Det blev en omgång fika till alla tre. Eva gjorde plats på bordet för de nya kopparna. Hon vände sig mot Marianne när Angela hade satt sig till rätta.

"Kan du berätta lite för Angela vad du jobbar med så ska jag förklara sen varför jag ville att ni skulle träffas."

"Javisst." Hon tittade intresserat på Angela. "Har du varit i kontakt med en kvinnojour någon gång?"

"Nej, aldrig."

"Okej, jag ska göra en kort sammanfattning. När någon behöver akut hjälp ringer man till vårt journummer. Vid behov får man då en adress dit man kan åka. Är det mitt i natten får man en tillfällig sängplats. Mitt jobb är att träffa dessa kvinnor – för det är bara kvinnor vi tar emot – för att bedöma vilken hjälp de behöver."

"Vad är det ni kan hjälpa dem med?"

"Vi kan erbjuda ett tillfälligt skyddat boende i olika lägenheter."

"Och stödsamtal." Eva log. "Det var tack vare den peppningen som jag fick nya krafter."

"Precis. Det är det jag sysslar med varje dag. Tyvärr känner många en enorm maktlöshet. Hur skyddar man sig mot någon som slår och som är mycket starkare?"

Angela tänkte på alla berättelser hon hade läst på olika forum. "En polisanmälan verkar inte heller ge någon effekt."

Eva bröt in igen. "Polisen skulle nog kunna göra mer om de bara hade tillräckligt med resurser och befogenheter. Nackdelen är att de måste ha bevis vilket inte är lätt att få fram. Kan man bara konstatera några örfilar är det knappast inlåsning bakom lås och bom som gäller."

"Vilken effekt har besöksförbuden då?"

"Det varierar", svarade Marianne. "Ibland fungerar det, men mest i de lägen där mannen nöjer sig med att hitta en ny kvinna att slå."

"Så i stället för att få bort männen gömmer man undan kvinnorna. Snacka om att göra dem till offer." Angela suckade.

"Det är här vi kommer in, sa Eva. "Marianne har självklart tystnadsplikt. Under förutsättning att hon inte misstänker att barn far illa förstås. Tänk dig frustrationen att få händerna bakbundna när en kvinna återvänder till den som slår henne."

"Men hur kan ni bli inblandade om hon har tystnadsplikt?"

"Bra fråga", svarade Marianne. "Men om jag nu skulle anförtro mig till en absolut pålitlig person kan jag glömma tystnadsplikten en stund. I alla fall om det är för kvinnans bästa."

Angela såg frågande på Eva som fortsatte.

"Vi har en kvinnojour i ett annat område som vi jobbar med. Där har Mariannes kollega en kontaktperson som hon anförtror sig åt. Den kontaktpersonen träffar oss och presenterar sina ärenden. Vi diskuterar tillsammans vad vi kan göra för att få stopp på förövarna. Vi väljer någon i gruppen som får gå vidare till sitt nätverk som i sin tur kan känna någon som har en lösning på problemet."

Angela nickade sakta. Hon förstod vad Eva var ute efter.

"Och Marianne skulle verkligen behöva en kontaktperson."

Marianne nickade. "Min kollega säger att flera av hennes hjälpsökande har hört av sig och berättat att de har blivit fria. De har ingen aning om hur det har gått till. Inte hon heller, men huvudsaken är att de äntligen har fått tillbaka sitt liv."

"Det är liksom det som är grejen. Vi har inga rättigheter att spela poliser, samtidigt som polisen inte har resurser att skydda någon. Vi kallar detta för planerat civilkurage."

Angela kände tvivlet gnaga. Ville hon verkligen bli inblandad i det här?

"Men varför alla dessa kontaktpersoner?"

"För att skydda personalen på kvinnojourerna. Om vi åker dit någon gång så ska det inte finnas någon direkt koppling mellan mig och Marianne till exempel. Det här är enda gången som hon och jag kommer att ses tillsammans."

"Jag måste smälta det här." Angela sköt bort sin kopp en bit. "Just nu har jag ett annat..." Hon hejdade sig. "Jag har en del annat omkring mig just nu. Kan vi ses igen?"

Eva skakade på huvudet. "Inte tillsammans."

De kom överens om att Angela skulle ta kontakt med Marianne på kvinnojourens nummer när hon hade funderat på saken. Hon tog sin jacka och valde att ta en snabb promenad hem. Hon tvivlade inte på att hon och Liselott agerade rätt. Men att engagera sig i en hel organisation? Det var trots allt en brottslig verksamhet. Oavsett syfte. Hon drog luvan över huvudet när hon kände lätta regnstänk över ansiktet. Väderprognosen hade förutspått snöblandat regn till natten. Det passade hennes sinnesstämning för tillfället.

* * * * *

En hel vecka att fördriva innan de kunde genomföra sin plan. Hon önskade att de hade gjort slag i saken redan under sin rekognosceringstur. De hade ju sett honom. Det enda de hade behövt göra var att gasa på lite. Fast å andra sidan, tänk om det inte var han? Om de hade kört ihjäl en helt oskyldig person? Så klart att de var tvungna att vänta tills Maria var med och bekräftade att det var Sandras man som var ute och sprang. Om nu inte vädret blev så dåligt att de måste vänta en vecka till förstås.

Tankarna malde på som en gammal cd-skiva i huvudet. Hon måste koncentrera sig på något annat. Peter Björkman till exempel. Han låg i skilsmässa. Och han ville träffa henne, det hade hon inte misstagit sig på.

Hon satt i receptionen och var för tillfället själv där. Två operationer pågick innanför dörrarna. Hon behövde inte assistera men var alltid beredd på att rycka in om det behövdes. Hon tog fram mobilen.

Hon blev överraskad av hans omedelbara svar; "Hej Angela". Han hade sparat hennes nummer. Och han lät glad.

"Hej! Jag ringer bara för att tacka för senast." Vilken idiotisk kommentar efter ett affärsmöte, tänkte hon och var glad över att ingen såg henne nu.

"Det är väl jag som ska tacka," svarade han. Innan hon kom på vad hon skulle säga mer fortsatte han. "Fortfarande ingen som trakasserar dig?"

"Nej, det är lugnt. Jag tänkte att... Jag kanske kan få bjuda på middag en kväll i veckan som omväxling?" Nu var det sagt. Det blev helt tyst i luren en stund. Hade hon gjort bort sig? Hon hörde röster från operationsrummet som tydde på att någon började bli klar där inne. Hon måste avsluta och ta emot sin patient när hon kom ut.

"Väldigt gärna," kom svaret. "Vad trevligt. Vilken dag hade du tänkt dig?"

Hon såg på sin klädsel. Inte i dag. "Funkar det i morgon för dig?"

Det gjorde det. Hon lovade att ringa igen när hon slutat jobbet dagen därpå.

Precis som hon med blossande kinder avslutat samtalet öppnades dörren. Hon reste sig.

"Redan klar? Hur känns det?"

Det var Helena som kom. Före operationen hade hon varit riktigt nervös. "Väldigt bra," svarade hon, "det gick mycket lättare än jag trott."

Christos kom strax efter. "Allt gick som planerat. Vill du ge henne en tid för återbesök bara?"

"Det ordnar vi." Hon vände sig till Helena. "Vill du ha en fika och vila lite innan du åker hem?"

Hon kände sig som en nervös skolflicka där hon stod utanför Saluhallen och väntade på honom. Skulle hon bete sig som om det var en affärsbekant hon skulle ut och äta middag med eller som om det var den dejt det faktiskt handlade om?

Hon bestämde sig samtidigt som han kom släntrande runt hörnet och log stort mot henne. När han gav henne en kram pussade hon honom på kinden. Hon kände hans gensvar när han höll henne ännu lite tätare intill sig under en sekund.

"Jaha, har du något förslag på vart vi ska gå", undrade han.

"Kanske. Jag har en favoritrestaurang, men den ligger på Söder. Du kanske hellre vill äta någonstans här i närheten."

Han försäkrade att han kunde äta var som helst, så hon frågade om han hade ätit på Kohphangan någon gång. Det hade han. "Bra val," påpekade han och såg på hennes stövlar. Hon var inte klädd för långpromenad. "Ska vi ta en taxi?"

De fick ett bord direkt när de kom dit. Bordet var inbäddat med ett chassi som gav illusionen av ett de satt i en gammal bil. "Visst är den här inredningen otrolig", påpekade Angela. Och vilken intim plats vi fick, tänkte hon. De kanske väljer ut den till de som ser ut som ett par.

"Den är klockren för stressade själar," svarade han medan de slog sig ner. "Vet du, jag blev väldigt glad när du ringde. Tyckte det var så trevligt sist vi var ute och åt."

"Skönt att höra, jag var faktiskt rädd för att du skulle tycka jag var lite påflugen."

Han skrattade. "Det där var min replik. Om någon har varit påflugen är det väl jag."

Servitrisen kom med menyerna. Hon frågade på engelska med thailändsk brytning vad de önskade att dricka. Peter tittade frågande på Angela.

"Jag kollar gärna på menyn först," sa hon. Peter bad servitrisen att återkomma om en stund. Tysta läste de igenom matsedeln. Ett glatt gäng tog plats vid ett bord snett bakom dem. De hörde skratten men inte vad de sa.

"Jag tror jag väljer den översta scampirätten", sa Angela. "Den är lite lagom stark."

"Ska vi dela på en flaska vitt till det?"

De beställde och väntade tyst medan servitrisen hämtade deras vin och hällde upp. Peter höjde glaset till en tyst skål. Plötsligt visste hon inte vad hon skulle säga. Hon ville inte prata jobb. Men han räddade situationen genom att börja prata om hennes resa och ville höra om hon hade vandrat i bergen något.

"Nej," svarade hon. "Det blev bara lata dagar. Tror jag är färdig med Kanarieöarna nu."

Hon styrde snabbt över samtalet till kommande semestrar.

"Har börjat titta på möjligheterna att gå Pilgrimsleden", sa hon. "Visst pratade vi om den sist vi sågs?"

Han nickade men sa att han inte visste något om hur sådana vandringar organiserades.

"Måste man bo tillsammans med en massa andra i en sovsal? Är det ens möjligt att sova då?"

Hon skrattade. "Har ingen aning. Men om man är ett par så är det kanske smartare att välja ett hotell."

"Definitivt smartare. Det skålar vi för."

De fick sin mat och åt en stund under tystnad. Angela ville fråga om hans skilsmässoplaner. Hon behövde få dem bekräftade.

"Inte för att jag har med det att göra men… Du nämnde att du låg i skilsmässa?"

Han nickade. "Det är egentligen lite pinsamt. Vi har bara varit gifta en mycket kort tid."

"Vad hände?"

Han tog en servett och torkade sig om munnen. "Jag gifte mig med en dockhustru."

När hon frågande lyfte på ögonbrynen skrattade han lite generat.

"Jag skäms och känner mig verkligen som en idiot. Hon var så söt och jag ville ta hand om henne."

"Vill du inte det nu då?"

Han skakade på huvudet. "Det var en idiotisk idé från början. Snacka om att vara förblindad. Men i alla fall, nu måste jag lösa det."

"Det låter som ett lite underligt förhållande i mina öron." Angela drack av sitt vin medan hon tittade undrande på honom. Hon kände sig lite besviken. Var det så han gjorde? Fick för sig att ta hand om någon, och sen när det inte var kul längre så dumpade han henne?

"Jag förstår det." Han drog lite efter andan och plockade med besticken som om han tog sats för att förklara sig.

"Faktum är att jag tror att hon bara har utnyttjat mig. Hon tar alltid till tårarna när det är något hon vill ha. Hon har förlorat sitt jobb, men jag tror ärligt talat att hon ljög när hon beskrev anledningen till det." Han sträckte plötsligt fram sin hand och la den över Angelas.

"Angela, jag lovar att jag inte är så hemsk som det här låter, men jag vill inte förstöra den här kvällen genom att sitta och beklaga mig."

Hon hade bara en sista fråga. "Men du sa något om äktenskapsskillnad. Varför skiljer ni er inte direkt?"

"Om en av parterna inte går med på skilsmässa så gäller en betänketid på sex månader. Där står vi nu."

Hon ville tro honom. Hon såg in i hans ögon och nickade. Nu visste hon i alla fall att han fortfarande var gift och fick förhålla sig till det. Hon log och kramade hans hand innan hon fortsatte att äta.

"Vad gillar du räkrätten? Lagom kryddad eller?"

"Absolut. Kunde inte gjort den bättre själv. Det vill säga, det finns ingen rätt jag kunde gjort bättre själv. Kan knappt koka ägg en gång." Han höjde sitt glas och såg på henne med glittrande ögon. Den lätta stämningen var tillbaka. Efteråt mindes hon inte vad de mer hade pratat om, bara att hon önskade att kvällen inte skulle ta slut.

När de så småningom ändå måste bryta upp insisterade hon på att få betala notan. Det var trots allt hon som hade ringt för att bjuda honom på middag. Han gick med på det under förutsättning att han fick återgälda inbjudan snart igen.

När de skildes åt kysste han henne. Han höll henne hårt när hon lindade armarna om hans hals. Hon kände sig berusad. Och det var inte bara vinets förtjänst.

"Vad gör du i helgen," frågade han. "Kan vi ses då?"

Hon stelnade till. "Jag har lite att ordna med. Men... Kanske på söndag?"

Han frågade inte vad hon skulle göra, och det var hon tacksam för.

"Gärna. Vi hörs då." Han kramade henne igen och hon önskade att han aldrig skulle släppa.

Det blev två långa dagar som hon genomled pendlande mellan tvivel och beslutsamhet. Liselott ringde ett par gånger, och de kom överens om att Angela skulle sova över hos henne natten till lördagen. Hon anförtrodde inte Liselott sina tvivel. Det kändes inte rätt. Hon kunde inte svika henne nu. Deras plan var vattentät, och efter det skulle hon inte involvera sig i den världen mer.

Det satt en blombukett vid dörrhandtaget när hon kom hem på fredag eftermiddag. Hon tvärstannade efter sista trappsteget och stirrade. Det knöt sig i magen. Inte nu igen. Hon tog loss buketten och slet av pappret.

"Tack för en underbar middag. Ses på söndag. Kram, Peter."

Om hon inte hade råkat ut för en stalker så skulle hon ha förstått på en gång att det var från honom. Så mycket oro och elände de där skitstövlarna ställde till. Och så egoistisk hon var som ens reflekterat över att svika i morgon.

* * * * *

Angela stannade kvar hos Liselott över natten. Liselott var mycket tystlåten. De gick igenom sin plan under kvällen än en gång, men den var enkel och det fanns inte mycket att tillägga. Angela satt och längtade efter att det skulle vara över medan hon drack sitt te och tittade på en film som hon inte hade en aning om vad den handlade om. Sent om sider gick de till sängs. Hon låg länge och vred sig på madrassen innan hon somnade.

Vädergudarna var med dem. De vaknade till en mild morgon med fem plusgrader och ingen nederbörd. Då var det nog ingen större risk för en inställd joggingrunda.

Exakt klockan sex på lördagsmorgonen parkerade de bilen på den överenskomna platsen och väntade. På vägen dit hade Liselott nervöst pladdrat på om oväsentligheter medan Angela koncentrerat sig på att köra lugnt och lagenligt för att inte dra uppmärksamheten till dem. Inte för att det fanns många själar ute den här tiden på dygnet. Å andra sidan kunde man inte försvinna i mängden heller. De hade åkt längs med Lilla Skuggans väg och vänt vid en parkeringsplats för att få bilen åt rätt håll. På den här sträckan hade de inte mött en enda bil.

Vindrutorna var neddragna en liten bit för att inte riskera att få imma på framrutan. De bytte plats och Liselott slutade äntligen att prata medan hon ställde in förarsätet så det passade henne. Angela hade samma känsla som inför en operation på sjukhuset. Känslorna var bortkopplade och hon koncentrerade sig på arbetsuppgiften. Omvärlden existerade inte. Hon såg inte att Liselott var alldeles vit i ansiktet och såg skräckslagen ut.

Så kom signalen. Angela hade ögonen på mobilens display där meddelandet NU lyste med stora bokstäver.

Liselott startade bilen och började rulla framåt. Sedan accelererade hon bilen och tog sikte på den punkt där monstret skulle dyka upp. De hade döpt honom till monstret kvällen innan. Billyktorna fångade upp reflexvästen och bilen sköt fart mot målet.

Den intet ont anande mannen vände sig om när han hörde ljudet. För ett ögonblick lystes ansiktet upp och tiden stannade för Angela. På en bråkdels sekund for tusen tankar genom hennes huvud. Hon skrek och slängde sig mot Liselott och grep tag om ratten. Hon vred den med kraft åt vänster så mycket hon kunde. En kropp liksom fladdrade till utanför fönstret men hon kände inte om den träffade bilen.

Bilen fortsatte sladdande några hundra meter innan Liselott fick stopp på den. Hon stirrade med öppen mun på Angela som kämpade mot kräkreflexerna. "Vad... Vad hände? Varför gjorde du så?" stammade hon.

Angela skakade. "Det var fel kille. Backa tillbaka." Liselott satt stilla och släppte henne inte med blicken.

"Fel kille? Backa tillbaka?"

"Det där var inte Sandras man." Angelas röst var hysterisk. Hon slet med säkerhetsbältet.

"Nej, stopp! Vänta! Vi måste åka härifrån." Liselott tog tag i Angelas jacka när hon öppnade bildörren. Plötsligt lystes omgivningen bakom bilen upp. Ytterligare en bil fanns på platsen. Någon som sett vad som hänt. Upprörda röster nådde dem genom den stilla morgonen. Angela drog snabbt igen dörren. "Kör." Liselott körde och stannade inte förrän de parkerade en bit från Liselotts port. Utmattad lutade hon armarna och huvudet mot ratten.

"Herregud Angie, vad var det som hände?"

Angela bara skakade på huvudet och steg ut på trottoaren. Hon drog in den kalla luften i lungorna. De hade åkt för att utföra något som de tyckte var rätt och riktigt men hamnat i en mardröm. Sammanbiten inväntade hon att Liselott låste bilen innan de gick upp till hennes lägenhet. De satte sig vid köksbordet.

Liselott lutade sig lite fram över bordet. "Vi känner varandra kanske inte helt och hållet än, men jag har hela tiden litat på dig. Nu känner jag mig lurad. Hur vet du vem Sandras man är?"

Angela stirrade på henne. "Jag vet inte vem Sandras man är."

"Men du sa ju…?"

"Jag vet vem den killen är som vi kunde ha kört ihjäl." Hon satte händerna för ansiktet. "Herregud."

"Du vet vem det är? Känner du honom?"

Angela nickade. Nu grät hon.

"Hur väl då?" Liselott envisades. Angela reste sig och hämtade hushållsrullen från diskbänken.

"Jag jobbar med honom." Hon snöt sig och torkade ögonen. "Eller, alltså… Han är en leverantör."

Liselott fortsatte envist. "Och? Tror du inte att han kan vara en skitstövel för det?"

"Aldrig. Nej... Nej, det kan han inte vara."

* * * * *

Liselott reste på sig och tog fram en kastrull. "Te?" frågade hon.

Angela nickade. Hon satte sig tungt ner vid bordet igen. De små fönsterlamporna speglades i fönsterrutorna, och hon stirrade oseende ut i mörkret. De väntade på att Maria skulle höra av sig och förklara. Hade det funnits fler i spåret? Liselott var övertygad om att det var förklaringen.

"Eller också tog vi fel på tiden. Eller... Sandras man stannade eller vek av från vägen, och då kom han som du känner precis efter. Maria hann inte varna oss, hon hade nog redan lämnat sitt gömställe då. Så måste det vara."

Angela formade sina kalla händer runt tekoppen och sökte Liselotts blick.

"Låt mig svara när Maria ringer."

Liselott såg förvånad ut. "Varför då?"

"Låt mig bara göra det."

Liselott ryckte på axlarna. "Ok."

Dagsljuset började sakta leta sig fram genom fönstret och avslöjade det lilla dammlagret som låg på fönsterbrädan. Angela ritade små cirklar med pekfingret i det medan hon lyssnade på nyheterna. Ingenting om någon bilolycka. Liselott höll ögonen på nyhetsflödet på datorn. Ytterligare en timme gick medan Angela rastlöst förflyttade sig mellan vardagsrummet och köket.

Liselotts mobil låg på bordet. Båda hoppade till när den gav ifrån sig en ettrig melodi. På skärmen stod det Maria. Angela drog ett djupt andetag och satte sig ner. Hon slog på högtalarfunktionen.

"Ja, hallå?"

"Lotta, är det du?" hördes en låg stämma.

"Nej, det är jag, Angela. Liselott är på toa. Hur gick det?"

Det blev tyst en stund innan Maria svarade.

"Inte så bra. Han klarade sig undan med en liten skada."

Angela kände hur hjärtats dunkande ökade i hög takt.

"Men… Hur vet du det? Såg du honom? Du visade dig väl inte på vägen?"

"Så klart jag inte gjorde."

"Hur vet du då hur det gick? Hur vet du ens om vi pratar om samma person?"

"Jag fattar inte vad du menar." Marias röst lät otålig. Som om hon tyckte hon pratade med någon som var helt knäpp.

"Jag menar… Tänk om det var någon mer på vägen? Någon du inte såg? Sandras man kanske inte var precis där just då?"

"Jaså, var det därför ni inte gjorde det ni lovat? För att ni inte litade på mig?"

Liselott bröt in. "Förlåt Maria, men det känns lite jobbigt här nu. Vi vill bara veta om det var Sandras man vi såg."

"Han ligger i alla fall på sjukhuset. Om ni såg någon mer vet väl inte jag. Sandra är där nu. De ska operera honom för en fraktur på höften eller något. Efter en smitningsolycka."

Angela stirrade på mobilen. De hade inte kört på fel man. Det var Peter det handlade om. Liselott satt stum med sammanbitna käkar.

"Vilket sjukhus ligger han på?" frågade Angela.

"Karolinska."

Karolinska. Då var han alltså på Annas avdelning.

"Hur kunde ni missa honom?" Maria lät både anklagande och förtvivlad.

Angela höll upp en hand till tecken på att Liselott inte skulle svara. Hon funderade en stund.

"Vi pratar om det när du kommer hit. Ring när du är på väg."

Ute var det nu fullt dagsljus. Det såg ut att bli en solig dag. Hon tryckte ner ett begynnande illamående medan hon sakta masserade sina tinningar. Peter Björkman. Mannen hon var kär i. De hade döpt honom till monstret. Hon funderade på om hon kunde ringa till Anna och be henne kolla läget. Men hur skulle hon förklara hur hon kunde veta något om en smitningsolycka i andra änden av stan?

"Fan också." Angela satte armbågarna i bordet och stöttade huvudet i händerna. "Helvete vad fel allt blev." Hon reste på sig och kände hur stel hon var. Hon tittade ut. Efter en blick på termometern sa hon: "Vi behöver något att äta, och sen måste jag ha lite frisk luft. Hänger du på?"

Liselott nickade och kollade in vad kylskåpet hade att bjuda på. "Är det okej med en ostmacka och omelett?"

Medan de åt ringde mobilen.

"Det är Maria." Liselott la mobilen på bordet och svarade.

"Jag kan inte komma över till er idag," förklarade Maria med tunn röst. "Måste hjälpa Sandra lite. Hon är alldeles skakis."

Det kändes fel när Maria pratade om Sandra. Peter hade bara benämnt henne som "hon", men han hade aldrig sagt Sandra. Men om Peter inte hade sagt vad hans fru hette, varför kändes det så fel med Sandra?

"Okej, vi förstår det," sa Liselott. "Vi hörs senare."

När Liselott slagit av mobilen såg hon på Angela med rynkad panna. "Vet du," sa hon efter en stund, "just nu känns det faktiskt bra att vi inte lyckades. Tänk att det var någon du kände. Så fruktansvärt."

"Maria ljuger." Ett namn dök upp i Angelas minne. Sofia. Peter hade nämnt sin fru vid namn under deras middag. Att de skulle skiljas och att han inte ville vara hemma när Sofia var där.

"Peters fru heter Sofia, inte Sandra."

* * * * *

"Ni vet inte hur farlig och manipulativ han är. Alla faller för honom. Om ni hade träffat honom hade ni aldrig trott mig, ingen gör det. Sandra har alltid fått höra vilken tur hon har haft som träffat honom. Därför ville jag inte ge er hans namn. Det var för eran skull."

De satt återigen runt köksbordet. Under dagen hade Angela ältat om och om igen allt som hon och Peter hade pratat om. Tänkt på hans varma kramar och på hur de kysstes. Dr Jekyll och Mr Hyde. Nej, hon kunde inte tro det. Ville inte, det måste finnas en annan förklaring.

De hade tagit en långpromenad på tre timmar. Hon ville inte berätta för Liselott att hon till och med varit på dejt med Peter. Det fick räcka så länge med att hon visste att de kände varandra.

Maria svar på varför hon inte ville berätta vem han var lät övertygande. Liselott satt bredvid henne och höll armen bakom hennes stolsrygg.

"Vi förstår. Men nu med facit i hand hade det varit bättre om vi fått veta."

Maria såg allt osäkrare ut. "Varför då?"

"Om jag säger att han heter Peter Bergman, vad säger du då?" Angela tittade intensivt på henne.

Marias blick flackade mellan dem. "Hur...?"

"Och Sandra finns inte, eller hur?"

Det blev tyst en stund. Sen kom det lite tveksamt. "Jo, hon finns... Men... Okej, hon heter inte Sandra. Hon heter Sofia."

"Om du ljuger om det kanske du ljuger om annat också?"

"Nej stopp nu." protesterade Liselott. "Det där var väl onödigt." Hon la armen om Marias axlar och kramade henne lätt när Marias tårar började rinna.

"Det var bara för att skydda er." Marias röst var vädjande. "För att ni inte skulle försäga er om ni träffade honom någon gång. Om ni misslyckades. Och det gjorde ni ju." Marias snyftningar dränkte nästan orden. "Ni fattar inte hur farlig han är."

Angela reste sig och lämnade åt Liselott att prata med Maria. Hon satte sig i soffan. I morgon skulle allt detta ha varit ett minne blott, och hon skulle träffat Peter. Den finaste mannen på jorden. Kunde det vara så som Maria sa? Att han var farligt manipulerande. Han hade spelat beskyddare när hon blev stalkad. Och sagt att han skulle skiljas. Han hade inte förnekat att han var gift. Nu väntade han kanske bara på att Sandra, eller Sofia, skulle dö. Det var därför han sagt att han låg i äktenskapsskillnad. Vilken idiot hon var. Hade man inga gemensamma barn så skilde man sig direkt, då behövdes ingen betänketid.

Hon reste sig och gick och la sig på madrassen bakom bordet. Hon rullade ihop sig som en boll och drog täcket över sig. Hon ville aldrig resa på sig igen. De borde ha fullföljt sitt uppdrag och trott på Maria. Då hade allt detta varit över nu.

Hon kunde först inte orientera sig när hon vaknade. Först fick hon en känsla av att det var morgon och dags att gå till jobbet. Hon vände på sig och såg stolarna som var inskjutna under matbordet. Yrvaket såg hon på klockan. Den var nio. Hon hade sovit som en stock i två timmar. Hon visste att en chock kunde ha den effekten men hade aldrig trott att hon skulle klara av att somna ifrån alltihop. Hon lyssnade. Inte ett ljud hördes från lägenheten. Hon reste sig och tassade ut i hallen för att kika in i sovrummet. Där låg Liselott och Maria tätt sammanslingrade. Båda verkade sova djupt. Hon gick ut i köket och skrev en lapp att hon skulle höra av sig dagen därpå. Varför hon nu skulle göra det, tänkte hon. Nu var det bara att försöka glömma.

Angela vaknade av melodislingan från mobilen. Peter. Hon tittade på klockan. Åtta. Hon måste svara.

Han berättade om olyckan och konstaterade att han hade haft tur. Tur! Om han bara visste. Hon försökte föreställa sig att det var ett monster hon pratade med. En hustrumisshandlare. En som hade utsett henne till sitt nästa offer. Tänkt att hon var lätt att fånga som låtit sig skrämmas av en stalker.

Men det fungerade inte. När hon hörde hans röst hörde hon bara Peter. Mannen hon var kär i. Och honom måste hon bryta med, men utan att säga varför. Hon kunde inte avslöja hur hon visste vad han var för en typ.

De hade opererat honom samma dag. Hon förstod att han hade fått ordentligt med smärtstillande när han skojade om att han nu var hopskruvad i höftleden igen. Han lovade att höra av sig igen och sa att han hoppades att de snart kunde ses.

"Om du har tid får du gärna komma hit och muntra upp en sjukling lite," sa han. "Jag blir antagligen kvar här till slutet av veckan."

"Ja, jo…" Hon blev ställd. "Jag kommer om jag är frisk. Känns som om jag har en förkylning på gång."

"Okej, vi hörs. Krya på dig!"

* * * * *

Hon beslöt sig för att åka och lämna tillbaka bilen. Det var hennes pappa som svarade när hon ringde och frågade om det gick bra. Han lät glad över att hon skulle komma och sa att det var bra för de hade några saker att prata om med henne. Vad nu det kunde vara. Antagligen den förestående operationen. Men först behövde hon tvätta bilen. Nummerplåtarna var fortfarande smutsiga, och vem visste om några fler spår hade fastnat på den. Hon hade inte undersökt den närmare. Hoppades att det inte fanns någon buckla.

Det gjorde det inte. Hon gick runt bilen och kontrollerade den efter att hon kört ut från tvätthallen. Ett bekymmer mindre alltså.

"Kan det här sluta med att jag blir blind?"

Angela studerade sin pappa och undrade för sig själv om han var rädd. Tonfallet och blicken utstrålade samma lugn som alltid. Antagligen ville han bara ha alla fakta så han kunde kalkylera med riskerna precis som han gjorde med sina räkenskaper. Hon skakade på huvudet. "Nej pappa, det tror jag knappast. Men..." Hon tittade allvarligt på honom. "Diabetes är inte att leka med. Om du inte ändrar dina vanor så finns naturligtvis den risken."

"Hrmm." Lars Fredin reste på sig och ställde sig vid det stora panoramafönstret och tittade ut. Trädgården var svagt upplyst av strategiskt placerade lampor. Utanför vardagsrummet fanns en öppen altan. Han hade vägrat att glasa in den och sagt att de inte var i behov av någon pensionärskuvös. Var det dåligt väder kunde de lika gärna sitta inomhus. Dessutom ville han ha den fria utsikten över vattnet. Angela undrade vad han tänkte på där han stod så tyst. Det slog henne plötsligt att hennes föräldrar som vägrade prata om pensionering faktiskt fyllde sjuttio år i år. De firade av någon princip aldrig födelsedagar. Var det åldern som kom ifatt dem nu? Hade de till slut fått inse att också de skulle komma att bli gamla och inte kunna jobba som förr?

Nu vände han sig långsamt om och såg på henne.

"Vi har funderat lite din mamma och jag. Vi har många möten inne i stan med kunder som arbetar där. Saken är den att jag vägrar att åka kommunalt och tycker att det börjar bli lite jobbigt att köra bil fram och tillbaka. Därför har vi bestämt att sälja villan och köpa en våning på Östermalm."

Angela tittade förvånat på honom. Hon gav en frågande blick till sin mamma som hela tiden suttit tyst i fåtöljen. Nu nickade hon. "Ja, det stämmer. Vi har redan en lägenhet på gång."

Lars Fredin höll avvärjande upp handen. "Låt mig tala färdigt. Den här villan är värd en förmögenhet idag. Vi vill – och säg inte emot mig nu – köpa en lägenhet åt dig också på Östermalm. Då slipper du bo så trångt. Här finns möbler tillräckligt för två lägenheter."

Tystnaden som följde var kompakt. Tankarna snurrade i huvudet på Angela. En större lägenhet! Självklart ville hon ha det. Det var anledningen till erbjudandet hon undrade över. Om de ville ha hjälp skulle hon finnas i närheten, det kanske var det som var tanken. Payback time alltså.

"Jag vet inte vad jag ska säga…"

"Du behöver inte säga något. När vi säljer villan sätter vi in en summa på ditt konto. Du får själv börja leta efter en lägenhet som du vill ha."

Angela blev svarslös. Hade hennes pappas sjukdom fått honom att mjukna? Tänkte de ge henne en lägenhet utan några baktankar? Hon lät blicken vandra mellan sina föräldrar. De log. Hon fick tårar i ögonen när hon insåg att det var första gången som hon kände en riktig värme i deras blick när de såg på henne.

"Tack snälla ni", fick hon fram.

Yvonne Fredin reste på sig och såg återigen lika stram ut som hon brukade. "Jaja", sa hon, "du ska ändå ärva oss en dag. Det är lika bra att du får någon glädje av pengarna redan nu. Du tjänar säkert inte mycket på ditt jobb."

Angela kunde inte låta bli att le. "Jag klarar mig, men det är klart att jag gärna byter till en större lägenhet."

"Nog pratat om det", avbröt hennes pappa. "Blir det någon mat idag eller?"

En större lägenhet. Hon skulle få pengar till det utan att hon behövde fråga. Angela kände ett nytt hopp. Hon log mot kvinnan som satt mittemot henne i tåget. Det var till och med okej att åka tunnelbana. Om hon bara inte hade träffat Peter. Eller Lotta och Maria. Hur kunde allt bli så fel?

Hon tittade ut mot det totala mörkret i tunneln.

"Nästa Slussen. Byte till..." Rösten i högtalaren ropade ut sitt budskap. Ljuset från stationen lyste upp utanför fönstret. Ljuset i tunneln, tänkte hon. När ska jag få se ljuset i min egen tunnel?

När hon kom hem ringde hon till Liselott. Maria var där. Hon hade varit hos Sandra i flera timmar.

"Eller Sofia," påpekade Angela. I onödan insåg hon när Liselott lät lite störd av avbrottet.

"Jaja, spelar roll, men i alla fall så är de helt förtvivlade."

"Jag förstår det. Men..." Angela tänkte på Marianne från kvinnojouren. "Jag kan inte göra mer än att förmedla en bra kontakt på kvinnojouren."

"Hon säger att hon inte vågar det."

"Men för helvete!" Angela ångrade genast sitt utbrott. "Förlåt, men vad vill hon att vi ska göra då?"

"Du har rätt. Det känns så jävla hopplöst bara."

* * * * *

Morgonen segade sig fram. Angela kände hur det stramade i mungiporna när hon log mot deras patienter. Det sved i mellangärdet.

Vid lunchtid kom Camilla ut i receptionen och undrade om de kunde äta lunch tillsammans. Frågan lät mer som en order, särskilt när hon sa att Christos redan lovat att han personligen skulle ta emot nästa besökare. Angela kunde inte annat än att svara ja på det. Hon gick in på toaletten och såg sig i spegeln. Syntes det verkligen på henne hur hon mådde? Hon måste komma med en förklaring till sitt dåliga humör. "Jag föll för vår eventuellt blivande dataleverantör, men det visade sig att han är den värste sortens hustrumisshandlare. I helgen misslyckades vi med att ta livet av honom, och det känns för jävligt." Hon kunde få sparken för mindre.

Hon drog ett djupt andetag och gick ut till Camilla som väntade med ytterkläderna på. Camilla log. "Vart vill du gå?"

"Vet inte. Bestäm du." Hon drog på sig jackan. Hon ville verkligen inte umgås med någon just nu.

Camilla föreslog salladsbaren runt hörnet. De lämnade byggnaden under tystnad och gick mot det föreslagna lunchstället.

"Förlåt om jag verkar lite tvär." Angela bröt tystnaden. "Men jag har lite privata bekymmer och har inte sovit så bra i natt."

"Det är okej. Vill du prata om det?"

De var framme vid ingången och Angela slapp svara. Klockan var nästan ett och den värsta rusningen var över. De beställde varsin sallad vid disken och satte sig vid ett fönsterbord.

"Hur mår du egentligen Angela?" Camilla lät bestämd på rösten, som om hon inte ville höra några undanflykter.

"En tillfällig svacka bara. Har varit vaken större delen av natten, men det går över."

"Men du har inte varit dig lik sen du kom tillbaka från din resa."

"Nej men så illa är det väl inte? Är det någon som har klagat?"

"Ja. Jag är lessen, men det är faktiskt några patienter som har undrat."

"Undrat över vad då?" Angela kände sig obekväm. Det här var första gången i hennes yrkesliv som hon hade fått klagomål. Hon visste inte hur hon skulle hantera det.

Camilla valde att inte ge några konkreta exempel. "Vi behöver inte gå in på detaljer. Det här är ingen rättegång." Hon log. "Men visst måste du medge att du har varit lite frånvarande i ditt sätt den sista tiden?"

Angela rullade runt med axlarna och sträckte på ryggen.

"Ja, förlåt, du har ju rätt."

"Du behöver inte be om förlåtelse. Bara tala om ifall det finns något jag kan hjälpa dig med." Camilla släppte henne inte med blicken.

"Inte egentligen..." Hon tittade sig om i lokalen medan hon försökte hitta orden. Det var bara två bord upptagna nu förutom deras.

"Jag har lite privata bekymmer, men det kommer att ordna upp sig."

"Det var skönt att höra." Camilla såg tveksamt på henne. "Christos har sagt något om att Larissa skulle kunna jobba några veckor när hennes mamma kommer hit och hälsar på. Hon kan ta hand om barnen. Så om du vill vara ledig ett tag och få ordning på saker och ting så har du chansen nu."

De hade redan ordnat en vikarie. Utan att säga något. Varför hade inte Christos pratat med henne? Hon tänkte efter. Han hade faktiskt försökt, men hon hade slagit bort hans frågor.

Vetskapen om att de hade pratat om henne kändes inget vidare. Klagomål. Hon rös. Kunde det betyda att de ville att hon skulle sluta? Att Larissa skulle ta över helt och hållet?

"Du kanske skulle äta lite." Camillas tallrik var tom. Hennes egen var orörd. Hon skakade på huvudet och Camilla gjorde ett tecken till kyparen.

"Du vet väl att vi bryr oss om dig Angela. Vill du prata så finns jag här."

Kyparen kom och Camilla förklarade att de ville ta med Angelas sallad.

"Hoppas att jag inte har gjort bort mig helt och hållet," sa Angela.

"Absolut inte. Det behöver du inte vara ett dugg orolig för. Kan vi hjälpa dig på något sätt så säg bara till."

* * * * *

Det kändes bra. Hon åt sin sallad mellan två kundbesök. Hon var hungrig. Semester, absolut, det var nog lösningen. Hon skulle hålla sig borta medan allt ordnade upp sig. Hon behövde inte bli inblandad mer. Början av november. Vart åker man då? Thailand? Indien? Inget av det lät lockande.

Mobilen surrade till. Ett sms.

Ser fram emot att få äta middag med dig snart igen. Blir utskriven på fredag. Sofia hämtar.

Hon knäppte bort meddelandet samtidigt som dörren öppnades och Camilla kom ut med en nyopererad patient. "Är du snäll och bokar en återbesökstid för Gunilla här", bad hon.

"Det ska vi fixa. Här Gunilla, slå dig ner." Hon visade på den bekväma vilåtöljen. "En kopp kaffe för att hämta lite nya krafter en stund kanske?"

Gunilla nickade med rödsvullna ögon och tog upp en liten fickspegel ur handväskan. "Oj, jag borde ha tagit med mig solglasögon. Så här kan jag inte visa mig."

"Jag kan trösta dig med att det går över på bara ett par dagar", lovade Angela medan hon ställde en mugg med kaffe på bordet. "Ska jag ringa efter en taxi åt dig?"

"Ja tack."

Angela återvände till skrivbordet och kontrollerade kalendern för att boka ett återbesök. De kom överens om en tid och Angela ringde efter en bil. Hon log ett äkta leende när Gunilla lämnade dem och Christos kom ut i receptionen.

"Trevligt att se det där leendet igen," sa han och intog sin vanliga plats på hennes skrivbord. "Känns det bättre nu?"

"Jag ber om ursäkt för..."

Christos lyfte en hand för att avbryta. "Inga ursäkter. Jag vill bara att du ska må bra igen."

"Okej. Jag tar i alla fall tacksamt emot erbjudandet om semester. När kan Larissa rycka in?"

"När som helst. Svärmor dök upp i helgen, och hon tar gärna hand om ungarna ett tag."

Hon kunde dra redan i morgon. Det var kanske lite för snabbt, hon måste planera lite först. På fredag skulle Peter lämna sjukhuset, då måste hon vara väck.

"Från onsdag, vad tror du om det? Och... Är det för mycket med två och en halv vecka framåt?"

Han skakade på huvudet. "Inte från onsdag. Från i morgon och de två nästkommande veckorna."

"Säkert?"

Han klappade henne på handen och försäkrade att det gick bra. Bara hon lovade att ta hand om sig ordentligt.

* * * * *

Sofia gick runt i lägenheten. Allt detta hade kunnat vara hennes nu. Om de bara inte hade klantat till det. Planen var klockren. Tanken hade aldrig slagit henne att Angela var en bekant till Peter.

Hon skulle göra slut med Liselott. Det var tråkigt, henne hade hon kunnat bli riktigt kär i. Tillsammans kunde de ha slagit sig ihop och levt på männens givmildhet.

Om hon hade haft åtkomst till Peters övriga konton kunde hon ha tömt dem och stuckit. Men nu fanns bara det gemensamma, och det skulle inte räcka långt. Kanske lika bra att dra och låta skilsmässan gå igenom genast. Äktenskapsförordet skulle träda i kraft, och hon hamna på bar backe. Ingenstans att bo. Hon drog ut lådor och öppnade skåp. Ingenting av något större värde så vitt hon kunde se.

Om hon kunde hitta något att sätta dit honom för, något som han inte ville skulle bli känt, då kanske han blev lite mer givmild. Ingen lägenhet i någon trist förort. Den måste ligga centralt. Han hade råd med det.

Men om han dog innan deras äktenskap ansågs avslutat skulle hon ärva allt. Hur det var med firman visste hon inte, men det räckte med lägenheten. Han kanske kunde råka ut för en fallolycka eller något nu när han blev beroende av kryckor ett tag. Men det krävdes lite tur för det. Hon behövde något säkrare.

Hon såg på klockan. Taxin var snart här. Hon svepte in sig i den nyinköpta pälsen med ångrade sig genast. Men en suck hängde hon in den i garderoben och valde en äldre kappa. Innan hon lämnade lägenheten slängde hon en sista blick in mot köket. Det dukade bordet med blommor och finporslinet såg välkomnande ut. De skulle fira att han överlevt bilolyckan.

* * * * *

Angela gick långsamt längs Strandvägen. Peter hade skrivit att Sofia skulle hämta honom. Exakt tid var svårt att veta, men hennes erfarenhet sa att det troligen kunde vara efter klockan elva när ronderna var klara. Hon höll utkik på porten till deras lägenhet och undrade över hur den såg ut. Antagligen stor med högt i tak. Det var väl så det såg ut i de här gamla husen tänkte hon. Så klart att alla kvinnor lätt föll för en man med de tillgångarna. Och sen fick de plågas resten av livet.

Hon hade kommit överens med Liselott om att göra ett försök att ta kontakt med Sofia. Maria ville inte hjälpa dem med det. Hon ville inte att de skulle vara inblandade längre. Hon skulle själv göra vad hon kunde för att få Sofia att lämna sin man.

Angela behövde träffa Sofia för att själv bli fri från Peter, men det kunde hon inte säga till Maria. Hon ville inte erkänna att hon hade påbörjat ett förhållande med honom.

Porten öppnades. Men det var inte en svag kuvad kvinna som kom ut. Det var Maria. Jäklar också. Sofia fick inte hämta Peter själv. Kanske hon aldrig fick gå ut mer. Angela skyndade på stegen när hon såg en taxi stanna bredvid Maria.

"Maria! Vänta!" Hon hann få tag i Marias jacka precis innan hon skulle stiga in i taxin. Maria såg förvånat på henne.

"Vad gör du här?"

"Jag ville se Sofia. Kanske prata med henne."

"Varför då?" Maria lät arg.

"För att... Hur mår hon? Är hon själv hemma nu?"

"Hon är okej. Det ordnar sig."

"Vilken lägenhet bor de i? Kan jag gå upp och prata med henne?"

"Hon vill inte prata med dig." Maria såg på handen som fortfarande hade ett tag om hennes arm. "Jag måste åka nu."

Angela släppte taget om Marias jacka. "Ska hon hämta Peter i dag?"

Maria gled in i bilen och stängde dörren utan att svara. En lång stund stod Angela kvar och tittade upp mot husfasaden. Det här var hennes chans att få prata med Sofia innan Peter kom hem. Hon hade tur. En äldre man öppnade med svårighet porten och Angela skyndade fram för att hålla upp dörren åt honom. Han tackade och hon steg in och tittade på namntavlan över de boende. Peter och Sofia Björkman. Tredje våningen. Hon tog trapporna upp medan hon funderade på vad hon skulle säga när Sofia öppnade. Hon fick improvisera. Hon tryckte på ringklockan. Hon hörde signalen genom dörren men hörde ingen som rörde sig. Hon ringde igen. Ingen öppnade.

✳ ✳ ✳ ✳ ✳

Han satt i besöksstolen bredvid sängen när hon kom. Han pekade på sängen.

"I dag får vi byta plats." Han log och verkade vara på gott humör. "Det är en sak jag vill be dig om, men du får lova att inte skratta."

"Lovar." Hon la huvudet på sned. "Älskling, du vet att jag gör vad som helst för dig."

"Tack." Han sträckte fram handen och klappade henne på knät. "Jag har väl inte rätt att be dig om någonting just nu egentligen..."

Hon avbröt honom. "Det är lugnt älskling, jag vet vad som gäller. Jag hjälper dig så länge du behöver mig, sen drar jag. Överens?" Det sista sa hon medan hon blinkade bort en liten tår. Sen log hon. "Vad ville du ha hjälp med?"

"Jag har sprutfobi..."

"Jaha?"

Han berättade att han måste ta en spruta varje dag en tid framöver för att undvika blodproppar efter operationen. Stora starka karln var rädd för ett litet stick. Hon skrattade.

"Lille gullegubben, att ge dig dina sprutor är det minsta jag kan göra. Oroa dig inte för det du."

Dörren öppnades och en sjuksköterska kom in med en bricka.

"Nu Peter ska du få en kurs i hur man tar det här blodförtunnande medlet."

Peter förklarade att han gärna överlät den delen till sin hustru. Syster verkade inte reagera nämnvärt på det. Hon var väl van, tänkte Sofia medan hon fick instruktioner om hur hon skulle göra. Peter tittade bort medan hon nöp tag i en bit av huden på hans mage och sakta lät nålen tränga in. Hon tömde sprutan.

"Så, det gick väl bra det där", påpekade syster. "Gjorde det ont?"

Peter skrattade generat. "Nej, det är inte det som är problemet. Ärligt talat, jag blir svimfärdig bara jag ser en spruta."

Sjuksköterskan försäkrade att det inte var ovanligt. Hon påpekade vikten av att sprutan måste tas varje dag. "Slarvar man med det så det bildas blodproppar är det riktigt allvarligt. Glöm inte det."

Sofia lovade att ta hand om den saken. De behövde inte oroa sig.

Molnen började hopa sig på himlen. Som om någon däruppe förstår precis hur jag känner mig just nu, tänkte Angela. Hon gick planlöst in i alla klädaffärer längs Drottninggatan utan att egentligen titta på något. Marias avoga bemötande gnagde i henne. Vad hade hon egentligen sagt till Sofia? Hade hon berättat om deras planer? Tänk om Sofia i så fall avslöjade dem för Peter? Hon kände hur det knöt sig i magen. Å andra sidan kunde ingen bevisa något.

Hon måste hitta på något att göra för att skingra tankarna. Resa bort på egen hand igen kanske. Eller kolla utbudet på lägenheter och gå på visningar. Planera för ett nytt liv. Se framåt i stället för att älta misslyckanden. Hon behövde tydligen en kväll till hos Anna.

Mobilen ringde. Liselott. Hon tittade på displayen en stund innan hon svarade.

"Hej Lotta."

"Hej du! Hur har du det?"

"Så där. Har tagit lite ledigt och går runt på stan och skrotar. Och du?"

"Också så där. Maria har gjort slut."

"Åhh." Angela var inte förvånad. "Det kanske blev för mycket för henne."

"Vilken jävla soppa det blev. Men vi måste rycka upp oss. Vad sägs om en dag på Centralbadet imorgon? En simtur och massage efteråt. Är det inte precis vad vi behöver?"

"Centralbadet?" Angela log. Hon ville knappt erkänna att hon aldrig hade varit där. Någon bra simmare var hon inte.

"Om du är inne i city nu så kan du väl gå dit och se om du kan boka några massagetider till oss? Helkropp, minst en timme behöver jag."

Idén kanske inte var så dum. Hon kände några regndroppar mot ansiktet. "Okej, jag går dit och ringer tillbaka sen."

* * * * *

Vädret var lika trist på lördagsmorgonen när hon vaknade. Det var ett par timmar kvar innan det var dags att möta upp Liselott vid tunnelbanan. Hon tog mobilen och tryckte fram Evas nummer. Det kanske fanns något mer hon kunde göra, något rätt och meningsfullt. Det var inte upp till henne att besluta om åtgärder, hon kunde bara vara den som lyssnade och vidarebefordrade. Det kunde hon klara av.

Signalerna gick fram men ingen svarade. Hon satte sig vid soffbordet och startade upp laptopen. Gick igenom utbudet av lägenheter som var till salu. Priserna var skyhöga, och ändå var det bara lockpriser. De skulle stiga avsevärt genom budgivning. Hon behövde veta hur mycket pengar föräldrarna pratade om när de sa att det skulle räcka till en lägenhet åt henne också. Undrade en stund över hur det skulle bli när de blev äldre. Skulle de kräva att hon fanns till hands för dem då? Hur skulle hon reagera på det i så fall? De fick väl klara sig med en anställd vårdare på samma sätt som hon hade fått klara sig med anställda barnflickor. Det var inte mer än rätt. Hon var inte skyldig dem något. Hon slog igen laptopen och reste sig. Regnet hade upphört men det var säkrast att plocka fram regnjackan. Hon tog sin ryggsäck med badkläder och gav sig av.

* * * * *

Massören tryckte hårt på hennes spända muskler i ryggen. Hon stönade.

"Säg till om det gör för ont", uppmanade massören. "Dina muskler är väldigt spända, så jag försöker få dem att släppa efter lite."

"Det är okej. Ingen fara."

Hon låg på mage på britsen med ansiktet ner mot det ihåliga kuddstödet. Hon var behagligt trött efter badet. Liselott hade rätt, det här var precis vad hon behövde. Hon kände de varma händerna arbeta sig upp mot skuldrorna och hitta alla de ömma punkterna. Där stannade de och jobbade tills spänningarna släppte. Mjuka toner spred sig i rummet från en spelare. Samma typ av musik hon lyssnat på under sina yogaövningar. Det var också något hon behövde ta upp igen.

Massören knäppte behåbandet i ryggen och bad henne vända sig på rygg. Han la en handduk över hennes kropp och tog itu med benen. Han arbetade tyst och hon slöt ögonen. Kände sig lätt och dåsig. Tankarna gled vidare till Peter Björkman och deras date på restaurangen. Så fin han hade varit, hon hade aldrig kunnat ana...

"Så där, då var det klart för den här gången." Massören torkade av sina händer på en handduk. Hon reste sig sakta.

"Ta det försiktigt", manade han. "Man kan bli lite yr så här efteråt."

Han hade rätt. Lite vinglig ställde hon sig på golvet medan han räckte henne ett glas vatten. "Tack", sa hon. "Det här kändes verkligen bra."

"Kom gärna tillbaka om ett par veckor. Du kan behöva en behandling till."

Liselott var på väg in i duschen när hon kom in till omklädningsrummet.

"Skönt va'!" hojtade hon över axeln innan hon öppnade kranen.

"Mycket", svarade Angela och drog av sig bikinin. Hon valde duschen bredvid Liselott och lät vattnet strila över hela kroppen. Det fick henne att piggna till lite.

"Nu är det väl dags för en stor öl i baren innan vi går härifrån", föreslog hon när de frotterade sig torra.

"Absolut", svarade Liselott. "Eller möjligtvis två. En för att dränka sorgerna med och en för att få tillbaka livslusten."

"Tänk att jag aldrig har varit här", påpekade Angela när hon såg sig om i den gammaldags inredda restaurangen med sina stora gröna växter. "En oas mitt i stan."

"Jag var här en gång med Maria." Liselott snurrade på sitt glas och satt tyst en stund. Angela avvaktade.

"Vet du, det känns lite grann som om hon använde oss. Jag vet inte men... Nu efteråt känner jag mig utnyttjad på något vis. Hon lät så kall när hon gjorde slut."

"Jag förstår vad du menar." Angela berättade om sitt möte med henne på Strandvägen. "Men hon sa att det var för vår skull hon inte ville ha någon kontakt med oss. Hon ville inte riskera att det blev känt att vi var inblandade."

"Så kanske det är. Hon var ju så himla go innan. Nej, nu dricker vi upp den här och glömmer det som varit. Dags att börja på ny kula." Hon höjde sitt glas och log. "Du nämnde förut att du kanske får chansen att köpa en större lägenhet. Berätta!"

"Först beställer vi in lite mat tycker jag. Jag är vrålhungrig och kommer inte att klara av en öl till på fastande mage."

De öppnade menyerna och studerade den en stund. Så höjde Liselott blicken och sa: "Helt otroligt vad mycket som har hänt sen vi träffades. Det är verkligen dags att försöka glömma det nu. Skulle inte alls ha något emot att gå tillbaka till mitt trista händelselösa liv igen. Tror du det kan bli så?"

"Så klart det kan. Du hittar en ny tjej, och jag... Jag hittar väl i alla fall en ny lägenhet." Hon berättade inte att hon hade planer på att fortsätta ställa upp för Eva och hennes hjälporganisation.

Eva tog tunnelbanan och steg av vid Västra skogen för att ta en promenad längs vattnet. Hon svängde av ner mot marinan och fortsatte gångvägen hemåt. Det skulle ta henne ungefär en timme att gå. Hon behövde promenaden för att tänka.

Hon fällde upp kragen mot den kyliga vinden. Det var ett fåtal personer som valt den här vägen i dag. Träden hade fällt sina löv, och vattnet hade antagit en ton av grått. Bryggan där optimistjollarna trängdes under sommaren låg öde. Hon började återigen fantisera om stugan hon lämnat över till Sebastian. Hon stod fortfarande som ägare. Sebastian hade sagt att hon bara behövde säga till när hon ville att han skulle flytta ut. Det behövde han inte, men hon skulle höra med honom om det var okej om hon kom dit och testade hur det kändes.

Att deras verksamhet var riskfylld var hon fullt medveten om. Hon och Sebastian kunde åka in på livstid. De tog den risken så länge de kände att det inte fanns någon annan utväg. Några mördare var de inte i egentlig mening. De utfärdade dödsstraff för att skydda oskyldiga. Det var en helt annan sak. Men vad visste hon? Fanns det folk i deras nätverk som utnyttjades för fel syften?

Hon stannade upp en stund och blickade ut över Bällstaån. Båtplatserna vid bryggorna gapade tomma. Allt var förberett inför vintern.

Hon satte sig ner på en bänk och körde ner händerna djupt i fickorna. Så många människor som hon hade hjälpt och som direkt eller genom andra hade visat sin tacksamhet. Det här var hennes kall och som gav henne tillfredsställelse. Lika viktig som Teresas. Men ensamheten. Den var svår att hantera.

Kanske Sebastian var i stugan. Då skulle hon åka dit. Han var där i långa perioder. Han hade bara tillfälliga jobb för att tjäna ihop lite pengar, resten av tiden satt han och skrev romaner. Hon visste inte riktigt om vad, men han hade berättat att han hade fått en bok utgiven. Hon hade inte läst den.

Hon ville träffa honom utan att de hade ett fall att lösa. De kunde prata om sig själva. Lära känna varandra på riktigt.

* * * * *

Hon steg ur bilen och tittade sig omkring. Det kändes annorlunda på något vis, som om det inte var samma stuga längre. Det såg fridfullt och – ja, rent ut på något vis. Först kunde hon inte sätta fingret på vad det var. Det hade gått tio år. Huset borde se slitet ut. Då såg hon det. Knutarna var nymålade. Och fönsterkarmarna. Sebastian hade verkligen skött om stället. Så vackert det var, tänkte hon och drog ett skälvande andetag. Nu måste hon bara våga gå in också.

Dörren öppnades. Sebastian kom ut, klädd i jeans och en tunn tröja. Var det inte kallt inomhus?

"Hej Eva," hälsade han. "Välkommen hem."

Det doftade enris i farstun. I köket spred vedspisen en skön värme, och på bordet låg en rutig duk. Det var dukat med bröd och ost. Hon fick tårar i ögonen.

"Så fint du har gjort," viskade hon, mest för sig själv. Hon tittade in i rummet som fungerade som kombinerat sovrum och vardagsrum. Sängarna var flyttade så de stod i vinkel längs varsin vägg med en smal bokhylla som skärmade av huvudändarna mot varandra. Gardinerna var nya, och en oljekamin värmde upp rummet. Hon skrattade.

"Nu förstår jag varför du är så lättklädd. Här inne var det alltid kallt."

"Vad sägs om lite varm choklad?" Han lyfte en kastrull från spisen och hon nickade och satte sig vid bordet medan han fyllde två stora muggar.

"Du har målat lite såg jag. Har du gjort något mer?"

"Nja, lite här och där. Hoppas det var okej."

"Mer än okej." Hon tog för sig av brödet. "Det är helt underbart att du har tagit hand om det här. Jag får ersätta dig på något vis."

Sebastian sjönk djupare ner på stolen och sträckte ut benen framför sig. Han tittade ut genom fönstret och såg ledsen ut. Hon undrade vad det var som var fel.

"Nej nej, det är inget fel. Det är bara..."

"Vad då? Har det hänt något?"

"Det är bara det att jag älskar det här stället. Önskar att jag hade ett eget. Men jag fattar ju om du vill ha det tillbaka nu."

Hon satt och blåste på den varma chokladen men ställde tillbaka koppen utan att dricka. "Sebastian, se på mig. Du tror väl inte att jag tänker kasta ut dig härifrån?"

"Du är i din fulla rätt."

Hon tog muggen igen och smuttade på chokladen. Hon funderade en stund. Medan hon la ost på en brödskiva bestämde hon sig för vad de måste göra.

"Vi delar på huset. Om det är okej för dig alltså. Jag skriver över halva på dig. Jag trodde aldrig att jag skulle vilja komma tillbaka hit, men nu..." Hon tog ett bett av smörgåsen och tittade på honom. Han såg helt frågande ut.

"Förlåt, du kanske inte kan tänka dig att dela det här med mig." Hon hade aldrig frågat om han hade sällskap med någon. Om det fanns någon som kanske blev svartsjuk om hon var här.

"Om jag kan tänka mig? Vilken fråga. Hur mycket vill du ha för halva stugan?"

Hon skrattade lättat. "Tja, om jag slipper bli skyldig för de reparationer du har gjort så... Och så kan du få betala kostnaden för den nya lagfarten."

"Kom, jag ska visa dig en sak." Han tog hennes hand och ledde henne till tvättrummet och drog bort draperiet han hängt upp som skydd. Hon bara gapade. Det var helt omgjort med handfat och dusch. En stor tunna var monterad högt på väggen. Där fyllde han på vatten med en slang.

"Och här får du se." De gick ut i farstun och han öppnade dörren till det utrymme som tidigare bara använts till att slänga skräp i.

"En toa! Inomhus! Hur funkar den?"

Han visade och hon gav honom en kram. "Du är helt otrolig!"

"Jaja." Han skrattade lite generat. "Kom nu så dricker vi chokladen innan den kallnar."

De beslöt att ta en promenad innan det blev mörkt. Sebastian plockade fram hennes kängor. Samma kängor som... Nej, hon ville inte tänka på det. Hon drog dem på sig. De passade fortfarande.

"Sebastian..." Hon tvekade en stund medan han stängde dörren. Han såg frågande på henne.

"Jo, jag undrar bara... Jag har ju berättat om vad som hände här en gång. Men vad är det egentligen som driver ditt engagemang? Vi har aldrig pratat om dig."

Han nickade. "Okej."

Medan de gick vägen fram berättade Sebastian om sig själv och vad som fått honom att hata kvinnomisshandlare till den grad att han var beredd att göra vad som helst för att stoppa dem.

Kvinnan har var kär i hade lämnat sin sambo. Inte efter första slaget, då trodde hon på att det var en engångsgrej. Men efter andra. Den gången fick hon rejält med stryk. Hon gjorde det enda rätta, packade sina saker och stack. Sebastian träffade henne på en dagskryssning till Åland. De fann varandra direkt och träffades i stort sett dagligen efter det. Men hennes förre sambo släppte inte taget. Han tog med ett par kompisar som mer än gärna roade sig lite. De fångade upp henne när hon var på väg hem från jobbet.

"Och det de gjorde... Det går inte att förstå..." Rösten hackade. Eva tog hans hand utan att säga något.

"Hon överlevde inte." Plötsligt bröt han ut i gråt. "Hur fan kan någon göra så mot en annan?" De stannade mitt på vägen och Eva la armarna om honom. Han grät en stund. Så kände hon hur kroppen mjuknade. Han drog sig snörvlande ur hennes famn.

"Oj. Jag har aldrig gråtit så här förut. Känns lite pinsamt."

"Fick de fast de som gjorde det?"

"På sätt och vis", svarade han. "Men det gick inte att bevisa vem som hade gjort vad. De skyllde på varandra."

Han skakade på huvudet. "Det känns konstigt att prata om det här. Har aldrig gjort det förut. Ingen skulle förstå, eller orka lyssna tror jag. Eller… Varje gång jag tänker på det är det som om jag låter henne uppleva smärtan och skräcken igen, och jag finns inte där och hjälper henne. Det är som om jag tittar på utan att ingripa."

Under tystnad gick de tillbaka till stugan. Hand i hand. Det var det här hon hade kommit hit för. Inte längtan till stugan. Hon hade åkt hit trots den. Det var Sebastian hon behövde.

"Det finns en korvgryta i kylskåpet när vi blir hungriga. Men du har åkt långt, vill du kanske vila lite först?"

"Kanske det."

De gick in i rummet och satte sig i soffan. På bordet låg en laptop och några skrivblock.

"Boken du har skrivit, har du något exemplar av den här?"

Han reste sig och hämtade en bok från hyllan mellan sängarna.

"Här är den. Tog mig fem år att skriva, men den har sålt ganska bra."

Hon såg på titeln. *Tro, hopp och kärlek*. Han skrattade.

"Det hade du inte tänkt dig va? Men det är faktiskt en thriller."

Hon lovade att läsa den redan dagen därpå. Han tog en penna och skrev på försättsbladet i boken:

Till Eva, den finaste tjej jag vet.

Hon rodnade och tog hans hand igen. "Vår mission, om vi ska kalla det så. Drabbas du någon gång av tvivel?"

"Hur menar du?"

"Vi dömer utan rättegång. Men när jag tänker på de uppdrag vi har haft så känns det inte så. Ingen av dem har behövt någon mer rättegång." Sebastian satt tyst och lät henne prata. "Jag tänker på Sandberg. Där behövde vi inga fler bevis. Jag har inga problem med det som hände. Men vad vet jag om alla andra fall jag är inblandad i? Tänk om jag är med och triggar något som är helt fel?"

Han tryckte hennes hand. "Eva, låt inte andras problem knäcka dig. Det är inte värt det. Vill du lägga av?"

"Kanske. Jag vet inte. Vad ska jag göra i stället? Fortsätta att städa kontorslokaler och sen gå hem och se på teve?"

"Tillsammans kan vi fortsätta göra skillnad genom att hjälpa de som behöver oss. Vi har vår mission Eva. Emellanåt kan vi vara här i stugan, göra små vandringar, plocka hjortron…"

Hon såg på honom. Mötte hans varma blick. Självklart. Hon behövde inte vara ensam. "Till att börja med kan vi möblera om igen. Vi behöver inte ha en bokhylla mellan våra sängar."

Med ett skratt hoppade han upp från soffan. "Bra förslag. Det finns inget jag hellre skulle vilja göra just nu."

Angela kände sig loj och avslappnad när hon kom hem. Det var fortfarande tidig eftermiddag. Lite av berusningen efter två stora öl fanns fortfarande kvar. En skön känsla. Liselott hade försökt övertala henne att följa med till Sandros på kvällen, men hon kände inte för det. Kvällen då hon blev drogad låg alldeles för färskt i minnet. Hon skulle fortsätta titta på lägenheter och se vilka som hade visning under söndagen. Tänk om hennes föräldrar också gick på visningar? Om de stötte på varandra och blev konkurrenter om samma lägenhet. Angela fnissade till. Knappast. De tittade säkert på stora takvåningar med panoramautsikt. Själv tänkte hon sig en modern tvåa med öppen planlösning.

Det fanns en lägenhet till salu på Strandvägen. Hon hejdade sig. Tänk om... Men nej, det var inte den porten hon sett Maria komma ut från. Under en stund tänkte hon på hur trevligt det hade varit när hon åt lunch på Peter Björkmans firma. Hur omtänksam han varit mot sin personal. Var det för att han satsade så hårt på sitt jobb som gjorde att han blev ett monster hemma? Utan att hon var riktigt medveten om det googlade hon in på firmans hemsida. Läste deras vision och deras inbjudande annons om lediga tjänster. Hur utvecklande de lovade att arbetet var. Hon klickade på rubriken 'Galleri' och såg bilder från deras konferenser. Några foton var från en fest där personalen firade sin chefs giftermål. Där var Peter tillsammans med sin fru där de stod med höjda champagneglas. Angela stirrade och kände sig yr. Hon hallucinerade. Det var inte Peter och Sofia som var på bilden. Hon visste inte hur Sofia såg ut, men kvinnan på bilden kände hon. Det var Maria. Varför var Maria med på festen? Ville han inte visa upp sin fru för personalen? Var hon misshandlad så det syntes?

Angela reste sig och gick till kokvrån. Från kylskåpet tog hon fram en flaska vitt vin som hon öppnade. Hon ville inte nyktra till, hon ville inte förstå. Peter skulle inte ta med sig Maria och låtsas att hon var Sofia. Ville han ha en stand-in skulle han inte välja Maria utan någon som inte kände Sofia. Någon som han kunde lura i en historia om varför hon skulle låtsas vara hans fru. Men inte heller det behövde han göra. Han kunde bara ha sagt att Sofia var sjuk och inte kunde vara med på festen.

Hon fyllde ett vinglas och gick tillbaka till datorn. Om Maria var Sofia, vad innebar det? Hon ville inte veta, men hon måste. Hon måste ringa till Liselott och berätta. Fotot med det leende paret som firade med champagne kändes som ett hån. Vem är du Maria? Egentligen? Hur kan du vara gift och samtidigt planera att flytta ihop med Lotta? Hon såg framför sig det irriterade uttrycket i Marias ansikte när hon hejdat henne på Strandvägen. Det hade skiljt sig avsevärt mot den vanliga docksöta minen. Hon påminde sig Peters ord om sin fru. Att han inte kunde konkurrera med ett kreditkort.

Hon drack ur det sista ur vinglaset när mobilen vibrerade på bordet. Med lite dimmig blick såg hon på den. Peter Björkman. Hon rörde sig inte. Illamåendet letade sig upp i hennes strupe. På darriga ben reste hon sig och hann precis luta sig över toaletten innan magen tömde sig. Vad höll hon på med? Hon behövde tänka klart, inte dricka sig berusad. Hon drack kallt vatten direkt ur kranen och sköljde ansiktet. Skulle hon ringa Lotta och berätta? Inte än. Liselott kunde behöva få en kväll och roa sig. Om hon träffade på Maria så... Ja, i så fall var det nog bäst att hon inget visste. Det fanns bara en sak att göra.

Peter svarade efter första signalen.

"Angela", vad glad jag blir." Men han lät inte glad, bara trött.

"Hej Peter, förlåt att jag inte hört av mig. Men jag visste inte om det var lämpligt…" Hon kände hur hon darrade på rösten och drog ett djupt andetag. "Hur mår du?"

"Väldigt trött. Ska ringa till sjukhuset i morgon om det inte blir bättre."

Angela reste sig och blev med ens helt skärpt. Hon blockerade alla ovidkommande känslor och gick in i sin yrkesroll.

"På vilket sätt är du trött? Jag menar, orkar du vara uppe och röra på dig? Du vet att det är viktigt."

"Jo, jag vet. Men… Jag är inte förkyld, men det är lite så jag känner. Tungt att andas."

"Hur länge har du känt det så?"

"Sen slutet av veckan. Och jag sover mycket. Hela nätterna och ändå flera timmar mitt på dan."

Angelas ögonbryn drog ihop sig. Att han sov så mycket var inte naturligt, men orsaken var oklar.

"Får jag fråga; Du tar väl de blodförtunnande sprutorna som du ska?"

"Jadå, eller…" Han skrattade lite generat. "Sofia har faktiskt varit ett stöd för mig. Det är lite pinsamt, men jag är lite skraj för sprutor."

"Det är inget pinsamt Peter, det handlar om självbevarelsedrift. Men vad menar du, tar du inte sprutorna?"

"Sofia fixar det. Hon ger mig dem."

Angela tänkte febrilt. Om Sofia gav honom sprutorna så var det nog ingen fara.

"Okej. Men försök att röra på dig så mycket du kan. Att du sover så mycket kan bero på chocken du fick när olyckan inträffade." Gudarna ska veta hur rädd du blev, tänkte hon, det ansiktsuttrycket skulle hon aldrig glömma.

"Jag blir nog pigg bara jag vet om jag får träffa dig igen."

"Bra. Jag lovar. Och du får lova att höra av dig om du blir sämre."

Det fanns kanske ingen anledning till oro för Peters del. Men Maria, vilket monster hon måste vara. De hade slukat hennes historia med hull och hår. Inte alls gjort som Eva sa. Evas grupp tog reda på allt de kunde om de män de fick uppgifter om. Varken Liselott eller hon hade trott att det behövdes. Maria hade ju alla uppgifter. Varför skulle de inte tro på henne?

Om hon kunde lita på att Sofia alias Maria hade gett upp nu kanske de kunde släppa det här. Glömma bort att de någonsin hade hört talas om henne. Kanske någon annan man skulle råka ut för hennes... Ja, för vad? Hämndbegär? För att hennes man ville skiljas? *Han kunde inte konkurrera med ett kreditkort.* Hon satte sig vid datorn igen och googlade in på Domstolsverket. Skilsmässa. Vad som gäller vid äktenskapsförord. Peter var antagligen ganska rik. Om han inte hade belånat hela lägenheten förstås. Hon läste texten och fick hela bilden klar för sig.

* * * * *

Med den öppnade vinflaskan nedstoppad i ryggsäcken och en påse räkor i handen ringde hon på Liselotts dörr. Klockan var bara sex och hon hade chansat på att hon var hemma. Hon orkade inte ringa och förklara, och hon ville inte längre vänta en dag.

Liselott såg förvånad på henne när hon öppnade. "Hej! Har du ångrat dig? Hänger du med ut?"

Angela steg in och lämnade över räkorna. "Nej, och det här är inte för att fira. Tänkte bara att vi kommer att behöva något att stoppa i oss. Jag har något jag måste berätta för dig."

Utan att ställa någon fråga gick Liselott ut i köket och hällde upp räkorna i en skål. Angela ställde vinflaskan på bordet.

"Peter ringde idag," började hon.

"Peter?"

"Ja." Hon suckade. "Den Peter. Vi har blivit grundlurade."
Angela öppnade hemtamt ett av köksskåpen och plockade fram ett par vinglas.

"Säg inte att han har tutat i dig något igen", protesterade Liselott.

Angela satte sig. "Sätt dig så ska jag förklara." Hon tog sats. "Maria heter inte Maria. Maria heter Sofia."

"Vad har han sagt…"

"Vänta lite." Angela hällde upp vin med darrig hand. "Det är inte Peter som sagt det. Jag hittade foton på nätet."

"Herre jösses. Menar du…?"

Angela berättade hur hon googlat och sedan förstått hur det hängde ihop. Liselott lutade ansiktet i händerna och var tyst en stund. Med tårar i ögonen såg hon sen på Angela.

"Och jag som trodde att jag var skyddad från sånt som ni strighta kunde råka ut för. Jag menar, kvinnor är aldrig såna, eller hur?" Hon gjorde en grimas. "Fy fan, och vi gick på det. Vi kunde ha suttit i fängelse för mord nu, har du tänkt på det? Vilket försvar. Att vi bara skulle rädda en stackars kvinna och hennes barn."

"Ta det lugnt nu Lotta, det skedde inte. Han klarade sig." I alla fall så här långt, tänkte hon.

Vinflaskan var tom och av räkorna återstod bara skalen. De hade rostat bröd och ältat det de varit med om under två timmar. Nu kom de inte längre. De satt tysta, var och en i egna tankar.

"Nej, nu är det dags för mig att dra."

Liselott nickade. "Fast du får gärna sova över om du vill."

Angela var utmattad, men ville ändå åka hem. "Vi får höras i morgon. Jag ska ta kontakt med Peter igen och säga att han måste ringa sjukhuset. Vi vet inte vad den där satmaran kan hitta på."

Hon gav Liselott en varm kram. "Sköt om dig nu. Vi kommer över det här, det ordnar sig nog."

"Hur mår du älskling? Orkar du med lite middag?" Sofia gjorde sin röst mjuk medan hon tittade in i arbetsrummet där Peter hängde framför datorn. Hon la en hand om hans nacke. "Hur är det? Du ser trött ut. Ska jag ringa till sjukhuset?"

"Vi åker in i morgon om jag inte blir bättre," svarade han hest.

Han hostade medan han stödd på sina kryckor följde med henne ut till köket. Hon hade förberett sig för den här stunden och lagat till en linsgryta som hon redan serverat i djupa skålar. Han skulle inte lägga märke till sömntabletterna bland alla andra ingredienser hon fyllt på med. "Gott", var hans enda kommentar medan han åt. Hon pratade lätt om allt möjligt men förväntade sig inte några svar. Hon såg på klockan. Kvart över åtta. "Gå du och lägg dig efter maten", föreslog hon. "Jag väcker dig tidigt i morgon så vi kommer i väg innan det blir kö på akuten."

Han nickade men svarade inte. Bra, tänkte hon, det här gör nog susen. Om han sov hårt på morgonen kunde hon ge sig ut någonstans. Förhoppningsvis skulle han inte vakna igen, men hon skulle inte vara där då. Ingen skulle kunna bevisa något, hon hade inte ansvar för hur många sömntabletter han åt. Ingen kunde klandra henne, han var en vuxen människa. Han fick skylla sig själv som tänkte ställa henne på bar backe.

"Jag går nu."

"Va'?" Hon väcktes ur sina tankar.

Han reste på sig. "Jag går och lägger mig nu. Tack för maten."

"God natt, älskling. Sov så gott."

På tunnelbanan in till Slussen tänkte Angela på Eva. Hon kände att hon hade svikit det förtroende som Eva hade visat henne genom att berätta om sin verksamhet. Evas stöd när det gällde stalkern hade varit ovärderligt. Måtte Eva aldrig få veta hur de hade gjort bort sig och betett sig som amatörer utan intellekt. Men gjort var gjort. Hon skulle försöka bota sin skuld genom att ställa upp för Evas grupp närhelst de behövde henne. Men aldrig mer agera på egen hand.

Regnet strilade ner när hon gick ut genom dörrarna från stationen. Hon brydde sig inte. Håret låg snart i blöta testar runt ansiktet men hon kände inte kylan som letade sig in under jackan. Ett par som skyndade på stegen framför henne kurade tätt tillsammans under ett paraply. När hon svängde in på Bastugatan var hon genomvåt. Först då ökade hon farten för att komma hem till värmen så fort som möjligt. I morgon skulle hon ringa till Peter igen och se till att han kom till sjukhuset om hon så skulle behöva hämta honom själv. Men nu ville hon bara komma in och dricka en kopp varmt te och sova. Det hade varit en lång dag.

Doktor Anders Lundström satt kvar en stund vid köksbordet efter att Peter Björkman hade förts bort. Han såg på den förtvivlade kvinnan framför honom. Ett onödigt tragiskt dödsfall. Troligen hade de fått alldeles för lite information om vilka komplikationer som kunde uppstå efter en benoperation. Han var säker på att den sjuke hade drabbats av lungemboli som hade förorsakat en propp i hjärtat, men det fick obducentens undersökning visa.

Han tog Sofia Björkmans hand. "Är du säker på att din man tog sina sprutor?"

"Ja, han sa att han tog dem inne i arbetsrummet. Fast jag såg det inte förstås. Först så…" Hon drog ett skälvande andetag innan hon fortsatte. "Först så fick jag hjälpa honom för han sa att han var spruträdd. Men sen…"

"Ja, vad hände?"

"Han tyckte bara att det kändes värre när jag skulle sticka honom, så han sa att han klarade det själv. Han var inte på så gott humör, och ville helst att jag skulle hålla mig undan."

"Jag förstår. Det kan kännas väldigt frustrerande för en man att plötsligt bli lite handikappad och beroende."

Sofia såg på honom med stora ledsna ögon. "Om jag bara hade förstått. Om jag bara hade ringt tidigare, då hade han…"

Han hejdade henne genom att trycka båda hennes händer. "Så får du inte tänka, det var inte ditt fel." Han hade suttit med när polisen frågat ut henne om vad som hänt. Efter att ambulansmännen hade konstaterat att mannen var död hade polisen och rättsläkaren kontaktats.

Hon hade berättat att hon inte hade försökt väcka sin man på morgonen. De hade separata sovrum och han hade bestämt gett henne order att inte störa honom förrän han själv kom upp. Hon trodde att han tog hjälp av sömntabletter för att kunna sova. Så hon hade tagit en lång promenad på förmiddagen och sedan ätit lunch på stan innan hon gick hem.

"Han ville helst att jag skulle lämna honom ifred. Om jag bara inte hade gjort det... Men jag hade ingen aning..."

Doktor Lundström motstod en impuls att stryka henne över de ostyriga mörka lockarna. "Finns det någon du kan ringa som kan komma hit och hjälpa dig idag?"

Hon nickade. "Ja, jag klarar mig."

"Bra." Han reste sig. Han kunde inte göra mer men hade gärna stannat kvar hos henne. Efter en viss tvekan gav han henne sitt kort. "Ring när du vill, om så bara för att prata en stund." Han belönades med ett svagt darrande leende när han reste sig upp för att åka tillbaka till sjukhuset.

"Tack", sa hon och räckte fram sin hand, "tack för omtanken. Det värmer".

Han ville ge henne en kram men nöjde sig med att hålla kvar hennes hand en stund. Han påminde sig om att det var en kvinna som precis hade förlorat sin man han hade framför sig. En kvinna i djup sorg. Han nickade ett tyst farväl men visste att han skulle ta kontakt med henne igen.

Till barnen

Pablitos bok

990926: min älskling har faktiskt redan små pärlgrå strimmor i låren och smörjer omsorgsfullt in magen med kräm innan hon lägger sej. I en liten blåstickad socka på väggen (i en kartnål i nedre vänstra hörnet av Jerusalemkartan ovanför madrassen på golvet) hänger graviditetstestet lite på snedden - ett blekrött kryss i en vit plastsked som lutar såna löften genom natten!

"Hon är med barn"..."estamos embarasados"...vi växer och delar oss på det mest förunderliga vis (säg inte att det hänt så många människor under så många millennier för det är alldeles magiskt och ohänt var gång) och jag kan redan ganska tydligt ana vårt barn där i sin blå bubbla - stretande efter livet med en slags oeftertänksam glad och självklar frenesi och yviga gester!

Hen kan redan vara en månad, har redan varit med oss till Ribban och tagit sitt första dopp i sensommarsundet. Jag kan inte förstå fast jag var så beredd.

Täcken och filtar och de susande nätterna. Vid två eller tre brakar det loss hos grannen och jag trycker bomullen lite längre in i öronen, gungar i mitt eget mörker, min egen livmoder, känner hur livet pulserar...

..är så lycklig, och plötsligt så rädd för jag har varit här förr och under medvetandet lever en sån stympande skrockfullhet, som att jag inte vågar vara glad, som att jag inte vågar tro, som att jag inte vill tillbaks till det där blodsolkade kaklet, paniken som ringer genom de öde korridorerna...

...men jag är lycklig, går igenom rörelserna, koncentrerar mej sakta men säkert en tillförsikt...

...och älskar!

Vi går till Familjens Hus på Norra Parkgatan och får ett underskrivet test av två vänliga Urmödrar. Morgonen därpå är vi på Invandrarverket, köar nån timme i det rogivande internationella sorlet och småskojar en stund sen med en märkvärdigt käck och trevlig handläggare som heter Jönnson med två n och ett s. S får en fin liten klisterdekal i passet, som berättigar henne att stanna fram till den sjuttonde november. Sen lämnar vi in ansökan om uppehållstillstånd.

Nu ska det bara vara en tidsfråga.

S läser "Sophies val" fast på spanska förstås och jag tänker att det kanske var ett olyckligt val (men mitt, på Rosengårdsbibblan för ett par veckor sen) men ändå inte.

Själv häller jag i mej en van Gogh-biografi som stått oläst i mina hyllor sen 1972, och fortsätter med

"Xavante", "Black Spring", Fergusons Henry Miller-bok... Energin är tillbaka, viljan har fått spets och den är liten och fördold och längtande, dunkar en vild liten rytm djupt i Miraklet, slår med mjuka knogar, ämnar och ska! Och heter till exempel Pablo, Pablito.

990929: tror jag långsamt börjar fatta nu, lusten och glädjen svallar allt friare även om jag försöker behålla ett grundläggande skydd. En av tio graviditeter slutar ju fortfarande i missfall.

Vi var till biblioteket i Slottsparken idag och hämtade en trave och det har redan hjälpt. Anna Wahlgren är åtminstone i skrift en god pedagog och det är välgörande att känna igen de mer irriterande av S:s havande egenheter i listan över sådana...

Det är märkligt för jag har alltid tänkt mej en dotter, eller två eller tre, men den här gången har det redan från början känts så alldeles klart och givet att det är en liten kille som strävar därinne. Vad beror det på? Pablito, det är som att jag redan känner dej - är jag synsk eller bara dum i huvet?

Och det är lika klart för oss bägge två att du blev till på kvällen den 26:e augusti detta millenniets sista varv. Vi bara vet för det var den kvällen vi kom hem hit till Ronnebygatan efter ett kortare besök på passpolisens kontor i hamnen. S var tillbaka från Chile men släpptes först inte in eftersom man tydligen måste vara ute ur landet i sex månader mellan två besök på turistvisum. Som tur var hade hon ett par dagar kvar på sitt gamla så vi fick den tiden på oss att fixa med papper och stämplar. Men hem först, där anspänningen detonerade och det var du, det vet vi bara.

990930: Earl Grey och vi hittar en Julio Iglesias gömd bakom en CD med fados som vi lånade på bibblan igår, sitter i morgonen med svenska glosor och socialbidragsansökan, kan man ha det bättre.

Du får det fint, ska vi se till.

991001: ett kort slagregn i natten och "Kvinno-fängelset"... När jag vaknar är det te och pakistanskt gung och en sista putsning av insändaren om Gefas och S är glad med Dalí och pyjamasbyxor men har redan vuxit ur sina bh:ar och på gitarren har jag i utbildande syfte tejpat en liten lapp som det står "gitarr" på (det sitter motsvarande lappar lite överallt) och Klinstbrobryggan på väggen som ett utropstecken efter sommaren och allt är väl.

Klar med huvudartikeln om the millennium bug, ska bara följa upp med kortare texter om hemdatorer och Malmö Stads åtgärder. Sakta men allt snabbare och säkrare sprudlar jag in i faderskapet, och tror att du lyssnar.

Från Pakistan detta alltså, bra va?

991002: S är noga med att stänga dasslocket om natten så att inte grannens ormar ska ta sig in och natten själv nynnar med "The Lonely Boys", tiden är inte att lita på och min chef är frälst på bahai (jag har ännu kåda nånstans längst in under naglarna från tallsluttningen i Haifa) och så är det morgon igen och vi arrangerar om i garderoben, "Time Out of Mind" och jag är så fantastiskt lycklig över det här gamla skrivbordet med bokhyllor på framsidan (det var ungefär ett sånt fast större och lätt rundat som morsan brukade ha Haldan på i mina tiders begynnelse.

Lycklig för det också, vågar vara lycklig för allt möjligt, fatalismen kommer lättare till en om morgnarna. Lycklig för Ekelöf och "Xavante", för gammal bild över Tibern mot Vatikanen, för slutförandet av det trista knäcket om Xerox Partners i Fosieby, för hennes svullnande bröst, hennes mjuka ögon. För natten och dagen och handdukarna på tork över ryggstödet i köket. För det som var och allt som kan bli!

S tycker sej plötsligt känna att det är en tjej vi väntar på men jag vet inte och inte spelar det nån roll heller.

991003: riktigt trevligt att knata runt och kolla barnpaltor...och så stugvärmen sen med böcker och manus och små ljusblå stickningar...levande ljus förstås, och inte ens på "Time Out of Mind" kan Dylan ta ner idyllen mer än vad vi tillåter - man är ju inte skapt för att *glömma* vart det barkar till slut, men för att koncentrera sej ett Nu som håller, och le åt det, tillsammans...

Pablito säger att "Lonely Boys"-plattan förmodligen är en av de mer underskattade som producerats här i landet under senare år, han gnolar och sprattlar en avslappnad förväntan i sin bubbla och när pickupen spårat färdigt och knastrat in till etiketten ger han utan att bli påstridig helt enkelt order om en spelning till.

S förstår inte riktigt att jag vill vänta med tillkännagivandet, men har ju inte heller varit med förr. Åtminstone vågar jag tro inuti mej själv - och hur märkvärdigt det här än är för oss så är det på sin höjd en disträ och snabbt passerad pulshöjning för släkt och vänner, det vet jag sen tidigare. Jag vill vara lycklig ifred, ett tag till. Det här är vårt mirakel.

"Chorionblåsan är öppnad. Embryot vilar på sin moderkaka med amnion, den inre fosterhinnan, som en skir slöja över sig. Fingrarna skjuter fram, men tårna är inte långt efter. Gulsäcken däremot har slutat växa - levern tar nu över blodkroppstillverkningen."

Ur Lennart Nilssons "Ett barn blir till"

991004: hibiscus och filthatt, det var kallt inatt.

Har en anställningsintervju om en timme och vi har varit ut till Rosengård med försenade böcker och S duschar sin redan rundnande guatita, jag spelar "Lonely Boys" för Pablo och försöker komma på nåt vettigt att anteckna men vettigare än såhär blir det väl aldrig.

Colo-Colo och pamfletter, men inga mer tabletter.

Den sköna tyngden av ny uppslagsbok, ont i ryggen och repris av Luuk.

Vettigare än såhär kan det inte bli.

Tungan i ditt öra, allt som vi ska göra!

991005: hittar Lennart Nilssons bok och sitter tillsammans i en av de omöjliga fåtöljerna Annas föräldrar donerade när jag kom hem från Chile, kikar klentrogna och skvättande, skrattar, gråter, fattar inte, vet ju, har ju sett det förut men aldrig med samma ögon, samma extraordinärvaro ljus&mörker, framtiden sprängande som soldatmyror på marsch, venerna bultande av lust och längtan...

Nästan sju veckor, en och en halv centimeter, med små armflappar och tår, ögon som korinter...

Det står inte på nu innan han kan höra oss - aah, vad jag tänker mumla med mitt barn nu innan han kan protestera, stämbanden vibrerande mot den alltmer spända navelgropen...

Vi håller i väntan från varsitt håll och den är varm och skälvande, osynlig, glasklar...

991010: jobbar hårt i några dagar, håller utmanande i oron, skakar den med tillkämpad kaxighet, blöder läkande, älskar och får nåt gjort.

De blödiga människoälskarna på Södra Innerstadens Socialtjänst avslår min ansökan igen, och jag skriver till Sydsvenskan. Hyran är tio dagar sen igen och jag ligger på Búi&Maria om resten av min torftiga inkomst. Har iallafall enskild firma nu, och storstilade vyer runt hörnet!

S mår illa om morgnarna men det lär ju vara normalt, jag står i fillingarna och puttrar havregrynsgröt. Regnet är över oss sen och hon fäller upp kapuschongen och undrar vad det är frågan om. (Dock ville hon se den nordiska vintern och detta är ju knappt ens höst.) Jag håller hennes öron i kupade händer, andas hennes nästipp röd och fin igen. Maria lagar vegetariskt och vi sköljer ner med vitt chilenskt och löser faktiskt världsproblemen, slår det mej senare.

991011: S kallar sej redan för "vi". Och jag med.

991013: det underlättar att vara med barn när man ska upp om morgnarna...

Egentligen är det väl bara ämnena man tvingas sätta sej in i som tröttar, vet inte om jag är rätt man att skriva om banker och dokumenthantering men vyer är väl till för att vidgas. Och scope som sagt, det finns scope!

991015: du bygger ut ditt hus snabbt nu, morsan krubbar och slaggar en del... Själv gör jag inget annat än jobbar ett par veckor, hinner inte riktigt snacka med dej.

Men allt är relativt: vi har redan haft längre konversationer än jag nånsin haft med *min* farsa.

P1 hör av sej och vill ha med min insändare i nån slags version. Finslipar och ringer in texten, med nervöst kippande luftrör.

991016: lördag, 75 centimetrar runt midjan, 87 runt höfterna.

Brösten: 88.

Låren: 50 (höger) respektive 49.

991018: 8 veckor ungefär, 4 cm.

Inget embryo längre men en väldigt liten människa. Inga nya anlag ska till, allt finns nu och ska bara växa.

Hjärtat har slagit i en månad!

Blir tokig när Búi eller Maria går in och byter om än enstaka ord i mina texter. Varenda gång är det såklart till det sämre, rytmen sabbad och svenskan förbarnsligad, de kan ju inte ens stava.

Sen minns jag dej igen, och leendet lägger sej som en tunn men tung hinna av olja över perfektionismens och stolthetens vågor (och jag kan tillochmed tillåta mej en sån gammal krystad metafor).

991021: så är man kallad till anhörigkontroll igen, nästan tio år sen senast. Ska man sitta där och försöka få nån liten arrogant byråkrat att acceptera att man är i ett genuint förhållande, när ska den här arten mogna.

Bueno, är väl intressant också kanske.

991102: tiden rusar, man blir allt nervösare och nyfiknare, spretar sina ansträngningar åt alla håll och försöker sova... Det är en mild höst såhär långt, S blir långsamt rundare, vi blir stadigt sundare, men får kanske inte tillräckligt med motion. Oroar mej för duschvattnet som rinner ut nere vid dörren, försvinner in under linoleummattan i hallen för att ligga och sunka ihop sina allergena dunster...och nu måste jag åter tillbaks till brödskriveriet.

Men jag är glad, om det inte skulle framgå!

991105: har träffat vår morska morska, hon heter Anita och ska nog klara jobbet. Invägning och blodsugning och en stunds allmän språkförbistring. Kallt idag men Pablito värmer som en stadig konjak under västen.

Idag fick jag också en massa nya detaljer om S:s historia men nog om det tills där finns tid och ord. (Månadstidningen Fosiebladet dricker mej torr.)

991106: en sorts grundläggande lugn ändå. Oron löper som blå ådring av liv över lugnet, föder det. Lugnet vilar i oron.

Lilla mamma tänjer och sprakar. Vet att det ordnar sej nu.

Arbete *och* fritid? Liv!

991110: ultraljudsundersökningen skulle kosta över fyrahundra så det får vänta tills S förhoppningsvis har ett personnummer om några veckor.

Utverkade iallafall sex tusen av Búi mot att jag tog hand om Onrox-artikeln efter vårt sammanbrott. Nu önskar jag mest bara slippa se dem nåt mer.

Allt väl, kan betala decemberhyran och koncentrera mej på annat än "sponsrade artiklar". Ser mej hellre fattig i spegeln...

Pablito gnabbas och växer och S läser om tjänstekvinnans batting.

991114: ett guldgult novemberljus över Pildammarna och vi värmer oss på Konsthallen där de dock inte bytt utställning på ett bra tag nu. Hem via Konsum och elementen ångar, hennes barfötter och Strindberg och boken om Eulalia.

Har tre illustrerade kopior nu, en är på Gotland och de andra två går iväg till Stockholm imorgon. Nu ska jag redigera färdigt diktsamlingen "Stockholm" också, och koncentrera mej på "Eulalias bok om sej själv", uppföljaren, sen.

Så kallade anknytningsintervjuer i övermorgon, vet inte varför det gör mej nervös men man kan ju aldrig lita ens på det mest uppenbara när en har med myndigheter och deras reglementer att göra. Upptäckte till exempel på bibblan häromdan att jag faktiskt har fel i Gefas-frågan: som arbetslös socialbidragstagare omfattas man inte av arbetsrätten men är ett undantag för myndigheterna att göra lite vad de vill med, man är tvungen att acceptera obetalt arbete eller avstå socialhjälp. Om jag nu inte kan hitta ännu tyngre lagstiftning.

I rådande konjunktur och med Pablito som ett spralligt knyte av förväntningar bakom naveln på S kunde man lätt drabbas av panik...

...men hyran är betald millenniet ut, liksom telefonen, och elräkningen kan flyttas fram och skafferierna är fulla och - har *scope*!

(Dessa eviga novemberbesvärjelser men man kan knappast klaga, i vart fall inte utan att bortse från alltför mycket.)

991116: var en formalitet, uppehållstillståndet, till slut. Ännu visserligen ingen stämpel men den ska komma senare i veckan. Betydligt snyggare handläggning den här gången men senast (1991) var det ju faktiskt polisen som skötte ärendet.

Minst sex, möjligen tolv, månader till att börja med. Bara att ringa SFI och boka tid på Kvinnokliniken.

991123: papprena vidarebefordrade till folkbokföringen, nu har hon snart ett nummer! Grattis...

Hon har ont i ryggen nu men har fått en stor spansk graviditetsguide att bläddra i, knaprar vitaminpiller och går runt på tårna nån kvart varje kväll för att tänja ut vadmusklerna.

Själv fick jag jobb på första samtalet, trots att inga ska finnas. Börjar på Posten i Lugnet här runt hörnet redan imorgon. Medan Stockholmsplanerna gror.

991126: fredag, vaderna krampar och jag har inga pengar att baka tårta för fast hon fyller imorgon, är så trött att jag knappt kan stå upp (skrivbordsarbete fördegar) men annars allt väl.

Färdigbladade gruppisar på Lugnet, det gillar vi, och ingen försortering heller men desto större distrikt å fan inga hissar heller där de satt mig i Rörsjöstan, men: allt väl.

991207: första bröstmjölken sipprar ut, pärlvit, väter det gröna nattlinnet.

991208: torsdag. Det här jobbet i december är absurt.

991210: lördag, går på stan med förskott, handlar spiddekauga till mina föräldrar och första små blå och vita paltorna till Pablito, tröja och byxor och strumpor.

Första boken om "pojkdetektiverna", senare "tvillingdeckarna" till R.

I antikvariatet läser jag i en bok med intervjuer under hypnos att de flesta minns sorgen över att födas starkast. Inte smärtan eller glädjen eller nyfikenheten, men sorgen. Så trist - födelsen som ett första avsked, och kanske det allra största. Därefter vidtar själens obotliga ensamhet...

Men också glömskan, all tröst, mat och livslånga lekar och det gradvisa återerövrandet av självklarheten. Det är värt att uppleva!

991212: nya mammabyxor.

991213: lussar lite morgonstukad för S varpå jag går till jobbet och lyfter ett ton reklam uppför Rörsjöstans alla hisslösa trappor (hittade en död hemlös man högst upp på Stenbocksgatan 10 D i fredags, när jag kom utpilande från vindsövergången, gav ett visst perspektiv fyfan).

L är förbi sen med söderhavsvind i snagget och solsken i blick, på väg mot Pago-Pago i april.

* * *

Sjuttonde går vattnet, Pablitos stötdämpare och hela habitat, det forsar ner i byxorna och skorna. Hon har lite obetänksamt jagat mig uppför trapporna från tvättstugan men nånting måste ju ha varit fel dessförinnan. Hon får inta sängläge, jag ringer C uppe i Vallentuna efter goda råd och till taxi sen och vi far in till KK på MAS.

Där får vi vänta på den enda läkaren i över en timme innan han med ultraljud kan konstatera att Pablito lever, hjärtat slår mycket tydligt och det finns fortfarande vatten att röra sej i.

Efter tester blir de inlagda på avdelning 2.

Hon är lessen men stark. Jag är lessen men härdad och liksom ihopknuten. Vi ser och känner men alltid delvis från sidan - det är tryggast så. Nu tar vi en timme i taget.

Ordentlig undersökning först på måndag. På lördagen får hon i alla fall eget rum och växer in i situationen. Läser Hijuelos och får teve på rummet. Jag bor i telefonen vid hennes högra sida och adventsstakarna glimmar i den skånska vintern, på andra sidan gatan i den helgöde MAS-staden.

En minneslund i Limhamn

Ett långsamt döende barn hur hanterar man det?
Vattnet sipprade men hjärtat slog, det tog en vecka,
hur kom vi igenom det?

Såg på varann, höll i varann
Vi lyssnade på de som tror sej veta och hoppet är ju
det sista som släpper taget...

De ställde ut julkrubbor i korridoren
S låg med bäcken ett par dar, hasade tofflor sen till
toaletten, till slut med droppet i rullställning och det
tappraste leende jag sett

Jul, kan det bli absurdare

Ett tag trodde vi att de dubbla fosterhinnorna skulle
kunna lappa över varann och täta läckan men till
slut vaknade S med navelsträngen hängande utanför,
Pablito
Pablito du var på väg att ge upp

Tårarna blir tystare med åren
De kvävda skriken gör en stel mask av ansiktet

Ser fortfarande min älskling uppallad på rygg på
tredje eller fjärde dagen
Hon hade fått en stickning och nya böcker från
bibblan
Fyfan
Outhärdligheten som måste uthärdas
Det tog över en vecka
Bitterheten smygande utanför fönstren
Man läser om aborter istf preventivmedel och fäder
som misshandlar sina barn, hör mödrar som alltid
trycker hårt på de possessiva pronomina:
mina barn *min* unge *min* självklarhet
som om barns primära funktion vore att legitimera
föräldrarna och *deras* liv
och man fäller persiennerna för man är tvungen
Världen vill en inget ont, världen vill öht ingenting

Lille Pablo, Pablito
du kan inte ha lidit, du kan åtminstone inte ha känt
någon ångest, det är vad vi håller i
Du kände oss aldrig
hann kanske drömma en och annan vacker färg men
sorgsenheten kan väl inte ha slagit rot
...eller var allt du hörde i ditt liv dina gråtande
föräldrar?

Vet inte varför du inte fick bli, Pablito
Frågan är förmodligen absurd, världen känner inte
den sortens logik
blundar och dräper

Man får bita sej i läppen
trycka naglarna i varandras handflator

Tror ändå att jag anar vem du kunnat vara
och tror du förlåter oss
Vi var tvungna att blunda
Först gjorde det mej upprörd att den där sköterskan
gav sej till att förebrå oss när vi inte ville ta adjö
Men jag tror du förstår
Vi hade aldrig kunnat stå ut med det
Hur kunde vi se på vårt barn och veta att det var
första och allra sista gången?

Nu är jag märkvärdigt tacksam ändå, Pablito, att
hon gav sej till att självsvåldigt ge dej ett kön och
en plats att tänka dej på

Sorgen blir inte mindre med åren
eller med upprepningarna
men ändå något lättare att hantera

Vi träffades aldrig egentligen och
du visste nog aldrig att du fanns
men för några månader gjorde du oss ändå lyckligast
i världen

(Ronnebygatan, Sorgenfri, Malmö 000130)

45

**Vill inte missa ett andetag,
inte en enda häpen blick!**

I

000116: Jag har världens vackraste och möjligen också varmaste ylletröja, blå som himlen över Öresund i somras när S kom med flygbåten från Kastrup, tillbaka ifrån Chile igen efter tre tunga veckor av separation, och det är också hon som stickat den åt mej och vi går mellan de nakna spretande trädlungorna på funkiskyrkogården i Malmös östra utkanter. Det är ett par plusgrader i mitten av snöfria januari.

Väntar på "En dam försvinner" sen, med blåvit chokladmix och apelsinklyftor i det trånga dunklet i en liten spartanskt möblerad etta i Sorgenfri.

Köpenhamn igår var en nästan helt nykter grundkurs för henne: de färgglada skridskoåkarna i ovalen på Kongens Nytorv, trängseln på Ströget (vi köpte ett par glada kopulerande grisar att ställa i nån bokhylleskugga), Rådhuspladsen med H C Andersen (hon kände till "Den fula ankungen", när jag berättade den), omvägar över till Västerbro och en stilla capuccino i Christiania. Det gamla hederliga hamnhaket Staerkodder dessvärre renoverat och ordinärt numera och fembåten tillbaks till Malmö på andra sidan diset.

Det går vidare ändå, slingrar sej framåt, vi stoppar förtröstan i varandras fickor.

Lever, är friska, är tillochmed kära ju. Läser och stickar.

000117: In i dimman igen, arbetsveckans glåmande trappsnigleri.

Väl hemma igen ligger vi hos varann och sen orkar jag fan inte skriva mer än såhär.

000119: Sol och nån plusgrad över Lugnet och Rörsjöstan när jag bär ut posten och över Sorgenfri när jag kommer hem sen till S:s syrliga lasagne och Slas i soffan innan jag nästan somnar stående i duschen.

Hennes leenden, särskilt de riktigt breda, mitt i en längre eftertänksamhet!

Räcker långt gör de!

Hon säger att hon känner att nåt är på väg att hända och att det kanske inte är nåt bra. Jag vet inte vad det skulle kunna va, katastrofen har ju redan inträffat.

Själv har jag mysteriöst haft den motsatta känslan alltsedan missfallet, att det är nåt avgörande och omstörtande på gång, men nåt bra, nåt jag vill ringa och berätta för alla jag känner.

Det är väl pappan i mej som vill bli till och inte riktigt kan förstå.

000122: Lördag i väntan på ännu en tipsomgång. S bakar och glömmer jästen till förmån för sirap och "Tracks" på P3 (alltid samma bisarra tidsresa, den där bakåtlutade norrköpingskan mumlande genom decennierna) och små frusna snöhögar längs trottoarerna nu faktiskt och en expedition till Konsum med samlade tomflaskor och ikväll gör vi pizza och läser eller firar tipsvinsten...

Strindbergs "Underland" på väggen viskar om... aldrig förgången framtid och påminner om att ingenting går över och Oasis är tillbaks och S pluggar svenska allt envisare, ska lära sej nu, och stickar, fäktar nästan maniskt med pinnarna efter resultat och nån slags mening i stillaståendet och winteridet.

Som vanligt sköljer inspirationen i otyglade vågor över hjärnan när man inte har tid eller energi att skriva men jag intalar mej själv att man lika gärna kan acceptera pendlandet och man kan ändå aldrig stanna nånstans men varför skulle man å andra sidan göra det – vad är detta krängande efter ett mål och nåt statiskt när livet av sej självt är så vidunderligt intressant outgrundligt och just *rörligt*; statisk blir man tids nog ändå; det här äventyret är rörelsens och ett steg bakåt, två framåt och färg och dukar och barfötter! Skrivandet är ett alltid otillfredsställt behov, en rusande motor, ett upphakat spjäll men snart är det vår igen i Stockholm och vi kan sitta på Långholmshällarna och vägra växa upp men tillbaks och in och ner och det är aldrig försent innan det så att säga inte spelar nån roll längre och dikten och skrattet och det stilla leendet är den mening som ges. Aningen och dess uttryck. Varför inte nostalgin i gurglande förening med nyfikenheten. Och sånt och så vidare.

I natt tänkte jag att man alltid talar om skuggornas former fast det i själva verket är ljuset som står för skapandet; skuggan är alltid passiv. En banal tanke men plötsligt som en uppenbarelse...

000123: Kallt som fan men vi pulsar genom de övergivna kyrkogårdarna och leker på lekplatsen sen bakom Sorgenfriskolan och köper smågodis och är hemma med te och stickning eller virkning igen, och jag gör mej beredd att lyfta Eulalia av Island nu äntligen och handboll från EM om en timme och imorgon måste jag ta tag i skattefrågan...livet slirpar vidare nerför skrevorna!

Lilla Eulalia fyller väl två år snart och växer långsamt vidare. Kan inte riktigt bestämma mej för om hon egentligen bör göra det eller om hon faktiskt är klar iochmed första delen som skrev sej själv liksom i en enda lång trans förra hösten. Är det den där klart avslutade transen som säger att det inte ska vara mer? Jag har aldrig känt mej mer som ett medium när jag skrivit än då - ord och handling kom till mej liksom helt på eget bevåg, fingrarna travade på över tangenterna och först efteråt kunde jag se vad de åstadkommit och fast barn (kanske) må ha svårt att ta till sej det öppna och lite sorgliga slutet där Eulalia tar avsked på obestämd tid så känner jag att det bör vara precis så. Finns det alls nåt jag vill förmedla till små läsare liksom för den delen till stora så är det väl just möjligheten för var och en att själv definiera vad som är sorgligt och vad som bara är outgrundligt och vackert. Ett stilla liv i fulländad lustlöshet är väl inte min idé om ett lyckligt slut.

Eulalia lyfter från Ön efter att ha lärt sej flyga. Hon måste lämna mej där att sakna henne, hon måste iväg att finna sin pappa vinden och sin mamma som är en doft av sol och hav och huruvida hon lyckas är kanske inte nödvändigt att gå in på. Det är inte det viktigaste.

Men rörelsen, men längtan och lätt fladdrig och vobblande beslutsamhet.

Glädjen i uppbrottet, löftet i försvinnandet...

000124: På morgonen är det minus nio men när jag kommer ut från kontoret vid halv tolv är det plus och strålande sol och jag skyfflar gruppreklam några timmar. På St Pauligatan frisserar man träden.

Fyllda paprikor. Det lutande tornet i Pisa.

Stänger av datorn.

000125: Hade tänkt skriva en hel massa, börja en roman rent av (ännu än), men plötsligt är det för sent och jag är för trött, växer långsamt ihop med soffan, ögon kletade mot TV-skärmen.

Idén iallafall: Dagbok, frånochmed nu eller frånochmed december kanske, med allt fler, allt intensivare, successivt allt jobbigare tillbakablickar (den där snaggade tvättbaljebarndomen och hoten och hånet och en del smörj och kväst självkänsla... men barnablicken ändå, okuvligheten - och en nakenhet som får alla tidigare nakenheter att svettas som i termooverall...

000126: S:s landsmaninna Christina som varit i Sverige i femton år har aldrig hört talas om Ulf Lundell, jag begriper inte hur sånt går till, hur kan man vara så ouppmärksam, ointresserad av sin plats, folk är verkligen olika.

Fick femton tusen från Posten igår, kan ju tyvärr inte stämma.

Trött.

000127: Ruskig torsdag, posten, trapporna men en timme övertid iallafall och pengar, och Janne skriver och beklagar missfallet, från Zanzibar eller hur det stavas och det är fredag imorgon men detta är inte liv, detta är inte livet, arbete, vila inför arbete, till slut helgen men man hinner bara knappt återhämta sej, inspirationen hinner bara precis vakna innan det är dags igen – hur kan folk leva såhär, se livet glida undan i plikt och tristess. Arbetsglädje är en sak men hur hittar man den i nåt så jävla meningslöst, de andra söker nya slingor och planerar sina postliv, som det skrämmer och skämmer mig, avlägsnar mig. Allt tomt kackel och den där förvirrande hyggligheten ändå mitt i det tomma kacklet men jag kommer inte åt, kan inte slappna mig in i det, kan knappt ens låtsas. (Självmedvetenhet, eller om det ska kallas timiditet, borde rätt balanserad kunna vara en dygd men är ju för det mesta en spetälska, alla skyr den, även den självmedvetne själv, det är så outhärdligt tidigt på Jorden.)

Måste loss, måste ut...tillbaks till illusionerna om det är så. Människolivet som det normalt ter sej här är inte nåt jag står ut med, vill ensamhet eller valda vänner, en...poetiserad och *verklig* verklighet. Den sega självklara vardagssörjan får gärna rinna mej förutan.

000128: Berusad, pisco med must och öl och tequila sunrise på Mascot och Zorba och två knappa dartsegrar och trött förstås, orkar inte ens öppna ostbågarna men glor på "Bonfire of Vanities" fast jag missade början, begriper ingenting, kopierar Eulalia och drömmer om tipsvinst imorgon för jag har verkligen nog med postal erfarenhet nu, nog av trappor i knäna, nog av inkompetenta chefer och gapiga lagledare molande i bakhuvet.

Oasis igen, "Be Here Now", andra gången gillt.

Försökte bli klippta idag men alla frisörer häromkring är muslimska män och tar inte i kvinnohår om vi rätt begrep saken.

Men vi är föralldel söta ändå.

000129: Uppbunkrat med stearinljus för att rida ut det sista av denna mysbittra vinter i söder!

Tänker på Stockholm, ledan och frustrationerna, längtan bort men vart, tveksamheten, ensamheten, men jag vet nu om jag inte visste det innan att det inte räcker att flytta till Malmö...förmodligen räcker det inte ens att flytta utomlands – jag tror man måste ständigt röra sej, evigt byta positioner. Själv är jag redan för gammal att somna in dessbättre, det är försent att nöja sej och låtsas. Vi har anat nåt annat och kan inte stilla oss mer, måste vidare om så bara efter nya aningar. Det är på gott och ont men alltid mest på gott! Är det litteraturens makt: den bär aning till oss, aningar större än allt som går att se och ta och sätta ord på. Det är nåt nästan men bara nästan religiöst; det är nåt större än en helig känsla eftersom det är nåt som med största ödmjukhet söker bryta igenom även den yttersta barriären, detvillsäga den religiösa upplevelsen. Dikten nöjer sej inte med mindre än allt, och mest fantastiskt är att den emellanåt når dit! Sjunker alltid tillbaks sen igen förstås innan man hinner få ett fast grepp men såna är villkoren och därför: rörelse, en aldrig

avstannande rörelse mot ständigt nya aningar...
(Och om skitdetektorn strejkar – vem bryr sej?
Skitdetektorer är för posörer, prosafrisörer.)

000130: Vi (sånt vackert litet kompakt ord!) firar ett år tillsammans, eller åtminstone i medvetande om varann. Ett år sen jag först såg henne sitta där ensam på sängkanten på den där festen, Santiagos milt påtända helgkaos, tajta vita byxor och den blå tröjan med solrosor på, den blyga men beslutsamma spanskan som rabblade på när jag satte mej bredvid, hon talade i tio minuter innan jag på engelska lyckades förklara att jag inte alls var med. Jag har kvar telefonnumret jag fick på en liten skrynklig lapp (passkopia); hon har kvar sin halva; vi har kvar varann! Vi lever ständigt med mirakler och det går egentligen aldrig att bli *patetiskt* sentimental.

Rädda Barnen har en snygg Che-parafras, liten unge med skäggpolisongerna och mössan med stjärnan, den kan jag inte låta bli att sätta upp på väggen. Den infama Che-renässensen bland svenska rocknroll-intellektuella har jag svårt för.

Oerhörd handbollsrysare, Sverige ligger under med sju mål i halvlek men plockar ikapp och vinner i andra förlängningen med uddamålet. Knappt nyttigt, hjärtat rusar och hoppar.

Själva vann vi dock inte den här helgen heller så iväg till ny pina på kontoret en vecka till. (Jo, jag vet att spel och dobbel är folkets egentliga opium, massornas verkliga morfin.)

Skrivandet leder ju ingenstans vad stålar beträffar, det verkar väl klart efter tjugo års knattrande. Å andra sidan har jag ju inte satsat många timmar på brödskriveri, och stigfinnarna har väl alltid jobbat gratis, till eftersläntrarnas fromma...

000201: Vi snaggade S häromdan och snart är det min tur känner jag, spegelbilden blek och glåmig och livlös, med tandkrämsspray på – medelåldern tynger i luggen...

Oasis larmande på gamla hitte-stereon och tröstens dagbok... Men vi kan förmodligen flytta rakt in till Solna i april för Kenneth fick jobbet i Strasbourg så lägenheten blir ledig, och sysslar med pinaleri ett tag, nåt år eller två, samlar bekvämlighet utan att överdriva, bygger ombonad funkis med tyngdpunkten på grönt och bissarra nyttigheter. Köpte tillexempel en elektrisk drinkmixer på Åhlens häromdan, för Pisco Sours och fruktjuicer och smoothisar, det står en på varje chilensk köksbänk och vi har definitivt en chilensk köksbänk.

Gruppreklamfri dag idag men imorgon har vi en exklusiv flyer. Då är det å andra sidan redan onsdag.

Vet inte vad jag tycker om Solna men för ett år eller två ska det väl hålla, kan inte det där väderstrecket nåt vidare men det är väl i sej en anledning.

Solna Centrum är ju riktigt fult och vi kommer att ha genomfartsleder inte alldeles utanför fönstret men närapå men det är ett hem iallafall och tills vidare. Framförallt behöver vi inte trängas i en etta längre och för S är ju allting nytt!

000202: Gick i Johannes idag med post till Wiehe och Nina Persson, bra bit, sol och vind och svinhunger med mej hem men potatissallad och lasagne kvar från igår.

Pequeña eriza, älskar dej där på knä på brädgolvet med din budget och ditt stora engagemang! Äppel päppel päronsnibb.

000203: Firar vår privata Luciadag, ett år sen första daten på Cerro Santa Lucia, det är svårt att begripa, känns som åtminstone två år trots att tiden tagit i ordentligt. Sluter mitt bästa år, trots allt.

Och klockorna i St Pauli påminner om Gamla Stan som trappuppgångarna på St Pauligatan påminner om Östermalm; att det är tretton år sen jag slogs med östermalmskärringarna om reklamen och de skramlande dörrarna i sekelskifteshissarna är förstås för mycket att begripa.

Ska jag översätta "Satori In Paris"? När ska jag få tid och ork att revidera "Samlaren", "Balladen om Utan Vidare och Inte Sant", "Den gudomliga tragedin"?

Jo, såhär är det, Bengt Magnusson - Julia Roberts gifte sej med countrysångaren *Lyle Lovett* 1993 och gitarren samlar damm, ett fint gråvitt puder ovanpå ljudlådan... Bryr mej knappt ändå, drömmer om Norra Gattet! Avlägsna segel som försvinner bakom dyningarna; guppar fram igen.

000204: Blandar påskmust med tysk lager och glor på "Åskbollen", nästan helt renons på idéer. Läser några kapitel om Tomas och Tereza i Prag och utmattande skuggboxning med S som virkar vidare på sin orangevita tröja sen. Jag kontrollerar att gitarrfingrarna lever.

000205: Lördag, går och förhör mej om en ny Fostex, det ligger kvar runt fyratusen, allroundmikrofon inkluderad. Stångas med barnvagnarna på McDonalds vid Gustaf Adolfs Torg sen där chilenska kommunister demonstrerar mot Pinochet, knappt en handfull, varför kan de inte lämna de röda fanorna hemma, stänger ju ute en massa folk samtidigt som det insinuerar att Pinochet bara var de rödas fiende.

Vi väntar på Tipslördag och läser Kundera respektive Hijuelos, planterar om krukväxterna, lyssnar på Fred Åkerström och Oasis och S har fortfarande inte fått sin mens efter missfallet men har åtminstone ont i magen idag...

000206: Man trär upp dagarna som smultron på ett strå, för nån annan att äta. Bara om söndagarna får man smaka ett själv, men utan att bli särskilt tillfredsställd.

Koncentrationsteknikerna avlöser ändå varann. Inget rönnbärsfilosoferande men en kaffegök med Pisco, halvvägs till havet.

Kundera är lite träaktig ibland, ger sej tillochmed till att via Sabina hoppa på den självbiografiska litteraturen, påstår att bara monster frivilligt säger upp sitt privatliv men avslöjar sej bara som feg och trångsynt och framförallt humorlös...men det är ändå en bok som provocerar många kanske inte helt nya men fullt påminnelsevärde tankar.

Pratar till exempel med S, som också läst boken, om den moderna könsrollsförvirringen och hon vidgår att det kanske finns *nånting* nedärvt längst in i kvinnor som attraheras av om inte våld så iallafall närvaron av överlägsen styrka (vad vore annars grejen med storväxta och muskulösa män), precis som det kanske finns en sorglig rest i män som söker dominans. Med humor och öppna ögon behöver det

75

inte vara problem; det som gör det intressant att leva är väl just denna ständiga utmaning att balansera upp de emellanåt helt obegripliga känslorna med tanke och samtal

Visst, det slår fel hela tiden men som människor har vi ständigt möjlighet att *tänka* oss rätt. Det verkar vi vara ensamma om och ska vi vara tacksamma för.

Risk och chans utmärker människovarandet, sorgen och glädjen beror av varann och komplexiteten glittrar!

000207: S viker tvätt och Hoodoo Gurus kompar efter maten, man är hemma igen, trygg i det gula soffljuset måste man ändå våga sej över i det krankt bleka bildskärmsljuset igen och här är jag, för vad det är värt.

Eulalia tog sej till Sidi Bou Said igår och som ett vänsterhandsprojekt översätter jag Kerouac också till slut, två kapitel till kvällskaffet och Stig Larssons ganska löjliga kaninman sen innan vi trynade.

Utlånad till Dammfrikontoret den här veckan, det är ett lyft. Lagom litet hissdistrikt mellan Bellevue- och Köpenhamnsvägarna, rymliga lokaler och framförallt – och det trodde jag aldrig jag skulle få uppleva – ett nästan helt tyst kontor; gubbarna sitter ner och gör vad de ska, håller i princip käften. Efter ett tiotal röjande ungdomsgårdar eller tufft basbullrande logement är det som att komma hem.

000209: Regn och sol och en marsliknande känsla, cyklar med uppfälld kapuschong genom Pildammsmörkret arla om morgnarna, ställer mej i det stilla P4-mumlandet sen och sorterar, fick jobba på idag för att hinna med till klockan ett.

Mötte S utanför Kvinnokliniken sen. Man har inte hittat några fel på Pablito, vilket vi mottar med blandade känslor. Det var ett perfekt barn vi förlorade.

Dock är S helt OK igen, man fann en infektion i fosterhinnan men kan inte säga om den uppkommit innan eller efter att vattnet gick. Inga streptokocker iallafall, förmodligen extrem otur bara.

Nån ska väl ha den också, och vi är starka nog, till slut.

000210: Pisco och "Pet Sounds", tröstens artefakter.

000211: Speglar oss i varann och är märkvärdigt lika i allt det främmande.

Försäkringsnarkomani eller religiös nit, frihetshetsande, sex, öl, köpgalenskap, workoholism – det är alltihopa uttryck för samma saknad och hon fattar det och jag fattar det och sen är det bara att välja men utan tvångsmässighet och framförallt medvetet. Alla cirklar vi runt den grundläggande meningslösheten och försvarar oss bäst vi förstår. Min bror samlar på barn, min far blundar hårt, inlåst i en hytt på "Freja" med dagstidningar och en stabil manlig image. Min mor riktar sej åt alla håll utom inåt och vågar inte ens snudda vid sysslolösheten. S är tvungen att ständigt läsa eller sticka eller laga mat för att hålla tomrummet stången och själv måste jag skriva ner allt som passerar för att inte ångesten ska få fäste.

Medvetenhet. Umberto Eco säger att sorgen ökar med kunskapen (är väl nån variant på enfaldens salighet) men jag tycker väl inte att man därför bör väja för kunskapen... Människan har inte bara fått sorgen men också skrattet – vi är lyckligt lottade som har förstånd att sörja! Vi har emellanåt nån slags kontakt med den ordlösa insikten och det är all

mening jag kan skönja. Ytligare glädjeämnen är inte
att förakta men tar så lätt överhanden.

Hon instämmer och formulerar om Poesins
kraft omger oss. Vi gör en egen värld och kikar
ut tillsammans. Kärleken som den ultimata
konstformen, intuitiv men aldrig bara lätt.

Fylla om kvällen, pizza och getingar på Nobe. Träffar
en kille som vill lära sej spanska, kanske kan S göra
en hacka.

000212: Bakis, lite skakis, storhandlar på Konsum och återvänder till tvåsamheten, "Rosens namn" på TV, vräker ost över en pizza, skriver rent lite kladdlappar, avvaktar.

Får in fyra första hästarna men inga fler sen. S sätter ändå nytt personligt med tio rätt på stryktipset.

000213: Inomhussöndag med solblänk i fönstren på andra sidan, "Fanzine" och Maná (mexikansk proggrock) och S pluggar svenska i några timmar och jag tar igen förlorad tid vid datorn: översätter Kerouac med vissa problem (skulle behöva en rejält daterad franskkanadensisk slangordbok) och tar itu med "Balladen" igen, den är sexton år vid det här laget men står sej, jag kommer inte förbi, måste få färdigt den, nånting fattas och nu vill jag ha tag i det (på samma sätt som jag inte kan lägga undan mina låtar utan att ha gett dem en rejäl chans med lugn och ro och åtminstone nån handfull kanaler i ensam koncentration med bra mick och eftertänksamma harmonier; jag vet ju att det är bra, att det emellanåt är nästan klassiskt...) och rensar i högarna av papper. Prestationsångesten slår knut på en framåt torsdagarna fredagarna efter en veckas skalldomnad bland all Dammfris eller Lugnets meningslösa post- och reklamdrivor, skriver frenetiskt under helgerna för att rättfärdiga existensen, känner igen föräldrarnas hyperaktiva rädsla, lägger in den också i en dagboksnot...

Femton noll sju nu och jag har inte fått på mej

brallerna än men ett antal sidor i pärmarna. Drar ihop sej till överbliven pizza. Sverige – Finland i Sweden Hockey Games kanske. Nån film.

I väntan på Köpenhamnsvägens föralldel ganska vackra röda tegeltrottoarer igen.

(Det förblir nog min bild av Malmö: de mattröda tegeltrottoarerna, ojämna, buckliga och välkomnande, med föredömlig vingelbredd och snyggt frusen hundskit i skarvarna!)

ooo214: Mormors fläskfilé med champinjoner och grädde och parmesan, dagen (Valentin) till ära. Vi har varit ute och köpt varsin kaktus till varann, helt oplanerat. Vet inte vad det säger, mer än att magin lever.

(Kundera förklarar visserligen torrt att "kärleken föds då en kvinna med ett ord träder in i vårt poetiska minne", därmed vad jag förstår menande att vi själva ringer i ödesklockorna vid varje liten slump och att de stora känslorna "bara" är poesin som skjuter skott, som lystet adlar slumpen och listigt gör magi av det som helt enkelt *råkade*.

Jag har inte läst hans eventuella konklusioner än men hittar verkligen inte mycket poesi i hans bok, vilket han i och för sej möjligen skulle ta som en komplimang. Jag ser bara en text där ena hjärnhalvan anklagar den andra utan att rum ges för försvar. Vem vet, vem *vill* veta vad kärlek är? Man må snart kunna urskilja det faktiska enzymet men såvida man inte också tar bort det så gör det knappast miraklet mindre. Självklart är det hjärnan som älskar! Och om man så spaltar upp känslan i kemiska formler och håller fram de blottlagda molekylerna så kvarstår magin!

Logik är bara ett förstadium till verklig insikt.

Poesi är vad som står kvar när vetenskapen har lekt färdigt och gått hem.)

000215: Hagel över Pildammarna men en snabb och lättburen dag som de kommer. Det verkar värre tills imorgon med veckans dos av tunga tanttidningar.

Sen ringer de från Latin Import och vi går och hämtar "Abba Oro" - samlingen på spanska som vi beställt från Madrid, hänger i soffan med glada miner och till och med jag kan höra hur illa de bryter men det är fantastiskt bra ändå, låtarna får nytt liv... "Hasta mañana" gör mej fortfarande tårögd. Känner inget särskilt för personen Agnetha Fältskog men hennes röst knäcker mej varenda gång, så trettisju jag är.

Inte mindre än två program från Chile sen men Sofia Eriksson turistande i Puerto Montt kunde jag för min del iochförsig sluppit.

000217: Det värmer på, man lyfter blicken. Koltrastar pickande i leran, man beskär buskagen, rustar för livets säsong... Solen! Den blå himlen, vilken skillnad den gör!

Har snart en ylletröja till, grå nu, och vi firar hennes namnsdag med att kolla våra e-maillådor på "Surfers Paradise" men hittar inte mycket i dem.

Broccolitortilla och smörstekt kyckling, äter varje dag som på lyxkrog fast kronofogden hukar runt hörnet, S har geni i köket! Och snart rör vi oss igen.

000218: Min grå tröja är färdig nu, känner mej som en ny man. Vi äter italiensk örtsill och guacamole med nybakt bröd och "Voulez-vous".

Vet att jag borde förmå mej att skriva mer (nåt!) om jobbet, tillbringar ändå åtta timmar om dan där. Just därför kan jag dock inte förmå mej, det är nåt nödvändigt ont detta evigt återkommande löneslavande och jag vill bara därifrån så fort som möjligt varje dag. Vill inte återvända ens i tankarna.

Ändå är det alltså inte värre än nån annanstans, det är ett jobb, jag är bra på det (om än bara för att jag hatar det så intensivt att jag vill bli klar fortast möjligt...) och jag har inga allvarliga kollegiala svårigheter heller, håller mej på min kant, gör vad som krävs även socialt, om än sällan så mycket mer. Har alltså objektivt sett inte större anledning att beklaga mej än nån annan, men det objektiva är ju en optimistisk illusion. Tyvärr finns ingen och kan aldrig finnas nån objektivitet. *Jag* ser igenom meningslösheten och kan inte fördra den. *Jag* är på gott och ont (gott därför att det också är en jävla motor till ständig förändring) uppenbarligen ovanligt tristesskänslig.

Normen för en mogen människa säger att han/ hon tar sitt samhälleliga ansvar och accepterar att livet inte är en lek. Men jag har bara ett liv och ger blanka fan i era normer: mitt liv *är* en lek, men den är på blodigt allvar. Har inte tid med lyckolekar och små snickarbodar, är helt enkelt inte kapabel till förnöjsamhet och det spelar ingen roll hur många gånger jag springer med huvet före rätt in i muren – det *ska* kännas och längst in har jag alltid min egen pensionsförsäkring: vissheten om att jag ändå försökt, och om att jag använt mina sinnen.

000222: Dylan och chokladmjölk...vi går och tippar i den sista solen, sitter i den där akustiska gitarren sen, "Gates of Eden", skriver, stickar.

Och jag fipplar med inträdesprovet från Bonniers Korsordstidningar för nu händer det kanske nåt till slut, åtminstone på den fronten. Kanske kan det gå att ordna en fast frilansinkomst som räcker, efter ett och ett halvt års satsning. Anderna hägrar. En bakgård i Cuenca eller Otavalo, gladiolus och kolibri, kvällsteet medan solen bränner i bergssidan (förmodligen blir vi inte statiskt lyckliga där heller, Vill en månad vid Titicacasjöns himlastränder, med de flytande öarna och en väl balanserad Pisco varje eftermiddag vid fem när arbetet är gjort. Vill andnödståget ner sen via La Paz och Iquique till La Isla Negra.

Sen tar vi den länge inväntade fraktbåten till Rapa Nui, med svenska romaner och solglasögon. Horisonten flyttar sej ständigt lekfullt längre bort och undan!

000224: Det regnar på buntarna med gruppreklam och naren far, jag håller på i flera timmar på Köpenhamnsgatan.

Det sunkiga gräset på Pjättängen som drömmer till synes fåfänga drömmar om små bara fötter och lagom pumpade läderkulor – rätt som det är så är det ändå dags igen.

Slåss med korsordsprovet sen, och med mitt eget pedanteri. Allt måste vara perfekt – flätningen, ordformerna, nycklarna...

ooo227: Korsordet färdigflätat, ska klura ihop nycklarna och skicka det imorgon och solen skiner, S duschar, Abba skaldar så gott de kan och ikväll ger Ettan "Att leva" och då får väl tillochmed Bruce Willis på Fyran vika sej. Tror jag.

Dessutom verkar jag bli kvar på Dammfri tiden ut, det är ett glädjebesked.

Framtiden gnolar och lockar, pockar med ett outgrundligt småleende. Och vi är teatraliskt nog på väg!

000302: Dagarnas odramatiskt flytande älv, nästan stillastående vid en första påsikt men när man går närmare ser man hur den ständigt lämnar allting bakom sej med en slags hastande likgiltighet. Det är torsdag igen, jag har gjort veckans värsta dag igen, ser fram mot Tipslördag igen...

Men S:s frestelse också, bara en sån sak, en lätt men riktigt modifierad Jansson med större potatisskivor högst upp och lite mer grädde. Och solen sken hela vägen genom slingan (en absurd liten dam tittade ut och förebrådde mej att hon inte fått sin gruppreklam i måndags och ville jag vara så vänlig att ta med den imorgon – vardagens små under, att reta sej på eller glädjas över; det finns människor som håller reda på om de får sin gruppreklam! Då kan man inte begära alltför mycket av mej heller...)

Tittar på Bergmans gamla "Törst" från -49 och den är väl inte helt ointressant men klart försumbar, ljudet är dåligt också, och pilsnerfilmsrösterna. Vackra vyer över Basel iallafall.

"Blonde On Blonde" nu och kopp te och eftermiddag och ljuset är tillbaks, de första vårvindarna drar längs kanjonerna och redan vid tjugo över sex när jag kommer ut är solen på gång. Jobbar plötsligt med en samling medelålders postpedanter och betinget är verkligen avskaffat och ingen går även om alla är klara men det är ändå att föredra framför ungdomsgården på Lugnet. Tre veckor till. (Killen till vänster är ett år yngre än jag men ger ett tunnhårigt fyrtifemårigt intryck, fnissar till ibland på ett överspänt vis, håller sina fastighetsblad dagligt uppdaterade och missar inte en detalj i poststadgan, var förmodligen klassens klent begåvade suck-ass ordninsgman och får för sej att gräva upp mina PPD:are ur klumpsäcken och påtala att jag måste bära ut dem – vafan är det? Givetvis är han fackombud också.)

Må det snart vara slut på det här infama postlivet.

ooo3o4: Sol över Sorgenfri, S har ont i ovarierna och tar en Alvedon. Streckar tolv kusar och går för att spela. Har sovit, har idéer.

Kikar på bokrean på Åhléns men köper inget, det är trots allt betydligt billigare året runt på antikvariaten. Fikar på Konsthallen och köper ett par planscher, Strindbergs "Hög sjö" från Paris 1894 och ett vindsrum med stjärnor i snedfönstret av X:et.

Abba på spanska igen, den går varm. Drar mot fjorton noll noll, två timmar till avspark.

Två tankar:

Ser ett par gamla intervjuer från Måndagsbörsen som den oerhörde Staffan Schmidt gjorde med Adam Ant och Midge Ure och sångaren från Styx, de lär vara "kultförklarade" vilket är ett rätt märkligt ord men jag minns dem förstås, minns den där genomskinliga kaxigheten, den där välkammade tuffheten, överåriga malplaceringen han alltid fick till, och tycker mej minnas att jag skrattade rått. Nu är det förstås annorlunda, jag bara skäms och vill byta kanal, vill fly, vill låtsas att det inte händer, aldrig hände, vill inte att det ska finnas eller ha funnits, vill inte att sån självdegradering ska kunna passera, blir kanske rädd men känner väl i första hand sympati. Vet inte om detta är mognad, men känner att det betyder nåt. Har inte på många år kunnat skratta det där råa, inte ens elakhet får mej dithän. Blir bara lessen, eller arg.

N skriver, skickar en bok och ett par dagar senare ett urklipp, dubbelrecension från Expressen av andra delen av Kerouacs brev och svenska översättningen av "Big Sur". Han håller alltid en respektfylld och försiktig ton i sina brev och skriftliga meddelanden eller åtminstone känns det så, kontrasten mot hur han låter i telefon är drastisk. Live är han snabb tuff krävande, alltsomoftast nästan domderande och avslutar alltid först och väldigt abrubt (att det alltid ringer minst en gång på annan linje när man har honom på tråden gör inte upplevelserna mindre frustrerande). Mediet förskjuter alltså ofelbart balansen, själv är jag på motsvarande sätt väldigt tydlig och utförlig på papper medan jag tenderar att huka undan inför faktiska röster.

Var jag är som verkligast är förstås svårt att avgöra, vi har så många sidor, hjärnbarken är som bekant veckad och lika outgrundlig som för den delen språket självt. Men det är ju uppenbart varför jag är så hängiven detta ensamma pillande med bokstäverna. Det vill helt enkelt till för att balansera mej – ser bara när jag skriver, förstår inte vad jag känner om jag inte också kan läsa det. Det är inte på nåt sätt tragiskt, tvärtom en styrka. Som jag ser det handlar inte levandet om att vara lycklig eller inte; det är en fråga om att förstå och kunna uttrycka den faktiska jaglösheten... Flummigt kanske, men nä: språket är det enda medel vi känner att utforska oss själva genom, ändå ligger sanningen alltid mellan raderna som dock måste till för att den ska gå att se, eller åtminstone att ana. Utan att skriva tror jag aldrig det går att komma i närheten och den eventuella lyckan förblir omedveten och därmed meningslös, relativt värdelös. Förutsatt att det är en lycklig *människa* man vill vara och inte bara en happy gläfsande cockerspaniel i koppel.

000307: Tisdag, tillbaks i Rörsjöhelvetet sen igår och det regnar och blåser snålt, detvillsäga generöst... Ännu ett nytt distrikt, samlaren noterar och vänder eländet i nåt positivt – nån dag eller rätt som det är ska jag sätta mej och räkna efter hur många brevbärardistrikt jag egentligen gått. På Södermalm kan inte felas många trappor.

Ytterligare ett av alla dessa frustrerande uppträden angående mitt skrivande i söndags och på måndag packade hon och sen tjurade vi i soffan och så var det glömt igen och vi höll ikapp i varann. Känner igen det från alla seriösare förhållanden jag haft, och från hur många författarbiografier? Partnerns svartsjuka på arbetet. Som om jag satt och romantiserade, eller pornograferade, bara för att det förekommer kvinnor i det jag skriver. Som om uppriktigheten i skrivandet skulle klassa ner den vi kan få till emellan oss. Men jag tror hon ändå vet. Problemet är kanske bara att hon faktiskt inte kan läsa svenska än?

Trött på hemliga skriverier och låsta byrålådor. Vill kunna prata och rådgöra med henne om allt jag gör och om nånting stör henne kan jag gå en annan väg. Å andra sidan måste hon lita på mej, jag orkar inte med misstro längre.

Men vi bråkar sällan, och när det händer höjer vi ändå inte rösterna. Det är en befrielse.

000308: Mer regn, kvar på BG:s bit men den är rätt raskt undanstökad ändå, hem för att ladda för en torsdag i regnet med gruppisar, the boredom...

Bayern München mot Real Madrid halv nio.

Regnet liksom bara hänger i luften men rör man sej går man in i det och blir omedelbart blöt.

Tolv dar kvar på Lugnet.

000310: Plötsligt bara tio dar kvar varav åtminstone en vecka på Dammfri och solen inte bara sken idag men värmde tillochmed och Mailbushäftena fick passera.

Flyttlusten drabbar allt hårdare, man vill börja packa fast det är för tidigt, vill iväg och fast det blir tillbaks till Stockholm som kändes så nött och döden när jag stack för tre år sen känns det som vore vi på väg att byta kontinent. Det är märkligt och varar väl inte men ska ju inte det heller, det är bara tillfälligt, ett år eller två och kanske åker vi till Portugal till hösten och hänger där över vintern. Allt beror på.

000311: Inte en bortaseger och vi stannar på nio rätt. Fem av åtta på måltipset ger iallafall frirad...

"Gå upp på klippan" och TV:n avstängd, S bäddar och jag försöker minnas men det går inget vidare. Är trött så lördag det är. Tio dar kvar och svårt att koncentrera sej. Får inte tag på Rikard, vill ta en öl till men inte här, vill ett bord i en gränd som mynnar i Egeiska sjön, vill försiktigt flämtande stjärnor och den sortens lust till poesin som bara skrafsar i det lilla blocket utan att titta bakåt.

Ramlade ner en massa slask idag och fast vi varit nästan helt förskonade hela vintern blir man omedelbart irriterad: det här klimatet är inte människovärdigt.

Ändå drar vi alltså norrut men det blir ett besök, en längre visit bara. Por favor.

000312: Söndag vid arbetsbordet, vi gör juice i blendern och lyssnar på svenskt sjuttital som ju fortfarande är nytt och friskt för S (orden faller loss ur texterna, hon plockar upp dem och suger på dem som på nötter och kärnor, införlivar dem, befruktar dem, planterar dem, och språket växer).

Hon räknar ut att hon läst ett sextital böcker sedan augusti, och inget skräp heller. Tiden behöver aldrig vara bortslängd för alfabeter.

Man småpackar, fuskar, väggarna rensas långsamt och lusten liksom imploderar i solar plexus!

Dylan... Tar inte heller slut och jag tycker inte det är nåt patetiskt med det konstaterandet... "Subterranean Homesick Blues", ett enda långt mästerligt reciterat uthållighets- och envishetsmantra!

000313: Tillbaka på Dammfri: Hålsjögatan, Stadiongatan, ett nästan löjligt litet distrikt men det talar jag inte för högt om. Hoppas bli kvar veckan ut, åtminstone.

S jobbar med budgeten och tar hem tipskuponger, pannan i djupa veck i soffan och ska hon våga satsa på att Leicester slår Man United hemma?

Läser Drömspelet, duschar, packar kolhydrater, räknar ner.

Nie dar kvar.

000315: Sol men lite väl friska vindar men nu är det så nära över att jag känner mej starkare för varje dag, dagsljus om morgnarna redan, solen speglar sej rödlätt i de låga molnen över Ribersborg och motvinden på John Ericssons väg är nästan för mycket men det går, nu går allt.

Bjuden till bröllop i Gustav Vasa i maj men känner mej kluven. Varför är inte S bjuden, och vad angår det nån annan vad jag har på mej? Mörk kostym föreskriven och det räcker ju egentligen för ett avböjande för jag varken har eller vill ha nån kostym och förresten är vi kanske inte i stan men jo det är jag väl. Får se.

000319: Strålande solsken och huvudvärk, simlandslaget håvar in medaljer i VM men Hammarby förlorar bandyfinalen, en heroisk upphämtning till trots. Gör mitt sista besök på Malmö Stadsbibliotek. Får ingenting skrivet men hämtar bananlådor och får böckerna stuvade, det är alltid en hård kamp mot rastlösheten veckorna före flytt, vi har rätt lite prylar och ändå ska jag på och rensa och packa i förväg, blir mer och mer som farsan för varje år, i just det avseendet.

Vet inte än vart grejorna ska men söker Kenneth&Loa för att eventuellt ta deras vindsförråd i anspråk. Andrahandskontraktet är visserligen inte godkänt än men risken för avslag vad det nu skulle grunda sej på orkar jag inte ha i huvet... Har iallafall bokat kärran, envägs med återlämning vid Ringen, där går nästan halva slutlönen men sen har vi åtminstone Malmö bakom oss intill sista kartong.

Vill verkligen ha råd att åka till Fårö en vecka innan jag börjar på Gärdet om jag nu gör det (väntar besked därifrån också inom väldigt kort), promenera i vårvinterskogarna jag aldrig ens sett, dags nu. Hugga ved och klottra vid kakelugnen om kvällarna med nyponte och spiralblock.

Tillräckligt med korsordsuppdrag sen och en laptop med fax så kan vi dra, då gör vi en vinter på ön!

Eller om vi emigrerar till Marocko...

S pillar med plantorna, tar skott och bakar om, flyttar runt, vårdar den växande skogen här. Vet inte om det är moderligheten som söker ett uttryck men det rör mej förstås, och hon har gröna fingrar, och jag tycker om grönt.

Fem dar kvar nu.

000323: Mihajlovic nätar i bortre krysset, en sån nätt och irriterande självklar båge över de omkringstirrande försvararna, men det var igår och idag är det ingenting på TV och jag sitter i soffan och S är hos Christina och all min energi är hos nån av *sina* vänner och en dag kvar nu bara iochförsej men jag måste konstatera ändå ännu en gång att arbetarens liv helt enkelt inte duger, inte ens i tvåtusentalet, fyfan vilken tristess, och orkeslösheten, man bara radar arbetsdagar på varann och återhämtningspauserna där emellan, knappt energi att promenera, TV-soffan bara, ibland orkar jag inte ens prata men ler bara vagt som från en egen och hemlig dimension, utmattningens varma väntan, förhoppningarnas knutna näve inuti den darrande fladderhanden...

Men nu händer det ändå, bil bokad och väskorna packade, ett läger som bryts och med lust och aktiv längtan och tillsammans.

Nu händer det, adressen ändrad och jag ställer oss väl i bostadskön också för sakens skull men mycket småpill och en del nerver involverade också, som de ska vara, och det är vår och Tantos gräsvidder andas allt lättare och närmare. Det är ett steg bakåt förstås, och ändå inte. Solna till slut och *också,* och jag ser Göran Persson intervjuas på Libertade och nån annan med bron över Tejo i bakgrunden och vet att vi är på väg. Hela tiden för det är vår natur och essenserna i våra liv som lägger sej runt varann men lätt som försiktigt nystad bomull...

Solen och självklarheten och den plötsliga oförklarliga glädjen och hockeyspel!

000325: Bakfull lördag, det var ett tag sen sist, känns nästan ovant, hemtrevligt med päronsaft och hastigt hopblandad pytt med svamp och soya.

Packningen går in i ett nytt skede, planscherna rullas ihop.

Fick en Redhawksvimpel av grabbarna på jobbet, att hänga på kontoret på Gärdet var det väl tänkt.

Dricker te och äter choklad och spelar "Tombola tombola" over and over och S småsyr på pajjade braller och kartongerna fylls långsamt men stadigt.

Stänger av datorn och dagboken nu i nån månad.

Stockholm i nästa vecka, och Fårö en sväng sen. Dörrarna slår upp och livet drar in, virvlar runt banankartongerna. Det är svalt, och vilar inte.

Nog.

000526: Två månader drar undan i ett utdraget schvoschande men några hjälpligt sorterade anteckningar från Gotland allefall:

Visby färjeterminal fjärde april halv sju på morgonen, det sitter ett par lastbilschaffisar här intill och fikar på lågmäld gotländska och S läser Los hermanos Karamazov, själv bläddrar jag i DN och försöker känna av läget, plirar genom dimmorna, uppskattar detaljerna. Tror solen bryter igenom innan vi passerar Tingstäde.

Gotland om vintern, eller vårvintern – fast snart trettiåtta kan man alltså hitta en sån kick på hemmaplan, och S är med och utsikten är därmed dubbel, lätt förvirrande, trasslig och avskalad, lösgjord och paradoxalt tydligare och verkligare än nånsin förr.

Sexton noll åtta: filten virad, sockorna på, fotsulorna sover mot kakelugnen där det sista av spillvirket sprakar och Alanis Morisette och ett avgörande mellan MoDo och Brynäs i Gavlerinken snart.

Lundins får kom sättande med en gång när vi

dök upp, körde trynena genom stängslet, hälsade brustet och ljudligt det oväntade avbrottet i de eviga rutinerna. Vi hälsade av nån anledning inte tillbaks och resten av dagen har de hållit oss under mer reserverat nyfiken uppsikt.

Femte april, riktigt kall avrivning intill pumpen med huvudet värkande uppochner i baljan.

Aprilvindarna yr, vintern bor kvar på ön fast vårprimörerna tittat upp under nåt tidigare högtryck och nere vid stranden pressar sundet tårar ur ögonen och man drar sej för att ta händerna ur fickorna, det spelar ingen roll hur speciella stenar man skymtar i lågvattnet och de dimmiga vyerna.

Bara tallskogen är sej lik.

På eftermiddan lägger sej snön tunn och prövande som spindelväv över gården. Vi håller elden vid liv och yatzy och "Nils Holgersson" och jag måste fotografera lite, och "Muriels Wedding".

Det tar alltid ett par dar och framförallt ett par nätter att anpassa sej. Tystnaden rubbar stadsbon, väcker henne till nya och alltid oanade försvarsställningar. Mungiporna går upp och ner igen med temperaturen och efter de där inledande dygnen saktar pulsen in, stannar nästan till, ser sej omkring.

Känner givetvis igen sej, för det är trots allt ett naturligare tillstånd. Jord under fötterna.

(Men det behövs bara en dokumentär om Srebrenica för att man ska ramla omkull igen.)

Sjätte april, såhär dags på året var Nils Holgersson på Öland men vi är på Fårö och solen tar nog i vad den orkar men biter ännu inte på vintern som sitter i, håller fast, frost i gräset och bara blyga och hämmade knoppar – man måste nästan in i syrenhäcken för att upptäcka dem och juligungorna och lärktungorna känns som länge sen lästa sagor i dammiga boklårar...

Spelar yatzy om disken, det kan kvitta vem som vann.

Right On Radio rockar från storön och ännu en eld falnar – men behöver ju bara bränsle.

Snön är borta, man kan ta en Norrland på eftermiddagsaltanen och följa Nils till Visby, följa John till världens ände som lär vara chilenska Patagonien och som återstår; rätt som det är (och var, så småningom) tar vi postbåten söderut från Puerto Monnt förbi Chiloé, söderns mytiska Gotland och in i mapuchefjordarna, uppför glaciärerna.

Livet är alltid det främsta verket, dikterna eterneller bara att hänga uppochner intill tavlan, som dubbeltydiga apostrofer.

Svårt annars att helt koppla bort olusten här över mina föräldrars ordningsvansinne, trots att huset egentligen var min mormors och hennes föräldrar. Känner hela tiden att vaktmästaren iakttar mej med ogillande så fort jag flyttar på nånting.

Älskar platsen, samtidigt var det ju så att här - just som i mitt barndomshem - prioriterades alltid döda föremål framför levande människor och skeenden. Materialismens skygga egocentricitet.

Sjunde april, rått men soligt, Nils dödar kråkornas elake härförare med en kniv genom ögat (det var annat med barnböckerna förr) och man känner sej skitig igen men jag tror tvätten får anstå tills vi kommer tillbaks från Norra Gattet.

När vi gick upp till stugan inatt stod norrskenet rött och menande över hela himlavalvet, stråk av rent dagsljus utan källa, ränder av hopp och löfte och kylan alldeles försvann och vi blev stående där i det knastrande gräset med böjda nackar, näsorna i vädret och trygga hjärtan. Tillsammans, och på andra sidan stängslet fnös och knuffades Lundins lamm i samma glada förvåning.

Vi packar en öl och lite kaffebröd och går ut till Norra Gattet, rask promenad längs Gröna Gatan förbi förra årets lekplatser i hagar och enbersåer, genar ner bakom Lansa för långsammare rörelser sen längs fossilbranterna, mössorna nerdragna och ögonen uppskruvade, all sten och allt hav, en och annan överrumplad fågel svingande från sankängarna.

Fikar vid det lilla hemliga raukfältet i lä från Östersjöns tvetydiga rytanden, solen blänker på S:s nästipp där den tittar ut mellan mössa och yllekrage.

Just här gifter vi oss i augusti, med egna ord och havets och himlens eller regnens. Inte fler än nödvändiga vittnen. Och klädsel: bekväm (eller obekväm för den som föredrar det...); presenter bannlysta.

Vi ska vara varandras, och fyren på grundet ska visa vägen.

Tillbaks på gården, naken igen med varma fotsulor i aprilgräset, sköljer av mej, moonar fåren, blir omedelbart renare än nånsin i städernas duschkabiner.

S steker kött och potatis och repar upp en gammal ylletröja jag haft i mina lådor här, för nya kompositioner.

Ikväll håller vi på MoDo.

Nionde april, vi hinner bara gå en kvart mot färjan innan den andra bilen som passerar stannar och tar med oss ända in till terminalen i Visby. Det är ett par från Stockholm som bor i närheten av Atterdags sedan tio år. De har ett ställe intill Broanders också och upplyser om att gubben Lundin halkade vidare för ett par månader sedan och det gör mej ont fast jag inte egentligen kände karln. Gillade det där grovt tillyxade plytet med de svarta ögonen.

"Åren går"...tiden växer hela tiden hemlig men blir väldigt tydlig när nån dör. Då är de utanför tiden och allt de såg under decennierna tränger värkande i dem som står kvar.

Fårö faller undan i årsvirvlarna. Schumacher tar sin tredje raka (Imola). Vi har ungefär 130 kronor kvar nu, och ingen lön på gång.

Skalar hårdkokta ägg vid ett fönsterbord och stävar med god fart norrut. Östersjön är rätt lugn. Läser i en intervju att Ranelid skickade sitt debutmanus *via* ett par favoritförfattare (Ahlin och Lagercrantz). Att tanken aldrig slagit mej.

Och idéerna flödar som vanligt, hämmar nästan uttrycket: korta bildrika noveller från Malmö: den bisarra Restaurang Malaga och den bistra berusade Möllevångsnatten. Brevbärarna och nåt om A kanske (utdrag ur dagboken från nittisex?) Löwet med ändtarmen full av nepalesiskt hasch, panikslagen på Moskvas flygplatstoaletter. S i tullens klor, oviserad... och Istedgade!

000527: S har ont i ovarierna och vi tar bussen till akuten på Karolinska i en märklig tystnad, en koncentrerat undvikande tystnad som pratar om annat, om alla tänkbara orsaker utom den mest önskvärda.

Men hon är med barn förstås! Fast ingenting ännu syns säkert på bildskärmen är proverna entydiga: vi är tre, växer och värker, börjar om nu!!

II

000529: In igen för mer grundlig ekografi. En hygglig yngling med varsamt handlag gratulerar och vi får en första bild. Du är bara sex veckor på den, Isabella, ett idogt blinkande knappnålshuvud som ändå rymmer såna multituder av hopp och lyckligt flämtande ängslan!

Tills vidare måste du ju vara alla *våra* idéer. Snart nog uppstår dina egna!

000604: Isabella du är en nervös häxbrygd av lust och rädsla, törst, undran, längtan och mjuka naglar i skäggbottnen och alla frågor jag har, alla mysterier du kan tänkas eller *kommer att* tvinga mej att reda ut och förklara...

Isabellita alldeles okänd och djup i din hastigt växande hastigt ljusnande hemlighet, jag vill inte och vill romantisera dej, om det kan vara tillåtet, om det alls går – för du är en saga jag aldrig hört och måste få berätta: en förbryllande fabel utan egentliga dateringar och blodvärden men lika verklig som måne, norrsken...

För lyssna här, vi stod i aprilgräset med huttrande fotsulor och lyssnade alldeles varma till nattens musik och fåren och skuggladan och det oroliga tuggandet och visste, hörde med ens att det var du som kom med tunna tår och en sån glad tvekan!

Det var så vi först möttes, Isabella, på våra fäders ö i den baltiska sjön med ett ljus från andra sidan världen ridande nerför Vintergatan (och den som vågar le överseende om patetik nu önskar jag bara just måne, norrsken!)

000606: Har – fast alldeles indirekt dessvärre – lärt mej mycket av min egen stabbe och det allra viktigaste är väl det här: jag får aldrig bli rädd för dej, Isabella, hämningar och nervöst koncentrerad spegelsyn har ingenting i familjen att göra – var om inte där ska vi våga älska och respektera varandra, och oss själva?

Jag antar att det betyder att du kommer att få utstå en hel del förvirrad motsägelsefullhet och taskigt formulerade idéer från min sida men kan inte se annat än att det är att föredra en levande förvirring, en krumbuktande och ibland svårtydd men alltid öppen dialog, ursäkter och påflugen ömhet framför den ganska självupptagna tystnad som lades på mej.

Missförstå mej rätt: jag förstår de där manéren, har ärvt det där mönstret av flykt och självmedveten pose som är allt jag egentligen vet om min far, men tänker inte upprepa det fatala misstaget att ställa mina privata hämningar ivägen för mina barn.

Jag sätter en slags parentes runt det här som du förstår eftersom jag inte under några omständigheter vill lägga nån gammal bitterhet på dej men alldeles tvärtom: du ska hålla mina ögon öppna; mina

öppna ögon ska - med god vilja och lite tur - göra
detsamma för dej!

Du är inte mycket mer än en idé så det kanske är
löjligt att tilltala dej på det här viset, men kom ihåg
att jag sett ditt bultande hjärta!

Vi pendlar och svänger mellan alla de här humören
och rädslorna som väsnades hormonerna även med
mej men det hör till, har väl alltid varit så, fäderna
och mödrarna plötsliga sjöar av strömmande och
svallande orimlighet i det förödda landet; vad kan
jag göra med all denna rastlösa längtan och rädsla
tills du kommer, mer än nån slags krystad poesi att
genera dej med nån fjärran myndighetsdag (eller
förmodligen betydligt senare)...

Brasklappen förhoppningsvis ur vägen - och förlåt
tramset och tjatet och alla de *egna* idéer om vem
du är och kommer att bli som säkert och kanske av
nödvändighet ska ta över med jämna mellanrum -
ska jag försöka komma loss nu...

000606 (ff): Här firas fantamej ingen nationaldag, jag älskar det här landet och vill inte förolämpa det med sånt trams men stilla nickande betrakta det i samförstånd; det ser ju tillbaks, känner mej, har fostrat mej på gott och ont, men vill inte ha nån dag. Det ligger här i sitt hörn av planeten, tillfreds med läget trots allt, av den enda och självklara anledningen att inga egentliga gränser finns. Sverige är ett påhitt, en mänsklig fånighet att charmas av och irritera sej på. *Mitt* land har inget slut; det är en sfär.

S pluggar glosor och det är som att höra språket födas på nytt, hennes uttal gör de gamla slitna orden nya och märkliga och jag känner plötsligt vilket vidunderligt språk det är (när det gäller *svenskan* är jag gravt patriotisk!)

Min mor har oroat sej för att mina eventuella barn inte kommer att kunna kommunicera med henne – som om jag nånsin skulle tala nåt annat än svenska med mina barn, oavsett var vi bor.

Att lära känna nån har ju också väldigt lite med avstånd att göra; jag känner mej närmare vissa vänner i Australien och Sydafrika och Chile än de flesta jag träffar och umgås med här. Och fast jag tillbringade arton år under samma tak som min far finns det väl knappast nån jag känner sämre.

God vilja, öppenhet och blick. Det är vad som gäller.

000610: Du är redan med oss längs stränderna vet du, idag släntrade vi alla tre genom junidåsiga Råsunda i väntan på EM-starten (Sverige förlorade mot Belgien och fick försvarslåset utvisat om det är så att du bryr dej) och längs fågelsjöarna sen med nakna ögon och fika vid Gröna Stugan och vi såg dej vi höll dej vi log och vaktade dej och undrade mest - fast stilla i samma leende och varma händer - över denna klippa av *tveklöshet*.

Det är väl det som kan göra barn så förtvivlade över föräldrarnas kärlek: den här fånstarka automatiken och frånvaron av ifrågasättande (saknar den inte respekt denna självklara ömhet är vad de frågar sej och vilket värde har kärleken om den uppstår redan vid konceptionen eller tidigare? Det är som att bli älskad av en hund – angenämt men förbryllande och ibland ganska blött, ganska irriterande).

Men så rår ju inte heller orden på kärleken och den du är och ska bli Isabella kan inte ana än vad du gör med oss och allt jag vet eller kan påstå är att jag rår lika lite för mitt...analytiska sinnelag som jag rår för min idiotiska sentimentalitet men poeten i mej tar alltid strid och förlorar egentligen aldrig heller (om än av den enda anledningen att han aldrig ger sej)!

Vi kan ju inte bortse från kärleken bara därför att vi inte förstår den; vi är barn av ord och aning och kärlekens självklarhet kräver väl helt enkelt att vi väger upp den - med öppna öron, och med koncentrerad respekt.

Du är redan vår glädje, det är ju barnens privilegium och förbannelse att inte behöva anstränga sej - det är upp till oss föräldrar sen att försöka bli barnens.

000611: Åtta veckor, du är fyra centimetrar lång fast hoprullad som en liten blek räka i din blårosa bubbla och vad kan vi göra då mer än rysa av förvirrad förundran, lust och längtan?

Du är mitt under, Isabellita, du och S, och bättre ord är meningslöst att försöka hitta – finns inte.

ooo619: Tröttheten, och ljuset och upphetsningen som utesluter all effektiv sömn, det drar mot midsommar och min dotter - för jag vet att det är en dotter! - fyller nio veckor och hennes mamma rundnar stillsamt med blåvit Earl Grey och Hemingway ("Por quién doblan las campanas")

Växterna på plats i lägenheten och ny ödesmatch för landslaget i Holland om en timme och ljuset i löven mellan persiennspjälorna, ljuset som ligger som knastrande kristaller i ögonvrårna, jag måste bort från det här jobbet bara sen är allting bra.

Projekten som välter runt varann tunga och långsamma som himlakroppar, långsamt tar det form ändå, långsamt tar allting fantastiskt och outgrundligt form.

ooo62o: Värmen och rutorna nerdragna på bägge sidor, dammar runt brevbärarturen med Power Hits (DJ Mendez och Aqua: "Been around the world"!), runt firmorna och industrierna på Midskogsgränd och bakom Kungliga Tennis och på Fiskartorpsvägen, lämpar Posten till blondinen hos Lindströms hyrverktyg och raska kurvor via Gasverksområdet till Golfhallen innan jag glider ut på Laduviksgärdet och knastrar under de mättade trädkronorna längs stränderna. Tillbaks till kontoret sen efter några sidor "Black Spring" med fötterna genom rutan i skogen nere vid Villa Ugglebo där seglen spänner förbi nu ute på viken.

På väg hem händer nåt riktigt absurt: en av de små till synes timida och stillsamma brevbärarvikarierna promenerar om mej i gångtunneln mot Gärdet-perrongen, alldeles prydlig och oansenlig med håret nytrimmat och liten rygga, och när vi passerar bakom Pressbyrån sträcker han plötsligt ut handen i farten och drar upp soppåsen ur en av papperskorgarna där, svingar den genom luften utan att se sej om eller göra en min, låter den segla genom luften och landa hasande på stengolvet framför en skräckslagen tant på väg åt andra hållet. Varpå han uttrycklöst fortsätter som om inget hänt. Själv känner jag hur en slags kiknande förvirring bubblar ut i armar och ben: vad var *det*?

Sammanstrålar med S framför en av datorerna på biblioteket i Solna Centrum sen men bara Fredrik har skrivit. Rafsar tillbaks.

000622: Ringer Fårö för att meddela att vi gärna kommer ner över helgen och firar fölsedag och umgås. Min far svarar för ovanlighetens skull (kanske räknade han med att jag skulle vara uppbunden av EM-fotbollen och vågade sej därför på ett lurlyft) och meddelar att det inte finns planering för nåt sånt. Han låter irriterad och lämnar snabbt över till min mor och jag tappar mej, tappar all hårt hållen mask och fattning, varpå jag plockar upp den igen och lovar att glömma saken.

Men hur ska det egentligen gå till, och framförallt: varför?

000624: En förkylning hotar längst bak i gommen och vi köper ginsengdricka och en tub c-vitaminer och choklad och vitlök med olja och örter och S jagar förgäves tårtbottnar och det blåser fast varmt och soligt men midsommaren känns väldigt avlägsen, lövhyddorna och stängerna bersåerna nubbarna nånting fjärran och förgånget, vi är oss själva nog vi tre och jag skriver, vi läser, lyssnar på John Holms tidigare outgivna demoinspelningar med Stefan Wermelin från tidigt sjuttital, och Catatonia sen, och "Livslinjen" (fjärde plattan) och värker ovarier, vilar, tar en öl på verandan utanför Lorry i Sumpan och avvaktar kvartsfinalspelet. S vill ett tag in till KK och vi letar taxi tills det går över. Promenerar långsamt hem över Vireberget.

Turkiet mot Portugal om ett par timmar och nu blir det redan mörkare igen, men ljuset växer samtidigt såna löften i slutet av tunneln!

Isabellita...stanna kvar!

"Tvåfotsdribbling"... Vårt löjligaste ord?

000625: Tårta på sängen och man är inte trettisju längre men fantamej inte lastgammal heller, förkyld däremot men vi åker in till Åhléns City och shoppar loss, man har ju den sidan också och med dej runt hörnet känns det befriande tillåtet...vi ska vara bekväma ett par år nu iallafall.

Liten blålackad metallspann till papperskorg, och syltningsburkar.

Femhundra färska ark papper.

Glasochram till första bilden av dej, där du är ett blygt tickande knappnålshuvud i ultraljudet, sex veckor gammal.

Hörnhylla till badrummet.

Pizza Hut sen. Och Conrads "Tyfon", Lagercrantz "Stig Dagerman", Stendahl och "Varg-Larsen" i en boklåda på Hötorget.

000626: Ganska kraftig förkylning, oron sätter ner immunförsvaret och vi är hemma bägge två men tar oss till Skatteförvaltningen iallafall för att till sist reda ut härvan med månatligt uppräknad preliminärskatt fast F-skattsedeln varit återlämnad i ett halvår, och lämna in om hindersprövning. Sen rotar vi på Myrorna, köper blusar till S, och Brögger och en bra atlas för femton spänn och tar bussen till Hornstull och käkar Chicken Tikka Masala och får i curry och promenerar över Västerbron och tar tricken hem från Fridhemsplan.

Och oron gnager och jag är tvungen att läsa igenom brevet jag skrev till min mor igen för att övertyga mej om att jag står för varje ord, och dessutom för tonen.

Varpå jag åter kan koncentrera mej ett lugn, och glädjas i det under som dessvärre gick min egen far förbi.

000627: Omväxlande sol och mulet, känner mej bättre och S går tillochmed och jobbar sina två timmar, ligger på soffan och läser när jag vaknar vid halv nio eller nåt sånt, vi fikar och åker till Rinkeby och handlar spenat och annat, kuddar och kuvert och en rejäl stekpanna och åker hem igen, tvättar, läser Heyerdahl respektive Lagercrantz och det börjar värma upp för semifinalerna och min mor har inte ringt och givetvis inte min far heller, har svårt att tro att han kommer att informeras överhuvudtaget. Han har väl alltid skyddats med större energi än barnen.

"Bröllopsbesvär" nu snart, detvillsäga filmen. Och kopp te.

ооо628: "Bröllopsbesvär" var en bister historia. Vet inte...det är klart att man alltid måste försöka hålla liv i sin förmåga att känna in och förstå, och dessutom i möjligaste mån handla, men man ska ju hitta tillbaks sen också om man inte som Dagerman vill sluta med avgasröret i käften vid trettiett. Balans är nödvändig. Sanningen är inte bara förjävlig. Att något skyla verkligheten kan också vara avklädande. Man måste hitta farbara leder; radikal *optimism* intill helvetesgapet; humorn är bedräglig och balanssinnet måste ständigt hållas mjukt och modigt.

Och slut tar det ju under alla omständigheter, rätt som det är.

Shoppar loss på IKEA igen efter femton år och varför inte? Kan uppskatta det också - poesin i möbelkarusellen, den sorgsna vackra musiken i bollhavet.

En nästan obegagnad "Let It Be" för 85 spänn i loppisgaraget i Skärholmen. Sånt också.

000702: Söndag med Beatles och Dagerman...en skön röra.

Juli börjar lika höstligt som juni passerade nästan i sin helhet.

EM-final idag och man får väl hålla på Frankrike fast det bär emot. Italiens dödsfotboll har redan gått alldeles för långt och åtminstone har fransmännen ett sympatiskt invandrarlag fast man inte unnar den övernationalistiska massan ytterligare en framgång.

Kontrasterna som trängs i varje dag av detta liv! Men även Dagerman gick på fotboll innan han satte sej i garaget...

Vi var hos Strindberg igår och stirrade på de där prudentliga raderna av ritstift på det låga bordet intill det fördragna fönstret...bysterna av Goethe och Schiller...letade efter den flammande titanen men han var inte hemma...på nattygsbordet låg den tummade Skriften.

Jag fick dem att låsa upp biblioteket på vinden där jag inte varit tidigare men han var inte där heller.

Fika på Strömparterren och restaurangernas dag igen i Kungsan där solen tillochmed tittar förbi och vi står nedanför bungyn och jag tänker att man får ha bra usel fantasi, eller katastrofal självkänsla, för att ge sej på nåt sånt.

Isabellita, du blir elva veckor idag, grattis! Och simma lugnt!

000703: Första besöket på MVC i Solna, barnmorskan heter Else, pratar leende finlandssvenska och verkar hygglig men jag känner mej inte övertygad om kompetensen (gör föräldrar nånsin det?).

Hon fyller i pappren iallafall och bläddrar upp de broschyrer vi ska ha, rabblar basinformationen, väger och tar sänkan. Då har S redan lämnat fingertoppsblod och urin hos en sköterska i andra änden av korridoren.

Jag är trött efter jobbet och orolig överallt. Det är väl historien – vår, och S:s.

Sen kämpar jag tillförsikt igen, sover en stund på golvet på Virebergsvägen. Solen är tillbaks, skiner utifrån och inifrån!

Den förhoppningsvis och förmodligen helt omotiverade oron när jag tänker på S:s mamma, död vid tjugotre av blodpropp. Men hon hade fött tre barn och var gravid igen, och levde vad jag förstår med en övergiven och sökande stress och vi ska ringa och anmäla S för specialtester av blodproppsbenägenhet. För övrigt fanns det även än bistrare teorier om dödsorsaken. Chile i början

av åttitalet, den genomsyrande våldsamheten, den
där vidriga disciplinerade anarkin som gavs namn
av Lag&Ordning...

000705: Den här veckan växer du fem centimeter, du fördubblar dej och jag försöker föreställa mej hur dragen tar form. Ännu sovande, slumrande några månader rör du de små armflapparna stillsamt och prövande, i den långa våta växande dvalan försöker du ett hemligt leende medan färgerna rör sej runt i din plötsliga hjärna...

Du är för mycket alldeles för mycket Isabella för att begripa.

Jag kan bara lägga handen över dej lätt som för att skymma junisolen, och hoppas att vi kan mötas snart i ord och andning.

Vi pratar om dej mest hela tiden, flinande garvande, föreställer oss en massa dumheter som föräldrar väl alltid gör innan de faktiskt *blir* föräldrar och det oroar mej detta att jag ser så mycket främlingsskap barn och föräldrar emellan för jag vet ju ännu inte, har ju inte erfarenheten: vad händer med drömmarna och illusionerna sen?

Ändå är jag så säker, undertill – vi ska lära känna varann, respektera varann, fråga och svara varann, söka varann och lämna varann ifred.

Vi ska se på varann genom rum jorden runt och veta.

Är du med på det?

000707: Två veckor till semester, S lägger av sorterandet samtidigt och koncentrerar sej på mammeriet, och på SFI-undervisningen.

Tim Buckley live från sjuttitre och S gör en plötslig och oförmodad gräddtårta – för att det är fredag, för att Johanna Sjöberg tog EM-brons på hundra fjäril, för den höstlika känslan under Råsundas feta lönnar, tunga kastanjer!

Borde väl försöka säga nåt begripligt också om postkontoret Stockholm 27 vid Gärdet alldeles på gränsen till den stillsamma Värtahamnen. Från det väl tilltagna fikarummet där jag ärligt talat tillbringar en del tid såhär års ser man ut över hamnen där Silja Serenade skymmer det mesta av horisonten men Lidingöns skogar trevar fram bakom för och akter på andra sidan den lugna Värtan. Vi brukar ta ett eget bord vid halvåttadraget innan S åker hem, förtröstansfullt mumlande mellan tuggorna, om dej Isabella.

Det är ett medelstort kontor, man kan vara behagligt anonym om man vill och det vill man oftast, sitter i ena änden med min firmatur, hemlighetsfullt fipplande med lantbrevbäreriet – det är utan tvekan den bästa bit jag gått, är faktiskt tvungen att maska ganska ordentligt för att inte avslöja just hur bra den är (en lustig instinkt med tanke på att dagen skulle gå snabbare om jag tog på mej lite mer arbete).

En klockradio hänger i sladden över sorterings-facken, viskar Brödrene Olsen och Britney Spears bakom det eviga brevbärarkacklet.

Luftfuktarna väsnas i det låga registret och sorteringsfacken tickar, blålådorna smäller till mot golvet.

Här ryms alla världar, finns alla typer, alla kulörer och smaker. Fördelen med Posten är att få av de anställda bryr sej ett enda uns om arbetet – vi utför det men intresserar oss inte. Det finns en utbredd yrkesstolthet även här men den är befriande självironisk, går sällan överstyr (en minoritet av trånga tragedier undantagna). Medelåldern är låg, och nästan ingen avser att bli kvar fast det väl dessvärre alltför ofta blir så. S är ung nog att förakta dem som blivit kvar i tjugo och tretti eller fyrti år, själv tar jag dem bara till varnagel. De har såna våta ögon, såna trötta dammiga röster. Idéerna låter ledsna men tappra, där är sommarstugan, där är ungarna och jag vet att värdena hela tiden förskjuts och att vi håller så hårt vi kan i idealen men att greppen till slut väldigt lätt övergår i kramp. Musklerna förtvinar, orken sinar och jag muttrar mitt eviga mantra om rörelsen; måste nya intryck, måste ständigt nya uttryck. Och jag reser mej och lägger mej intill henne, en koncentrerad cyklop mitt i den inspirerade kakofonin som är våra liv, som är allas enda chans.

Mer kan jag nog inte säga på en enda gång, om Posten.

000708: Det regnar när vi vaknar och även humören faller, vi bråkar om nåt idiotiskt och jag går ut själv när solen tittar fram, Råsundavägen gör mej oftast glad igen.

Något av sovstad däruppe iochförsej men gammal hederlig närförort. Vackra hus med intressanta butiker, snygga skuggor. Vägen böjer sej mjukt och buktande över berget, träden väller ut över gatan och nere i gamla Filmstaden prasslar vinden bland minnena och även en medelålders sentimental idiot kan gå sönder. Jag gillar att gå sönder. Oväntade sammanhang rör sej in i sprickorna. Det är när jag inte fattar nånting som jag känner mej *närmast*...och orden kan bilda sina helt egna mönster.

Där Råsundavägen tar slut mot Sumpan tar jag en Bavaria på den tomma uteserveringen, och läser "Tyfon". Conrad har ett stycke som påminner om min far, och så tänker jag på honom ett tag igen.

Jag känner inte min far, det är kanske hela saken, och illa nog. Jag kan inte ens avgöra vad som är hämningar och vad som är självtillräcklighet. Framförallt vet jag inte hur han så att säga kommer sej – vad består han av, vilka erfarenheter skapade honom? På många sätt är vi också mycket lika och det är mest rädslan att blotta sej, ens inom familjen, som jag föraktar. Det kan jag inte låta bli, och det har jag rätt till. Han fegade tidigt ur sitt faderskap och får stå för det. Vilket han ju onekligen gör.

S ligger med värk och begynnande förkylning när jag kommer tillbaka. Hon är hungrig och jag steker pyttipanna. Vi enas om att en halv alvedon kan få passera, varpå vi lyssnar på Tim Buckley och blir avgjort bättre bägge två.

000709: Vi åker ut till Drottningholm och knastrar genom den bisarra parken, alienerade av den hårt tuktade naturen. S begriper inte hur nån kan vilja bo där, särskilt inte med horderna av turister såhär års, och inte jag heller. Men längre bort där det verkliga Ekerö tar över står vi vid kanten av ett vagt böljande vetefält och känner suget av skogen som klättrar uppför berget på andra sidan. Och senare sätter vi oss mitt på en av de stora tomma gräsvidderna och äter kex och sippar på en folköl. Solen kommer och går. Vi också.

Vid Brommaplan börjar det regna och vi köper pommes frites och glass på McDonalds och ost och te på Konsum sen, och skakar hemåt igen över Tranebergsbron, byter vid Fridhemsplan.

Ett par nya guld till de svenska simmarna men Alshammar verkar inte vilja ha några världsrekord, slutar ofelbart simma när segern är bärgad.

Tim Buckley går fortfarande varm, gurglar och tjuter ett främmande djur i våra rum.

Du fyller tolv veckor Isabella och vi gratulerar såklart! Hoppas allt står väl till. Pratar om dej, planerar för dej, skriver och stickar till dej – men undrar väl mest. Vem blir du, därinne? Vilket språk, vilken musik ska du lystra till? Hur kommer vi att förstå varann? Vilka ljud kommer dina små trevande händer att ge ifrån sej, och vad kommer de att finna? Ska du hitta hem? Kommer du alls att vilja? Vad är "hem"?

Vi väntar en sån varmt outgrundlig paralyserad rastlöshet, Isabella! Känner dej inte men bär dej, anar och längtar en sån förtröstansfull rädsla.

Du är det välkomnaste som finns!

000710: Du gör redan din vilja känd. Rätt som det är får S för sej att hon måste äta nåt som alltid äcklat henne, fylls av en obetvinglig lust till gula ärter, till kokt ägg med ost och lök...och vi förmodar att det är vad du är sugen på.

Vädret fortsätter att överraska, en gång i timmen. Jag dammar runt turen i högsta fart (den lille nakne grabben hos Astland hinner inte ens ut att ta emot posten, får mödosamt gräva upp den ur lådan medan jag backar iväg utför uppfarten) och tar tre extrakåkar sen. Ännu en måndag till handlingarna.

Återstår bara för "Fotbollskväll" att förklara det franska fotbollsundret...

000713: S frågar om jag skriver en dagbok eller en bok och det är en bra fråga, gamla vanor sitter i, gamla mönster och rutiner men jag vet iallafall att det är till dej, Isabella, antingen du kommer att få/vilja läsa det eller inte.

Och fast det hotar att bli en enda lång brasklapp vill jag be om ursäkt, eller nej, *förklara* en gång till att allt det här självrannsakandet och rotandet i gammal byk som bara indirekt angår dej kommer sej av att jag vill få ordning på mina egna värderingar, skaka runt mina nojjor för att se vad som blir kvar när avlagringarna faller loss, rena mej kanske – det kanske är ett försök till katharsis för att inte riskera att lägga några orättvisa bördor på dej när du väl kommer.

Ser såklart komiken i att tilltala ett inte ens decimeterstort foster. Och om du nånsin läser det här så blir det förhoppningsvis inte för att lära känna mej, men mer som kuriosa från länge flydda tider. Vi har en sån otrolig massa lekande att göra dessförinnan! Och vi ska *prata*!

S hälsar förresten att även hon skriver, om det är så att du tycker det här blir för...pappigt.

000715: Ont i magen, springer på toaletten. Och ruskvädret envisas men i eftermiddags var det iallafall uppehåll några timmar och vi promenerade bort genom Huvudsta ner till Ulvsundasjön som vi följde in genom grönskan till Karlberg och St Eriksplan där vi åt varsin varmkorv (är det de som spökar?) och Norra Bantorget och Centralen.

Har faktiskt aldrig gått den vägen förut. Tillochmed Stockholm växer!

Själv fyller du tretton veckor imorgon och risken för missfall lär sjunka dramatiskt. Fast det vågar jag ju knappt skriva.

Läser "Solaris" nu och slöglor på "Rob Roy". S sticker dej en tröja, det är kallt när du kommer i januari!

000716: Går upp så fort jag vaknar (niotiden) och skriver ett kapitel till "Balladen" ("Rörelsen") och Magnus Norman tar tillbaks förstaplatsen på ATP-rankingen med finalsegern över Vinciguerra i Båstad och Sade är för sin del tillbaka i våra högtalare (för mej för alltid en salt doft av nattligt Medelhav, Nesher-öl avkorkad med machete i skymningen när eldarna får liv och brungräddade israeler nedanför Nissems perforerade branter norr om Herzliya...). S bakar kaka och jag är med och skalar äpple, simultandiskar och kommer med uppmuntrande tillrop. Hasse var förbi förut med kassettdecket han lånade till Lottas trettiårsskiva för tre år sen eller om det rentav är fyra.

"Solaris" är stark och provocerande. "Vad angår våra föräldrars intentioner oss?" läser jag och det låter hårt men är ju faktiskt en ganska naturlig fråga. Och den mystiska planeten med sitt tänkande hav kopierar expeditionsmedlemmarnas tankar, manifesterar dem i verkligheten – och döda älskade står upp igen. Men även om genteknologin snart är ikapp det sena femtitalets mest drastiska science fiction så är det för alltid upp till individen att

definiera sin kärlek, eller att låta bli. Nåt annat vill
jag inte se, kan jag inte tänka.

*"Vi observerar ett brottstycke av processen, vibrationen av
en enda sträng i en giganternas symfoniorkester, och inte
nog med det, för vi vet – men vi bara vet utan att fatta
det – att samtidigt försigår ovanför och under oss i branta
avgrunder, bortom synranden och inbillningskraften,
otaliga miljoner samtidiga omvandlingar, som är
förbundna med varandra som noter i en matematisk
kontrapunkt. Någon har därför kallat den en geometrisk
symfoni, men i så fall är vi bara dess döva åhörare."*

Och vi promenerar bort till Västra Skogen i det
överkomliga småregnet alla tre, mest för att ha
promenerat bort till Västra Skogen. Det är väl inte
särskilt intressant bortsett ett par ganska tjusiga
utsikter norrut mot Blåkulla och Hagatippen.

Du värker till ibland, Isabella, till höger eller
vänster i din mammas mage, eller fladdrar som
rastlösa kolibrir under fotsulorna, plötsligt kan man
tappa luften vid tanken på dej, tappa balans och
barlast...

Varpå perspektivet återvänder som ett ess-brev i
retur. Jag har så lätt för att engagera mej i trivialiteter
och det är på gott och på ont men numera tappar jag
inte humöret några längre stunder – du hittar det
ofelbart och omgående åt mej!

000717: Har faktiskt inte tänkt tanken tidigare men inser plötsligt och allt klarare att man tidigt gjorde mej till svart får; alla bisarra minnesbilder av den heliga treenigheten på gemensam semester med bråkstaken undanstuvad hos mormor ("Att man aldrig kan få göra nånting utan att du ska med!" minns jag att min mor spydde ur sej när jag propsade på att få följa med till mitt födelseland 1975) där han iochförsej ändå blev *sedd* av nån vuxen får plötsligt ett mönster att passa in i, men jag vill inte ha ont av det längre. S vet vem jag är (och själv har jag en hygglig aning), det räcker.

Extraturer men soligt och postfattigt och jag har hittat en fantastisk station nästan helt utan snack med Alice Cooper och Whitesnake och Deep Purple och UFO och sånt och rätt som det är tar jag med mej badbrallorna.

En tung massiv trötthet efter den sena rysaren ("Exorcisten") igår och S fick alla varningar till trots för sej att släpa in den astunga motionscykeln i garderoben innan jag kom hem och ligger resten av dan med värk och oro och själv tappar jag nästan koncepterna över detta vansinne men rycker upp mej och lagar mat och matar vitaminer.

Kvart i nie nu, orkar inte mer.

Skulle vara ett par uppslag "Solaris" då.

000719: På krogen i Kungsan med lyckligt hemseglad Rikard igår (nya båten nedtagen från Luleå i två etapper inkluderande längre stopp i Sandviken för motorreparationer), papayajuice till S och Pugh pughande från scenen på andra sidan publikhavet. När jag var yngre var det jag som skulle ut och segla och kamraterna som skaffade barn och bäddade in sej i fort av färgglada kuddar, och anatomiskt korrekta madrasser var varningsklockor som bara fick mej att förlänga steget, att lägga på ett kol och komma undan. Men jag är trettiåtta nu och beredd. Jag har sett fler än femti länder på samtliga kontinenter, har bott i slott och kojor, arbetat och drivit mållös som vinden, en nykter eremit eller en trasa i rännstenen (bokstavligen), har skrivit och gett hals, älskat och rasat och farsan i mej skriker för att nån gång få komma ut. Och nåt fort har vi för övrigt inte tänkt bygga – så fort du kan gå själv så rör vi oss allihop tillsammans!

Du har molat extra hårt i ovarierna de senaste dagarna och vi åkte in till gyn-akuten på Karolinska igår bara för att nästan slängas ut. Antar att de blir lite trötta på all obefogad oro som tar deras tid i anspråk, men vi blev ju lättade ändå vilket var huvudsaken. Det *ska* värka påstår de, eller gör det iallafall alltsomoftast. Livmodern växer och tränar sej inför förlossningen och livmodertappen var intakt och vacker och du suddade förbi på bildskärmen, redan så obegripligt mycket större. Senaste veckan har man nästan kunnat se det jäsa!

Hemma från jobbet idag med akut baksmälla men det får det vara värt så här mitt i sommaren.

ooo72o: Hemma idag också, läser Kihlgårds
"Anvisningar till en far" och tänker att han har
fantamej inget att gnälla om, hans farsa var ju rolig,
hans farsa snackade åtminstone, var åtminstone
medveten om sonens existens, och lyssnar på "...
och stora havet" och försöker utan framgång förstå
på vilket sätt det ska va "den bästa svenska skivan
nånsin" som de s k experterna vill ha den till och
tänker att det är väl bara för att han försvann sen,
Jakob, folk faller alltid för sånt, snyggt avrundade
jämnt tillslipade små korta karriärer utan onödiga
kommentarer och sega eftertexter fast den är inte alls
dålig iochförsej och framförallt orginellt skriven och
unikt sjungen med den märkliga - om än i längden
rätt irriterande - andningstekniken, och det regnar
och S duschar och jag kompletterar telefonlistorna
och ringer Karolinskas forskningsbarnmorskor om
vårt intresse av att delta i studien av aktiverad protein
C-resistens och de ber mej återkomma när vi fått en
tid för ultraljud och jag tänker att jag måste in till
Bostad Stockholm på Fleminggatan också före halv
fyra för att flytta oss från Rikskön till Kögrupp 2
(bostadslösa utan barn mantalsskrivna i Stockholm)

nu när vi officiellt är skrivna på Sibyllegatan, och
de små ebenholtsafrikanerna hukar runt trumman
i fönstret och S kommer ut ur duschen med en vit
badhandduk och nån reklamtidning dunsar ner
mellan ytterdörrarna och det är torsdag i slutet av
juli 2000.

000721: Elva soltimmar i Stockholm den här veckan (trettitre i Malmö...). Men det regnar åtminstone bara skurvis och i ett av uppehållen går vi ner genom Råsunda mot fågelsjöarna, studsande en tennisboll mellan oss.

Skjortväder trots allt, men bara kanadagäss och gräsänder på vidderna där badlakanen brukar trängas. Pallar ett äppelkart till S på hemvägen, att knapra i sej med salt på...

Ser på dej med jämna mellanrum. Stoppar pekfingret i S:s navel för att komma lite närmare...

Börjar på Stapledons "Stjärnskaparen", svävar yr och vilse mellan solarna.

Ska gå in på "Balladen" igen och se om jag kan göra nåt.

000723: Vaknar till regn och tvätt men lyckas faktiskt gilla det. Regnet spolar bort all somrig prestationsångest och lämnar en någorlunda lugn och fokuserad vid bildskärmen.

Rostbiff och mimosasallad med Janne ombord på Svarta Malin igår som var en hel del sol och patetiskt nog årets första simtur, nitton komma tre grader och ett brottande med den oranga bojen utanför Ligna båtklubb, och ett bonusplaskande från kanotklubbens brygga på Reimersholme sen. S stannade lätt sjösjuk i båten.

Senare kommer han ut till Solna och vi tar en öl på Dick Turpin vid Råsunda torg. Vi snackar om hans utbrändhet och jag får symptomen beskrivna och i viss mån demonstrerade för mej och det är väl inte utan att jag känner igen dem från en och annan dalgång längs vägen. Bland arbetare brukar det heta överansträngning, antingen den är fysisk eller nervös. Janne och jag är väl kontrollfreaks på varsitt sätt och jag minns tiden på SAAB –85 när de tre fyra enkla handgreppen upprepade i all evighet var precis vad jag behövde för att känslokaoset skulle svalna och de nervösa stormarna inuti skulle lägga sej, för att jag skulle komma ikapp mej själv. Sen tog det några år till att retroaktivt försöka beskriva och förstå dem och kanske är det vad jag håller på med än – meningslösheten är förstås fortfarande fundamental, men jag kan le åt den nu och göra det bästa möjliga av den och det skrämmer mej att se honom kopiera Lukas manér från –96/97 när han gick från hyperaktiv akademisk stjärna till hallucinerande osammanhängande babblande golvstirrare på ett par månader (fast *han* hade iochförsej schizofreni i släkten och rökte brass från morgon till kväll). Nånting avgörande verkar fattas, om det så bara är sömn och lugn och ro, eller kärlek helt enkelt och outhärdligt för han snackar om barn precis som Kenneth&Loa som omöjligt kan begripa vad de ska vara bra för, som om föräldrar behövde anledningar; med ett sånt fyrkantigt tänkande återstår till slut bara självmordet om det är snabbt avklarat eller drar ut över femti år...barn (inbillar jag mej)...är som dikter man skriver utan att förstå varför, eller just *därför* att man inte förstår varför, och när man läser dem kan man inte begripa hur de kom till eller på vilket sätt man egentligen själv var inblandad, mer än som ett villigt nyfiket medium, och de förändras hela tiden och bestämmer nästan omgående själva, växer in i och ut ur rummet och minuten, förvandlas, byter skepnad, intar ständigt nya betydelser trots att bokstäverna i grunden är desamma, och man ser dem, och man är glad, och man *anar* ett sammanhang, *anar* en poäng, och *aningen* tar över en, och man uppgår slutligen och äntligen själv i den...)

Och jag läser "Stjärnskaparen" som är trögt formulerad (eller klumpigt översatt) men sant profetisk, fäster mej särskilt vid ett avsnitt där makten på "Den Andra Jorden" bibehålls genom beroendeframkallande skval, detvillsäga billig och lättillgänglig förenkling, ställföreträdande kickar, ett fördummande och avledande opium för folket – för det är nittitalet i ett nötskal, beskrivet av Stapledon –37.

Och Dire Straits och Allsång på Skansen och Ted Nugent och Riks FM...

000724: Idag kom ju vi tillochmed utanför dörren och två gånger rentav, ett snokande efter väldigt små paltor på H&M, och tio nya CDs från bibblan; senare en riktigt långsam vända runt Råstasjön. (Ett tag kändes det som att streta uppför Vredehoeks backar i Kapstaden igen. Solna är fullt av överraskningar, frukten väger allt tyngre i trädgårdarna för varje dag och de små sorgliga blågula vimplarna fladdrar. I brist på hem – i hemmahörandets egentliga omöjlighet, för att bli extra pretentiös – duger det bra.)

Nyduschad nu, och Bruce Unplugged/Plugged -93, och inte mycket mer att säga om det. Du har påbörjat din femtonde vecka och känns allt tydligare inuti och utanpå och får försöka utstå då alla nervösa skämt om hur du kan komma att bete dej – vi måste också vänja oss, hur beredda vi än är...

Det är svårt att vänta, Isabella. Det är förvirrande. Det är lika roligt som oroligt...

000725: Och regnet, och regn...och vi irrar runt i Solna Centrum med löningen, äter nachos och kollar e-mailen och lämnar tillbaks en vissen AC/DC och hämtar ut hälften av korten (den andra hälften förkommen på labbet) och skiljer på oss sen, S går för att titta efter större byxor och för att handla dina första små strumpor och sparkdräkter och jag åker in till Hornsgatan och beställer ett par sängar nitti gånger tvåhundra centimetrar fast budgeten är så skral att jag fått skjuta på både el och teleräkningar och en del annat också för nu behöver ni komma upp en bit från golvet (S rundnar med fantastisk fart och blir snart alldeles otymplig) och jag är själv grundligt trött på golvet efter ett och ett halvt år. Stannar till på Östermalm också för att förlänga pantlånet på S:s guld med tre månader. Senare går vi till Rimi och bunkrar krubb för en femhundring.

Neil Young opluggat −93 är en oerhörd (och tidigare ohörd) fullträff (tramporgeln på "Like A Hurricane"!) och Stapledon en försummad visionär och det blir pesto genovese om en stund och måste få till resten av kapitlet "Brev" till "Balladen" för att hålla semesterschemat och rena stearinljusrusket denna sommar men åkej så för vi får ställa in trippen till Hjo ändå och Lundell på Skansen likaså...

Mörkret härinne mitt på dan!

000726: Dörrarna glider upp av sej själva, hemligt, ljudlöst, står där plötsligt bara gapande, och ljuset sipprar in, och jag ser. Det är inte nåt jag bett om men plötsligt blir vidden av det förträngda klar och allt tydligare. Skulden lastas av och i samma takt strömmar modet till och jag kan se... Vågar se.

Där är framförallt hånet, oviktiggörandet, den aggressiva nedlåtenhet som flämtade förbi i plötsliga kommentarer; där är bitterheten som emellanåt sköt ut en verbal knytnäve genom gallret och om den snabbt stillade sej eller åtminstone tystnade så var det ändå för mycket för barnet att hantera med annat än förträngning, undanstoppad förvirring, omedveten skygghet. Idag kan jag ju se att allting har sina orsaker, men det är inte min sak att söka min fars, i varje fall inte i första hand. Först måste jag förstå och förlåta mej själv. Tror att jag gör det. Jag känner varken hat eller knappt ens frustration längre, ser bara ingen anledning att ge honom mer utrymme. Han får bara plats just därutanför och det är kanske sorgligt men tillräckligt många begråter, ömkar och tröstar honom och jag tror inte att det är vad han behöver. På sätt och vis är det väl bara jag som respekterar honom, eftersom bara jag ställer krav, eftersom bara jag begär att han ska förstå och stå för sej själv.

Berneck, Schweiz −75, hela familjen bilar ner från Schiblis villa på alpen för att bada i den stängda bassängen i dalgångens nattgrönska, ensamt klapprande barfötter över de slitna plattgångarna, fyra små bylten av kläder intill kaklet och jag är kanske i först, och där är min mor och hon skrattar lyckligt eller om hon bara ler och plaskar tillgivet eller likgiltigt, om hon kanske egentligen är nån helt annanstans, och min bror crawlar omkring en pubertetsfjunig kaxe och min far är på sitt soligaste humör, dyker i och försvinner bortom familjen, uppenbarar sej halvvägs ut i bassängen med det mest strålande av magnifika leenden med det blöta håret klistrat nedför den fyrtisexåriga pannan, och jag är tretton år och strålar med honom, och den pubertetsfjunige kaxen kraxar glatt: "Kolla farsan, fyfan vad ful han är!" och det är bara tonårig jargong förstås, en brutal variant av sjuttonårig ömhet, men föremålet mulnar på en halv sekund, det där vackra nästan öppna leendet försvinner spårlöst och han säger inte ett ord, och stämningen är borta, förtrollningen är bruten, min far är sårad och jag hatade länge min bror för vad han gjort för jag är inte säker på att jag sett ett lika öppet leende hos min far sen dess, glömde inte episoden, led med och ömmade för honom i åratal, tills självupptagenheten i hans beteende plötsligt gick upp för mej; man får inte lägga den sortens skuld på sina barn; man kan inte som far tillåta sej sån känslighet; man får helt enkelt inte vara så komplett humorlös och *försvunnen* i sej själv. (Jag tror det är helt åkej att brusa upp och slänga ur sej nästan vadsomhelst så länge man tar ansvar för det och ber om ursäkt om det är befogat, så länge man *kommunicerar*, så länge man visar att man lever, och att man bryr sej, men min fars patenterade tysta sårade *lidande* är bara egoism, om inte elakhet.)

Tingvalla, Trollhättan –79, enda gången jag lyckades få med mej honom ut för att övningsköra, det var väl redan då ett desperat drag för jag trivdes inte ensam med min far, den där i bästa fall stela tystnaden, som mellan två främlingar slumpen placerat intill varandra ombord på ett tåg eller ett flygplan, men körlektioner var dyra då som nu och jag uthärdade, gjorde vad jag kunde för att tala som till en normal människa, men att försöka tala med honom var nästan alltid att bli förolämpad och den gången fick jag veta att snorungar som jag inte hade bakom en ratt att göra. Uttalandet grundade sej inte på nåt annat än att jag inte reagerade tillräckligt snabbt eller korrekt på hans instruktioner. (När jag tänker på det nu vet jag faktiskt inte varför jag nånsin bekymrade mej om att förlåta all denna okänslighet. Jag lyckades komma loss från föräldrahemmet redan året därpå, tog körlektioner på Öbergs körskola på Hjortmossen för studielån och socialbidragspengar och fick mitt kort efter ett och ett halvt år. Och förmodligen borde våra relationer ha avslutats redan där.)

Vi är till MVC idag och sammanträffar med läkaren för första gången, hon verkar snäll och engagerad även om det är ett rutinsamtal, hon tar ett cellprov från livmoderhalsen eftersom det inte gjorts tidigare och S får med sej ett förslutningsbart provrör hem för att ta morgonurin imorgon.

Och vi är på Kapp-Ahl och handlar mammabraller, ett par jeans som ska kunna räcka hela resan. Posten. Biblioteket för några rader på Hotmail från Loa i Strassbourg. Grillad kyckling här hemma sen med Jeopardy och "Beatles for sale". Ringer till Rikard i Röå och avbokar helgens besök. Åter till "Balladen" nu.

ᴏᴏᴏ727: Uppehåll och jag springer upp till MVC med S:s urinprov när jag vaknar, sen åker vi in och stångas oroligt med horderna på Skeppsbron där Cutty Sark Tall Ships Race gör ett par dagars paus. In i gränderna sen, fika med våffla vid Stortorget. Turisterna såhär års. Regnet som hänger sitt hot där ovanför.

Men Isabella, du är så stor nu och fast du varit och är i våra tankar hela tiden är det som om även medvetandet om dej växer – och ibland sparkar det till, dunsar lätt i sidan av tinningen som moln och glada majblommor, plötsligt kan det stå helt klart och underbart i en strålande glad sekund att du kommer just bortom nyåret! Fattar du vad jag menar? Det är som om hjärnan inte helt och fullt klarar av att omfatta den totala vidden av detta... mirakel (och orden felar också som synes), mer än i enstaka gläntor av...bländande fullhet (det är väl det som brukar kallas "förklarat ljus")... Den här varmt liksom bubblande känslan av förväntan som ständigt ligger som en mjuk spännande botten under dagen är ändå på nåt vis numera van och någorlunda begriplig – men det är ju faktiskt inte du. Inte vi eller nån annan heller förvisso, men det är i väntan på dej och i tanken på just dej (uppblandad med koncentrerad oro), som det ordlösa undret kan ta form och ila förbi i andlösheten.

Om kvällen: Altmans "The Player" som är lite för... smart, och Santanas "Abraxas" och dubbelmonologen i slutet av "Scen" till "Balladen".

Ska stänga av nu tror jag. Hyggligt dagsverke.

000728: Vi åker till Saltsjöbaden alla tre och klapprar i solen längs bryggorna, ligger myror och mackor i en dunge längst ut på den lilla ön, ser på molntussarna som helt ostressat glider runt på himlen och tallkvistarna som trängs åt söder, lyssnar på fjärdens motorbåtar och det surrar av en humla just bakom skallen och S läser Kundera igen och jag kämpar med Dagerman som är bra absurd läsning en sån dag, som möjligen är ganska absurd läsning vilken dag som helst för vad är egentligen budskapet – att inga andra alternativ ges en man med öppna ögon än självmord? Det är dumheter såklart, man behöver inte ens kisa, man behöver bara ge fan i att överskatta sin egen betydelse. Men, han "skriver bra"...

Och jag har numera alltid femhundrafyrti outtalade brasklappar i bakfickan när jag uttrycker en åsikt...

000729: Minigolf med Sessler och Bengtsson i Vasaparken och "Här har du ditt liv" på TV, det är väl ungefär behållningen av denna trötta dag. Såvida jag inte kan få till "Prolog i slutet" till "Balladen" nu, redan en halvtimme in på söndagen.

Det blir en bild från Aspudden –83, löftet i de där åren – och den "lidande" konstnärens ostraffbara harmoni!

S slocknad i soffan med nån bisarr rulle om moderna ninjas i Vancouver.

000730: Solen, och bara två nätter kvar på golvet!

"Street Fighting Man" och S pluggar svenska räkneord och grammofonen ger sej (sitter man här med tre-fyrahundra LP och ingen skivspelare men å andra sidan hittade jag den för nästan tio år sen på en container på Götgatan – svårt att klaga då).

Solen ja, och bara "Epilog i början" kvar. Och en långsam genomläsning till. Sen skriver jag ut och är klar, igen (sexton år efter starten...).

000731: Norr Mälarstrand. Stadshustornet.
Det är nog det högsta du varit!

000801: Flyttar åt Hasse&Lotta, slutet på den eran, nio år på Maria Bangata, ut i salladen igen, tillbaks till rötterna och när jag går runt i huset i Lindholmen och kikar in på spökvindarna förstår jag dem nästan. Dubbelgarage och en nästan vildsint grönska, täta partier av feta brännässlor och sniglar och en gammal rutten ek och två riktigt präktiga granar och litet uthus och öppen spis och plats för bibliotek *och* arbetsrum och varsina sovrum och små badsjöar i närheten.

Och "I`ll follow the sun" och grammofonen kvicknar till igen alldeles av sej själv.

000802: Flyttandet fortsätter, drar ut på tiden, och S blir sur och vill inte följa med till Tantogården sen så jag går väl själv då, sammanstrålar med Rikard på båten och Janne är också förbi en kort stund av koncentration utåt och vi vinglar bort över Tanto med varsin ölburk och förbi Stockholm Gay Pride Festival men man är äldre nu och det känns men det känns bra och just som vi kommer fram går Magnus Lindberg av men...en missad konsert är väl också en konsert.

000803: Lätt bakis och S pratar fortfarande inte så jag fokuserar väl på den ena uppgiften efter den andra i väntan på att de gravida hormonerna ska stöka färdigt. Diskar, tvättar, handlar, kollar brevlådan på biblioteket. Läser "Balladen" och gör vissa korrigeringar. Läser "De dömdas ö" men det tar emot mer än lovligt idag. Läser "Stjärnskaparen" men det går lika trögt.

Skriver dagbok.

Och så pratar vi igen.

000805: Bakis (bira och bad på båten igår) men stora Djurgårdssvängen ändå, en lång stärkande utmattande promenad med täta pisspauser för S och hennes alltmer trängda blåsa och fika på en parkbänk vid Sailors Inn. Eller vad det heter.

Gick i sömnen häromnatten, har ingen vittnat om tidigare.

Skriver ut fem kopior av "Balladen", smårättar under tiden (helt nöjd blir man väl aldrig), ett evigt pillande när kopiorna ska till eftersom skrivaren bara gör en sida åt gången.

Semestern sinar nu. Ska bjuda in Rikard på kyckling imorgon innan han åker ner till stugan igen, sen blir vi kanske vegetarianer...

Och i mars eller april åker vi till Mexiko med föräldrapenningen! Vad säger du om det, Isabella? All jord är ju ändå främmande under dina små trampdynor.

Du är inne på sjuttonde veckan nu, sprattlar ibland som en fisk med stjärten säger S. Det skulle jag ju vilja känna men får nöja mej med den här... konversationen. Och med att känna dej växa rundnande under handflatan.

000806: Vaggar iväg till Rimi efter grönsaker och öl och till Ica i Solna Centrum efter en frusen kyckling (senare får jag också springa ner till hörnan efter mjöl). Och S lagar mat; vad jag lagar känns plötsligt osäkert. Väljer och tvekar mellan de halvfärdiga projekten, läser och funderar, skissar, tänker att det kanske är dags för barndomsskildringen "Dubbeldeckarna och Mysteriet" nu. Läser Mankells hyllade "Hunden som sprang mot en stjärna" men känner att stilen är falsk, det är så tydligt en vuxen som låtsas se ut genom barnets ögon. Bättre då att utgå därifrån man är, och bara minnas. Och förresten kan det nog inte bli nån ungdomsbok med mindre än att jag slaktar mina egna minnen, förenklar det komplexa till oigenkännlighet. Det varken kan eller vill jag. Allt kan givetvis inte komma med men det är ju just det komplicerade växandet som är ämnet och det beskriver man inte med dagisprosa. Det beskriver man kanske inte överhuvudtaget; det måste självt få ta till sej berättelsen, gömma sej alldeles frivilligt mellan rader lika öppna som hemliga. Skönmålning är inte respekt.

Tror det i mycket är en bok om sjuttitalet för dem

som var med, för sextitalister som författaren själv. Alternativt ett pendlande mellan två olika utsikter. Nå, det jäser och gror.

Och snart kommer Rikard.

ooo812: Artonde veckan och du sparkar och spretar, kittlar, trycker. Jag lägger örat intill dej och hör dej svälja och hicka! Om två veckor får vi se dej igen (ultraljudsundersökning på Karolinska den tjugoåttonde)!

Är förkyld och utjobbad efter veckan som varit, trots att det är sommar och ganska lugnt med post. När hälften av de ordinarie är på semester jämnar det ju ut sej, man får ta extrahus och stötta vikarierna.

Inget skrivet men vi läser en del. Zapoteker och mixteker och azteker och olteker paraderar förbi i allt färggrannare, allt tydligare och outgrundligare processioner längs Mexikodalen, och de blida blodsälskande mayas beräknade året bättre än vi gör idag! Vi sjunker in i idén tillsammans, smälter den och spaltar upp och ner den och växer upp jämsides intill den, allt närmare... Studsar en gul tennisboll över Sumpans kullar, sitter på en bänk och blickar ut mot golfbollen vid Bälsta, känner hur hösten börjar sprattla inuti den varma vinden.

Och vi pratade om rörelsen och jag tänkte medan hon talade att det är märkligt att vi träffats för hon känner som jag och använder mina ord och vill det jag vill och vet också att bekvämligheten söver och rörelsen drar i henne också men utan stress och efter en tid i stillhet glömmer man alltid hur stort livet kan vara, hur starkt och levande det är varje gång man samlat mod att ställa sej i draget... Och drömmen om biblioteket och brasan och vinkällaren och den lilla täppan och garderoben full av blöjor och andra försäkringar vinkar från andra hållet men finns ju alltid kvar och visst ska vi till Mexiko, visst ska vi se Belize och Guatemala och om bara pengarna finns så kippar vi snart nedför Anderna från La Paz till Arica och du ska skratta och gråta, Isabella, och *veta var du befinner dej* – veta hur otroligt din slump är konstruerad. De är för värdefulla dessa dagar för att skräck- och lamslås av BVC och ATP...

Och vi pratar om allt, hela tiden, benar och diskuterar och filosoferar och jämkar samman våra idéer om..."barnuppfostran" till exempel och framförallt, om var gränserna går för föräldrarnas... rättigheter; hur mycket av sej själv man kan pådyvla sitt barn, om nåt, mer än omedvetet, och hur att handskas med alla situationer som kan och kommer att uppstå. Det är väl normalt, man vill veta var man står, man tvekar och undrar och vet inte vad man förmår. Och allt jag absolut måste komma ihåg är att vi ska tala, och jag ska tänka, och om mitt erkänt dåliga tålamod med det ena och det andra emellanåt tar sej sneda uttryck måste jag veta att se och förklara för mej själv och för dej, och be om ursäkt. Du ser... att vi ser farorna. Vi letar efter dem, vill inte slarva, eller för den delen gå till överdrift. Vi vill bara ge dej chansen att bli dej själv och S är rädd att jag ska vilja göra dej vuxen i förtid, hon vill inte ha nån treårig filosof försjunken i grubblerier antar jag, men just det tror jag inte blir svårt att undvika. Tyngden och det så kallade djupet i mej må (paradoxalt) flyta på ytan och därför ofta vara det som syns men sången och pajaseriet och det vobblande jonglerandet hickar ständigt runt i skrynklig pyjamas under lövruskorna och om det predikar en del så gör det det ändå stående på huvet med glädjen fuktande i ögonvrårna och blodet bultande sin förvåning innanför tinningarna. Barnsligheten är till sist mitt kanske främsta attribut, tror jag faktiskt. Det är det jag håller i, det är där vi ska ses, det är därifrån vi ska utgå.

000813: Vi åker ut till Brommaplan och promenerar från rondellen upp till kyrkogården. Men Lisa (din farfars mamma) står inte ens med på stenen vad det nu beror på och inte ens jag kan längre uppbåda nån större närhet till förfäderna. Min farmor och jag kom aldrig riktigt dit vi borde och nu är det sjutton år sen vi sågs och Leonard (din farfars far) har aldrig varit mer än ett namn, död långt innan jag föddes. Jag berättar ändå för S om kvällen då min farmor dog, om hur hon log det där sällsynta för att inte säga unikt varma leendet när vi skildes i den stökiga överbelagda korridoren på St Göran och hur jag inte tänkte på det just då men ändå visste när telefonen ringde senare på kvällen hemma hos min mormor i Aspudden (där jag bodde i matsalen, skrivandes en av mina tidigare författardrömmar några vårmånader – 83) att hon gett sej av, trots att hon bara varit inlagd för provtagningar. Leendet hade varit *försonande*, hon hade vetat. Så blev det allra sista ögonkastet faktiaskt det enda jag värderar.

Och vi hälsar på Ferlin också och jag översätter den bistra dikten om den grå fågeln som upprörde R så (S tycker den är vacker), och på vägen tillbaks går vi upp genom skogen i naturreservatet mellan Drottningholmsvägen och Bromma kyrkby och S berättar om sin egen familj, om sina minnen av moderns död vid tjugotre eller tjugofyra års ålder (själv var hon åtta) och försvunna släktingar, flydda band. Det är en sorglig historia som hon ändå lärt sej att tycka om – om så bara därför att den *är* – och jag hoppas verkligen att hon skriver den när hon får tid. Hon ler, men engagerad. Hon oroar sej för hur jag ska ta emot allting, men litar på mej.

Det ger en del perspektiv på mina egna trassligheter, och även i det är vi eniga: det är inte barnens uppgift ens som vuxna att ensamma ansvara för relationerna till föräldrarna, barn är inte automatiskt skyldiga sina föräldrar nånting. Och S säger att hon inte vill söka upp sin far för hon vill inte dra på sej skuld och ansvar för relationer till nån som självmant (om än pressad av omständigheterna) gav sej av och började om (utöver de två mostrarna på din mormors sida har du ett gäng aldrig skådade halvmostrar och halvmorbröder via morfar). Hon har så att säga ingen aktiv familj och trivs med det, känner sej lös och lätt. Har å andra sidan aldrig haft nån, vilket kanske gör det lättare. Vill förstås hålla nån slags relation till den jobbiga mormodern som fungerat som mamma vid liv, men på avstånd. Och saknar bara systrarna.

I övrigt har vi kommit fram till att Quetzalcoatl förmodligen var en förirrad viking, en av Leifur Eirikssons mer dristiga kamrater kanske, som efter att ha gudaförklarats i Tenochtitlán fortsatte via Cuzco och Machu Picchu till Påskön där hans bild ännu pryder stränderna, komplett med det röda håret. Det skulle kunna innebära att du har vikingablod från bägge håll, du dotter eller son av nyfikna nordmän (envisa småländska torpare, törstiga sörmländska backstusittare, bistert rollande och spinnande Tornedalingar med allt det vackra språket som tysta hinnor av lätt verklighetsförvrängande tårvätska i ögonen), snedseglade conquistadorer och milda stolta mapuches!

000814: Har en varm ödla i halsen och försöker sova av mej höstkänningarna men satt ändå i fyrtifem minuter efter brevbärarturen med fötterna genom sidorutan och strumporna på tork nedanför Fiskartorpet med Dagerman och längtande tillförsikt. Nånting gult och prasslande gömmer sej i lövverken och tror inte att jag ser det och sommaren cyklar förbi med en blyg åttaåring i släptåg, på väg mot Liljansskogen...

S mystiskt försvunnen i kvällssolen och jag lutar mot "Jeopardy" – så pass avslappnad ändå...

Och du drömmer att du andas!

000815: Arton veckor, tjugo centimeter, du suger tumme och lyssnar utan att helt eller alls förstå, vänjer dej vid att vara till, trycker mot hinnorna med frånvarande uppmärksamhet – känner kanske snart igen oss. Är du nyfiken nu, ditt pyre? Vet du kanske redan min röst?

Surfar runt i Mexiko en timme med internet på biblioteket, finner att det är billigare än Sverige förstås men knappast gratis. Projektet tål att räknas på. Fyra fem dollar för skapligt krubb på restaurang, det dubbla för hotell. Men hela flytten hänger ju på att föräldrapenningen ramlar in månadsvis på kontot som den ska och det bör räcka. Tanken är ju att vi ska hitta en lägenhet för att komma under LP-normen (hos Lonely Planet räknar man ju inte med fast boende och tillgång till eget kök). Värre då det eskalerande våldet, smogen och framförallt sjukdomarna. Är rädd att det kan bli en del vaccinationer på ett tidigt stadium för dej, Isabella. Om det alls blir nåt (rekognoseringen fortsätter)...

Läser Peter Englunds recension av Martin Amis`

uppgörelse med fadern och hittar en del identifikation, även om Kingsley söp och nojjade och till slut lämnade boet. Poängen är att Martin i dessa tidiga trauman upptäcker roten till hela sin..."karriär"; det verkar visserligen klart för mej att det var min mors litteraturstudier i mitt femte levnadsår som satte igång mej ("Kan själv!", glad imitation, lek och bekräftande härm), men att jag fortfarande håller på ska jag kanske tacka min far för. Författare fick bli mina fäder, mina milt undervisande och uppskattande modeller – författandet min aldrig avslutade självuppfostran.

000817: S:s svenskalärare kunde inte begripa att hon inte hade råd att följa med till Drottningholm idag ("Femti kronor måste du väl ha?") och det är kanske svårt att förstå och visa de medellösa hänsyn om man själv sätter likhetstecken mellan kurr i magen och hunger, rikt gift förmodligen, med jobbet som hobby och den imbecille Knugen som idol och småblommig knytblus helt säkert men jag är trött och fast egentligen inte ens irriterad vill jag inte ha den sorten i våra liv, och inte S heller men vad ska hon göra. Skolan betalade till sist inträdet för allihop och med tanke på att utflykten var obligatorisk kunde man kanske förväntat sej det. Dumjävlar som inte begriper att invandrare utan jobb möjligen dras med dålig ekonomi.

Själv går jag till hörnet med sista kronan för att handla ett paket jäst och det tänker jag fantamej inte be om ursäkt för.

Och Pinochet ska skriva ett brev och förklara för världen hur tusentals fall av tortyr, mord och våldtäkt rättfärdigats av bödlarnas ekonomiska framgångar. Lycka till.

Men Salas och gänget spöade Brasilien med 3 – 0

i VM-kvalet igår och idag upptäckte jag att vi bor i fastigheten Eposet, för att avsluta på en lovande not.

000819: Lördag, utsövd, känns nästan overkligt och vad ska jag ta tag i nu innan mattheten slår till igen. Oron. Oron för dej, Isabella, hur du mår och blir till, och oron för S som bär omkring på hela bygget, oro för manuskripten som aldrig vill bli precis vad jag sett i mina visioner, oro för tiden som rullar, för alla idéer som aldrig ges tid och energi, har så mycket böcker inuti och jag kan se dem allihop men aldrig presentera dem för nån annan, denna nedärvda prestationsångest, rastlösheten som äter mej levande mot slutet av varje dag utan vettig produktion, oro för hur vi ska kunna känna varann, för hur vi ska tala med varann, på vilket språk Isabella (kanske de häpnande ögonens, de leende kindernas?) och oro när jag tänker på att du bara är tio år när jag närmar mej femti. Men jag talar med S om det och hon tröstar mej och jag säger att har man inga problem måste man förstås uppfinna några stycken.

Senare på natten när hon sover går jag till datorn och raderar med ett eller ett par fingertryck mot tangenterna hela filen "Sedda filmen" där jag som en idiot listat och försökt minnas alla rullar jag sett (uppåt tusentalet redan utan att bry mej om c-rullarna) för jag inser plötsligt vad jag vetat sen jag började att det bara är ytterligare ett meningslöst flyttblock att baxa uppför kullen och jag måste prioritera även bland meningslösheterna och detta var bara och endast fåfänga – detta vettlösa *samlande* av erfarenheter...och när höger långfingertopp sjunker ned i den grunda "Delete"-skålen är det som om hela kullen lyfts av bröstet.

Sån är pappa, eller var, detta nådens år 2000. På gott och ont.

S berättar att vi levat på femtonhundra kronor den här månaden, sjuhundrafemti per mage och ändå har vi ätit bra, gott och varierat. Tror föräldrapenningen kan räcka riktigt långt på billigare breddgrader.

Varpå vi promenerar in till Vasaparken, hittar Sessler, Bengtsson och Jörgen boulande i grusskuggan. Och åker hem igen.

På kvällen ringer jag Dick i Mölndal, det var ett år sen sist men han är sej lik, en veritabel klippa av likhet faktiskt. Han verkar ta sitt faderskap med upphöjt lugn fast i grunden stressad och lättirriterad och så tror jag inte att jag kan eller vill ha det men vi är väldigt olika, lever på väsensskilda platser numera, känner att jag inte kan dra några särskilt giltiga paralleller. En timme på telefon är ett för klent underlag men det var ändå ett trösterikt samtal. Han accepterade allt jag sa och det är ibland allt vad man behöver...

000820: Himlen låg och svart och regnet öser ett tag ner, det känns som om hösten anlände idag men vi stannar inne, kokar te och tänder smålamporna och lyssnar på "Maratonmannen" och på P3 och S stickar en gråblå socka åt dej och jag läser "Den befjädrade ormen" och "De dömdas ö" och skriver på "Stockholm" och "Dubbeldeckarna och Mysteriet" och undrar när jag egentligen tänkt ta tag i "Den gudomliga tragedin" och S undrar vem tjejen är som cyklar avlägset förbi den vinglösa kvarnen vid Lansa på Fårö på fotografiet i den lilla pärmen med blandade antikviteter jag har i skrivbordslådan och jag säger att det är min före detta hustru och hon får det där svarta och stela i ansiktet som jag hatar eftersom bristen på förtroende känns som en skymf och är så illa uttjatat och dumt och hon frågar om jag blir lycklig av att titta på bilden eftersom jag har den i skrivbordet och jag frågar hur upphetsande hon tror att en rygg fotograferad på femti meters avstånd på ett tio år gammalt foto sparat i en pärm för foton avsedda för korsord (det är en bra kvarnbild!) kan vara och sen säger jag inget mer och hon går in i sovrummet och stänger dörren men är ute nu igen och steker nånting i köket och det har gått en timme och jag skulle tro att allt är bra...

Det är väl vädret, det är väl lufttrycket.

Senare, lång promenad över Råsundas kullar, gatorna nytvättade och luften ren och klar och jag knycker några sura äpplen och hemma igen gör vi juice på dem och tittar på Sporten.

Nytt svensk rekord (2.01) av Kajsa Bergqvist igår och katastrofdebut av Lee Baxter för AIK. Bland annat.

000821: Du är i soffan med morsan, hon stickar på den andra sockan nu.

"Landet runt", ett trött skval utanför och inuti mej. Ska bespara dej det.

000826: Skapliga löner, ska betala räkningarna och femtonhundra till Rikard (bara tusenlappen kvar av den skulden) och Jannes femhundring kanske och sen har vi ändå en del kvar att rusta dej för.

Och i övermorgon ses vi. Åtminstone ses du.

000828: Nu vet vi hur du ser ut, vi har sett din profil och jag tyckte att den var från S och vi har sett de fyra kamrarna arbeta i ditt lilla hjärta och din ena hand fäktade långsamt vid sidan av huvet och på bilden vi har ser det nästan ut som om du småler och du sparkade ganska ettrigt neråt mot S:s urinblåsa vilket kan förklara värken hon haft ett par dagar och allt verkade bra och vi känner oss lättade trots att du hade oskicket att moona oss så att vi ännu inte vet om du är tjej eller kille.

Utan tvekan den bästa film jag sett! Dramatiken... allt det underförstådda! Spänningen och det lyckliga slutet - tårarna rann.

Nu är det betydligt senare och vi har varit på Råsunda allihop och sett hemmalaget spela oavgjort mot Norrköping. Detvillsäga du såg väl inte så mycket men bör ha hört klacken på norra kortsidan.

000830: Köper en lagerhylla hos Karis på Storängskroken under turen och kör hem den sen på lunchen. Käkar tårta med S och kör in henne till Internationella biblioteket vid Odenplan, fastnar i trafiken där men hinner tillbaks till kontoret innan nån saknar mej.

Hon hittar äntligen graviditetslitteratur på spanska, Kitzinger och annat. Jag fikar och sorterar ett par timmar till och passerar Bonniers på Svea- och hemvägen för att lämna av "Balladen".

Det mulnar på men värmen håller i sej. Har monterat ihop hyllan och baxat upp skivsamlingen längst ner, lyssnar på Gasolin och Supertramp och Dire Straits och blir en kort sekund härligt förvirrad av att S inte känner igen ens nåt sånt som "Money For Nothing" men inser sen att hon ju bara var tio år när den kom, och att hon bodde långt ut på den tevelösa chilenska vischan med sina morföräldrar. Själv ölade jag en solbränd kibbutznik med nervösa dikter i de gallileiska grapefruktskogarna och världen hade äntligen börjat och om nätterna dunsade jag skallen i fallskärmen som hängde ner från taket i det bisarra discot Heaven Garage uppe bakom Dining Room, et cetera. Vi är från så olika platser och tider att jag blir alldeles konfys och lycklig av att tänka på det.

Man måste utanför sej själv hela tiden, Isabella, för att förstå, det gäller stort som smått.

Och snart kommer du och vi blir en ännu märkligare och ännu skönare röra!

000902: Trädkronorna mörknar och bleknar, fläckar till sej, förbereder sej fast utan sorg, ska bara sova, ska bara resa bort för att återkomma. Och när det åter knoppas är du med och nyser!

Känns lite besvärligt alltså att inte veta om du är Isabella eller...ja vi har inte ens nåt namn för en kille än. S börjar luta åt det senare (hon växer mer framåt än åt sidorna och påstår att det signalerar maskulinum) men jag vet inte, känner mej skönt förvirrad. Det får mej också att fråga mej om jag skulle hållit en annan ton till en grabb men det vill jag ju inte tro. (Även om jag - liksom S - faktiskt är så pass otidsenlig att jag menar att skillnaderna mellan pojkar och flickor generellt är fundamentala, inte bara på utsidan. Vi vill i möjligaste mån undvika att förstärka dem genom våra ord och handlingar och det har givetvis ingenting med krav eller rättigheter att göra, det finns ingen värdering i det, är bara nåt som baserar sej på iakttagelser av män och kvinnor töser och gossar, av deras sätt att tänka och uppföra sej och intuitivt reagera. Tror inte det kan vara bara miljöbetingat.)

Lördag morgon med kaffe och Gasolin, "Det

bedste åt mig og mine venner". Moln och sol och behaglig planlöshet. Ni har inte ens gått upp än.

Skriver ut sexti sidor ballad medan det mulnar och ni läser, duschar. Ett silvervitt hål i molnen och Roxettes "Sleeping Single" från −89 som för mej är ytterligare en *helt* annan värld. Då låg jag magsjuk på en jättelik binge i Georgetown i Malaysia med en piratkassett från det stora stråket intill Pat Pong i Bangkok i min Walkman, läste Patons "Järnhård är lagen" fast på engelska – minns inte titeln men rev av sidorna allteftersom för att minska på packningen...
– och svettades emellanåt bort genom det där fortfarande väldigt koloniala kaoset till Kentucky Fried Chicken för att slaska fingrarna i coleslaw eller vaddetheter och tänkte på helt andra tjejer.

Om kvällen dricker vi öl och juice med Rikard på Dick Turpin och ser svenska landslaget rädda tre poäng i Azerbadjan utan att övertyga. Sen diskuterar vi namn för en eventuell son. Rikard tycker att Himmel vore snyggt men det vete fan.

S lägger tyvärr in sitt veto mot Quetzalcoatl...

000903: Regn, bakfylla, finnkamp snart, Dire Straits, S gillar "Why worry now" och vem gör inte det och Rikard menade att man får tillåta sej att vara glad så länge man har anledning; sorgen får man ta hand om tids nog. Vi håller med förstås men oron går ju ändå inte att koppla bort efter ett respektive två missfall varav det senare i artonde veckan.

Men du sprattlar och vrider dej och det är klart att jag aldrig varit lyckligare. Oron hör kanske till, helt enkelt och svårt.

000904: Är till MVC efter jobb/skola och upptinad lasagne. Alla testresultat är bra, blod- och cellprover, och barnmorskan Else känner så att du ligger rätt och det gör du och vi lyssnar till ditt hjärta via mik och högtalare och det pumpar på bra, en väldigt snabb och jämn rytm som sej bör när man är av din storlek. S har allt ymnigare och mer tunnflytande utsöndringar och oroar sej för det och det kan vara helt normalt men vi är förstås oroliga efter skräckupplevelserna i december och får ändå en tid hos doktorn nästa onsdag. Och går hem, S pluggar svenska och jag ligger en tönt nere vid naveln och läser dej en saga ("Pettson, Findus och Pannkakstårtan") mest för att du ska vänja dej även vid min röst.

Enligt S sparkade du hela vägen mellan pärmarna och jag kan bara hoppas att jag inte skrämde dej...

Nån som heter Carola Hansson skriver om sin döde far, enligt recensionen i DN en "komplicerad och inkännande och mångbottnad uppgörelse" och det är förstås den vanliga pretensiösa kritikerlingon men jag funderar ändå över om det måste till nåt sånt. Sen tänker jag att nä, det är kört, han kan aldrig förstå.

Vad gör man med en klyfta så fundamental och oöverbryggbar? Den mogne mannen lär bortse från den och le sej ett överseende, fokusera sej en lögn av bara de vackra bitarna, men det har jag ju gjort i tjugo år och till vilken nytta? Och vad har vi egentligen förlorat? Det var ju aldrig kommunikation, och kan aldrig bli. Nog nu, även av monologen, detta övergivna karvande i mej själv!

Fan också, att barnen alltid ska ta på sej de ok föräldrarna vägrar att bära!

000905: Köper en utrangerad postcykel av Posten för hundrafemti spänn och promenerar hem den (punka förstås) på en timme och en kvart, ställer den i källaren att invänta våren!

Och du verkar må bra, har rört dej mer än vanligt hela dan. Själv lägger jag mej helt slut och sover i tre timmar. Knattrar lite här nu i väntan på Sporten.

Och Jonas skriver från Göteborg och har fått missfall i tjugonde veckan, vafan... Hans parvel var ju nästan precis jämngammal med dej. Det skrämmer och påminner och jag ska försöka skriva honom nånting men vad säger man. Ingen förstod oss i december; utomstående ser bara en odramatisk försening, beklagar och drar de vanliga harangerna om att man fortfarande är ung och att det ändå inte var nån färdig människa o s v och även om man är tvungen att försöka se det på det viset så är det inte så. Du finns ju, Isabella, du är färdig och ska bara växa. Så som vi alla ska växa, alltid.

Man måste ständigt nånstans vara beredd på förluster men jag varken kan eller vill trivialisera dem.

000910: Enligt ultraljudsundersökningen blev du till den nittonde april. Jag har ingenting i min dagbok från den tiden men enligt S:s var det en dag på madrassen på golvet under fönstret på Sibyllegatan (nr 11, högst upp över gården till vänster) och jag var rätt trött och gnällig (hoppas inte det ska påverka ditt humör) tidigare eller om det var senare på dan och vi bråkade tillochmed men jag var ute sen till Akademibokhandeln och köpte "Don Quijote" som försoningspresent tror jag och det är inte omöjligt att Rikard låg och snarkade strax intill efter jobbet men förmodligen var han ute och sprang runt Djurgårdsbrunnskanalen.

Intressant...?

000911: Två veckor till löning och inte många ören, men det brukar lösa sej...

Har fått min första korsordsbeställning, från Aktuell Optik & Optometri no less...och sliter för att leverera snabbt. Blir nog rentav två faktiskt så kan de välja svårighets- och rolighetsgrad...

Det öppnar sej långsamt.

Horisonterna vidgas, Isabellita.

En salt doft av hav, en torr vind från bergen...och Sverige kan kippa i geggan oss förutan!

(Trött, som vanligt. En ganska skönt bister och rastlös tillförsikt. Så ere.)

III

ᴏᴏᴏ919: Vågar bara rekapitulera det viktigaste nu men får förhoppningsvis anledning att fylla på senare (huvet är en seg och utvakad trasa, måste glo verkligt koncentrerat på OS-sändningarna och spola hjärnan med Bach och Blue Öyster Cult för att hålla förvirringen och rädslan stången.

Den trettonde var vi till jourläkaren på MVC, en liten blond trött tjej som släppte in oss fyrtifem minuter försent och inte gjorde nån hemlighet av att vi störde. Hon ville hem och försökte energiskt avvisa oss. Eftersom S mått ganska bra de sista dagarna var vi väl i princip med på det men ville gärna få livmoderhalsen kontrollerad ändå för att helt kunna slappna av. Åkej, hon tog en titt och meddelade sen kort att hon "sett tecken på ett irreversibelt missfall". Cervix var öppen med ett par centimeter och inget fanns att göra. Jag frågade om hon var säker eftersom "tecken på" och "irreversibelt" inte är helt synonyma begrepp och hon beklagade men åtminstone skulle missfallet inte innebära nån fara för S. Hennes rekommendation var att vi tog oss hem igen, för egen maskin, för att invänta värkarna. På Karolinska fanns inte plats för nåt så lågprioriterat och när jag

sa att vi ändå för säkerhets skull gärna ville dit för att
få ett andra utlåtande så hade hon förståelse för det
men nån transport var inte nödvändig, det fanns för
övrigt inga såna resurser. "Ni har ju gått hit, eller hur?"
och även sköterskan i bakgrunden bagatelliserade
saken. "Men", försökte jag hålla mej lugn, "ponera
att vattnet går ombord på bussen och sen kommer vi
fram och får höra från en annan läkare att hon borde
lagt sej ner med en gång..." Hon verkade ta in att
detta skulle kunna påverka hennes karriär och efter
ett samtal till larmtjänst och en skräckfylld timme
i soffan i väntrummet med sköterskan springande
fram och tillbaks till fönstret för att understryka att
mottagningen var stängd och att hon tvingats vara
kvar efter arbetstid för vår skull fick vi till slut en
ambulans och vettig vård.

På gyn-akuten blev S undersökt igen, vaginalt
och med ultraljud, nu av den unge man som tog
den första ultraljudsbilden i sjätte veckan. Han var
marginellt mera positiv men fick fram en säng i
alla fall och strikt ryggläge, tester, medicin för att
förebygga värkar, och en allmänt seriös attityd. Och
på akuten blev hon sen kvar ett par dar.

Tredje läkaren, en bister men på sitt sätt
vänlig och framförallt seriös man med grov och
förtroendeingivande brytning (svenska läkare
skrämmer redan skiten ur mej) som förstås inte
heller kan lova nåt men åtminstone ser ett antal
möjligheter till ett lyckligt slut, trots ett förhöjt värde
av vita blodkroppar. Det *händer* att livmoderhalsen
sluter sej av sej själv, även om det är extremt ovanligt.
Det *går* att fortskrida ganska länge i graviditeten med
cervix öppen, det är tillexempel inte alls ovanligt

bland kvinnor som fött flera barn, och om bara tre
fyra veckor finns dessutom chansen att barnet kan
räddas med kuvös (det kräver dock att lungorna
hunnit utvecklas färdigt vilket inte är fallet förrän
tidigast i vecka 24; du är nu i 22:a). Och så vidare. S
får antibiotika och flyttas upp till en gyn-avdelning
på fjärde våningen. Eget rum och något avklingande
chockvågor. Jag har också sjukskrivit mej, oförmögen
att koncentrera på arbetet, sitter åtta nio timmar
intill sängen varje dag och försöker se hel och positiv
ut.

Igår talade vi så med en fjärde läkare, som överlät
på oss att besluta om livmoderhalsen skulle förslutas
med milt våld. Man får försiktigt putta in dej och
snöra ihop öppningen, med uppenbar risk att hinnan
punkteras och vattnet går, eller om vi skulle chansa
på att vanskligt fortskrida utan ingrepp (allt är ju
egentligen bra, värden som allmäntillstånd, bortsett
från denna livmoder, öppen för allehanda bakterier).
Han ville inte rekommendera vare sej det ena eller
det andra men jag tyckte mej känna att han inte
gav en öppen livmoder stort hopp och S ville också
försöka tillsluta. Det skulle ju också betyda att hon
slipper ligga still i två tre månader.

Idag har hon varit ganska groggy hela dan efter
narkosen men allt verkar ha gått bra, så bra man
vågar önska på det här stadiet. Säker blir man aldrig
och det finns ännu ganska överhängande risk för
att värkar sätter igång om hon upphör med den
avslappnande medicinen men åtminstone gick inte
vattnet under ingreppet och nu på kvällen var det
fortfarande stabilt. Enligt en av sköterskorna var

operationen också "lite tjorvig" varför S blödde en del och när hon vaknade trodde hon länge att det misslyckats. Den fasan.

Isabella, eller vem du är och förhoppningsvis fortfarande kan bli... Så ansträngande denna spröda förhoppning och jag sitter ändå bara bredvid. Själv sover du förmodligen och förstår inte vad som händer. Tanken att du skulle ge dej av nu är outhärdlig och jag tänker den inte heller fast jag förstås måste hålla möjligheten öppen nånstans. När jag åkte in i morse var jag redan inställd på sorgen, tror jag, men höll den gömd bakom allehanda idiotier, artiklar i Metro och Everyday, Pia Hansens OS-guld i lerduveskytte... Och jag får syn på mej själv mest hela tiden – en sån rationell och på ytan kall och distanserad aktivitet, men jag måste undan förlusten, måste stå ut, måste veta att jag är ett stöd och inte en belastning och din mamma är så behärskad i *sin* rädsla, så stark i sin sorg...

Du lever, hoppet lever, vi kan ännu träffas!

000924: Status quo. Och alla våra samtal, all pep talk, all plötslig smärta och panik, nervösa skratt. Ditt idoga bultande och sparkande och testerna är bra – nytt vackert ultraljud igår. Tolfte natten för er på Karolinska, tristessen och den envisa föresatsen, ni är mina hjältar!

Och nerverna kokar tills säkringarna slår av och man förmår nästan försjunka i OS-handboll eller Frank McCourt en kvart eller halvtimme. Och jag är tillbaks på jobbet och idag gick en enorm slempropp och strängt sängläge igen men jag vägrar tro annat än att det är ett gott tecken - tillsluten igen arbetar livmoderhalsen för högtryck med bakteriebarriären!

Varpå jag knackar i trä och lägger mig, ensam i ödsligheten i Råsunda. Ringer igen till telefonen S fått in på rummet.

001001: Inget nytt men du fyller snart tjugofyra veckor nu och får flytta närmare förlossningsavdelningen, kan få cortison till hjälp med det mödosamma arbetet att utveckla lungorna.

Stanna åtminstone ett par tre veckor till så kan du kanske andas sen!

Och jag hittar en lapp från S i fickan när jag kommer hem:

"La tarde cae lentamente como cada día cuando empiezas que volver.
Te imagino bajando el bus cruzando los arboles y allí esta.
Las ventanas y una puerta siempre te ven llegar. Las pequeñas rosas te saludan al entrar.
Tres peldaños a la puerta que con su rigido brazo te saludara.
La fria y arrogante escalera siempre tan orgullosa no te vera pasar.
Tus manos tivias buscaran las llaves. Dos vueltas a la derecha mas una a la isquierda y ya esta.
La casa esta oscura, un comercial en el piso. La ropa sobre la cama, el plato sucio con algo de comida de ayer. Con

hambre y cansado, solo la ducha con tivias gotas de agua
te acariciara.
Un poco de comida rapida, un te caliente en la cama y el
libro te acompañara. Y a algunos kilometros de casa, tu
pequeña familia contara las horas para poderte abrazar!"

("Eftermiddagen faller sakta som var dag när du börjar
återvända hem.
Föreställer mig hur du går av bussen och går under
träden och där är det.
Fönster och en port ser dig alltid komma. Små rosor
hälsar dig när du går in.
Den kalla stolta trappan kommer inte att se dig passera.
Dina varma händer letar efter nycklarna. Två varv till
höger plus ett till vänster och det är allt.
Lägenheten är mörkt, ett reklamblad på golvet. Kläderna
på sängen, tallriken med matrester från igår. Hungrig
och trött, bara duschen med varma vattendroppar
kommer att smeka dig.
Lite snabb mat, varmt te i sängen och boken följer med.
Och några kilometer därifrån kommer din lilla familj att
räkna timmarna tills de kan krama dig!")

001005: Tjugofyra hela veckor! För vad det är värt och ta i trä och sånt men nu har du iallafall skuggan av en chans att klara dej på utsidan om det inte skulle hålla längre, och varje dag växer möjligheterna. Först och främst är det lungorna som behöver mer tid att utvecklas och mogna, och förhoppningsvis kan de få det. Det antibiotika som S fått mot urinvägsinfektionen som irriterar livmodern och provocerar den till sammandragningar har inte bitit, bakterierna var sällsynta och förmodligen resistenta men frånochmed ikväll ska man pröva en ny typ. Och imorgon flyttas ni ner till Risk-mödravården, vilket innebär att det inte längre är ett gynekologiskt fall i första hand. Nu blir du också patient, Isabella, nu räknas du även utanför familjen. Detvillsäga: dina chanser finns och syns och tas på allvar.

Och jag vill vara optimist nu och S gör det hyggligt enkelt, ser nästan alltid stark och tillförsiktig ut och har du tur har du ärvt mina hälsogener för jag har åtminstone hittills aldrig varit verkligt sjuk (med undantag för en tidig strumaliknande åkomma som förmodligen föranleddes av att det målades om med giftiga färger i mitten av sextitalet, och senare sviter av allmänt vanskött, svulten och utvakad kropp) och jag var väl också någorlunda tidig med det mesta. S å sin sida föddes hemma i sjunde månaden och menar sej aldrig ha haft ont av det.

Det *kan* gå.

(Det kan förstås misslyckas också men nerverna kvider efter en gnutta vila nu.)

001014: Lördag, hemma efter en heldag på sjukan, värk och värkar som kommer och går och diarre också i några dar sen de bytte livmoderavslappnande medel, varpå de lyfter av det igen, varpå sammandragningarna återkommer...

Varför ska alla mediciner ha biverkningar? Varför måste man alltid prioritera bland jävligheter? Men tjugofem veckor och fyra dar och det där lilla hjärtat pickar på med etthundrafyrti ivriga slag i minuten och på det stora hela är ju läget fantastiskt ändå. Urinvägsinfektionen verkar också hävd.

Dagbokeriet känns dock mer än lovligt bisarrt, nästan avslöjat fast jag inte kan säga vad det är som avslöjats... Det är väl fåfängan igen, oviktigheten i det, som blir så tydlig.

001021: Lördag igen, det rasslar på nu, du växer och frodas, sparkar i sidorna så att det kittlar i handflatan och S skrattar och får ont här eller där och det går över igen och allt är ändå bra på det stora hela, i det allt väsentliga. Första urinvägsinfektionen hävd och medicineringen avslutad men idag verkade den vara tillbaks igen varför även medicinen gjorde comeback. Och vi kollar fotboll och Robinson och sånt, "Working Girl", och så är jag hemma igen, vilket S ringer för att kolla. Och du väger nästan ett kilo nu, två rullar snus ungefär, och fyllde första halvåret i torsdags! Grattis! Grattis till oss alla!

001028: Nu kliver vi fan på en vecka i taget och du spänner och trycker mot sidorna av magen, och vaknar till av min röst och sparkar ett solo intill naveln, tjugosju hela veckor och fyra dar och avdelningen kryllar av små sömniga parvlar som små rynkor i filtarna de ligger under och jag är ganska säker på att de flesta är mindre än du fast redan ute i hösten i livet i den mera synliga tiden och du verkar otålig och energisk, nyfiken inbillar jag mej, och vi är detsamma förstås men biter oss i varsin tunga och räknar timmar, dagar.

Vilket är vad jag hinner skriva. Har tvätt att tumla och en buss att passa. Vi ses, eller hörs iallafall, inom timmen!

001030: Sista veckan på Karolinska, förhoppningsvis. Nästa måndag kommer ni hem och jag förbereder mej allt vad jag orkar, bunkrar käk och tvättar och jobbar undan och aviserar semester, har åtminstone nio dar kvar och sen är ni i trettiförsta veckan ju.

Och du sparkar fortfarande så att S grinar och flinar av smärtan. Du vet ju faktiskt inte var du är nånstans och jag kan väl leva mej in i frustrationen över att plötsligt bara uppstå i det där varma våta mörkret och inte veta varifrån ljuden kommer, eller ens vem eller vad man är... S säger att du vaknar till av min röst och det är ju en mysigare förklaring. Kan inbilla mej att vi faktiskt kommunicerar.

001102: Tjugoåtta hela veckor och barnmorskorna gratulerar och du får komma hem på måndag! och S är rastlös och tung och lycklig och själv är jag trött trött trött och lycklig och stressad och kände igår att jag höll på att spåra ur av arbete och plikter men framförallt brist på sömn och vila, knappt en minut för mej själv på två månader nu men missförstå mej inte, är bara glad men bristen på sömn och tid är inte nåt jag är van vid, har inte ens hunnit äta lagad mat den här veckan och till slut känner man hur det börjar vittra i fogarna...

Men du är tjugoåtta hela veckor nu och gör dej alltmer bryskt påmind som om det skulle behövas och i helgen städar jag här och sen kommer ni hem om allt är bra vid de sista undersökningarna och jag tar semester ett par veckor och vi ska vila tillsammans igen, Karolinska färdigbesökt för ett tag, posten utdelad, korsorden insända, tvätten tvättad, disken diskad, breven skrivna, all information intagen, bebismanualerna lästa, ansökningarna ifyllda och distribuerade...

001104: Lördag förmiddag, har sovit hela sju timmar och firar med att skrubba toaletten innan jag ringer KS och ni mår bra fortfarande, du sparkar hela nätterna, tar det lugnare på dagarna och enligt morskorna lär du inte ändra din rytm nu på ett tag så vi får väl lägga om vår då, mej gör det inget om jag inte har ett jobb att gå till och det tänker jag inte ha på bra länge när jag väl slutar, jag är också nattmänniska, vi kan läsa och skriva och dansa och kasta pil och promenera längs alltid helt nya stigar tills vi blir sömniga?

Har ett korsord att ta tag i nu också.

Ska spika upp gitarren på väggen intill soffan så är den ur vägen.

Sånt. Pular omkring. Åker in till er snart och pratar prat, tittar titt, dricker kaffe och det.

oo1108: Min älskling är en groda, sitter uppallad i sängen och lyssnar på Fred Åkerström. I magen som är en färgglad ballong bor ett grodyngel som heter Karin Isabella eller Elis Arturo kanske och som sprattlar och plaskar och vrider sej som nyfikna grodyngel gör när ännu bara mörker råder och dova ljud och en elastisk hinna av ballong och den lustiga navelsträngen svänger genom det mörka våta varma dovt dunkande och allt precis allt är framtid, allt precis allt är ljus och grönt och blått och polkagris!

Och min älskling säger: jag kände inte min pappas pappa, han kan ha varit vem som helst men jag tror han hette Arturo.

Jag säger: Elis Arturo, efter gammelmorfar och gammelfarfar då. Och den ende Arturo jag har att associera till är Rimbaud och sämre kan det ju bli. Han revolutionerade poesin och la av sen, knappt myndig, för att resa och leva. Skriv och res, ditt yngel! Det är så långt och högt livet här har avancerat. Tycker jag...

Så ni kom hem i förrgår, que emoción! Och jag möter Hasse på Noaks Ark på Drottninggatan men han har glömt bankomatkortet och jag måste med ut till Vallentuna för att låna pengar till medicinerna ni måste ha men sen är jag hemma iallafall med semester och lyckas tillochmed sätta sprutorna utan att darra på handen, mitt i magen.

Pappersarbete och vi gonar i dubbelsängen, stickar och läser "Ängeln på sjunde trappsteget" och idag var jag till biblioteket och hämtade Vargas Llosa och P O Sundmans nordpolsbok och Kazan och Cambio 16 (spansk blandtidskrift) till S, och pratade med Försäkringskassan men fick med mej fel färg på garnet...

Har skrivit ett papper som S kan läsa från om hon måste ha en ambulans när jag är på jobbet men allt känns fantastiskt stabilt fast hon får både antibiotika mot urinvägsinfektionen, Adalat för att slappna av livmodern, och sprutorna med Fragmin som ska tunna ut blodet och förebygga blodpropp. För du fyller tjugonio hela veckor idag och det är definitivt mer än jag vågade hoppas högt i slutet av september. Du är klar, du är tydlig, vi är tre här och det kan alltid gå snett men vi måste få vara glada nu, och tro på dej.

oo1110: Falskt larm (tänkbar vattenavgång som dock visade sej förmodligen vara en skvätt urin som du sparkat ut ur blåsan utan att S kände det...) inatt och vi åkte taxilimousin in längs de öde Solnalederna och du blev lyssnad på i en kvart (fantastiskt vacker kurva) och sen kom dr R som vi träffat förut och som verkar bra och tittade in men allt såg åkej ut och vi åkte hem igen, glada och uppskakade. Somnade vid fyradraget.

Fredag idag, vi vaknar vid lunchtid och drar oss med Kazan och Ivar Lo.

Ska försöka skriva lite på "Dubbeldeckarna & Mysteriet" nu, fick en del gjort igår.

Fyra dagar efter det amerikanska presidentvalet är man ff inte klara med rösträkningen. Vi bryr oss väl inte så mycket om det men det kan ju vara värt att nämna, du kanske är historieintresserad... Det är i princip dött lopp mellan Gore och Lill-Bush och en del oegentligheter i den senares favör har orsakat omräkning i Florida där hans bror f ö är guvernör vilket kunde föranleda en del konspirationsteorier och möjligen blir det rentav omval där.

Vi hörs.

001111: Sätter på en seg Schubert och en gammal Neil Young sen och S virkar och syr och jag läser Ivar Lo ("Författaren") där jag hittar en intressant diskussion om landsbygdsromantiker från stan kontra stadsromantiker från vischan som jag tänker att jag kan använda i min Walden från Fårö nån gång och dessutom ett kluvet porträtt av Harry Martinson som påminner mej om nomaddiskussionen med Harry och Bruce Chatwin som jag hade med ett utkast till i "Döda rummet" som slarvades bort på förlaget -93 men som jag tänker göra om när jag nån gång får tid och energi till "Österleder" som ligger och dammar i nån av pärmarna här (har planerat ett kapitel där som utspelas på "The Brass Monkey" i Perth och kanske kommer en del andra prominenta gäster att delta också, inte Kerouac igen kanske men Ginsberg eller Burroughs nästan säkert, och Matthiessen om han inte fått sitt i ett tidigare Nepal-kapitel, eller Saint-Ex) och trycket och suget av allt man vill göra medan man är här, Isabella, Elis, och plötsligt nyper du liksom tag i nåt av S:s revben och hon grinar skrattande av smärtan och allt är ändå bara bra.

Allt är bara bra!

oo1112: Svamlar på om ditt och datt, om ditt men mest om mitt förstås eftersom du ännu är en sån ogreppbar bula, en sån utstuderad samling möjligheter, eftersom du ännu är framtid i mitt liv, eftersom allt jag vet om dej är det grunda plaskandet och sparkandet, en vibration i t-shirten S lånat av mej.

Valet ännu inte avgjort i USA och Bush som om än knappt lett i alla räkningar hittills blir alltmer offensiv och irriterad men Gore knappar in vid varje omräkning och ännu är inte poströsterna med och hur kan man då begära att få utropa sej som segrare, fattaru det Isabella?

Det går en bra serie med Stefan Wermelin i P3 som rotar igenom den svenska rockhistorien och fast man kunde känna sej gammal av att upptäcka att man faktiskt varit med nästan hela vägen så känner jag mej tvärtom yngre, reser i tiden. Nu lirar han Jerusalem och dem har jag väl inte hört sen slutet av 70-talet men minnet av soundet vaknar i bakhuvet med bilder av 16-åriga brudar i Egna Hem och slackande brandgul tältduk i ljungen ovanför Kvarnvattnet i gränsskogarna mellan Västergötland och Bohuslän och, ja, livet är rätt långt om man använder det rätt och inte har för mycket otur...

Tio minuter till nersläpp i finalen i Karjala Cup och Tre Kronor har börjat säsongen imponerande och jag har skrivit bra idag igen, både på "Dubbeldeckarna" och "Eulalias bok om sej själv". Det har varit en välgörande vecka på hemmaplan, har sovit ikapp och hittat rätt och du är halvvägs genom trettionde veckan och S glömmer titt som tätt att hon är ordinerad att ligga stilla, sätter igång att dona i köket och mår ju bara bra. Blåbärs- och hallonpaj tillexempel, till den ganska hysteriska men någorlunda underhållande "The Fifth Element".

001114: Har inte velat bekymra mej om Ansvarsnämnd och tråkigheter, har velat vänta, är väl skrockfull också, men S tycker absolut att vi måste skicka in ett klagomål och jag håller ju med så jag ringer till MVC och ber om namnet på den där låtsasdoktorn som tog emot oss där, och skriver sen.

(Ur Anmälan till Hälso- och Sjukvårdens Ansvarsnämnd:) *Även om man aldrig kan ha något absolut förtroende för den vaga och ständigt föränderliga läkarvetenskapen, dvs även om man förstår att läkarutlåtanden alltid i någon mån är subjektiva bedömningar, så måste man ju finna det märkligt att olika läkare inom samma landsting har så diametralt olika upplysningar att ge om samma fall.*

Det som skrämmer oss mest är dock den totala likgiltighet för livet som uppvisades. Man får förvisso acceptera att läkare som dagligen möter missfall blir något avtrubbade, men vad är vitsen med att fortsätta i arbetet om man inte gör allt vad man kan i varje enskilt fall? Och varifrån fick D denna fullständiga övertygelse i sin bevisligen felaktiga diagnos? Varför gick hon inte till böckerna om hon var osäker, eller rådfrågade någon bättre bevandrad kollega?

Var det bara prestige som hotade att ta vårt barns liv?
(Ett annat par hade kanske gått hem, för att efter någon
vecka förlora barnet.) Det slår mej att äldre läkare sällan
yttrar sej så tvärsäkert som yngre (D är väl i 30-årsåldern),
och även om det förstås tar tid att samla erfarenhet så
bör man kanske kunna begära ett grundläggande mått
av ödmjukhet hos personer satta att vårda liv och hälsa.
Läkare har helt enkelt inte råd att låta arbetet bli slentrian,
och de får aldrig kallt räkna med något svinn. Det är
nämligen inte de som betalar.

Det är vår åsikt att D (och hennes framtida patienter)
skulle må bra av att hon uppmärksammades på vikten
av att aldrig ta något för givet och att betrakta sina
bedömningar som just bedömningar. Vi hemställer därför
att Ansvarsnämnden vidtar någon form av disciplinär
åtgärd mot sagda läkare.

Vänliga hälsningar, etc.

Nog om det nu.

S blir klar med ytterligare ett stickat mästerverk,
blåsvart och tjock och varm med Hemingwaysk
jättepolo, och jag tar den på mej för en premiärtur
till lådan med breven (korsordsutskick till Svensk
Tennis och skrivelsen till Ansvarsnämnden) och
bokar en tid i tvättstugan imorgon och lägger mej
med McCourts uppföljare en stund och skriver sen,
stryker och petar och lägger till i "Dubbeldeckarna",
och låter Eulalia drömma sej tillbaks till Ön,
posterad uppe i ett fyrtorn i norra Tunisien, men
känner mej fortfarande lite rastlös. Borde jag gå och
tjacka skiftnyckel?

001115: Hade inte råd med nån skiftnyckel eftersom förskottet jag begärde för en och en halv vecka sen ännu inte kommit in på kontot, och inte den i fredags utlovade lönen från Korsordstidningen heller. Och på Apoteket var det snortjockt med pillerknaprande tanter så jag går tillbaks imorgon istället, lite tidigare på dan.

001116: Går till Apoteket, hittar en gammal nummer-lapp och kommer undan med tjugo minuters Metro-läsande. Kollar mailen igen på biblioteket men inget nytt, och ännu inga pengar på kontot.

Ringer kontoret och det är klart att de inte skickade in beställningen i tid – men vad är det frågan om, går inte att be en chef eller förman om nåt utan att det ska strula, han sitter där inne i glaskuben med åtminstone ett par gånger min lön och behöver tre dar för att lyfta en telefonlur. Fast det kräver iofs lite fantasi och empati att förstå att den som ber om förskott faktiskt behöver det och förmodligen ganska akut, jag ska inte va orättvis.

Hos löneassistenten är det förstås kroniskt upptaget.

Maná går varma i CD-spelaren och i den nya kassettradion. S stickar, jag skriver om Dubbel-deckarnas lilla äggformade högkvarter och häpnar över att det redan är ett kvarts sekel sen. Min barndom känns så nära och det märker jag sällan att den är för mina vänner, måste alltid påminna dem.

Kanske är jag ovanligt barnslig om det nu är på gott

eller ont, ganska är jag bara odrägligt sentimental (är det därför jag inte kan acceptera låtsasrelationer, det får vara på riktigt eller så får det bara vara). Kanske beror det på att jag ännu inte har egna barn, eller på att du sprattlar just runt hörnet. Kanske är det bra, kanske är det dåligt, jag vill ändå se det som att jag respekterar mej själv och barnet jag var. Att ta sej själv på allvar är en svår balansakt, man kan förlora både perspektiv och humor, men jag tycker det går bra för det mesta. Tror inte på Här&Nu som enda saliggörande princip, inte heller på Där&Sen, det förflutna måste hållas levande också fast man förstås inte bör begrava sej i det – vad är annars meningen med att ha funnits?

Och nu när brevet till Ansvarsnämnden är skickat kan jag minnas också att du ändå är ett under. Det *var* nära ögat.

Den morgonen när cerclaget sattes in var vi båda inställda på ett misslyckande, även fast hoppet fanns. Riskerna är stora med en sån operation, han var tvungen att putta in hinnblåsan för hand innan han kunde tillsluta livmoderhalsen. S var sövd såklart och när hon vaknade med blod långt upp på låren och inte kunde få ett vettigt svar ur sköterskorna trodde hon att du gett dej av. Det trodde hon ännu när jag mötte henne i korridoren när hon efter ett par timmar kom tillbakarullande i sängen och hennes ansikte var det sorgsnaste jag sett.

Du är ett mirakel i alla bemärkelser!

(Fast anmälan går förstås ändå inte att ångra. Det var bevisligen inte ett irreversibelt missfall, hur dåliga oddsen än var. Dessutom var ordinationen helt befängd och bemötandet under all kritik.)

001118: Vi drack ett par tvåkommaåttor igår och diggade Håkan Hellström alla tre och jag la ansiktet mot S:s mage och du boxade mej på nosen! Känslan!

001119: Sju månader och vi firar allihop med lasagnerester från igår, och chokladtårta.

Stilla söndag annars i sängen med stickningarna och vi fantiserar vidare om vem du är och vad vi ska göra tillsammans för du kan inte ens födas för tidigt nu, bara tidigt och blir det komplikationer ändå så är det av andra anledningar och det ska vi väl inte börja oroa oss för när vi äntligen har chansen att vara i normal och lycklig grocess.

Och jag läser ut McCourts "Lyckans land" och gråter en skvätt på slutet när de bedrövliga föräldrarna till slut mular och det förvånar mej förstås men beror väl snarare på allt som aldrig blev än på saknad av det som blev...

Men är det nåt jag vill och skulle behöva lova dej på din sjumånadersdag är det väl att inte vara fullt så sentimental och lipbenägen så det lovar jag: bättre balans!

001122: Trettien veckor! och jag är hemma och sover, helt färdig efter ett par tunga dar och en sen "Att ha och inte ha" inatt. Får ordning på en akutbeställning från Korsordstidningen och skickar iväg det. Tar itu med "Resa till nattens ände" för det är fantamej hög tid nu och diggar Backstreet Boys utan att skämmas, för att de är bra helt enkelt...

I sin genre, som det brukar heta; kultursnobbarnas favoritbrasklapp.

Och imorgon ska vi in till Karolinska igen för att kolla hur det verkar med allting. S är allt tyngre och otympligare och det trycker och drar här och där och om det är medicinerna eller vad det är så har hon börjat bli hårig på magen också, ser rätt kul ut.

Sprutorna glider in i bukfettet, allt lättare för varje dag, ren rutin redan faktiskt.

001125: Lördag i väntan på miljonerna.

Allt väl på KS i torsdags, dina värden och S:s värden och cerclaget ligger som det ska och nu har vi en tid för att ta bort det just efter jul och sen kan det hända saker precis närsomhelst. Fast det kan det ju redan nu, om än risken är mindre med cerclage och Adalat.

Går och handlar några påsar käk på Rimi, stångas i Solna centrum sen efter pengar och e-mail och ett sexpack och är hemma igen.

001126: Ni är så vackra ni två. Vad jag drömt den där gemensamma figuren, det lätta svanket och det blänker i magen som verkar...heliumfylld.

Ditt första hem, ditt alldeles egna urhav.

De mörka uppkäftiga lockar som slingrar över och ner bakom öronen på S, och ditt otåliga trummande: "Jag är färdig nu! Släpp ut mej! Fan det börjar bli trångt härinne – och illa tråkigt!"

Jag står intill men känner mej inte utanför, hur skulle jag kunna göra det. Jag är med dej därinne och hoppas alltid finnas här utanför. Vi är varandras allihop, tills vidare. Utan alltför omedvetna illusioner men med så många fasta och lösa föresatser – och hela tillvaror av tillförsikt!

001206: Du missade din mammas födelsedag men skaffade raskt en egen sen.

Du är här nu sen snart en vecka och jag har fortfarande porerna vidöppna och vartenda hårstrå på ända av pur lättnad över att allt gick bra och att du är så stark och vacker! Isabella, att det finns såna här känslor, att naturen som många gånger är så rå och hänsynslös, detvillsäga egentligen till synes fullständigt likgiltig förstås, också kan vara så klok och välkomnande.

Mörkt hår och pliriga små svarta ögon sträcker dej som en katt och sprattlar sömnigt i UV-ljuset och reagerar så bra på alla insatser, har inte legat mer än första transporten i kuvös, andas jämnt och fint för din ålder, alldeles själv, håller nästan värmen, en liten vattenmadrass i plastlådan bara och kurar mot mitt bröst och drar i mina hårstrån medan jag sondar.

Innan S blev portad p g a infektion snuttade du tillochmed på bröstet och drack alldeles själv, mitt i trettiotredje veckan.

Alla barn är mirakel men du är dessutom så stark och snäll. Knystar knappt, ser dej omkring och sjunker tillbaks i färgerna som krockar och sjunger oartikulerat i drömmen. Du är perfekt, du är det vackraste vi vet!

Och så fort jag hinner ska jag berätta alla detaljer.

001213: Din första Luciadag är här och krafterna tilltar för varje dag, du yttrar dej alltmer bestämt och jag tror att du redan känner oss, somnar nöjd och avspänd mot bröstet, mage mot mage Isabella andas vi tillsammans och jag gnolar för dej, du sprattlar försiktigt för mej med örat tyngt mot mitt glada oroliga hjärta och lyckas ändå domna bort en stund i mjölkforsen och klaffarnas tick-tackande, ekot av själva urljudet.

Isabellita, sover sött, vaknar ibland men är så trött
drömmer om någon som hon mött, drömmer om blått
eller grönt och rött

Anna Wahlgren (tror jag) skrev att alla nyfödda ansikten är som små karikatyrer av sina fäder. Det skulle kunna ha att göra med att modern ändå inte kommer undan och att det är de fåfänga fäderna som så snabbt som möjligt ska smältas och lockas över. Hur det är med statistiken vet jag inte men du är verkligen en liten karikatyr av din pappa, man måste nästan skratta medkännande. Ändå så vacker...

Välkommen till Jorden, till bilderna och orden
till ljuden av humlor och skare, till majvind och bitande
nare
Välkommen till kyssar och smek, till sånt som är på riktigt
och sånt som är på lek
till det som tar emot och som går lätt - hjälper vi
varandra så hittar vi nåt sätt
Välkommen till pistoler och kaprifoler, till pistiller och
Henry Miller
till röda stugor och vita hus, till döda flugor i
Höganäskrus
till vind i seglen och långvarig stiltje, och sånt som går att
rimma på och sånt som inte...
Välkommen till Klabbarparn och Kalle Anka, till dagar
med klöver och andra rätt panka
till luddiga filtar på steniga stränder, och piltar som vet
var det roliga händer
Välkommen till "Harvest" och "Vargmåne", inte
Choklad-Zingo längre, men Toblerone
och länder av öken och andra av skog, och hav så stora att
de aldrig får nog
Välkommen till gitarr och dragharmonika, och stressade
dagar med knappt en fika
men andra också av stillhet och frid, och det vi fått för oss
att kalla för "tid"
Välkommen till en yr och snurrig planet, välkommen till
allt som den vet!

Välkommen till Livet, till allting som är skrivet
och som ingen tänkt på än
Välkommen till det som är och varit, och till det som
händer sen
Välkommen till tystnad och till sånger, till konfetti och

kalas och ballonger!
Välkommen till kotletter och marsipan, till surkart och fet
astrakan
Välkommen till blygråa väder, till solsken och
paradiskläder
Välkommen till änglar i snön, till ärliga ord och en hel
del i lönn
Välkommen till varma ansikten, och såna som bara
skymmer sikten
Välkommen till himmel och syre, välkommen till allt
möjligt, ditt pyre!

001215: Idag flaggade man på ditt nattduksbord för du passerade två kilo (två veckor i det fria dessutom) och sen snuttade du vidare med ny frenesi mellan tupplurarna – tjugo milliliter på en kvart är förstås nytt rekord och jag börjar ana att du kanske kan bli av med sonden innan du kommer hem i nästa vecka.

Imorgon kommer vi in för att stanna ett par nätter med dej på rummet, en slags snabbkurs i nästan totalt ansvarstagande... Sen åker vi hem alla tre med ett "sond-team" från Karolinska ambulerande standby.

Nätterna på Danderyd, det stilla susandet från utsuget och den hemliga gatan utanför fönstret, persiennerna och lite väl kallt i rummet men kylskåp för din mat och för vår och ett par egna kokplattor tillochmed och där ligger du i din plastbytta med larmet intill, och alla de andra attiraljerna.

Raiderna efter rena plastflaskor och blöjor, plastunderlägg och vitaminer och sprutor. De låter oss vara ifred, låter oss höra av oss. Vi väger och ammar och sondar och värmer på och byter och tvättar och torkar och smörjer in och det är väl ingen match med nånting om det inte vore för frekvenserna. Tre timmar är max mellan målen och vi kapar åt oss de minuter av sömn vi kan komma åt.

Och bensträckarna i de långa öde helgkorridorerna i Babels hus...det känns som att treva runt på en övergiven rymdstation, eller en flygplats i karantän!

Och för att berätta hur allting hände (när det väl händer nåt riktigt viktigt har jag aldrig tid att skriva, varpå följer dessa lite krystade återblickar, också en jäkla dagbok, men fler detaljer om det rent medicinska finns ju i journalerna om du är intresserad):

Trettionde november är en torsdag och jag har ringt till kontoret på morgonen för att meddela att jag blir lite sen, det beror på att man ringt mej från Migrationsverket efter jobbet dagen innan för att meddela att vi måste in och få S:s uppehållstillstånd förlängt (läkarrekommendation om strikt sängläge bryr man sej inte om, vi ska in eller riskera utvisning). Kortare sovmorgon alltså men när vi vaknar har S blodavgång och när jag ringer Förlossningen tycker de att vi ska komma in och få det undersökt.

Förvirringen dessa dagar, allt på en gång, S mår bra så vi byter ändå taxi vid Migrationsverket på Solnavägen och får ärendet där avklarat innan vi fortsätter in (liiite absurt i backspegeln).

De där långsamma undersökningarna igen och all väntetid mellan alltid nya sköterskor och läkare. Efter första kontrollerna (vi lyssnar på ditt hjärta i en halvtimme, och tittar på urinen och blodet) är sköterskan säker på att vi kommer att få åka hem, doktor R ska bara titta till också, ren rutin.

Dr R bestämmer dock värken till faktiska tidiga

värkar och skriver in er. Eftersom det inte verkar akut och eftersom jag lovat att ta ut posten själv åker jag ändå till jobbet och kör runt två rundor med Rikard. Är tillbaks efter några timmar.

Ni ligger på rum 5 och sköterskorna kommer och går, hör sej för, pysslar om. Vi hinner lära känna dagskiftet rätt bra innan de går av. När nattgänget byter av känns de inte riktigt lika övertygande, hjälpredorna är väl iochförsej åkej men befälet förs av en brysk och domderande matrona med grånande hårknut och den där sortens halva glasögon som man kan titta stint över bågarna på när folk inte lyder. Sånt har jag svårt för. När vi går in på småtimmarna blir hon alltmer olidlig. Sammandragningarna som var rätt svåra ett tag under kvällen har lugnat ner sej med den avslappnande medicinen som hon gett och hon verkar mest bara intresserad av att slippa ta emot dej under natten. S och jag tänker att det såklart vore bra om du höll dej kvar ett par månader till men å andra sidan kan ju värkarbetet och blodavgången ha att göra med eller åtminstone komma att ha att göra med en tänkbar infektion och med tanke på att du ändå samlat på dej trettitvå veckor vore du kanske säkrare på utsidan i så fall. Den tjänstgörande läkaren har också varit inne på detta tidigare och tog med visst besvär bort cerclaget vid femtiden på eftermiddagen. Då hade S redan fått lustgas ett tag och vi ställde in oss på att du var på väg. Med livmoderhalsen öppen vet vi inte riktigt varför man vill dra ut på det nu och till det kommer barnmorskans sätt att kommendera upp S i ryggläge varje gång hon ställt sej på golvet för att lindra smärtan som tilltar igen allteftersom. Till slut är jag tvungen att meddela henne att förtroendet är förbrukat och att vi vill byta ut henne så fort som möjligt. Vi inser förstås att ryggläge underlättar registreringen av din puls men smärtan verkar rätt svår och om man istället ville hjälpa till med att få igång själva förlossningen så skulle det ju underlätta för både dej och S. (För övrigt vill vi ha glada och vänliga människor omkring oss en sån här dag, all världens erfarenhet väger lätt om empati och självdistans saknas.)

Vid kvart i fyra på morgonen tar Lena W över, det är din barnmorska det, Isabella, en rak och hygglig medelålders kvinna som håller en avvaktande distans till en början men som öppnar sej när hon märker att vi inte bits. (Jag har alltid "Jag skriver i Aftonbladet"-tröjan på mej i samröre med läkare och andra myndighetspersoner numera, för att i någon mån skärpa till folk.) S har så ont nu att vi ber om ryggmärgsbedövning, vilket ges med bra effekt. (Det har vi visserligen bett om redan tidigare men man har måst vänta ut effekten av en Fragminspruta mot blodpropp som gavs vid halv nio på kvällen.) S blöder rätt mycket och barnmorskan konsulterar läkaren om att få punktera hinnblåsan för att ditt huvud ska kunna stasa blödningen. Hinnblåsan visar sej vara ganska svårpunkterad men vid fem över halv sex på morgonen forsar vattnet ut och du halkar ner en bit och täpper till öppningen. Du får en elektrod på huvudet och är igång, är faktiskt på väg!

Ett speciellt ljud dröjer sej kvar av den där natten. Det är ditt hjärta, Isabella, taktfast trummande ur högtalaren minut för minut, timme efter timme.

Vid sex står S upp och hänger över sängen, hon har

envisats om detta och barnmorskan har inte vågat säga emot fast hon uppenbarligen inte gillar idén. Fem över sex sätter de slutgiltiga krystningarna in, S skriker dämpat in i en kudde men inte särskilt länge. Jag står vid sidan om och håller i henne; barnmorskan sitter på golvet och tittar upp med jämna mellanrum (hon ser rätt cool ut där).

Kvart över sex har du tagit dej igenom, slinker ut med det ljuvligaste av slurpanden och tas emot i en av landstingets små blåvita handdukar, är vitkletig över hela kroppen när du läggs hos mamma som sitter på en pall nu och jag står bakom och vi ser på dej, jag lutar mej över hennes axel och vi ser att det är du, att du är en flicka, och du är så lik mej att vi skrattar, och gråter och är framme, nånstans.

Men här finns egentligen inte alls orden förstås, orden är nån annanstans, orden vet ingenting om vad mammor och pappor erfar under och omedelbart efter förlossningar. Sånt har orden ingen erfarenhet av, då tiger orden och drar sej undan, förvirrade, nyfiket betraktande. Vad täcker "lycka" upplevelsen av ditt första gälla gnällande? Vad vet "kärlek" om pulsen och den invärtes rodnaden på knä intill en nyfödd dotter? Hur formulera lättnaden när månader av stress och ängslan som i ett trollslag förångas och stiger ett moln av glada tårar upp genom bålen när man för första gången ser på sitt barn?

Du är här, det är som ett mantra jag inte kan sluta mumla. Du är här, är fortfarande här! Det är allt jag kan säga, det är allt jag kan få till.

S påminner mej om att fotografera och jag tar ett kort av er och uskan tar ett kort av dej och mej och sen lägger sej S att invänta moderkakan medan du och jag åker upp till neonatalen. Du åker transport-kuvös för säkerhets skull och jag vandrar intill i dimma och ändå så fullständigt...*där.*

Stannar hos dej en stund och får ett polaroidfoto med mej ner till S. Vi har inte sovit på ett dygn och inte mycket natten innan heller, pratar och fånflinar en stund och tittar på bilden av dej och sen stoppar jag om henne och åker hem och det är kanske patetiskt men – det är som om människorna omkring mej blivit vackrare. Jag ser dem födas, blodiga och skrynkliga och undrande, och förstår, fast jag inte kan formulera vad. Ansiktena omkring mej hör alla till dej. De är dina, i din värld. Din dag, din och min dag. Jubeltankarna trängs och tränger men lugnt och civiliserat för jag har väntat på dem – är trettiåtta år, förstår du, och är ändå så beredd man rimligen kan vara...

När jag kommer tillbaks framåt eftermiddagen efter att ha trynat naken i persienndunklet några timmar har man redan flyttat dej till Danderyd, du mådde helt enkelt för bra för att få vara kvar på landets mest avancerade neonatalavdelning. Vi måste ju vara glada för det.

Gårdagens dagskift tittar in med gratulationer och S har inte sovit mycket men vid sextiden åker vi över vi också, med sjuktransport. S får ett rum just ovanför ditt och vi är nere med en rullstol och hälsar på.

Där ligger du en skrynkla i din plastbalja med tre elektroder på bröstet och en sond i näsan och en droppslang i handen, den trådfina venen där... Inte mycket kött på benen än, 1 972 gram men drygt fyrtien centimeter lång ändå och plastbaljan full av löfte!

(I tidningen den andra december läser vi att Pinochet försatts i husarrest i Santiago samma dag du föddes, i väntan på rättegång. Det har ju egentligen inget med nåt att göra men kan kanske vara intressant att veta. Förmodar att du har koll på vem han var?

I övrigt hände väl inget speciellt den dag du föddes men vi har sparat tidningarna så att du kan kolla själv.)

(Ditt namn då, visst är det vackert, och nästan helt associationsbefriat, en Rosellini där och en Scorupco här kan man väl stå ut med. En Isabella Llende går ju också an...

Isabella, vi vet inte vad det betyder men vet ju inte vad du betyder heller, ska väl alltid bara ana. Ett namn ska låta bra, ska fästa mjukt och fint vid ansiktet och bålen och lemmarna. Det ska inte vara för vanligt i sin generation, och inte för konstigt. Och det kan gärna vara internationellt och inte orsaka för mycket bokstaveringskrångel genom åren.

Isabella lilla snälla karamella – ett namn ska också rimma friskt och glatt!)

001219: Idag åkte vi hem, Hasse jobbade i Täby och skulle ändå in till tandis på Söder och hämtade utanför huvudentrén på Danderyd och du snurrade med oss genom rondellerna i IKEA-täcke och himmelsblå overall och liten dovblå skidluva! Och vi glömde påsen med sonder och sprutor och plåster såklart så jag fick frustrerande nog ta bussen tillbaks igen för att hämta den sen, och dessutom tio flaskor av S:s bröstmjölk ur frysen på avdelning 20.

Sen bäddar vi ner dej i en provisorisk anordning på den ena av våra sängar (din ska komma senare i veckan, bättre begagnad av Hasses&Lottas killar) och bara tittar på dej i ett par timmar. I bakgrunden blinkar apnélarmet grönt och lugnande.

Du ammar rent vildsint nu sen ett dygn ungefär och det är skönt att se dej i egna kläder och S duschar och jag ligger på rygg på sängen och du kravlar stilla över bröstet och kliar mej lite i skäggstubben och gnyr till ibland och jag tycker förstås det låter som "pappa" nånstans för så jävla fjantig är jag eller så bräker du gällt och rider ut en eller ett par hickor om dan och ansiktet glider mjukt mellan bekymrade miner och arga eller helt glada...och vad kan jag skriva egentligen? Mysteriet intakt, den glada oron total. Var kom du ifrån? Du var inte här tidigare, fanns bara som ett skäligen odefinierat och ogrundat hopp och en lust så sent som i april. Nu är du här, nu är du med oss och det är redan omöjligt att föreställa sej nåt annat.

Gud, eller nån. Man vill liksom tacka, måste liksom bocka!

001221: "Dr" D:s yttrande på vår anmälan till Ansvarsnämnden ramlar in och är förstås ordentligt ointressant nu men jag biter ihop och tar tag i det nästan med en gång ändå. För att få det ur världen, och för att jag känner att det ändå vill till.

(Ur Yttrande till Hälso- och Sjukvårdens Ansvarsnämnd:) *Det är tråkigt att se att D inte tar tillfället i akt att ödmjuka sej en aning. Med tanke på omständigheterna för det diskuterade läkarbesöket (första dagen på ny arbetsplats, dagens sista patienter, kort yrkeserfarenhet etc) kunde det varit lätt att förlåta D om hon inte också valt att ljuga pappret fullt.*

För det är förvisso lätt att missförstå varandra i stressade och skrämmande situationer men även om vi med uppbådande av allt vårt överseende och all vår objektivitet skulle kunna acceptera D:s förklaring till det vi upplevde som okoncentration och ointresse (för att inte säga en brådska därifrån) så kvarstår åtminstone tre rena lögner:

1. D påstår att det för henne är "en självklarhet att göra en spekulumundersökning vid en sjukhistoria på smärta och flytningar under graviditet och erbjuda

264

samma undersökning vid oro". Som vi skrev redan i vår anmälan till HSAN tvingades vi i verkligheten både be om och motivera en undersökning. D själv menade rent ut att det inte var nödvändigt om det nu var så att smärtan och flytningarna avtagit sedan vi fått läkartiden en dryg vecka tidigare.

2. *D skriver vidare att hon vid undersökningen såg tecken på ett förestående missfall, om vilket hon informerade oss. Här är dock ordvalet ganska viktigt; vad hon informerade oss om var tecken på ett irreversibelt, d v s ofrånkomligt, missfall. Jag försökte därefter minst tre gånger få henne att ge oss något slags litet hopp men något sådant menade hon sej inte kunna ge. Vi hade bara att förbereda oss för missfallet. I sitt yttrande använder hon inte ordet irreversibelt men det står ju om inte annat att finna i hennes remiss (om än med ett senkommet paradoxalt frågetecken efter). Hon skriver istället att jourläkaren på akuten bekräftade hennes undersökningsfynd, men hans diagnos var hotande missfall vilket gör en värld av skillnad för gravida kvinnor och deras män. Hans ordination var dessutom att lägga in S för vila och vidare tester, att jämföra med D:s ordination att åka hem och finna sej i ödet.*

3. *Slutligen kan det inte föreligga nåt som helst missförstånd i frågan om remissen. Vi var redan på väg att chockade lämna mottagningen och D gjorde sej klar att stänga dörren efter oss när jag själv föreslog att det kanske kunde vara idé att söka en second opinion. Hon var då mycket klar över att det inte skulle löna sej men att vi givetvis kunde få en remiss om det fick oss att må bättre. Att remittera oss var inte D:s idé. Hennes ordination var att gå hem och invänta värkarna, för att först därefter åka in till KS.*

I övrigt kan vi bara hänvisa till vår anmälan. Diskussionen om transport till KS initierades av oss, och idén motarbetades åtminstone initialt av både D och den sköterska som närvarade efter själva undersökningen. Både buss och taxi föreslogs innan jag med ett förtäckt hot om anmälan lyckades aktivera D som därefter alltså agerade enbart med omsorg om sin egen karriär.

Ord står för all del mot ord men man kan ju undra varför i hela världen vi skulle bry oss om att anmäla en läkare till HSAN om vederbörande agerat så relativt klanderfritt som D:s yttrande vill få det att verka. Vi känner henne inte och kommer inte att träffa henne igen och vår dotter är numera född och välmående och vår anmälan handlar enbart om trygghet och säkerhet för D:s framtida patienter.

Vad beträffar den bifogade kommentaren av divisionschef O så saknar den ju helt relevans, dels eftersom hon inte var närvarande vid det aktuella tillfället och dels eftersom elever och underlydande har en stark benägenhet att undertrycka sina sämre sidor i umgänget med lärare och överordnade. O menar att D inte kan lastas för sina bristande medicinska kunskaper och det är förvisso sant att hon var fel person för uppdraget men vem ska då lastas för det? O själv? Vad säger det i så fall om O:s omdöme?

Att D uttryckte vad som tydligen var färska och oprövade skolbokskunskaper med en sådan självsäkerhet utan att vare sej rådfråga kollegor eller remittera vidare får hon ändå ta på sej själv. Vi vill självklart inte medverka till att kväva "unga lovande läkare" i sina lindor men måste faktiskt påtala när livshotande tjänstefel begås. Viktigare än enskilda läkarkarriärer måste ändå vara patienternas säkerhet och D har med sitt yttrande bara styrkt oss i vår uppfattning att hon lämpar sej föga för att vårda liv och hälsa.

Vänliga hälsningar etc.

Till doktorn som satte in cerclaget (Hans S) skickar vi en bild på dej, Isabella, och jag tar mej friheten att tala i ditt namn också. Tack för livet, skriver jag. Och så berättar jag hur du mår.

001224: God Jul, vad det nu egentligen betyder. Allt väl är vad vi vill dej, det är väl innebörden. God Jul, Isabella fast du just nu hungrigt sträckte dej efter din mamma just som jag tagit upp dej ur sängen en timme tidigare för att få vara med dej. Det är åkej, det är mat du vill ha, bra att du säger till, bra att du vet och vill. Det är bra allting, du är bra. Och har jag inte skrivit mycket på sistone beror det bara på att jag varit hos dej hela tiden!

Världens bästa fortsättning!

Du växer ett par centimeter i veckan och får redan inte riktigt plats på mitt bröst.

Du går upp nästan en snusdosa om dan, eller iallafall 40-45 gram.

Igår tog de bort sonden och du har klarat dej bra ändå, två gånger bara har vi fått komplettera med nappflaska. Inte en elektrod, inte en slang kvar nu, du är är inget sladdbarn längre! En sensorplatta under madrassen bara som varnar om du inte andas på fjorton sekunder, vilket händer ett par gånger om dan, då springer vi in och killar dej lite. Du börjar få en viss grundläggande stadga, vrider och vänder dej försigkommet, ser dej plötsligt nyfiket omkring när jag bär in dej i köket där S håller på med jul-Jansson. Du har fått en egen säng, eller lånat på obestämd tid. Ya tenemos mucha confianca en ti, och du å din sida verkar börja förstå var du är.

Du är hemma.

Och julen är förstås fullbordad redan långt innan Weise har satt sej tillrätta. Om alla de imbecilla ritualerna kändes oviktiga tidigare så noterar jag dem knappt ens längre. S för sin del firade aldrig jul som liten för hon växte upp med sina morföräldrar som var nån slags strikta evangelister utan mycket till övers för överdrift och katolskt prål och sentida påhitt. Du är vår jul, Isabella, du är allt vad tradition vi behöver nu.

Allra första julklappen: en grön parakit med hatt från tanterna på SABH (Sjukhusansluten Avancerad Barnvård i Hemmet) som varit här och tittat och klämt varje förmiddag. Den ställer vi i ena fothörnet av sängen med stränga förmaningar åt ozeloten Ozzy i andra hörnet att inte attackera. Namn får du tänka på senare.

Andra klappen: "Mamma Mu åker bobb" från mamma och pappa. Sven Nordqvist har geni vad det nu är och kommer av. Den läser vi sen, med Weise då och Piff&Puff och järntillskott med kokossmak och fem oljiga smaklösa AD-droppar. Alla små vanor och nödvändigheter du tog med dej hem. Alla små tvetydiga leenden och allt vassare naglar i bröstet, ett allt starkare kravlande över magarna!

001225: S syr kuddar mellan målen och jag får klart ett korsord till majnumret och försöker mej på en första teckning sen men den blev inget vidare.

Nå du kommer att få krypa modell en del innan jag ger mej.

Är så rädd att vanan ska överfalla, att rutinen ska smyga sej på, att miraklet ska grumlas upp eller skymmas. Det är förstås ingen risk än men jag vill inte bli en av alla dessa fäder som börjar undvika blöjbytena efter ett tag, som nöjer sej med de rena och utvilade stunderna, en av alla dessa töntar som tror sej fäder för att det var deras spermier som satte igång det hela. Som om den insatsen vore nåt att kaxa om.

Du är inte heller nåt utställningsföremål Isabella och slipper rosa spetsar och andra lustigheter tills du själv ber om det. Det handlar både om respekt och om att så långt som möjligt undvika könsrollsfällorna. S håller med. Vad gäller föräldrastoltheten så finns den förstås men är ju egentligen överflödig. Du är din egen bedrift och vår rena och odefinierade glädje över det klarar sej fantastiskt bra själv.

Annars: nytt amningsrekord idag – nitti milliliter ur ett enda bröst, på mindre än kvarten. Du vet vad du gör, vet vad du vill, ska bli stor och fort, så är det bara!

001228: Och ja, nu tänkte jag faktiskt inte skriva mycket mer just här och nu. Inte av det här.

För det känns inte så, har inte tid, vill inte ta några omvägar, du är här och vi kan tala med varann, var och en på sitt manér. När jag skriver blir det också av nödvändighet till ett bra mycket senare Du och det kan ju faktiskt få anstå. Du kravlar blöja än så länge, spyr mej nätt och snällt över bröstet och fäktar okoordinerat efter mina glasögon. Vi har visserligen sett dej le emellanåt men det var väl bara nåt som slank med när du provade den ena minen efter den andra (ansiktsmusklerna får god motion).

Det drar mot slutet av seklets första år och med tanke på hur bra du mår är jag glad att du hann se det. Nittonhundratalet har du ingenting med att göra, vilket du ska vara nöjd med. Det är nu det börjar allting! Årets första snö virvlar ner genom årets första minusgrader och jag känner mej hemma i december på gott och ont och S är glad förstås för hon har aldrig egentligen sett ett riktigt vinterland (några slaskiga Malmödagar bara), trädskeletten spretande svartvita mot den stålgrå låga himlen.

K & L som vi hyr lägenheten av var här igår och fikade. Han har en son på tio år eller så som bor med mamman, och vill inte ha fler barn och inte hon heller fast hon så smått drar mot fyrti nu. De har valt bort det stora miraklet och fast definitionen är min, åsikter fria och folk olika får det mej iallafall att tänka. Jag har levt så relativt länge utan barn och jag har levt bra, och ändå var du alltid meningen, Isabella; nånstans var det också *därför* jag levde bra. Att tänka bort dej går inte och har aldrig gått. Vad nödvändigheten av dej består i kan jag inte formulera. Den är ju inte heller bara min, den är S:s, den är generellt hela artens, den är framförallt din och det är det jag aldrig vill glömma. Du är din, och min uppgift bara att hjälpa till så långt det är möjligt, att hjälpa till och att förstå.

Det är långt bort, ändå så nära; det gör mej redan nyfiken. Vad kommer du att tänka, vad kommer att inspirera dej? Vilka ännu kanske knappt läskunniga författare kommer du att hylla, vilken musik ska du överskölja oss med? Men det är ju alltså den stora utmaningen, och det stora äventyret: att följa med, att försöka förstå, att inte bara skrika sin egen trångsynthet genom larmet men att faktiskt sätta sej intill och lyssna. (Förstår inte mina egna föräldrars kapitala ointresse för allt som fångade oss. Inte läste de mina hjältar efter nycklar, inte lånade de några skivor av oss för att försöka begripa. Tystnad bara, tystnaden dominerade min uppväxt: den tystnad som mötte mej och den tystnad som befalldes av mej. Jag var ett irritationsmoment, det är så jag minns det, och det kommer du aldrig att bli, Isabella. Våra eventuella – för att inte säga bergsäkra – duster kommer åtminstone att bli allt annat än tysta. Har jag en känsla av.) Att dela, att växa tillsammans, att aldrig sluta skjuta nya skott, att bygga ständigt nya hyddor, att aldrig bli blind för trädklättrandets skönhet... Du behöver inte begripa mej om du inte vill eller orkar, det är självklart inte det viktiga, men jag tänker till varje pris förstå *dej*!

Klockan är tjugo över ett, du sover och Bob Dylan bräker stillsamt från "Shot of Love", två tanter från hemsjukvården har varit här och tagit blodprov i ena stortån och de rövade med sej vågen också för du är redan så stor nu att vi måste börja trappa ner på de extra försiktighetsåtgärdena, du är normal och frisk och alldeles snart fullgången och behöver varken matvägas eller nakenvägas mer än vad Barnavårdscentralen kan stå till tjänst med och allt vad vi klänger fast vid nu är andningslarmet. Utan det tror jag ingen av oss skulle få en blund så det hyr vi ett när de kräver tillbaks det vi haft på ordination. Tisdag den andra januari blir du utskriven, räknas du som klar och färdig, tar vi över även på pappret.

Tjugotre och tio, S sover ett par timmar mellan målen och jag har just nattat dej vid bröstet och bäddat ner dej sen bland nallarna och katterna och grodorna du ännu inte har vett att uppskatta. Oasis`samlade B-sidor på låg volym. En svag doft av råttpiss envisar sej kvar här i arbetsrummet som ändå är grundligt städat (tror jag måste diska Peter Lemarcs "Marmor" och kanske slänga omslagen till Lin Yutangs "Konsten att njuta av livet" och Fogelströms "Stad i bild" som blev hårt åtgångna under två vintrar i Rikards lada). En dokumentär om kommissarie Morse-filmerna (Oxford också...det finns så många världar, Isabella!). Det töar lätt och långsamt men lär ska frysa på igen, kanske redan inatt. Och jag avslutar den här dagboken/brasklappen/långa föresatsen/ uppgörelsen utan att veta vad det tjänade till, mer än terapi ett lika tungt som löftesrikt år. Du får se det som nån slags utdragen sentimental katharsis jag ägnade mej åt för trettifem fyrti år sen (eller vad som förflutit när och om du hittar hit) i väntan på en ny och verklig närvaro. Rent på loftet till slut.

För du är här nu, du är här! Nog därför av träaktigt intellektualiserande och överanalys. Sånt är tillräckligt intressant men har ju inte mycket med dej att göra idag, och därför inte med mej heller. Du börjar just se dej omkring, och där är jag, där ska jag vara – vi är här&nu nu.

Vill inte missa en andning, inte en enda häpen blick.

PS ändå

Till ett för tidigt fött barn, medan hon sov ikapp

Bellita är liten och rund och grön i ögonen av förvåning varje gång hon vaknar på den jättelika kudden där hon sover och bor.

Kudden är också grön med mjukt taggiga mönster i mörkt gult som en sömnig sol och ljusblått som en kvick och nybadad morgonhimmel.

Hon älskar att vakna på kudden, sträcka sej som en ozelot, spreta med naglarna mot luften, bita senor Loro i näbben men kärleksfullt, och kisa ut i världen sen.

För att kisa ut i världen är hon tvungen att vrida huvudet åt vänster, hon ligger med huvudet åt norr och fötterna mot ekvatorn men är för liten för att veta det. Allt hon vet är en liten fors av ljummen mjölk, musik och ansikten som hela tiden växer och krymper, dyker upp och försvinner. Allt hon känner till är det randiga ljuset åt vänster och det mysiga mörkret under ögonlocken, det dova dunkandet bakom de sköra rösterna i radion, allt hon vet är redan för mycket att rabbla men lite till kan väl med: Magnus Härenstams hysteriska trevlighet, The Real Groups lattjo lallanden och Alberto Plazas ledsna snällhet, trädens smala nakna armar som spretar så mycket lust och framtid ändå över den låga grå vinterhimlen, och den namnlösa nallen med blommig kravatt som vaktar babysittern tills hon själv får kraft och ork i nacken att inta den.

Annat: herr Hejs plastiga knattrande vid bildskärmen, det lättmetalliska klickandet av fröken Goddags stickor och det plötsliga skramlet av saxen när hon lägger ner den på det låga kvadratiska soffbordet. Ungarna ovanpå, bullrande nerför trappan. De sex små jakarandamännen som dricker majsöl samlade på huk i en cool ring på fönsterbrädan (bara siletter under dagen) och Anja Pärson som ska komma igen.

Fröken Goddag får utslag av Jussi Björling men Bellita tycker att han ser snäll ut där han sitter småfet och mysande längst bak i båten medan svallet från utombordaren skummar ett vidgande V mot Gamla Stan i fonden.

Och så plötsligt: en ordlös saga berättar sej i den grå och nerskruvade marseftermiddagen, i väntan på en vår hon redan anar (den blänker i tegelpannornaa, knastrar och kvittrar runt barnvagnen när hon åker ner till tanten med de svala händerna ibland - då viskar våren över hennes ansikte och fyller henne med hopp och sprattel, och hon kisar förundrad, ler och väntar).

*

Herr Hej har mjölkiga ögon och är alldeles luden i resten av ansiktet, blicken vilar tung men snäll på henne. Fröken Goddags ögon mer spralliga och svårfångade - en måste skrika till mellan två hickor och klösa i luften, eller bara le så att det spännjer i de bollrunda kinderna. (Ibland när Bellita vaknar så är det fröken Goddags ögon som väntar utanför ögonlocken och de kan vara nästan lugna då som om de sprallat av sig medan hon sov och bara vill vara vilsamma och vänsliga.) Det är iallafall väldigt vackra ögon och det är herr Hejs ögon också, fast på så olika sätt.

Bellita kan vakna av att hon snarkat, då är det hon som sprattlar till och hon ser sej förvirrat omkring och det är trevligt då om herr Hej eller fröken Goddag (eller bägge båda) är där för att titta på henne. Lätt att somna om då - herr Hejs ögon plaskar henne undan och vidare i forsen av färg och musik; fröken Goddag nynnar om gungande elefanter och det är rätt obegripligt men tryggt att drömma till.

- Vad kan hon drömma? undrar fröken Goddag.

- Färger som skrattar och guppar i varann, föreslår herr Hej.

- Men vad kan hon ha för mardrömmar? Hon vet väl inget ont? Herr Hej funderar:

- Att mjölken sinar, att Pettson brutit benet, att skivan
hakar upp sej mellan två låtar...att knölar i kudden
att hicka hela dan att kisset torkar mot huden att
gammal spya torkar och fäster hakan vid bröstet...

- Och allt som återstår att upptäcka och häpnas över,
rysa av. Säger fröken Goddag och fortsätter:

- Ugglors osynliga frasande mot nattens mörker i
början av skogar utan slut...

- Men det är väl ingen mardröm, säger herr Hej.

- Jo, säger fröken Goddag, men vem har sagt att
mardrömmar är bara fula, bara onda... Mardrömmar
kan vara som nålar i höet att vakna av, som slippriga
tvålar i badkaret eller svartnande bananskal på
trottoaren - man får sej en lufttur och skönt molande
skrubbsår!

- Och bryter nackern, vaknar i gipsvagga och rör sej
aldrig igen...

- Man kanske inte ska gå händelserna i förväg.

- Men akta sej lite bara?

- Just det.

Och fröken Goddag tar herr Hej i handen och så går
de ut ur syn och hörfälten.

*

Bellita ser på den lilla kaktusen i fönstret, vet inte
"kiaktus", vet inte "liten", anar kanske "fönster"
och "ute" och "inne", lägger pussel av bilderna hon
minns - det kvittrar till i ett buskage och hon ler,
men utan att "le".

Bokstäverna kommer tidigt men bilderna och ljuden
har henne länge ensamma.

Sen: det plötsliga ljuset som färgar världen rosa och
en förvirring så stor och skön att hon bara måste gny,
och skrika sen, somna om med värkande lungor och
övermättad aning.

Rullandet och gungandet och det varma mjuka, det
svalare, fingrar så rena att hon inte känner dem men
bara uppfattar att de håller om henne, lyfter henne,
bär henne genom dåsigheten som väller fram från
alla håll och hela tiden.

Den sköna lena dåsigheten som rullar och skymmer,
skingrar sej och skockas igen som volmat ull, balar
av grådaskig bomull och tunnasliten säckväv - solen
är ett diffust ljud och Gud saknar ord men sänker
allt i dvala och vila och lägger sej själv tätt intill, och
Guds ordlösa läppar andas tunt eller tungt, torrt
eller vått mot hennes dvalande vilande tinning,
Guds andedräkt rör vid de tunna håren där som
reser sej igen i vila, dvala, väntan.

Ordlös väntan. Väntan utan avsikt och mål. Bara mjölkforsens gurglande och dämpade glittrande på lagom avstånd!

*

Att få se och blunda, Bellita, det värker torrt och knastrande i ögonvrån - och fuktar på igen.

Att känna hur det slår lock för öronen av allt man vill höra, och basen bankar i benen. Och det suger och syrar i halsen av all outgrundlighet man andats in - pollen och peppar och den mystiska genomskinligheten själv.

Det torra slemmet!

Den fuktiga, löftesrika tristessen!

Rätt som det är lyfter hon, eller om det är världen som sänker sej och omfamnar henne - det gurglar i henne, luft och dofter tar sej ut med ljud och oroliga ilningar som spritter längs hemliga leder inuti och hon är del i allt, är mitt i allt, är varmt och kallt och sött och salt.

Utanför häver sej träden ur jorden, lättar, dansar med milda dunsar i parken, och barken spricker, öppnar sej, skrattar men alls inte hånfullt. Knopparna vecklar ut sej för hennes ögon, tar på hennes ögon, sluter dem för att öppna dem igen sen och hon suckar och det är skönt och hon är hungrig!

Det är skönt och hon är hungrig och himlen höjer sej
och blir tunn och klar och klirrande, och det spritter
i benen som cyklar i luften, spasmodiskt och glatt.

Thåström ackompanjerar och prassel av tidning,
pling och köksplång av glasstrut och porslin.

Hon tar ett ord i taget, biter i det utan tänder men
med det kliande rosa tandköttet: "porslin" och
"pappa" och "tekningscirkel". Allt det underbara
ogripbara! Och så blir hon trött igen - vila dvala
väntan.

Färgerna cirklar och vidgar sej, flyttar in i varann,
slänger ut varann med enstaviga grymtanden,
anstränger sej att uppehålla gränserna men ger
plötsligt efter, varpå nya färger uppstår, skiftande
och flytande och pulserande i nyans och form som
glada eller ångestridna amöbor på LSD, färgerna
hakar tag i varann och släpper, armar växer ur
färgerna, färgerna får händer vars fingrar knäpper
takten till plötslig musik. Och så "vaknar" hon igen.

Morgontrollen! Hon vaknar och trollen flinar över
henne fast snälla förstås, petar på och klämmer henne
försiktigt i ansiktet. Trycker sina egna ansikten mot
hennes, hypnotiserar henne med cyklopögon och
den håriga hakan.

Varpå hon gungar in i morgonen, äter och stirrar sej
längre in i dagen.

Små djur promenerar över henne, tittar in i näsan, sätter sej pendlande med benen över någon av krumelurerna i öronsnäckan, tiger sina sagor för henne.

Fjun och döda hudflagor får henne att nysa och det stora trollet säger "prosit" och hon nyser en gång till och det stora trollet säger "prosit en gång till och det lilla trollet säger "salud y amor!" och Bellita tar sats och nyser en tredje gång och det stora trollet som verkar lite enfaldig vid såna tillfällen säger "prosit" igen och det lilla trollet säger "y dinero tambíén!" och killar henne under hakan.

Hon kan bara ana sin egen näsa förstås, spegelbilden är en annan krabat - lika nyfiken, lika förvånad eller plötsligt trött och likgiltig.

Det kliar i ögonen och hon för dit en hand, eller om handen själv ger sej ut att gnugga. Och det kliar och killar där hon ännu inga tänder har och hennes tunga rör sej över tandköttet - hon noterar det, utan att undra över vad som sker men med en del irritation.

Om hon kunde se sina ögon...det är där förvåningen bor, uppstår, växer och mattas, dör varje dag för att uppstå igen...

Om hon kunde se sej själv i ögonen...gud, hela världen, skrattet och sorgen, kärleken och skuggorna... För man ser sej aldrig egentligen i ögonen, lika lite som en hand nånsin kliar sej själv på ryggen...men man anar att ingen botten finns, att mjölk och rymd och hela människoeposet, hela leendet, det vackra i sorgen och berusningen som alltid väntar inuti, berusningen man alltid studsar allting mot, berusningen som är det egentliga grundtillståndet fast det allt som oftast krävs öl och utsikt, måne och beröring...för att man ska bli medveten om den...

Medveten om det omedvetna...

Skriket börjar längre ner än skrattet (jollret har hon inte riktigt hunnit utforska än), skriket börjar utan ryckningar och skakningar, uppstår bara av sej självt, som livbåtar som blåser upp sej själva när man drar i snöret, eller råkar dra i snöret...skriket stänger världen på ett ögonblick (nu talar vi om det riktiga skriket; för de överlagda men oartikulerade klagomålen ska vi hitta ett annat ord, med tiden), försluter all utsikt, upphäver allt intryck. I skriket finns bara skriket, tills mjölkforsens brus lika hastigt dränker det.

Skrattet bidar sin tid, spänner kittlande i mungiporna, drar glatt skvalpande pråmar längs lummiga kanaler, killar i leendet, snuddar vid bröstet, stoppar mjuka fingertoppar i naveln, ett efter ett...

Och hockeypuckar spänstiga som vingummin roterar genom natten, sänker sej utan hot, landar med sprakande dunsar i den ljungande blåelden.

Nånstans anar hon redan klapperstränderna, hör hon redan tallskogens midnattsviskningar, känner hon även bandyklubbornas platta rundnande mot handflatan... Hela världen bor i henne, spänner sina löften i de djupaste andetagen.

Inga suckar bär sån lycklig sorg, rymmer så mycket tveksam tillförsikt som hennes när hon sover och världens mysterier dansar och springer, hoppar mellan synapserna med ljudlösa vrål...

Skrattet när hon vaknar sen och hockeypuckarna som veknar i vårljuset, som mjuknar och smälter undan som dömda marshmallows.

Alla de färgglada böckerna, deras ryggar och trygga sammantagna brokighet, idéerna som andas ur böckerna, hon känner idéerna dofta och locka och gräva och den torra kalkhaltiga jorden regnar fint från spaden ner i det gula hårda gräset vid sidan av gropen.

Hon fattar en idé och stoppar in den i munnen, masserar den med det hårdnande skära tandköttet, sväljer, storknar, hostar, rodnar, gråter, börjar om.

Redan från början börjar man alltid om. Men det är bara ord, är bara ett sätt att uttrycka saken. Man upphör aldrig att börja om. Man börjar om i ett, i ett. Det är alldeles automatiskt och nödvändigt och gör ont förvisso men mindre och mindre med tiden.

Hon har kanske redan förhårdnader, kanske följde de med arvsmassan eller så, eller är hon alldeles varm och sårbar?

Hon är alldeles varm och sårbar, men också glömsk och förlåtande: "snällheten" söker ännu varken argument eller belöning och "ilskan" är bara en het rodnad inuti som svalnar när hon skriker...

Och herr Hej exploderar men går inte sönder, håller ihop, sänker sig ner mot henne, lyfter henne upp mot sej. Herr Hej exploderar och allt är bra och doften av kaffe i en vag och sentimental ström, hon kan simma och sätta sej på bojen, guppa i svallvågorna av allt som rör sej med eller mot strömmen...att stå still, eller sitta, men rotera och ta emot, det ska dröja länge innan hon blir lika medveten om andningen igen, automatiken är redan på väg att ta över och fröken Goddag är där och killar henne bakom de runda kinderna igen.

Hux flux lättar hon och herr Hej och fröken Goddag lättar också fast lite trögare, lite tyngre och tillsammans arm i knäveck seglar de ut genom fönstret som buktar sej och brister som en skör hinna vars slamsor slår ljudlöst i vinden bakom dem sen och temperaturen är friskare på utsidan av allting, det driver nyheter i vinden som frömjöl som fastnar i ögonvrårna, kliar och nyser i bihålorna och knävecken och de hänger viktlösa nu under himlen som sänker sej och höjer sej i ett långsamt backbeat och trafiken harklar sej och dungarna applåderar och de vattensjuka gräsviddorna bortom Frösundaleden gnolar snuvigt och hon fryser inte och hon fryser inte, och hon fryser, och hon vågar inte blunda men sen gör hon det ändå, men ser rakt igenom ögonlocken och kan lika gärna slå upp dem igen, och gör det, och fingrarna kittlar över luften, över himlen, snuddar vid utsikterna, rasslar genom lövverken, alla glada aningar som brottar omkring, all plötslig oro man inte vet vad den består av men som går att svälja ner och undan eller som man kan rapa upp helt enkelt mitt i ett staccatoskratt och en rosslig rysning...

Inga trollkarlar susar genom rymderna, det blänker inte till i häxans monokel där hon står i måndammet och intrigerar, inga ränker smids i Storskogen men musiken tappar bort och hittar sej igen och hon känner hur ett vänligt vilddjur börja yla hest efter ord och artikulerad tystnad i henne. Ja, absolut: det bor en varelse i skelettet och det killar och knakar när hon rör sej och plötsligt vet hon ingenting igen och hon hisnar i allt detta okända och vaknar på sidan i sängen, med kinden i en liten pöl av sval mjölk.

Ballonger i samtidiga färger studsar retfullt eller roligt mot utsidorna av ögonlocken.

*

Hon känner hur håret ännu tvekar att växa (här finns just inget att skydda mot och skallplattorna gnager mjukt och sams mot varann) och så bubblar det till i blöjan.

Dofterna, det finns ingen stank.

Ljudet, det finns oljud men de är sällsynta, korta,

plötsliga, snabbt glömda - hon rycker till, armarna far mot varann men ångrar sej halvvägs, det ena (vänstra) ögat öppnar sej försiktigt, noterar herr Hej, och hon faller tillbaks dit där ingen stank och inga oljud finns men bara skrattande moln och AIK-vimplar, bara Canon Bubble Jet Printer BJ 10 sx och "Surabaya Johnny"...Imperiet...det där klickandet av tangenter eller stickor.

Det regnar färger och hon kan ta på luften, kan klämma den mellan fingrarna.

Hon stoppar fingrarna i munnen, stoppar hela handen i munnen och gnuggar den mot det tandlösa tandköttet, eller mot det tandfulla tandköttet - tänderna spränger och bänder inuti tandköttet och smaken av hand, aromen av luft...luften spricker och flagar och är hel och rund igen...och musiken gungar i luften med ett ben lojt över kanten...och hon smeker musiken över ryggen...och musiken nyper henne mjukt i örsnibben...och herr Hej nafsar fuktigt i örsnibben och råkar svälja musiken, hon hör hur den rullar och väser och dunkar i magen på honom, och hon råkar boxa honom på glasögat och han skrattar och då skrattar hon också och musiken smiter ut igen i ögonen och öronen och näsan på herr Hej och hon skyndar sej att låtsas att hon håller i den!

Herr Hej von Svejs och fröken Glad Choklad - allting regnar, allting skiner, allt står stilla medan allting viner...både rullgardiner och punschpraliner, och alla konstiga miner!

Än är hon här, än är hon där...infrusen i ett långsamt isslott, innesluten i ett sovande björkskott. Hon rör sej och väntar utan att veta att hon rör sej och väntar...och en sjuarmad bläckfisk med partyhatt och skolpolisbanderoll patrullerar sängkammaren där sönderslagna kristallvaser driver som farligt damm genom drömmarnas rymd och hon växer i och ur det ena plagget efter det tredje och huvudplattorna gnuggar sina långsamma takter mot varann, mot drömmarnas rymd, mot all god mat och glad synd.

Och hål växer ur väggarna: hon kan se ut över den regniga Tibern eller ett grönskimrande Dornach och nepalesiska snorungar tittar tillbaks över den låga stenmuren. Hon kan gå på karneval i Aten eller spela dam på en smutstorr betongtrappa i Galliléen. Världen tränger lika lockande som bedövande i hennes gener. Haven ryter och stillar sej under hennes coolt fladdrande ordlösa tankar. Oändligt avlägsna glimmar fyrljusen.

Eller in genom berget som mullrar och gnisslar, via plötsliga gläntor bergasalar färgglada grottor av ljus och rörelse, och upp igen, ut genom spretande nakna men vackra rena skelett av träd och all plats luften behärskar kontrollerar, all rymd allt ljus som silar och lyfter och dämpar sej och sjunker för att ligga nästan helt stilla under skyarna och natten som vaknar bara för att sänka allt i en slags kittlig och överkänslig väntan nyfikenhet, i en glädje som inte har en aning.

Fröken Goddag, söt som choklad, ler som en vind, en prasslande lind, allt som hon vet är en hemlighet...

Herr Hej och hans vänliga buller, och hennes eget sörplande, googelooande. Det flipprar och suddar, muckar och puttar, det rör sej ljudlöst, det låter stilla och statiskt och orden växer ut till skrik och allt precis allt försvinner i dem, och så går det över, den förvånande förvånade tystnaden sjunger efter en rytm, tuggar efter fart och anledning, ser sej runt och tar in, assimilerar, och det gurglar till bakom naveln och hon får beställa ny blöja.

Stackars lyckliga Bellita som inte vet hur vacker hon är men som antar utmaningen utan tvekan, som inte vet att tveka och som litar - till sist litar hon alltid. Och fröken Goddag fejar omkring och är mysig, dammar runt och är trygg, svabbar sej mellan väggarna och är självklar och given och kan aldrig egentligen försvinna.

Allt regn som ska överfalla eller försiktigt smyga sej intill, all snö som ska pulsa, all törst som ska le henne mjuk och bister...all kalk som ska simma alla vackra hinnor i alla hennes tekoppar. Kan man hoppas. Hoppas man!

All hård frustration som ska tränga glansen ur hennes varma mungipor, all trött eller rentav överrladdad och vilt skvättande enfald hon ska tvingas skotta undan för att komma fram, och den som ska fälla henne, skrubba hennes knän och finaste tankar...

*

Men tillbaks till nuet, det så kallade, till Fredrik Belfrage och den lilla vackra blodröda väckarklockans tickande och tackande och parkettens knäppande under herr Hejs fyrtitreor och klickandet och klackandet av fröken Goddags stickningar och det envisa susandet och hickandet och hackandet av Siemens Nixdorff och de för varje dag allt fler och allt gladare fåglarna i de ännu torrt rasslande buskagen nedanför balkongen.

Och "Sweet Jane" och Maná och Carlos Santana, några droppar vatten på undersidan av kastrullen som fräser undan när värmen stiger, och ungarna ovanför igen om de bowlar eller fribrottas, och mamman där uppe som gråter och pappan som mullrar, och katterna i lägenheten intill som luktar mer än de låter, och den stillsamma trafiken på gatan - enstaka parader bara efter AIK:s hemmamatcher - och surrandet i stereon, vinylknastrandet, alla herr Hejs tungvrickanden och vackra falsksång.

Och hon tittar och lyssnar och glömmer att se och glömmer att höra för ett plötsligt leende igen, och glömmer att le sen, för nya ljud, nya viskningar, all den ordlösa aning som kan fylla rummet, fylla rymden när man minst...anar det.

Och "Glad igen" och grammofonen pajar, Sade på 78 varv eller fler, och kvalstren kravlar, det kliar, hon gråter till i en utandning och det går över, och ljuset faller tunt och långsamt idag, gråsilat av de envetna sköra aprilmolnen, aprilmolnet, täcket, hela den tråkiga trasan som ännu är vacker och förunderlig.

Och herr Hej mumlar: "Jag är en Bellapappa, du är en pappa-Bella...Bellapappa Pappabella, Bellabella Pappapappa, Pappabella Bellapappa Ballapeppa Peppaballa..." Han är enfaldig och rolig, obegriplig och snäll.

Och det gurglar och trycker och hon gnyr och vill gråta - och så lättar det, låter "prroummpf", resonerar i den håliga blöjan som sväljer och suger åt sej, och Bellita är glad igen, ett leende växer ur mungiporna och det glimmar till och sjunger en stump i ögonen på henne och herr Hej jollrar tillbaks och sjunger: "Stumpan är trumpen och strumpan är våt, och det här är en strumpelitrumpet låt" och hon försöker sjunga med men det går bara i det tysta och hon nöjer sej med att applådera en hand mot luften och le.

Varpå hennes koncentration förlorar sej i kaffeos och kakaoaromer, det nynnar varmt och sött i andningsgångarna, i näsan och bihålorna.

Moderna Muséet finns inte men hon är liksom lycklig ändå. Varken Bach eller Nietzsche existerar men leendet dyker upp emellanåt som om det egentligen inte spelar nån roll... Brad Pitt och Uma Thurman spelar schack eller Löjliga Familjerna med Bill Gates och Vargas Llosa i nån slags limbo det ska dröja innan hon får korn på och tillträde till, men löven spricker skirt och tills vidare pollenfritt och fågelsången växer ur solljuset och allt är i princip bra!

Och så efter fyra eller fem månader en ny smak: processad komjölk. Ibland behövs så lite, hon blir glad och klatschar fotsulorna mot varann, känner hur hon liksom rusar, driver, galopperar in i livet efter lust och ljus, med luft och sus och en sån massa mod och tillit!

Fötterna rör sej inte men tårna spretar för det mesta, alla åt varsitt håll, och benen växer ut ur magen liksom, och magen växer ur sej själv och på alla vis, spänner sej och slappnar av, luftar sej, tar emot och ger ifrån sej i förnöjd tystnad eller oroliga bubblanden och gurglingar.

Allting växer, ögonen blir bara större, nyfiknare, brunare... Näsan vecklar ut sej snäll och alldeles ljudlös, brosket fylls på och fötterna faller utanför soffan, och osynlig pollen killar sej fram genom de fetnande hudvecken och nysningarna och leendena blir alltmer skulpturala, ansiktet får relief - står upp allt högre, ser sej llt vidare omkring, och djupt i den vckra hjärngeggan sjunker Orden fast, vaggar sej Orden in, och ner, och tar sats!

Orden surrar runt, sjunger sej, talar inte men nynnar gnolar gal för fulla halsar och plötsliga betydelser drar förbi i det sköna sammelsuriet, leguaner som kramar varann på solvarma Galapagosklippor...GUIF som står upp mot RIK på hemmaplan...fröken Goddag som svär och svettas i rödsvabbade leenden..."som vanligt sköljer inspirationen i otyglade vågor över hjärnan när man inte har tid eller energi att skriva"... och potatispaj och raj-raj...Orden som mal och smular, som segar och rinner plötsligt med en vattnig och utspädd brådska, som står på tå och hukar sej hastigt för okända faror, som klottrar och beräknar, som knastrar torrt och dammar över den snussmuliga parketten eller blänker trött i ögonen på herr Hej när han lägger sej tätt intill för att skaka näsa...

Hon skakar inte näsa men låter honom hållas.

Hon skakar litet mjukt långfinger, topp mot topp, klickar nagel mot nagel och byggnadsarbetarna svettar i majsolen, betongkross, hela huset skakar när de hackar i balkongen intill men hon sover, slumrar, trycker topp mot topp, klickar nagel, gnager näve mot det kliande tandköttet, kisar storögt, tror, att hon kanske älskar...Bellita tycker om, börjar om, somnar om.

Och blixt och dunder också men då sover hon, vaggad av David Byron och Ken Hensley och regnet som trummar ner mot byggnadsställningarna går henne förbi - eller regnar det magiskt och zebrarandigt i drömmarna? Ror hon förundrad och förstummad nerför vattenfyllda gränder? Sträcker hon ut tungan för att smaka på ljuden av sparv och tårpil? Smakar det polkagris?

Genom öppningen i det gröna ser hon hur vinden river vårystert i kalufsen på herr Hej och hon somnar in, vaknar till doften av kaffe men ser inte hur en blyg hare skuttar fram - ett skutt i taget - för att se ut över begravningsplatsen från den grönskande kullen bakom Strindbergs grav, ser bara skatorna som hoppar mellan de kala spretande grenarna, somnar in, bajsar på sej men låter det inte bekomma. Snusar på lakanet och väntar.

Då händer det: ett långsamt hål öppnar sej i sömnen, en glipa löper fram över drömmen - hon reagerar inte först men händerna rör sej av sej själva, fattar tag i öppningen, viker upp den, vidgar den, famlar efter det obestämbara ljuset på andra sidan...

Är det tiden som tar sej ett sånt uttryck, är det livet som vidgar sej och växer? Är det hallonsaft eller jordiga rottrådar av rabarber?

Rabarberna som intrycken lägger på Bellita! Och efter grundserien är Tre Kronor fortfarande obesegrade i VM i Tyskland och Uriah Heep maler sina skönt rödhåriga litanior och i ett huj eller ett hej är världen öppen!

Hon går in.

Hon passerar in i världen, världen skruvas på, byggnadsarbetarna väsnas denna måndag i bortre änden av huset och hon tar bara in det avlägsna mullret i den strida strömmen av rörelser hon är och blir...halta hönor pickar förbi efter tappade smulor, spilld mjölk...lipsillar lapar i leran efter smågodis...blinda krokodiler smäller sina käftar efter ursäkt...knopparna, alla små grönhårda paket, överraskningar, spricker och sprätter sitt nyspulver över nejden, över hela "Sveriges land", spritter och ssprutar färg och glädje över lufthavet, himlahåven... och vid Tanto har farbröderna lagt i sin båt och det droppar redan glass i gräset och Sydamerika är ännu inte ens en tanke, ändå en som kan anstå...

Hon faller undan i en virvelström med alla bilderna, stöder sej på nyfikenhet och på sitt goda humör, håller alltid en ranka av tro och vänskap i handen, faller, virvlar, strömmar, hoppar jenka, går rätt som det är på styltor med en flottig hörlur och hemlig harnesk under sminket, sitter rätt som det är med brynja och elva rätt, går rätt som det är rakt in i månskenet, rider undan i solnedgången som bara är upptakten till ännu en bra eller dålig men alltid intressant natt...

Och vidare, undan, längre in och ner, längre ut och upp, längre åt sidan, åt andra sidan, alla sidor, hon färdas i alla riktningar samtidigt, åt alla håll på en gång - och även andra gånger, flera gånger, men tillsammans, alla gånger...

!Alla tiders" säger kaninen med den höga hatten, bockar, bugar, ler pillemariskt och släpper förbi henne.

"Kommer Bellita!" fnyser en liksom bistersnäll karusellskötare när hon landar med en blöjmjuk duns på den bredaste och blankaste av de många roterande hästryggarna...

(...och så en glänta i drömmen, ögonen knastrar men hon ler när hon ser, herr Hej, och gråter sen eller jämrar sej, för att han inte förstår henne...de ordlösa tankarna runda pulserande abstrakta bilder utan konturer, eller som suddiga underexponerade bilder fulla av otydlig lust och en vilja att kommunicera utan att veta vad, utan att kunna säga vad...och hennes spända läppar vibrerar en vacker oval och tungan slår som en liten grårosa lärkvinge och gomseglet skakar i brisen som stiger i henne, som friskar i och upp...

...och herr Hej rör vid hennes nacke, och han kysser hennes ändå svala panna med torra läppar, lägger handen över hennes ångande fontanell...och fröken Goddag!...och herr Hej anstränger sej ändå att tala Bellitas kluckande gnolande småfräsande språk och hon vet att hon kan vara nöjd med det tills...vidare... och hon ler igen, och herr Hej skrattar och stryker en skrovlig fingertopp under hennes haka, och fröken Goddag blåser bullrande i hennes armhåla, och Bellita rodnar över tinningarna och somnar om...)

..."Andas lätt men djupt!" säger så hästen och vrider på huvet, hoppar av karusellen och sätter av i galopp över den lilla sjön intill festplatsen...och Bellita som alltid andas lätt men djupt håller bara krampaktigt i hästens man, och skrttar och rapar och nyser i takt med hovarnas skvättande i det svarta vattnet... vinden knyter rosetter av hennes korta hår och hästen gnäggar "Gamle Svarten" eller "Lady in Black" eller ledmotivet från "Trainspotting" och den tatuerade himlen glänser oljig och spänd och dess lätta svett faller över landskapet, lägger sej att glittra i granruskorna längs stranden...och det luktar suddgummi och träflis, det väser inställsamt om de sunkiga pölarna vid granarnas fötter, gapar stort och fullt av vördnad om gröngölingsholkarna; rymden sträcker evig och mystisk ovan atmosfären och allt vad hon ser är skapat av hennes ögon, designat av hennes celler, fabricerat utan systematik eller överläggning av hennes egensinnigt nyfikna molekyler, uppfunnet av hennes små grå, oplanerat genomfört av vår vimsige Gud...

Bellita rider - utan att hålla med händerna nu - över sjön som krusar sej i biljarder växande och vaggande vattringar och vet att hon är Gud, att hon har Gud, vet utan att tänka eller tala att Gud bortanför orden, i och omkring tungvrickningarna, är som sockervadd och syre, sadelknapp och styre, Povel Ramel och Wenche Myhre...Gud far fram och åter i hennes ljudlöst expanderande ådror och man kan känna Gud men aldrig se, och dimmorna växer alltid ihop tills man kan sleva dem med sked eller öskar...

...och fröken Goddag rider upp intill på en trimmad gås...snälla fräknar skuttar över hennes mjukt skulpturala ansikte...och herr Hej töltar förbi på andra sidan på ett lurvigt russ med planat topplock, hans händer kramar ådrigt runt gashandtagen men ögonen blir bara yngre allteftersom han ser på henne, de blir bara blåare, tunnare, vattnigare, glömskare - det sprutar ord och fuktig jord om hans hovar och hon ser att han vet mindre och mindre, han närmar sej henne utan att avståndet minskar, och hon sträcker ut en blick och rör vid hans, och de uppgår i samma leende...

...och vinden formar sin armbåge, sjunger "Sockerkaka bingbång" och hon ser hur Imse Vimse spindlar rör sej tappra uppför världens alla brokiga bonader och hur Carl Larsson faller ner från ställningen och studsar en allt snabbare klickelickande pingpongboll nerför Nationalmuseums trappor...

...och ändå är allt ett enda mummel, en enda väsnande tystnad, ett enda färgsprakande mörker, en epileptisk stillbild, och hon varken vet eller anar men rider och låter rytmerna lägga sej kring henne...

...och hon håller tätt, håller hårt, håller låda, håller i och ut och sen läcker hon och trädkronorna växer ihop med himlen, grusknastret lägger sej milt ackompanjerande inuti fågelsången, och tiden tätnar.

Bellita sjunker in i ljuset som strömmar ur trollkarlens hatt, hon målar med hicka och är nära att spricka av "Ja!" när en svart hatt vill leka tafatt...undertill är det alltid färgglatt så hon blir matt, får spatt...och det klingar försilvrat om stigbyglarna som hänger och slänger mot hästens länder, och nya sånger uppstår och tonar ut i varann och man kan bli trött på ljud ibland.

Då lägger man örat mot herr Hejs raspiga kind och gäspar så att det sprakar i brosket! Då spretar man med näsan, då väser man med tummen! Och allting börjar om, rullar på, sträcker vidare: Nalle Puh står i ett dike och rynkar på nosen, och Moses liftar runt i Gosen, och flagor och flisor av valnötter haglar smattrande mot verandataket.

Hon luktar i förbifarten på astrakanen som Kristina och Karl-Oskar planterade och Albert Lee låter fingrarna spela över molntussarna och Gullan Bornemark sätter grötrimmen i halsen och där är en svullnande mandel som glänser och ser rolig ut - Bellita rider rakt igenom och mandeln splittras i skärvor som glittrar i den vackra mulnaden, som skiftar som oviss dimma om kvällen i det gravt förorenade Johannesburg och vid ingången till det gamla brottet står någons morfars cykel (Nordstjernan) och rostar undan tveksamheten, svettar sej ner i jorden som redan svalt en del av fälgarna och som äter vidare utan att förtröttas - kanske handlar rörelse om att inte låta jorden få tag med tänderna?

Hon är ännu lika stängd som öppen, men aldrig gläntande. Det drar inte förstulet genom springor men fläktar in i genom dörröppningar utan dörrar, eller smäller rakt in i väggen. Hon vet inte än att för de stora låser leendet ögonen, leendet gör det ofarligt att se in i andras ögon; utan ett leende går det inte för stora ögon att mötas, leendet vill till för att stänga ute - eller inne - det som surrar och far längre in i skallen, djupare ner i torson och extremiteterna.

Hon bara tittar, och hennes leenden är ännu tvärtom som hastiga glimtar av lust och igenkännande.

Det strömmar och strålar av instängda tankar

upp genom takfönstren på Moderna Muséet på Skeppsholmen och Bellita dregglar med måsarna, trampar mjukbent i en slatt svalnande tjära och fäster sitt tåspretande fotavtryck mot vinden och Trälhavets vågor, landar för att sitta hjulbent och oblöjad på en av Trekobbarna längst ut i skärgården där tomtarna och trollen ser på henne utan ängslan och närmar sej med ödmjukhet och välvilja i små korgar av flätad tång och luvorna hängande i snoddar i nacken...

...och all världens musik brottas i djupen, höjer sej genom luftlagren. dansar stumt men uttrycksfullt genom stratosfären, bildar bistert glada kedjor, vaggar världen, pulserar sina kurvor genom rymden...

...och hon biter i en linjal men lägger den snart ifrån sej och gurglar ikapp med herr Hej, de duetterar, letar ljud i halsen och ger dem till varann, det ena märkligare än det andra...

...och trollkarlen sätter i halsen och sen sätter han sej bara ner och ett lila regn faller uppför Nybohovsbacken...

...dada...

...nyanyagagapapa...

...da...da...

...och de ser på varann, ser i varann, under och bredvid varann, ovanför och intill och bakom och framför, och en Harley Davidson mullrar förbi och släcker koncentrationen, river en ändå vacker glipa i den ljusnande framtiden...

....och hon vandrar genom törnskogarna på Flores med en Beppe-mössa i jeanstyg och fransiga vita tights... hittar ett set löständer nertuggade i sandjorden, blinkar mot det stora vita havet, undrar...försjunker i förundran och de långsamt skrynklade minnena av flydda ansikten...gråter glatt och stapplar vidare mot viken...

....båten gungar i det vita...

...molntussar lösgör sej ur skyarna och kramar ihop sej, växer en förmiddag för att dela upp sej i lag sen... faller överblivna ner till marken och får nytt värde, ny identitet, blir blöta pussar, smackar glittrande i småtimmarnas glada laglöshet...

...och hon ställer sej på knä nu, lutad mot ett leende vars rottrådar släpar som trevligt dreggel över marken hon bekantar sej med...

...den styvt dallrande tungan av osäkerhet bor kvar i ett redan tidigare liv och Bellita sträcker sej efter leguaner och ballonger, rakt igenom den tätnande nyfikenheten och Machu Picchu lösgör sej ännu inte ur dimmorna men El Dorado blänker matt genom molntäcket som drar in igen, som samlar ihop sej en gång till över Uppland - och nu har hon raukar och tallskog i fickan!

Allt som strömmar in och igenom, som skaver av sej, som flagar loss vid friktionen mot hennes mjukt buktande glatt otåliga själ...och blir kvar där som eternell och fossil, som värker upp där som killig snuva!

Andetag på andetag. Rodnad på rodnad.

Ett rött nagelstreck under örat, och tröjan full av torr gröt!

Tiden som väver in och bort och undan, som bygger och raserar i samma oåtkomliga rörelse - med samma skönhet.

Det glimmar av bus och rus i hennes svarta ögon.

Kinderna blänker, och hon tänker: "Det är jag nu! Det är mitt nu. Jag har del och rätt och jag vet ett roligt sätt!"

Bellita grumlar och tidsstoff lägger sej i och sluter ögat och hon gnuggar det med vänster ärm: "Det är jag nu... Jag kommer tillbaks!"

Lilla vän, du växer undan och bort, vi försvinner i varandra, tittar ut ur varandra med allt gåtfullare leenden.

Dina hälar trummar otåligt mot täcket, dina vader skrattar och fyller de första tio månaderna.

Jag ser dej.

Du anar mej. "Du" och "jag" är var sin del av "vi".

(Virebergsvägen, Råsunda 2001)